MANHATTAN
by Goldmann

Buch

Eigentlich sollte Duane Ricketts nur einen jugendlichen Ausreißer aus Bangkok nach Hause holen. Daß er den Erfolg seiner Mission abends mit zwei Heroinzigaretten feiert, ist allerdings ein folgenschwerer Fehler: Ricketts erwacht in einer ungastlichen Gefängniszelle, verurteilt zu mehreren Monaten Haft wegen unerlaubten Drogenbesitzes. Dann freundet er sich auch noch mit einem Landsmann aus Neuseeland an, der als Dealer einen ausgezeichneten Ruf genießt: Dale Varty. Als Varty bei einer Messerstecherei im Gefängnis schwer verletzt wird, teilt er Ricketts sterbend ein Geheimnis mit: Vor vielen Jahren hatte er mehrere Kilo feinstes Kokain erbeutet und in Neuseeland versteckt. Diesen Schatz soll Ricketts nun heben und den Gewinn – abzüglich einer angemessenen Entlohnung – an Vartys Tochter weitergeben. Als sich Ricketts nach seiner Entlassung auf die Suche macht, haben allerdings schon einige Leute die Witterung aufgenommen. Und so beginnt eine wilde Verfolgungsjagd, an der Vartys Witwe, ein US-Drogenfahnder, Vartys früherer Anwalt, ein CIA-Mann und eine ganze Prozession von großen und kleinen Schurken beteiligt sind. Dann findet Ricketts obendrein eine Leiche im Whirlpool und hat auch noch die Polizei auf dem Hals…

Autor

Paul Thomas wurde in England geboren und ist auf Neuseeland aufgewachsen. Er studierte an der University of Auckland und arbeitete später als Journalist und PR-Manager in Auckland, London, Toulouse und Sydney. Der Autor hat bereits mehrere Sportbücher veröffentlicht und mittlerweile seinen dritten Roman fertiggestellt. Weitere Bücher sind bei MANHATTAN in Vorbereitung.

Paul Thomas

TRANSFER

Roman

Aus dem Amerikanischen
von Detlev Ullrich

MANHATTAN
by Goldmann

Die Originalausgabe erschien 1995 unter dem Titel
»Inside Dope«
bei Mandarin, a part of Reed Books, Australia

Umwelthinweis:
Alle bedruckten Materialien dieses Buches
sind chlorfrei und umweltschonend.

Manhattan Bücher erscheinen im Goldmann Verlag,
einem Unternehmen der Verlagsgruppe Bertelsmann

Deutsche Erstausgabe 7/98

Umschlaggestaltung: Design Team München
Umschlagfoto: Zefa / Sharp Shooters
Satz: Uhl + Massopust, Aalen
Druck: Graphischer Großbetrieb Pößneck
Verlagsnummer: 54059
Redaktion: AB · Alexander Groß
Herstellung: Katharina Storz/Str
Made in Germany
ISBN 3-442-54059-3

1 3 5 7 9 10 8 6 4 2

Für Jeni,
meine Mutter und
meinen Vater

Prolog

In einer milden, wolkenverhangenen Nacht im Oktober 1983 glitt eine Zwölfmeteryacht an dem Streifen der Ostküste der Halbinsel Koromandel entlang, der Great Mercury Island zugewandt ist. Sie lief mit 15 Knoten vor einer aus Nordwest kommenden Brise, und kurz vor drei Uhr morgens drehte sie bei Otama Beach, einem langgestreckten Bogen aus goldenem Sand, bei.

Running Dog gehörte einer Charterfirma, die im Yachthafen von Rushcutters Bay im Osten von Sydney ihren Sitz hatte. Angeblich war das Boot gechartert worden, um in den Whitsundays zu kreuzen, aber vor sechs Tagen, kurz hinter Sydney Heads, hatte die Crew *Running Dog* nach rechts statt nach links gewendet und Kurs auf Neuseeland genommen. Die Crew bestand aus den Brüdern Ron und Bruce Dawes, zwei eher unbedeutenden und etwas verrufenen Typen aus dem Seglermilieu von Sydney. Der Lohn dafür, daß sie die Charterfirma belogen, *Running Dog* über die Tasmansee und zurück segelten und sich ansonsten für nichts interessierten, belief sich auf 10000 australische Dollar – eine Summe, die mehr als das Doppelte ihres bisherigen gemeinsamen Einkommens in diesem Jahr ausmachte.

Daß sie den Auftrag auszuführen hatten, ohne irgendwelche Fragen zu stellen, störte die Brüder nicht übermäßig. Rons geistige Interessen gingen kaum über Bootsmotoren und Wetterkarten hinaus, und Bruce, der der Welt etwas zugewandter war, brauchte gar nicht erst zu fragen, was das Ganze sollte, denn er wußte es bereits. Es gab nur einen Grund, warum jemand zehn Riesen für eine Schleichfahrt mit dem Boot nach Neuseeland zahlte, und das waren Drogen. Er vermutete, daß sich der Stoff in diesem Fall in der großen Kühlbox aus Plastik befand, die ihr Auftraggeber, der sich John Brown nannte, nicht aus den Augen gelassen hatte, seit sie aus dem Yachthafen getuckert waren.

Ron Dawes ließ das Großsegel herunter, und die Yacht schaukelte träge auf der sanften Dünung hin und her. Nur das gelegentliche Klatschen der See am Bootsrumpf und das unaufhörliche Murmeln der Wellen, die in ungefähr 100 Meter Entfernung auf den Sand liefen, störte die Stille, die tief nachts über dem verlassenen Strand lag. Weit und breit war kein Licht zu sehen.

»Wir sind da«, sagte Bruce Dawes. »Soll ich das Signal geben?«

Brown nickte. Dawes erhob sich in der Plicht und richtete eine schwere Taschenlampe auf das Ufer. Er ließ den Strahl dreimal aufblitzen, wartete ein paar Sekunden und wiederholte dann das Signal. Schließlich kam die Antwort vom Strand: Es blinkte zweimal, und nach einer kurzen Pause noch einmal.

Brown sah mit einem flüchtigen nervösen Grinsen zu Bruce Dawes. »Läuft ja wie geschmiert«, sagte er. »Ich hol dann mal meinen Kram von unten.«

»Laß den Anker runter, Ron«, sagte Bruce. »Aber schön leise.«

Fünf Minuten später rief er zu Brown in die Kajüte hinunter, daß das Boot näher kam, das ihn abholen sollte.

»Okay«, antwortete der, »ihr beide kommt dann am besten hier runter. Der Typ ist ein bißchen schüchtern.«

Brown trat an Deck. Er trug einen dicken schwarzen Anorak und hatte die Kühlbox in der einen und eine Sporttasche aus Nylon in der anderen Hand. Die Tasche stellte er ab und lehnte sich über die Reling. Er richtete die Taschenlampe auf das Aluminiumdingi, das längsseits der Yacht herankam. Was er da sah, gefiel ihm gar nicht.

»Und wer bist du, bitteschön?« fragte er bissig.

Der Mann im Dingi, eine stämmige, dunkle Gestalt mit einem verwegenen Schnurrbart, der seine untere Gesichtshälfte fast vollständig bedeckte, hielt die Hand vor die Augen, um sie vor dem Strahl der Taschenlampe zu schützen.

»Keine Namen, bis du da runter bist, okay?« erwiderte er. »Du weißt schon, wer mich geschickt hat.«

»Und wo ist er abgeblieben, verdammt noch mal?« fragte Brown. »Er sollte doch hiersein.«

»Ich bitte dich, Kumpel, seit wann läßt er sich auf solche Sachen ein – mitten in der Nacht hier im Wasser rumzumachen?«

Ein paar Sekunden lang starrte Brown zu dem Mann hinunter und schnaubte dann verärgert. Er ließ die Sporttasche in das Dingi fallen und rief den beiden Brüdern in der Kajüte zu: »Vielen Dank für die Fahrt, Jungs. Kommt gut nach Hause.«

Brown, der eigentlich Dale Varty hieß, kletterte über die Reling und ließ sich in das Dingi hinuntergleiten. Er setzte sich dem anderen gegenüber ins Heck – so nahe, daß ihre Knie einander berührten. Als sie sich von der Yacht gelöst hatten, stellte sich der Ruderer vor.

»Grills ist mein Name, Al Grills. Arbeite für Spurdle.«

»Angenehm«, erwiderte Varty mürrisch. »Nett, daß mir Spurdle Bescheid gesagt hat, daß mich jemand abholt, von dem ich noch nicht mal was gehört habe.«

»Ach Scheiße, du weißt doch, wie er's mit der Sicherheit hat.« Grills deutete mit dem Kopf auf die Kühlbox zwischen Vartys Knien. »Ist es da drin?«

»Kann schon sein.«

Grills kicherte. »Du bist ja genauso ein Geheimniskrämer wie er.«

Als sie bis auf ein paar Meter an den Strand herangekommen waren, holte Grills die Ruder ein. »Du bleib mal ganz ruhig sitzen, Varty. Ich möchte nicht, daß du dir deine Füßchen naß machst.«

Vorsichtig stieg er ins Wasser, das ihm bis an die Knie reichte, und zog das Dingi auf den Strand. Varty warf seine Sporttasche in den Sand und kletterte über den Bug aus dem Boot. Er half Grills, das Dingi ein Stück auf den Strand zu ziehen.

»Und was machen wir damit?« fragte Varty und zeigte auf das Boot.

»Na, was glaubst du wohl?« fuhr Grills ihn an. »Wir nehmen es mit. Ich hab einen Hänger am Auto. Pack deinen Kram da rein, und dann tragen wir es.«

Sie trugen das Dingi den Strand hinauf und dann durch niedrige Dünen zu einem Weg, der an ein paar offensichtlich unbewohnten Strandbungalows vorbeiführte, die sich in einer kleinen Senke drängten. Schließlich kamen sie an eine Schotterstraße, auf der Grills' Auto stand. Varty nahm gerade die Kühlbox aus dem Dingi, als Grills um den Wagen herumkam und sagte: »Ach ja, Spurdle hat da noch eine kleine Überraschung zum Empfang für dich vorbereitet.«

Varty drehte sich um. Grills grinste ihn bedauernd an und hielt eine abgesägte 22er Flinte auf ihn gerichtet.

»Was soll denn das – willst du mich verarschen, oder was?« fragte Varty mit unsicherer Stimme. »Ich hab einen fairen Deal mit Spurdle.«

Grills, immer noch grinsend, zog die Augenbrauen hoch. »Ob ich dich verarschen will? Darum würde ich mir an deiner Stelle am wenigsten Sorgen machen, Kumpel.« Er deutete mit dem Kopf auf die Kühlbox. »Mach auf.«

Varty öffnet die Verschlüsse und nahm den Deckel ab.

»Geh zurück«, befahl Grills.

Varty machte ein paar Schritte nach hinten. Grills trat vor und schaute in den Behälter hinein. Offensichtlich gefiel ihm, was er da sah, denn er richtete sich auf und nickte zufrieden. Er nickte immer noch, als eine Gestalt aus dem Dunkel auftauchte und ihm mit einer Schaufel auf den Kopf schlug. Es war ein heftiger Schlag, so heftig, daß es Varty nicht gewundert hätte, wenn Grills wie ein Zeltpflock in den Boden getrieben worden wäre. Statt dessen wurde Grills zerdrückt wie eine leere Bierdose, als das durchdringende, hohle Geräusch von Metall auf dem Schädel schwach in der Stille verhallte.

Der Neuankömmling war groß und breitschultrig. Er trug einen langen, marineblauen Regenmantel, Handschuhe, Jeans und einen Rollkragenpullover und hatte einen Strumpf über den Kopf gezogen. Er legte die Schaufel hin, nahm mit der einen Hand das Gewehr, griff mit der anderen in die Kühlbox und holte einen verschweißten Plastikbeutel heraus, der prall mit weißem Pulver gefüllt war.

»Wieviel Koks haben wir denn da?« fragte er.

Das war die Stimme eines Mannes aus besseren Verhältnissen – Varty war sich sicher, daß er sie noch nie gehört hatte. »Zehn Kilo«, antwortete er.

Der Mann stieß einen kurzen Pfiff aus, ließ den Beutel in die Kühlbox fallen, verschloß den Deckel und stellte den Behälter auf den Rücksitz von Grills' Wagen.

»Mein Auto steht eine halbe Meile von hier an der Straße«, sagte er zu Varty. »Ich lasse diesen Wagen dort für Sie stehen.«

Er setzte sich hinter das Lenkrad.

»Mein Gott, jetzt warten Sie doch einen Moment«, sagte Varty und lief um das Auto herum zur Fahrertür. »Wer um alles in der Welt sind Sie überhaupt?«

Der Mann mit der Strumpfmaske kurbelte das Fenster herunter. »Angesichts der Umstände«, antwortete er, »würde ich sagen, ich bin Ihr Schutzengel – vor allem, wenn man bedenkt, daß ich eigentlich Anweisung hatte zu warten, bis er mit Ihnen fertig ist, und mir erst dann den Stoff zu schnappen.«

»Anweisung? Von wem?«

Der Fremde lachte, volltönend, tief und angenehm. »Ich denke, das sollte besser mein kleines Geheimnis bleiben. Alles Gute.«

»Und der soll da so liegen bleiben?« fragte Varty und machte eine ruckartige Bewegung mit dem Kopf zu Grills hin, der befremdlich zusammengesunken dalag.

»Sie sprechen mir aus der Seele«, sagte der Maskierte, ließ Grills' Wagen an und fuhr davon.

Eine Weile rätselte Varty, wer der geheimnisvolle Fremde gewesen sein mochte und wie er es geschafft hatte, in eine Party hineinzuplatzen, die das bestgehütete Geheimnis seit der Landung der

Alliierten in der Normandie sein sollte. Wie viele Leute hatten gewußt, daß er heute Nacht in Otama mit einer Ladung Kokain ankommen würde? Natürlich Spurdle, die Sau, aber warum sollte er gleich zweimal falsch spielen – wenn dabei sein Laufbursche Grills mit zermatschter Birne liegenblieb? Der war wohl nicht eingeweiht gewesen. Die Brüder Dawes waren es schon irgendwie, aber die hatten erst vor ein paar Stunden erfahren, daß Otama der Treffpunkt sein sollte. Ja, und das waren dann auch schon alle.

Letztlich kam Varty zu dem Schluß, daß er im Augenblick nicht genug Zeit hatte, um es herauszufinden, und so wandte er sich dringenderen Angelegenheiten zu.

Gut, dachte er, daß er diesen Teil der Halbinsel kannte wie seine Westentasche. Noch besser, daß er, kurz bevor er von Bord gegangen war, die Plastikbeutel mit den zehn Kilogramm reinen Kokains aus der Kühlbox genommen und sie mit Klebeband an seinem Körper befestigt hatte. Wenn der geheimnisvolle Fremde entdeckte, daß seine ganze Beute aus nichts als hochreinem australischem Puderzucker bestand, wenn Grills zu sich kam und wenn Spurdle herausfand, daß er angeschmiert worden war, würde die Sache ein bißchen haarig für ihn werden. Er mußte den Stoff irgendwo verstecken und dann verschwinden, sich einfach in Luft auflösen.

Wie sich herausstellte, hätte sich Varty keine Sorgen darum machen müssen, was Grills tun würde, wenn er wieder erwachte – denn dazu kam es nicht.

- 1 -

Der Schrei war schrecklich, sogar für ein asiatisches Gefängnis. Und weil es in dem Augenblick so still in der Zelle war, wirkte er um so beunruhigender.

Die einzigen Laute waren das Rascheln von Magazinseiten, die umgeblättert wurden, das Summen des Deutschen, der Walkman hörte, das gelegentliche Stöhnen des Kambodschaners, der eine große, üble, und dem Geruch nach zu urteilen, brandige Wunde an seinem rechten Fußgelenk hatte, die von den Fußeisen herrührte, die er als Strafe dafür tragen mußte, daß er sich gegen die Gefängnisdiziplin aufgelehnt hatte – auch wenn keiner in der Zelle genau wußte, wie –, und das leise Gemurmel aus der Ecke, die am weitesten von der offenen Toilette entfernt war, wo Duane Ricketts mit einem der Nigerianer Scrabble spielte.

Wie üblich wurde er fertiggemacht. Ricketts gewann selten gegen einen der Nigerianer im Scrabble und niemals gegen seinen derzeitigen Gegner, Augustine Adeyemi, den anerkannten Führer der sieben nigerianischen Staatsbürger, die sich in Haft im Bombat Drug Rehabilitation Centre befanden, das am Rande von Bangkok liegt.

Der Name ist völlig irreführend, da das Absitzen in Bombat nicht das geringste mit Rehabilitation zu tun hat. Es ist lediglich ein Ort, an den Männer, die wegen meist geringfügiger Rauschgiftvergehen verurteilt wurden, geschickt werden, um ihre Strafen abzusitzen und – wenn es nach den Behörden ginge – zu verrotten, wie es der Kambodschaner mit den Fußeisen zu tun schien.

In Bombat sitzen ständig ungefähr 2000 Gefangene, und die Anstalt umfaßt fünf Hofkomplexe, zu denen jeweils ein Gebäude mit bis zu 20 Zellen gehört. Die beschriebene Zelle lag im Erdgeschoß von Gebäude 4 und war bemerkenswert wegen ihres Nationalitätengemischs. Neben Thais gab es Kambodschaner, Australier, Neuseeländer, einen Holländer, einen Deutschen, einen Amerikaner und einen Singapurer. Und natürlich die Nigerianer.

Die Anwesenheit so vieler Nigerianer in einem thailändischen Gefängnis hatte Ricketts überrascht. Mit unverhohlenem Stolz hatte Adeyemi ihn darüber informiert, daß die Nigerianer die besten und aktivsten Drogenschmuggler der Welt waren und daß ihnen dieser Status in einem aktuellen Bericht des US-Außenministeriums über den internationalen Drogenschmuggel zuerkannt worden war.

In Bombat bleibt keiner lang. Die meisten Insassen sind bis zu zwei Jahren Gefängnis verurteilt worden, oder sie warten auf ihren Prozeß wegen Vergehen, für die sie im Falle eines Schuldspruchs – meist wahrscheinlicher als ein Freispruch – mit ähnlichen Strafen zu rechnen haben. Es gab allerdings Ausnahmen: Dale Varty, Neuseeländer wie Ricketts, näherte sich dem Ende einer zehnjährigen Haftstrafe und war nach Bombat überführt worden, um hier auf seine Entlassung zu warten. Adeyemi verdankte seine Anwesenheit in Bombat der Tatsache, daß er, als er am Flughafen von Bangkok von Zollangestellten mit, wie er sich ausdrückte, »genug allerfeinstem Himmelsstaub, um die gesamte Schweiz einzuschläfern«, erwischt wurde, auch noch zehntausend US-Dollar in seinem Geldgürtel hatte. Auf Adeyemis Vorschlag hin hatten die beiden Zollangestellten das Geld unter sich aufgeteilt, das Heroin einbehalten – das zweifellos innerhalb von 24 Stunden wieder im Verkehr war – und es gegen einen kleinen Plastikbeutel mit zwei Dutzend Marihuanasamen ausgetauscht. Dadurch wurde Adeyemi zu neun Monaten Bombat verurteilt und nicht zu 20 Jahren oder sogar lebenslänglich – was eigentlich auf das gleiche hinauslief – in einer noch schlimmeren Anstalt.

Ricketts nannte Adeyemi »Jumbo«, nach einem Kricketschläger, den er früher besessen hatte. Der Schläger war ein Stuart Surridge Jumbo, ein schweres Teil aus feinster englischer Weide. Nachdem er sich an das zusätzliche Gewicht gewöhnt hatte, genoß Ricketts die Kraft, mit der er schlagen konnte. An einem sommerlichen Samstagnachmittag in Keith Hay Park hatte er einen Hakenschlag gespielt, der den Schiedsrichter gegenüber vom Mal am linken Knie traf und seine Kniescheibe zerschmetterte. Danach war der Ball mit kaum verringerter Geschwindigkeit zur gegenüberliegenden Spielfeldbegrenzung geflogen. Seitdem liebte Ricketts den Schläger.

Wie die meisten Nigerianer sprach Adeyemi viel über seinen Penis – und manchmal auch mit ihm. Im allgemeinen ging es bei diesen Monologen um die Größe seines männlichen Gliedes, seine Schönheit und seine Fähigkeit, das andere Geschlecht zu befriedigen. Gelegentlich dehnte er seine Betrachtungen zu diesem Thema aus und sann über die Mängel der Weißen auf diesem Gebiet nach und darüber, wie bedauerlich es doch sei, daß Vorurteile, Kultur und äußere Umstände sich so oft miteinander verschworen und schwarze Männer und weiße Frauen nicht zusammenkommen ließen, wo sie doch seiner Meinung nach einander so viel zu bieten hätten. Jumbos Penis und seine tiefe Zuneigung zu ihm erinnerten Ricketts an seinen Kricketschläger, daher der Spitzname. Adeyemi nahm an, es hätte etwas mit Elefanten zu tun.

Ricketts kam gut mit den Nigerianern zurecht. Er stöhnte nicht ständig wie die anderen Weißen, denn für die Nigerianer war der Aufenthalt in Gefängnissen wie dem von Bombat lediglich ein Berufsrisiko – und er nahm seine Demütigungen philosophisch hin. Schon bald hatte er sich bei ihnen beliebt gemacht, indem er ihnen ein Lied beibrachte, das er als Teenager gelernt hatte. Das Lied wurde nach der Melodie von »Funiculi, Funicula« gesungen und ging so:

Letzte Nacht mußte ich unbedingt masturbieren,
ich war so geil, ich war so geil,
ich nahm meinen Penis in die rechte Hand,

was für ein Teil, was für ein Teil,
ich legte ihn in die linke Hand,
lang wie ein Seil, lang wie ein Seil,
schlag ihn, hau ihn, knall ihn an die Wand,
zwick ihn, zwack ihn, er ist außer Rand und Band,
denn er ist lang, denn er ist geil,
so 'nen großen habt ihr noch nie gesehen,
so lang und schwer, ich kann kaum gehen.

Das Lied gefiel den Nigerianern, und Ricketts hatte zwar widerstrebend, aber zwangsläufig zur Kenntnis nehmen müssen, daß man keinem von ihnen die Vorspiegelung falscher Tatsachen vorwerfen konnte, wenn sie es sangen. Sie nahmen es sofort in das Repertoire ihrer abendlichen Gesänge auf. Manchmal hielten sie sich an das traditionelle Arrangement und trugen es schwungvoll im Stil eines Chores à la Gilvert und Sullivan vor, an anderen Abenden wieder, wohl wenn sie von Heimweh geplagt waren, verwandelte es sich fast bis zur Unkenntlichkeit in einen ruhigen und eher traurigen afrikanischen Gesang.

Jumbo war nicht nur der am besten ausgestattete Insasse von Bombat, sondern auch führend im Scrabble. Das überraschte Ricketts nicht, verbrachte Jumbo doch seiner Schätzung nach ungefähr ein Drittel der Zeit, die er wach war, mit dem Spiel, ein Drittel mit dem Studium des Wörterbuchs, um neue Wörter zu finden, und den Rest damit, über seinen Penis – oder mit ihm – zu sprechen.

Um vier Uhr nachmittags durften die Gefangenen wie üblich der Hitze und Feuchtigkeit entfliehen und in die etwas weniger bedrückende Umgebung ihrer Zellen zurückkehren. Die Nigerianer waren sehr gut organisiert und verfügten über thailändische Bankkonten, zu denen sie vom Gefängnis aus Zugang hatten, um für ihren Unterhalt zu sorgen. Dadurch war ihre Verpflegung, gemessen am Standard von Bombat, gut. Das Gefängnisessen, das nur die Häftlinge in Anspruch nahmen, die sich nicht selbst verpflegen konnten, bestand pro Tag aus zwei Portionen braunem Reis mit Fischköpfen. Diesmal hatte Jumbo beispielsweise zu Mittag ein erstaunlich schmackhaftes Gericht aus Huhn und Reis auf dem Holzkohlenherd im Gefängnishof gekocht, und Ricketts war aufgrund seines Status als Nigerianer ehrenhalber dazu eingeladen. Daher konnte Ricketts schlecht ablehnen, als Jumbo bei der Rückkehr in die Zelle eine Runde Scrabble vorschlug, obwohl eine erneute Schlappe das letzte war, was er gebrauchen konnte. Sie breiteten ihre Pappmatratzen aus und machten es sich auf dem Steinfußboden so gemütlich, wie es eben ging.

Nachdem sie sich abwechselnd einsilbige Wörter vorgegeben hatten, legte Ricketts von links an ein »N« an »QUEE« an, so daß sich »QUEEN« ergab. Das »Q« brachte 10 Punkte, und da das »U« auf einem Feld mit dreifachem Buchstabenwert lag, machte er mit dem Wort 16 Punkte – für seine Verhältnisse ein ordentlicher, ja vielversprechender Anfang. Normalerweise schaffte er es nie, Buchstaben, die viele Punkte brachten, aber selten waren, irgendwo anzulegen.

Jumbos Gegenzug war niederschmetternd: Er verwendete das »Q« von »QUEEN«, um senkrecht »QUISLING« auszulegen. Mit dem ersten »I« verdreifachte er den Wortwert, und das »N« lag auf einem Feld mit doppeltem Buchstabenwert.

»Wenn das überhaupt etwas ist«, protestierte Ricketts, »dann ein Eigenname. Das zählt nicht.«

Jumbo schüttelte seinen großen Kopf. »O nein, Mann«, erwiderte er, »das ist ein sehr gutes Wort.«

Er nahm sein dickes Wörterbuch zur Hand, öffnete es, räusperte sich höflich und begann zu lesen: »Quisling – nach dem norwegischen Faschistenführer Vidkun Quisling; abwertend für Kollaborateur.« Er klappte das Wörterbuch zu. »Dann wollen wir mal sehen.« Er begann, seine Punkte zu zählen. »Also, das Wort hat 20 Punkte, das Ganze mal drei ergibt 60, dann noch 50 Punkte dafür, daß ich alle Buchstaben ausgelegt habe – macht zusammen ... 110 Punkte. Wirklich verdammt gut.«

Kurz danach legte Jumbo »ADIPOCIRE« aus und lehnte sich zurück, wobei er den Kopf zur Seite geneigt hielt und sein Werk bewunderte. Als er Ricketts finstere Miene bemerkte, setzte er ein breites Grinsen auf und fragte: »Na Boß, wie gefällt dir das?«

»Jetzt komm aber, Jumbo«, jammerte Ricketts gespielt. »Was ist denn das für ein Scheißwort?«

»Mann, du mußt lernen, den Menschen zu vertrauen«, sagte Jumbo zufrieden lächelnd. Wieder langte er nach seinem Wörterbuch. »Wo waren wir? Ah ja, hier, Adipocire – in Leichen, die luftabgeschlossen in Wasser oder feuchtem Boden liegen, entstehendes wachsähnliches Fett.«

Ricketts zog eine Grimasse. »Gutes Wort für Rettungsschwimmer.«

»Das Ding habe ich schon seit Wochen auf Lager. Ich dachte, ich würde es nie ...«

In diesem Augenblick hörten sie den Schrei. Er kam aus dem Treppenschacht durch die offene Tür auf der anderen Seite der Zelle. Nachdem Ricketts drei Wochen lang einen zehn Quadratmeter großen Raum mit 38 Männern geteilt hatte, von denen einige, sei es, weil sie ständig Drogen nahmen oder weil sie so geboren wurden, nicht ganz bei Verstand waren, hatte er sich daran gewöhnt, eigenartige, ja beunruhigende Geräusche zu hören, vor allem nachts. Dieser Schrei aber war anders: wild, gellend, verzweifelt.

Was die Männer in der Zelle auch gerade taten – ob sie an der Wand lehnten und von Zuhause, einem Steak und sauberer Bettwäsche träumten, auf dem Betonfußboden lagen und hofften einzudösen, um dann nach einem Jahr aufzuwachen, in einem zerfledderten Magazin blätterten oder Scrabble spielten – sie hielten inne.

»Gütiger Gott«, sagte Ricketts. »Was war das denn?«

Jumbo lehnte sich zurück und zuckte mit den Schultern. »Wahrscheinlich wieder so ein kleiner gelber Affe, dem sie's besorgen. Du bist dran.«

Für die thailändischen Häftlinge in Bombat gehörte es zum Alltag, vom Wachpersonal schon für kleinste Vergehen geprügelt zu werden, so zum Beispiel, wenn sie an einem Aufseher vorbeikamen und sich nicht tief genug verbeugten oder nicht unterwürfig genug waren, wenn sie mit einem von ihnen sprachen. Die Prügelstrafe bestand gewöhnlich aus einem Trommelwirbel mit dem Gummiknüppel auf den Kopf, gefolgt von Tritten und einer abschließenden Tracht mit einem langen Stock von Kopf bis Fuß. Wenn das Opfer vernünftig war, bedankte es sich anschließend überschwenglich bei dem Aufseher für seine Bemühungen und die Zeit, die er sich genommen hatte. Die Nigerianer, die alle Thais zu verachten schienen, fanden diese Vorstellungen einigermaßen amüsant und äußerten ihre Anerkennung gelegentlich durch eine Runde höflichen Applaus.

Ricketts schüttelte den Kopf. »Das war kein Thai, den sie da in der Mangel hatten. Eins muß man den Burschen lassen, sie schlucken ihre Medizin ohne einen Piep.« Er stand auf. »Ich werde mal nachsehen.«

Jumbo schüttelte mißbilligend den Kopf. »Duane, das ist nicht dein Problem, Mann.«

Ricketts bahnte sich einen Weg durch die Zelle, wobei er vorsichtig über seine Mitgefangenen stieg, die ihm mit stummem Interesse nachsahen. Er ging durch die Tür zum Vorraum und sah die Treppe hinauf, die zu einer Zelle wie der ihren auf der nächsten Etage führte. Auf halber Höhe stand da in dramatischer Pose der thailändische Ladyboy namens Brandi in den abgeschnittenen Levis, die sein Markenzeichen waren.

Der Transvestit sah mit weit aufgerissenen Augen zu Ricketts hinunter, wobei er sich die Hand vor den Mund hielt, und dann hinter sich auf den Treppenabsatz über ihm. Ricketts stürmte, zwei Stufen auf einmal nehmend, an ihm vorbei. Dale Varty, der 53 Jahre alte Drogenhändler, lag zusammengesackt auf dem Treppenabsatz, das Gesicht vor Schmerz verzerrt. Sein Bauch blutete stark. Ein thailändischer Häftling, dessen Namen Ricketts nicht kannte, stand mit einem Messer in der Hand über Varty gebeugt, so als ob er noch unschlüssig sei, wo er den nächsten Stich anbringen sollte.

Alle hier kannten Brandi und den Thai mit dem Messer nur als Paar. Ricketts hatte gehört, daß Brandi Angeboten gegenüber nicht abgeneigt war, wenn man derartige Vorlieben hatte oder auch nur scharf war, ohne auf etwas Bestimmtes fixiert zu sein. Der Haken an der Sache war, daß sein Freund es nicht so gern sah, wenn Brandi seine Liebe derart freizügig verteilte. Außerdem war er jemand, dem man besser nicht den Rücken zukehrte, wenn man ihn verärgert hatte. Angesichts der Gerüchte und der Szene, die sich ihm bot, vermutete Ricketts, daß es bei der Messerstecherei um Sex ging. Die Tatsache, daß Vartys Shorts völlig heruntergerutscht waren, schien diese Theorie zu stützen.

Ricketts sagte: »Mein Gott, Dale...«

Der Thai stieß einen kriegerischen Schrei aus und kam ganz langsam näher, wobei er mit der blutbefleckten Klinge in die Luft stach. Ricketts hatte den Eindruck, daß das Messer als eher harmloses Besteckteil ins Leben getreten und durch harte Arbeit und Fleiß zu einer anständigen Imitation eines Filetiermessers herangewachsen war. Ricketts hatte auch den Eindruck, daß der Thai zu dem Schluß gekommen war, er könnte ja genausogut dafür gehängt werden, daß er zwei blauäugige fremdländische Teufel auf einmal abgestochen hatte.

Ricketts trat einen Schritt zurück und hob die Hände zu einer Geste, die »Jetzt laßt uns um Himmels willen bloß nichts Unüberlegtes tun« bedeuten sollte. Als der Thai stehenblieb, deutete Ricketts auf Varty hinunter.

»Er sieht schlimm aus«, sagte er ernst. »Wir brauchen einen Arzt.«

Der Blick des Thai huschte zu Varty. Er spuckte einen großen Fladen, der knapp an Vartys linkem Ohr vorbeiging, und murmelte etwas, das Ricketts als »Die Sau ist tot« auf thai interpretierte. Dann stürzte er los, an Ricketts vorbei, und wollte nach unten. Ricketts hielt schnell einen Fuß vor, um ihn zu Fall zu bringen. Dreimal schlug der Thai auf dem Weg nach unten auf und rutschte schließlich als Knäuel aus Armen und Beinen vor die Füße eines Aufsehers, der gekommen war, um zu sehen, was sich hier abspielte. Der Aufseher schickte sich an, mit seinem Gummiknüppel auf ihn loszugehen, wahrscheinlich, weil er sich nicht angemessen zu Boden warf.

»Holen Sie einen Arzt!« brüllte Ricketts. »Hier ist ein Mann niedergestochen worden!«

Der Aufseher gab dem Gefangenen einen abschließenden heftigen Rückhandschlag und ging dann langsam die Treppe hinauf. Forschend blickte er den Ladyboy an, der immer noch schweigend in theatralischer Pose auf halber Höhe der Treppe stand. Auf dem Treppenabsatz angekommen, starrte er teilnahmslos auf Varty hinunter, der auf dem Rücken lag und sich den Bauch hielt. Blut rann ihm zwischen den Fingern hindurch und lief über die nackten Oberschenkel. Der Aufseher ging in die Hocke und nahm erstaunlich sanft Vartys Hände weg, um sich den Schaden zu besehen. Dann stand er auf, nickte Ricketts kurz zu, sprang die Treppe hinunter und zerrte den Thai an den Haaren weg.

Ricketts kniete sich neben Varty hin.

»Mein Gott, Junge, was ist passiert?«

Varty schloß die Augen. »Was für ein Tod«, krächzte er. »Da wirst du von einem eifersüchtigen Schwulen abgestochen, wenn du gerade einen geblasen kriegst. Der Ladyboy hat mich angemacht, seit ich hergekommen bin. Na ja, und in dem anderen Knast gab's so was nicht, also hab ich mir gedacht, wieso nicht? Als ich dachte, sein Freund schläft, hab ich ihm eine Schachtel Marlboro angeboten, damit er mir einen bläst. Wir sind dann hierhergekommen und waren gerade schön bei der Sache, da kommt das kleine Arschloch raufgeschlichen und sticht mich nieder. Hab noch nicht mal abspritzen können.« Er seufzte schwer. »Ach Scheiße, schon so lange her – wenn der Schuß losgegangen wäre, wär's gewesen, als ob ein Möwenschwarm rückwärts aus meinem Arsch fliegt.«

Ein kurzes, bitteres Auflachen ging in ein Stöhnen über. »Da erzähl mir noch einer was über Pechvögel – wußtest du, daß ich nächste Woche rauskommen sollte?«

»Du kommst wieder auf die Beine, mein Freund«, sagte Ricketts. »Die flicken dich schon wieder zusammen. Und ruck, zuck sitzt du im Flugzeug nach Hause.«

Vartys Kopf fiel zur Seite. Vor Anstrengung ächzend, drehte er ihn wieder hoch und sah Ricketts mit verschleiertem Blick an. »Laß gut sein, mein Junge. Der hat mich doch tranchiert wie 'nen Sonntagsbraten. Und dann denk bloß an die Scheißbakterien an dem Messer.« Wie um seine Diagnose zu bestätigen, trat nach einem leichten Schluckauf Blut auf seine Unterlippe und rann ihm über das Kinn.

Varty spuckte ein wenig und griff nach Ricketts' Handgelenk. »Hör zu, mein Junge, wenn ich nicht durchkomme, kannst du mir dann einen Gefallen tun? Es würde auch für dich etwas rausspringen dabei.«

»Schieß los, Dale.«

»Du kommst doch in den nächsten Tagen hier raus, oder?«

»Wenn der Typ in der Botschaft endlich seinen Arsch hochkriegt.«

»Und dann geht's zurück nach Auckland?«

Ricketts nickte.

Varty atmete mühsam und schloß die Augen. Während sie auf Hilfe warteten, erzählte er Ricketts seine Geschichte. Es dauerte fünf qualvolle lange Minuten. Zweimal drängte ihn Ricketts, seine Kräfte zu sparen, aber Varty redete weiter. Als er fertig war, mußte Ricketts seine Anweisungen wiederholen, um zu bestätigen, daß er alles richtig verstanden hatte. Dann fiel Varty in Ohnmacht. Kurz darauf kamen die Aufseher mit einer Bahre in Begleitung eines dicklichen kleinen Zivilisten. Ricketts vermutete, daß er der Gefängnisarzt war.

Nachdem sie Varty weggebracht hatten, bemerkte Ricketts, daß Brandi, der Ladyboy, immer noch dastand.

»Was willst du?« fuhr Ricketts ihn an.

»Meine Zigaretten«, sagte der Ladyboy und warf den Kopf zurück. »Er schuldet mir. Du sein Freund, du mir geben.«

Ricketts schob sich an ihm vorbei. »Du solltest damit aufhören«, sagte er. »Es gehört sich nicht für eine Dame.«

Dale Vartys Diagnose seines eigenen Zustands erwies sich in jeder Hinsicht als zutreffend. Er starb am nächsten Morgen um 11 Uhr 42 – alles andere als friedlich.

- 2 -

Jason Maltby, der Verwaltungschef der neuseeländischen Botschaft in Bangkok, lehnte sich in seinem Dienstwagen, einem Honda Accord, zurück und nahm sich vor, in einem Lexikon nachzuschlagen, wer der Erfinder der Klimaanlage war.

Wer immer der Mann war, dachte Maltby – und er war fast sicher, daß es ein Mann war –, er war bei weitem nicht gebührend dafür gewürdigt worden. Der Diplomat war der Meinung, daß der Erfinder der Kimaanlage zu den überragenden Gestalten in der Geschichte der Wissenschaft gehörte und ihm ein Platz neben Newton, Edison und Pasteur zustand.

Bevor er nach Bangkok kam, hatte Maltby seinem Land in London, Brüssel und Canberra gedient. Nach zwei Monaten in der thailändischen Hauptstadt war er zu dem Schluß gekommen, daß seine Arbeitgeber in Wellington für einen Mann mit seiner körperlichen und seelischen Konstitution kaum einen weniger geeigneten Ort hätten finden können. Kairo vielleicht oder Äquatorial-Macheteland, dessen Herrscher sich in einer Gefriertruhe einen Vorrat an gemästeten Negerkindern hielt und wo jeder zweite, angefangen beim Erzbischof, Aids hatte. Aber das war's dann auch schon.

Es waren seine überaktiven Schweißdrüsen, durch die sich Maltby von anderen Menschen unterschied. Als er noch in Wellington arbeitete, kursierte bei seinen Kollegen im Außenministerium der Witz, er würde sogar in Schweiß ausbrechen, wenn er mitten im Winter am Lambton Quay in einen beißenden Südwind geriete, der geradewegs aus der Antarktis herüberblies. Im feuchtwarmen Bangkok mußte er sich nur kurz in eine Umgebung ohne Klimaanlage verlaufen, und schon erschienen dunkle Schweißflecken auf seinen Hosen. Nach einer Viertelstunde im Freien erstreckte sich ein durchgehender Fleck vom Schritt seiner Hose zwischen seinen Beinen hindurch bis zu der Naht, die da verlief, wo sich seine Hinterbacken trafen, und verkündete aller Welt – so erschien es Maltby –, daß er unter unheilbarer Inkontinenz litt.

Und während er bei seinen bisherigen Einsätzen mit Angelegenheiten von einiger Bedeutung befaßt gewesen war, bestand seine einzige Aufgabe in Bangkok offenbar darin, sich für verkrachte Existenzen, die in Drogengeschichten hineingeraten waren, die Hacken abzulaufen. Heute beispielsweise war er unterwegs in das Gefängnis von Bombat, was angesichts des mehr oder weniger permanenten Verkehrschaos in Bangkok bedeutete, daß er zwei Stunden lang auf den unförmigen Kopf seines Chauffeurs starren mußte – und das, um die Freilassung von Duane Ricketts über die Bühne zu bringen und herauszufinden, was um alles in der Welt mit Dale Varty passiert war. Am Morgen war der Botschaft vom Gefängnis eine verstümmelte Botschaft des Inhalts übermittelt worden, daß Varty in eine Handgreiflichkeit verwickelt worden war und sein Zustand bedenklich sei.

Maltby hoffte, daß Varty auf dem Posten war. Für einen Berufsverbrecher, dachte er, war Varty eigentlich kein schlechter Kerl, hatte auf seine Weise sogar etwas Einnehmendes. Was man von Ricketts nun wirklich nicht sagen konnte – der war ungefähr so einnehmend wie eine Ratte im Babybett. Es hätte ihn nicht überrascht zu hören, daß er in einer Schlägerei zu Hackfleisch gemacht worden war – oder er jemanden zu Hackfleisch gemacht hatte.

Maltby mußte an sein erstes Zusammentreffen mit Ricketts denken. Die Polizei hatte ihn informiert, daß der Inhaber eines neuseeländischen Passes mit dem Namen Duane Kenneth Ricketts, 38, wegen des Besitzes von Rauschgift verhaftet worden war. Maltby hatte einen alternden Hippie erwartet, der nach Thailand gekommen war, um sich ein paar Monate lang zu bekiffen, rumzuhängen, billig zu leben, am Strand zu schlafen, der keine Ahnung, keinen Arsch in der Hose und wahrscheinlich unheimlichen Schiß davor hatte, ein paar Jahre in einem thailändischen Knast verbringen zu müssen – und der auf bemitleidenswerte Art dankbar für ein freundliches Gesicht war.

Jetzt im nachhinein bezweifelte Maltby, daß Ricketts auch nur einen Funken Dankbarkeit in sich hatte. Als er in den Besucherraum gebracht worden war, hatte Ricketts ihn nur gelangweilt angesehen und sich nicht einmal die Mühe gemacht, sich gerade hinzusetzen, sondern ihn nur gefragt: »Sie kommen von der Botschaft, stimmt's? Haben Sie Zigaretten dabei?«

Keine Panik, keine dramatischen Szenen, nichts von »Ich halte es keine Woche an diesem Ort aus, Sie müssen mich hier herausholen!«, keine Behauptungen, reingelegt worden zu sein, keine Horrorgeschichten über die Polizei, keine Klagen über das Gefängnisessen oder darüber, vor den Augen aller auf einer offenen Toilette scheißen zu müssen.

Nein, nichts von alledem. Statt dessen Anweisungen, wie Maltby seine Arbeit zu tun hätte: »Varty hat mir erzählt, daß Sie erst kurz hier sind. Stimmt das? Gut, also ich habe mit ein paar Jungs hier gesprochen, die Sache läuft so: Der erste Gerichtstermin ist nur dazu da, die Anklage und das Schuldgeständnis zu bestätigen. Ich bekenne mich schuldig, alles andere wäre sinnlos. Beim zweiten Mal bieten sie mir eine Kaution an – ungefähr 15 000 neuseeländische Dollar. Ich leiste Kaution – setzen Sie sich mit meinem Anwalt in Auckland in Verbindung, er wird das organisieren. Sobald sie mich rauslassen, spring ich in das nächste Flugzeug, das mich aus diesem Scheißloch bringt. Die Bullen werden wahrscheinlich ein bißchen rumspinnen wegen meinem Paß. Eigentlich müßten sie den Ihnen übergeben, aber sie werden auf ein Bakschisch warten. Lassen Sie sich nicht drauf ein – 15 Riesen, das ist alles, was die von mir kriegen. Sie können mir ja einen vorläufigen Paß ausstellen, damit ich nach Hause komme.«

Dann hatte er sich mit seinem Stuhl wieder zurückgelehnt und die Augenbrauen hochgezogen, so als wollte er sagen: »Noch irgendwelche Fragen?«

»Ist Ihnen klar«, hatte Maltby erwidert und dabei automatisch die herablassende Haltung angenommen, die Botschaftsangestellte an den Tag legen, um eventuell aufkommendes Selbstbewußtsein der Steuerzahler im Keim zu ersticken, »daß Sie von der neuseeländischen Regierung verlangen, sich zum Komplizen bei einem Kautionsbetrug zu machen?«

Die Beine von Ricketts Stuhl waren auf dem Holzfußboden aufgeschlagen, als er nach vorn schnellte und die Ellbogen heftig auf dem kleinen Tisch aufsetzte. Seine grauen Augen sahen aus wie zugefrorene Fenster.

»Jetzt erzählen Sie mir doch mal«, sagte er langsam, »wie behandeln die Sie, die hiesigen Bullen und die Typen, die den Laden hier schmeißen. Wie würden Sie ihre Haltung beschreiben?«

Maltby fühlte sich überrumpelt und merkte, daß er die Initiative verlor. Abwehrend zuckte er mit den Schultern.

»Ich weiß nicht, ziemlich hemdsärmelig, würde ich sagen.«

»Genau das ist es. Weil wir Kiwis sind und weil wir nicht zählen. Für die sind wir die letzten Ärsche. Ja, wenn wir Japse wären... Die könnten mich erwischt haben, wie ich Heroin in einem Kiosk im Foyer vom Oriental Hotel verkaufe, und würden trotzdem Schlange stehen, um Sie abzuschmatzen, wenn Sie mich besuchen würden. Wenn Sie von der japanischen Botschaft wären, würden Sie hier reinkommen, als ob Ihnen der Laden gehört, ein paar Millionen Yen rumschmeißen, und ich würde mit Ihnen rausgehen. Aber so können wir Kiwis nicht auf den Putz hauen, oder? Also müssen wir uns an ihre Regeln halten. Dann erkennen Sie doch wenigstens an, daß ich herausgefunden habe, was die Regeln sind. Tatsache ist, daß es nicht gegen thailändisches Recht verstößt, das Land zu verlassen, wenn man auf Kaution frei ist. Die sind doch ganz froh, wenn ich mich verpisse. Sehen Sie's doch mal von deren Seite: Die kriegen meine 15 Riesen, sind mich los und wissen, daß ich nie wiederkommen werde. Ich würde sagen, das ist ziemlich kosteneffektiver Gesetzesvollzug.«

Maltby ärgerte sich zwar, aber Ricketts hatte vollkommen recht.

Bevor Maltby einen vorläufigen Paß ausstellte, mußte er etwas mehr über Ricketts und darüber in Erfahrung bringen, wie er im Bombat Drug Rehabilitation Centre gelandet war.

Ricketts hatte erzählt, daß er davon lebte, Leute, meist Kinder, zu finden, die das heimatliche Nest verlassen und aus dem einen oder dem anderen Grund die Verbindung nach Hause abgebrochen hatten. Wenn die Eltern anfingen, sich Sorgen zu machen – und das konnte nach sieben Stunden oder auch nach sieben Jahren passieren –, wendeten sie sich an die Polizei, die ihnen sagte, daß die Bewahrung der Familie nicht in ihre Verantwortlichkeit fiel. Einige Eltern wurden von der Polizei an Ricketts verwiesen oder von jemandem bei den Behörden, der mit Ricketts zu tun hatte. Ricketts erhielt von seinen Kunden die letzte bekannte Adresse ihrer Kinder, und dann machte er sich auf die Suche nach ihnen.

Meist waren es 16jährige Mädchen, die aus Städten wie Opotiki, Thames oder Dargaville davongelaufen waren, um sich in der großen Stadt zu amüsieren. Und die meisten Geschichten endeten ziemlich prosaisch: Er fand die Ausreißerin als Kassiererin bei Foodtown oder Woolworth wieder. Sie dann wieder nach Hause zu bringen war eine andere Sache, denn meist fanden sie, daß das Leben in Auckland, auch wenn es nicht so aufregend war, wie sie erwartet hatten, immer noch besser war als da, wo sie herkamen – aber das war nicht mehr sein Problem. Manchmal endete die Geschichte wie in den schlimmsten Alpträumen der Eltern –

denen, die sie einander nicht zu erzählen wagten –, dann nämlich, wenn Ricketts Leah oder Jasmin oder Shelley – »so ein liebes Mädchen, aber manchmal ein bißchen schwer zu zügeln, wissen Sie« – an einer Straßenecke in der City in hochhackigen Schuhen und kurzem Rock und mit einer Packung Kondome und einer Nadel in der Handtasche wiederfand.

Zu Ricketts' Auftraggebern gehörte auch eine Reihe von Rechtsanwälten in Auckland. Mitunter führten ihn diese Aufträge nach Sydney, um irgendwelche Töchter zu suchen, die so damit beschäftigt waren, Kontakt zu ihrem kreativen Ich aufzunehmen, daß für den Kontakt zu ihren Familien keine Zeit blieb. Oder auch Söhne, die ziemlich sicher waren, daß Mama und Papa ausrasten würden, wenn sie wüßten, daß ihr Prachtjunge, der Kapitän des ersten Rugbyteams an der High-School und bei den jungen Rotariern gewesen war, jetzt zu einem Kerl ins Bett kroch, der einen Ring durch die Brustwarze, eine Tätowierung und Koteletten wie Zorro der maskierte Rächer hatte.

In Bangkok war Ricketts am 17. März auf der Suche nach Toby Ellifritt angekommen, einem 21 Jahre alte Burschen, der eigentlich zwei Wochen zuvor an der Universität von Auckland hatte erscheinen sollen, um sein Studium fortzusetzen und sich so auf den honorigen Beruf des Arztes vorzubereiten, für den er in den Augen aller bestimmt schien. Vier Tage später hatte Ricketts ihn am Strand von Phuket gefunden, wo er mit einem umwerfend hübschen deutschen Mädchen namens Petra Marihuana rauchte. Es schien Toby weder zu überraschen, noch zu beeindrucken – oder gar peinlich zu sein –, daß seine Eltern Ricketts von Auckland aus um die halbe Welt geschickt hatten. Er sagte, daß ihm klargeworden sei, daß Medizin etwas für Idioten wäre, und er mit Petra zusammen nach Südamerika gehen wollte, um sich die aztekischen Ruinen anzusehen und so. Als Ricketts fragte, ob er denn Geld habe, antwortete Toby, daß Petras Vater zu den 23 reichsten Männern Westeuropas gehörte – wen interessierte also das Scheißgeld. Ricketts sagte, er wüßte da schon jemanden.

Er wollte Toby sagen, daß man eines der größten Vermögen in Westeuropa ja nicht deshalb anhäufte, um den Wohltäter für jeden hübschen Jungen zu spielen, den seine Tochter unterwegs zu ihrem Amüsement aufgabelte. Er ließ es dann aber, denn er dachte sich, daß ihn, wäre er an Tobys Stelle, ein solcher Ratschlag nur an den Fuchs und die sauren Trauben erinnert hätte. Statt dessen wünschte er Toby viel Glück und sagte ihm, daß er ja, wenn er zwischen der Besichtigung alter Steinhaufen und dem Genuß von Kokain ein bißchen Zeit hätte, seinen Eltern vielleicht eine Ansichtskarte aus Peru schicken könnte. Toby Ellifritt sagte, er würde darüber nachdenken.

Am 22. März war Ricketts nach Bangkok zurückgekehrt, hatte ein Zimmer im Capital Hotel in der Khao San Road genommen und ein R-Gespräch mit Dr. Phillip Ellifritt in Remuera geführt. Er hatte dem Arzt mitgeteilt, daß sein Sohn am Leben war, es ihm gutging und er sehr wahrscheinlich in drei oder vier Monaten vor seiner Tür stehen würde – ein bißchen traurig, aber auch ein bißchen klüger. *Und möglicherweise voll auf Koks*, dachte Ricketts, als er auflegte.

An diesem Abend hatte Ricketts zwei Heroinzigaretten von einem Mann gekauft, den er in einer Billardhalle in der Khao San Road getroffen hatte. Er war ins Hotel zurückgegangen, hatte sich aufs Bett gelegt und eine der Zigaretten geraucht. Sie versetzte ihn in einen entrückten, schwebenden Zustand, und obwohl ihm leicht übel wurde, war es alles in allem recht angenehm. Dann mußte er wohl bewußtlos geworden sein, denn als er aufwachte, lag er auf einem Betonfußboden einer Zelle, und jemand versuchte, ihm seine Armbanduhr zu stehlen.

Dem Polizeibericht zufolge waren zwei Beamte um 11 Uhr 15 ins Capital Hotel gekommen, nachdem ein Zimmermädchen angerufen und mitgeteilt hatte, daß sie den Gast in Zimmer 202 ohnmächtig auf seinem Bett gefunden habe. Sie hatte ihn nicht zu Bewußtsein bringen können und die Polizei gerufen, da Drogen im Spiel zu sein schienen. Die Polizisten hatten eine Heroinzigarette im Waschbeutel des Gastes gefunden und die Reste einer weiteren im Aschenbecher neben dem Bett. Sie hatten Ricketts auf die Polizeiwache Central Bangkok gebracht und ihn offiziell in Haft genommen, als er kurz nach Mitternacht zu sich kam.

Zwar konnte das Außenministerium in Wellington nichts von Interesse zu Maltbys Akte über Ricketts beisteuern, der neuseeländische Polizeiverbindungsbeamte in Bangkok dafür um so mehr. Bei seiner routinemäßigen Abfrage der Datenbank des Zentralcomputers in Wanganui stellte sich heraus, daß Ricketts früher Polizist gewesen war und offenbar kurz nach seinem Rausschmiß eine andere Laufbahn eingeschlagen hatte.

Duane Ricketts verabschiedete sich von Jumbo Adeyemi.

»Kann ich draußen irgendwas für dich tun?« fragte er den Nigerianer.

»Nein danke, Mann, ist alles bestens. Ich hab ja nur noch ein paar Monate.«

»Vielleicht schreib ich dir irgendwann mal 'n paar Zeilen. Hast du 'ne feste Adresse?«

Adeyemi rieb sich das Kinn. »Ach, weißt du, ich bin irgendwie ein Nomade, mal hier, mal dort. Am besten, du schickst es postlagernd nach Stockholm. Da krieg ich's dann schon irgendwie.«

»Stockholm? Ist verdammt weit weg von Mama Afrika. Wie kommst du mit der Kälte zurecht?«

Adeyemi zuckte mit den Schultern. »Ich zieh mich an wie'n Bär. Hab einen wunderschönen Pelzmantel, Handschuhe mit Fell innen und eine Pelzmütze wie ein Kosakengeneral. Es stimmt, das Wetter kann wirklich verdammt mistig sein, aber ich mag die Schweden. Vor allem die Frauen.« Er ließ seine wunderschönen Zähne sehen. »Sie sind sehr aufgeschlossen – und sehr weiß.«

»Viel weißer geht's glaub ich nicht«, stimmte Ricketts zu. »Hör zu, Jumbo, du kannst mir einen Gefallen tun. Du hast doch Kontakte hier in Bangkok, geschäftliche Verbindungen?«

»Aber sicher.«

»Dann erzähl mir doch mal, was mit mir passiert ist. Ich meine, wieso haben mich die Bullen geschnappt?«

»Mann, das ist doch ganz einfach. Der Typ, von dem du den Stoff gekauft hast, hat dich verpfiffen. So arbeiten manche von den kleinen Dealern, dieses Geschmeiß: Sie verkaufen dir das Zeug und geben dann der Polizei einen Tip. Die Polizei erwischt dich mit den Drogen, also mußt du sie bestechen, damit du nicht im Gefängnis landest. Sie beschlagnahmen den Stoff, den du gekauft hast, und verkaufen ihn dir wieder oder geben ihn dem Dealer zurück, der ihn dem nächsten Trottel andreht. Wirklich ein sauberes kleines Geschäft. Du hast ihnen die Tour vermasselt, weil du bewußtlos warst – du konntest sie nicht bestechen, also haben sie dich verhaftet.«

Ricketts nickte. »Irgend so was hab ich mir schon gedacht. Also kostet mich der kleine Gauner aus der Billardhalle, der mir die Zigaretten verkauft hat, 15 Riesen. Das ist die Kaution, so viel muß ich zahlen, um hier rauszukommen. Scheiße, abgesehen von meinem Haus, war das so ziemlich alles, was ich hatte.«

Adeyemi zog die Augenbrauen hoch – es war nicht ganz klar, ob aus Mitgefühl oder weil er überrascht war, daß sich jemand wegen einer so läppischen Summe derart aufregen konnte.

»Wenn jetzt dein Geld so den Bach runtergehen würde«, fragte Ricketts, »was würdest du mit dem Schwein machen, das dich angeschmiert hat?«

»Ich würde ihn natürlich umbringen, und zwar langsam, wenn es die Umstände zulassen. Sollen meine Partner die Ratte aus der Welt schaffen? Das läßt sich machen, kein Problem. Das wäre mein Abschiedsgeschenk für meinen Freund aus Neuseeland.«

»Mein Gott, Jumbo, ich will nicht, daß er umgebracht wird ...«

»Ich habe da eine ausgezeichnete Idee. Die Gangs in Lagos bestrafen Spitzel, indem sie ihnen die Zunge rausschneiden. Ein Mann ohne Zunge ist eine Warnung für andere.«

Ricketts nickte nachdenklich. »Ja, das wäre vielleicht das Richtige: hart, aber gerecht.«

Ricketts und Maltby waren mit dem Botschaftswagen auf dem Weg zurück in die Stadt. Maltby hatte für Ricketts eine Übernachtung in einem Hotel und einen Platz für den Flug nach Auckland um 8 Uhr am nächsten Morgen organisiert.

»Diese Geschichte mit Varty ...«, sagte Maltby, »... also besonders gut habe ich den Gefängnisdirektor nicht verstanden.«

»Tja, was soll ich Ihnen erzählen?« erwiderte Ricketts. »Er ist mit dem Ladyboy mal kurz verschwunden, und der feste Freund vom Ladyboy fand das nicht gut.«

»Dieser Ladyboy, wie Sie ihn nennen – sie, es, wie auch immer –, ist ein Transvestit, nehme ich an?«

Ricketts nickte.

»Ich wußte nicht, daß Varty solche Neigungen hatte.«

»Ich bezweifle, daß Varty wußte, daß er solche Neigungen hatte«, sagte Ricketts. »Ich glaube, es war eher so, daß er's nach zehn Jahren ohne sogar mit einer Topfpflanze gemacht hätte.«

Maltby versuchte eine Weile, sich das vorzustellen. Da es ihm nicht gelang, lenkte er das Gespräch auf weniger heikle Themen.

»Der Gefängnisdirektor sagte, daß Sie mit Varty gesprochen haben, nachdem er niedergestochen worden war. Hat er vielleicht irgend etwas gesagt, was ich wissen sollte?«

Ricketts sah nach vorn und zog amüsiert die Brauen hoch. »Ja, ich glaube, Sie sollten in Ihrem Bericht erwähnen, daß Varty angegriffen wurde, bevor er zum Schuß kam. Es wäre gut, wenn das zu den Akten käme, falls der Ladyboy sein Honorar einklagen sollte – er nörgelt immer noch herum, daß er seine Zigaretten nicht bekommen hat.«

»Müssen Sie sich über alles lustig machen?« fragte Maltby gereizt. »Der Mann ist tot, mein Gott.«

»Eben. Ihn juckt's nicht mehr, warum also Sie? Aber wenn Sie's denn wissen müssen, Varty hat mich nur gebeten, zu Hause etwas für ihn zu erledigen – Familiengeschichten.«

Schweigend saßen sie da, bis sich Maltby entschloß, seinerseits ein bißchen zu sticheln.

»Also jetzt, wo wir Sie rausgeholt haben, können Sie mir ja vielleicht eine Sache erklären: Warum nimmt jemand wie Sie, ein angeblich intelligenter Mensch, Heroin? Ich meine, Sie sollten doch besser als die meisten wissen, wie schädlich das ist.«

Ricketts sah Maltby mit einem langen, halb fragenden, halb belustigten Blick an.

»Jason, wollen Sie damit sagen, daß Sie noch nie bei sich gedacht haben: ›Ich würde es gern mal probieren, nur um zu sehen, was so toll daran ist?‹« Ricketts wandte sich ab und sah aus dem Fenster. »Nein, haben Sie wahrscheinlich nicht.«

Maltby reagierte nicht auf Ricketts Spitze. Statt dessen fragte er, so unverfänglich er konnte: »Noch eine Sache hätte ich gerne gewußt: Warum hat man Sie eigentlich aus dem Polizeidienst entlassen?«

Ricketts wandte sich jäh um und starrte Maltby an, der sich zwang, seinem Blick standzuhalten.

»Sie haben Informationen über mich eingeholt, Jason. Das sollte mich wohl nicht überraschen. Aber warum haben Sie nicht gleich die ganze Geschichte in Erfahrung gebracht, wenn Sie schon dabei waren?«

Maltby sah weg. »Ich habe nur die nackte Tatsache registriert. Ich glaube, da stand etwas von ›... ließ sich ein eines Polizeibeamten unwürdiges Verhalten zuschulden kommen‹.«

Ricketts lehnte sich zurück. »Ich hatte ein Foto, eines von einer Serie, die wir bei einem Typen gemacht hatten, der von mir verhaftet wurde. Ich hab es ein paar Freunden gezeigt, und jemand, der mit dabei war, ein Freund von 'nem Freund, hat es geklaut. Es stellte sich heraus, daß er als Reporter für die *Truth* arbeitete, und die brachten das Foto dann. Die Familie und der Anwalt machten ein Riesenfaß auf. Es spielte keine Rolle, daß die von der Zeitung das Foto geklaut hatten – alle waren überzeugt, daß ich es ihnen gegeben hatte. Also bin ich rausgeflogen.«

Maltby spürte, daß er endlich einen wunden Punkt gefunden hatte, und konnte nur mühsam ein Lächeln unterdrücken. »Kurz und knapp, selbst für Ihre Verhältnisse, aber hören Sie, wenn Sie lieber nicht darüber reden wollen…«

Ricketts lächelte zurück. »Ach was, es macht mir nichts aus. Wenn Sie die Einzelheiten wissen wollen, also bitte. Wenn ich's mir recht überlege, ist es eigentlich genau Ihr Fall. Es wird jetzt so 15 Jahre her sein, ich arbeitete damals in Henderson, da bekamen wir diesen Anruf von einer Frau, die in der Nähe von Taupaki wohnte und erzählte, daß ihr Sohn und ein paar seiner Freunde diesen Typen beobachtet hatten, der seltsame Dinge mit einem Pferd trieb – na ja, die Landlust, wenn Sie wissen, was ich meine. Zusammen mit einem Kollegen sprach ich mit den Kindern und war dann überzeugt, daß sie sich das unmöglich ausgedacht haben konnten. Das Opfer – eine große schwarze Stute – stand auf einer Koppel an der Straße, und wir fuhren immer mal wieder hin, um nachzusehen. Ein paar Tage darauf sitze ich unter den Bäumen und passe auf Black Beauty auf, da kommt ein alter Mann, ungefähr 60, daher. Er benimmt sich ein bißchen komisch, schaut sich laufend um und so und hat ein Seil in der einen Hand und einen Bierkasten in der anderen. Er bindet die Stute an, stellt den Bierkasten hinter ihr ab, hopst rauf, läßt die Hosen runter und legt los.«

Ungläubig fragte Maltby: »Und was hat das Pferd gemacht?«

»Ja, das wollen alle wissen. Es hat den Typen so über die Schulter angeschaut, als ob es sagen wollte: ›O nein, nicht du schon wieder!‹, und dann weiter gegrast. Irgendwie schien es ihm nichts auszumachen. Na ja, ich verhaftete jedenfalls das arme Schwein. Später sahen wir uns sein Haus an« – Ricketts Mund verzog sich zu einem schmalen und für Maltby ziemlich dreckigen Grinsen –, »und jetzt kommt der lustige Teil: Überall an den Wänden hingen Pferdefotos, wie Pin-up-Girls. Sogar auf dem Klo hatte er Vollblutmagazine. Wir machten ein paar Fotos zu Beweiszwecken. Das eine, das ich behalten hatte, war vom Schlafzimmer. An der Wand gegenüber vom Bett hing ein riesengroßes Farbposter von einem Pferd. Das Pferd hatte der Kamera den Hintern zugewandt – der Blick vom Bierkasten sozusagen.«

- 3 -

Jason Maltby saß in seinem Büro in der neuseeländischen Botschaft in Bangkok und starrte auf das Telefon auf seinem Schreibtisch. Er hatte die Aufmerksamkeit dem Telefon zugewandt, nachdem er vorher zunächst ungefähr eine Viertelstunde lang die cremefarbene Wand angestiert hatte – was er zwar beruhigend, aber nicht sonderlich anregend fand – und danach nicht ganz so lange das Bild, das links von der Tür hing.

Für Maltby war das Bild, ein Stilleben mit einer unscheinbaren Vase, die von zylindrischen purpurroten Gegenständen umgeben war, ein Symbol für alles Unbefriedigende in seinem Leben. Er wußte, daß es sich bei den zylindrischen purpurroten Gegenständen um Tamarillos handelte, denn die Künstlerin selbst hatte es ihm gesagt. Die Künstlerin war die Ehefrau des Botschafters, was auch erklärte, wieso das Bild Maltbys Büro verschandelte und nicht dort war, wo es eigentlich hingehörte: wo es niemand sah und es keinen störte, in dem gleichen Schrank wie die Unmenge an unbrauchbarem offiziellem Briefpapier mit der alten Telefonnummer der Botschaft, das niemand mehr brauchte, das der Botschafter aber hartnäckig für einen Notfall aufbewahrte. An welche Art Notfall er dabei genau dachte, war Maltby nicht klar. Angesichts der rauhen Beschaffenheit des Papiers und seiner scharfen Kanten hoffte er nur, daß der Botschafter nicht etwa in diplomatischen Kreisen Gerüchte über eine bevorstehende Toilettenpapierknappheit in Thailand aufgeschnappt hatte.

Maltby sah das Telefon mit dem gleichen Ekel an wie die »Asiatische Vase mit frischem Obst«, die die Frau des Botschafters in einem zweistündigen kreativen Rausch hingeschmiert hatte, nachdem ihre wöchentliche Tennisstunde einem plötzlichen Regenguß zum Opfer gefallen war. Er hatte nichts gegen das Telefon selbst, denn es funktionierte fast immer, und mit seiner gründlichen Reinigung hatte er sicher die meisten der Keime entfernt, die frühere Benutzer an der Sprechmuschel zurückgelassen hatten. Nein, es störte ihn zu wissen, daß er gleich den Hörer abnehmen und ein Gespräch führen mußte, bei dem er flehen, schmeicheln und betteln würde. Und wenn all das – was sehr wahrscheinlich war – nichts helfen sollte, dann mußte er vollkommen zu Kreuze kriechen.

Maltby störte gar nicht so sehr, daß er sich erniedrigen mußte. Immerhin war er seit 15 Jahren im diplomatischen Dienst und war dabei für sein Land mehr als einmal auf dem Bauch gerutscht. Auch in seinem eigenen Interesse hatte er sich nicht selten in den Staub geworfen – vor Botschaftern, unter denen er gedient hatte, vor Abteilungschefs und Politikern, die auf angeblich offiziellen Reisen Steuergelder verschleuderten.

Nein, was Maltby wirklich ärgerte, war, daß er die Person, vor der er zu Kreuze kriechen würde, seit 25 Jahren kannte und stets von oben herab behandelt hatte. Wenn Maltby ganz ehrlich zu sich selbst war, dann gab es eigentlich nur ein halbes Dutzend Leute, bei denen er sich Herablassung leisten konnte – seine Eltern inbegriffen. Es wäre fatal, wenn diese kleine Gruppe noch weiter schrumpfen sollte.

Fünf Tage zuvor war Bernie Gemmell, der in Hongkong als Journalist für eine große neuseeländische Presseagentur arbeitete, auf der Durchreise in Bangkok gewesen. Gemmell hatte seinem Chef die Genehmigung für eine dreiwöchige Tour durch die Region abgeschwatzt, bei der er Material für eine gewichtige Artikelserie über das asiatische Wirtschaftswunder sammeln wollte. Wäre sein Chef weniger mit dem bevorstehenden Vorstellungsgespräch beim *Asian Wall Street Journal* beschäftigt gewesen, hätte er den Vorschlag sicher mit der Begründung abgelehnt, daß das Thema bereits zur Genüge von Berichterstattern durchgekaut worden sei, die weit besser für diese Aufgabe geeignet waren als Gemmell.

Gemmell und Maltby hatten in den frühen Siebzigern gemeinsam in Palmerston die High-School besucht und waren dann in regelmäßiger, wenn auch nicht enger Verbindung geblieben. Als

Gemmell jetzt kurz in Bangkok Station machte, waren sie zum Essen und auf ein paar Bier ausgegangen. Im Verlauf des Abends hatte Maltby seine kürzliche Begegnung mit Dale Varty erwähnt, der nach zehn Jahren wieder ins Leben zurückkehren sollte.

Ohne den Blick von der Tänzerin zu wenden, die sich auf der kleinen Bühne drehte, hatte Gemmell erwidert: »Aha, und wer ist dieser Dale Varty, wenn er nicht gerade sitzt?«

»Oh, hab ich das nicht erwähnt?« sagte Maltby und genoß den Augenblick. »Dale Varty ist möglicherweise der letzte Überlebende des ursprünglichen Mister-Asia-Syndikats.«

Damit hatte Maltby Gemmells Interesse geweckt und erzählte nun die ganze Geschichte, wobei er immer wieder andeutete, daß es eine direkte ursächliche Beziehung zwischen seiner vor kurzem aufgenommenen Tätigkeit in der Botschaft und Vartys unmittelbar bevorstehender Freilassung gäbe. Als Gemmell anfing, sich Notizen auf einer Serviette zu machen, nahm ihm Maltby das Versprechen ab, die Geschichte nicht vor dem 14. April vorzulegen, dem Tag, an dem Varty entlassen werden sollte.

Maltby stand also vor einer außerordentlich verzwickten Aufgabe: Zunächst mußte er Gemmell erklären, daß die Ereignisse seit ihrem Umtrunk eine etwas andere Wendung genommen hatten und die ursprüngliche Story unter dem Titel »Endlich frei – Diplomat hilft Drogenboß« nicht mehr stand – und dann mußte er Gemmell davon abhalten, die neue und noch spektakulärere Version herauszubringen: »Todeskuß – Transvestit und Mister-Asia-Gangster«. Maltby wußte wohl, daß es schwierig sein würde, Gemmell bei einer so saftigen Geschichte zurückzuhalten, aber ihm standen verschiedene Horrorszenarios vor Augen, die ihn erwarteten, falls es ihm nicht gelänge – und die ließen sich in einem Wort zusammenfassen: Äquatorial-Macheteland.

Bevor er anfing, mit leerem Blick an die Wand zu starren, war Maltby im Büro des Botschafters gewesen und hatte ihn über die unwürdigen Zustände von Vartys Ableben informiert. Während der Botschafter Maltbys Bericht anhörte, hatte sein rosiges, mildes Gesicht allmählich einen Ausdruck tiefsten Abscheus angenommen.

»Mein Gott, das ist ja wirklich ganz reizend, also wirklich«, rief er aus, als Maltby fertig war. »Also passen Sie auf, Jason, wir müssen auf jeden Fall verhindern, daß die Presse Wind davon bekommt. Das wäre ein gefundenes Fressen für die Bande, die würden eine internationale Affäre draus machen, und wir würden von beiden Seiten Prügel beziehen.«

Bis dahin hatte Maltby seinen bierseligen Plausch mit Bernie Gemmell noch nicht im Zusammenhang mit Vartys Tod gesehen. Doch in diesem Augenblick begriff er; panisches Entsetzen packte ihn, und der Schweiß brach ihm aus: Sämtliche Poren schienen sich auf die Größe der Nasenlöcher eines Gorillas auszudehnen, und der Schweiß sprudelte aus ihnen wie aus einem geplatzten Wasserrohr. Er verließ das Büro des Botschafters in militärischem Trab, trocknete sich in der Herrentoilette ab und ging in sein Büro zurück, wo er sich frische Sachen anzog – er hatte stets zwei komplette Garnituren im Schrank hängen.

Nachdem er sich seelisch für die Aufgabe gerüstet hatte, nahm Maltby den Hörer ab, wählte die Nummer der Presseagentur in Hongkong und verlangte Gemmell.

»Tut mir leid, Sir«, sagte die Sekretärin. »Mr. Gemmell gerade dienstlich unterwegs. Er nicht zurück vor nächste Woche.«

»Wie kann ich ihn erreichen?«

»Ist nicht möglich, weil Mr. Gemmell reisen in Laos und Vietnam. Wir haben keine Nummer von ihm, bis er in Hanoi am Freitag.«

»Aber er ruft doch sicher regelmäßig an?« fragte Malty. »Um Mitteilungen entgegenzunehmen und dergleichen?«

Die Sekretärin kicherte aufreizend. »Kann man nie wissen bei Mr. Gemmell. Manchmal er weg, und wir nicht hören von ihm eine ganze Woche.«

Maltby unterdrückte die aufsteigende Mißgunst. »Ja Herrgott noch mal«, sagte er gereizt. »Also, dann hinterlasse ich eine Nachricht für ihn. Wenn er denn anrufen sollte, dann richten Sie ihm aus, daß er mit der Varty-Story, ja V – A – R – T – Y, nicht weitermachen soll, bis er mit mir gesprochen hat, ja Jason Maltby von der neuseeländischen Botschaft in Bangkok. Es ist sehr wichtig, absolut dringend. Und lassen Sie sich eine Telefonnummer geben, unter der man ihn erreichen kann.«

Heute war Dienstag, und Gemmell hatte versprochen, die Story frühestens am Donnerstag loszulassen. Solange er sich in Laos und Vietnam herumtrieb, würde er zumindest nichts nach Neuseeland schicken.

Maltby war beruhigt, daß er noch ein paar Tage Zeit hatte, und wandte sich anderen Dingen zu. Auch wenn er nie bewußt darüber nachgedacht hatte, war er wohl doch der Meinung, daß das technische Verständnis seines alten Schulkameraden nicht einmal ausreichte, um sich ein Fertiggericht in der Mikrowelle zu machen. Er wäre sicher überrascht gewesen zu erfahren, daß Gemmell nie ohne Notebook und Modem unterwegs war.

Erst als er den aufmunternden Kraftstoß verspürte, mit dem die Boeing 747 von der Landebahn des Flughafens in Bangkok abhob, konnte sich Duane Ricketts wirklich entspannen.

Er hatte in der Nacht zuvor nicht gut geschlafen, obwohl sein Bett seit drei Wochen das erste Mal ein richtiges Bett gewesen war und nicht nur ein Stück Pappe auf kaltem Betonfußboden. Maltby hatte ihm gesagt, daß die Flüge von Bangkok nach Australien und Neuseeland den ganzen nächsten Monat absolut ausgebucht waren; er hatte also verdammtes Glück gehabt, noch einen Platz in dieser Maschine zu bekommen, auch wenn er in Sidney Aufenthalt haben würde. Aber wenn er diesen Flug verpaßte, dann würde er wochenlang herumsitzen, auf Wartelisten kommen und jeden Morgen um sechs Uhr in der Hoffnung am Flughafen antanzen, daß ein Platz freibliebe – und die ganze Zeit ein Hotel bezahlen, das er sich nicht leisten konnte. Jeden Tag, den er länger in Thailand blieb, würde sein Prozeß näher rücken, und es konnte immer passieren, daß er wieder aufgegriffen und in den Knast gesteckt wurde, weil es einem heimtückischen oder auch nur unbekümmerten Beamten irgendwo in den verschlungenen Eingeweiden der thailändischen Justiz gerade einfiel.

Außerdem erschien es Ricketts sinnvoll, daß mehrere Ozeane zwischen ihm und Thailand lagen, wenn der kleine Gauner aus der Billardhalle seine Freunde von der Polizei informierte – schriftlich wahrscheinlich und mit zittriger Hand –, daß man ihm die Zunge abgeschnitten hatte.

So wälzte er sich hin und her, stellte sich vor, daß der Wecker nicht klingelte, daß der Weckruf nicht käme, daß er in die weiche Matratze sinken und immer weiter schlafen und schließlich erst am Mittag aufwachen würde, wenn das Flugzeug, in dem er sitzen sollte, sich gerade der Westküste Australiens näherte. Schließlich schaffte er es, knappe drei Stunden und zehn Minuten vor Abflug da zu sein.

Während das Flugzeug auf Reisehöhe stieg, mußte Ricketts an die Abschiedsworte von Jumbo Adeyemi denken. Sie standen in der Mitte des Gefängnishofes. Jumbo hatte das Gespräch kurz für ein Geplänkel mit seinen nigerianischen Landsleuten unterbrochen, die im Schatten der Hofmauer angeregt Scrabble spielten.

»Die Jungs sind in Ordnung«, sagte Jumbo, als er sich wieder Ricketts zuwandte, »aber manchmal habe ich Angst um sie. Sie machen eine Menge Geld, aber sie geben alles wieder aus – für Autos und Frauen, Frauen und Autos. Sie können an nichts anderes denken. Als ich so alt war wie sie, war ich genauso, nur – und das ist interessant – meine Freunde und ich, wir wollten immer amerikanische Autos und europäische Frauen. Jetzt ist es genau umgekehrt. Was sagt dir das?«

»Weiß nicht«, erwiderte Ricketts. »Scheint mir beides ein bißchen engstirnig.«

»Vielleicht hast du recht«, sagte Jumbo bedeutungsvoll. »Man sollte nicht zu – wie heißt das Wort gleich – ja, doktrinär, in diesen Sachen sein. Natürlich, hier drin rede ich ständig über Frauen und den dicken Kerl hier« – er tätschelte sich im Schritt – »und solche Sachen, aber das ist ja nur zum Zeitvertreib. Da draußen« – er machte eine ausladende Geste – »mußt du dich um den Job kümmern. Ich sag dir, Mann, als ich 30 wurde, ist mir klargeworden, daß es keinen Sinn hat, absolut keinen Sinn, all diese gefährlichen Sachen zu machen und dann zuzusehen, wie dir das Geld zwischen den Fingern zerrinnt. Ich hab mir ein Ziel gesetzt: kein Risiko mehr, wenn ich 40 bin. Ich begann vorsichtiger zu sein, wählerischer bei den Geschäften, habe mein Geld langfristig angelegt, damit ich nicht rankam, habe investiert, die Autos und die Frauen nicht mehr so häufig gewechselt. Jetzt kann ich mich wie geplant zur Ruhe setzen.«

Adeyemi senkte die Stimme, so als wollte er ein Geheimnis offenbaren. »Die letzte Tour hätte ich mir eigentlich sparen können. Und mir wäre es lieber gewesen, sie hätten mich nicht geschnappt, aber auf eine Weise hilft es auch dem Geschäft, mit den Jungs hier zusammenzusein, es ist gut für den Teamgeist. Das nächste Mal werden sie nicht an den Boß denken, der in seinem großen Haus sitzt und das Geld zählt, sondern sich daran erinnern, daß ich ebenfalls hier war. Aber das war's dann auch schon.« Er ließ seinen Arm schwer auf Ricketts Schultern fallen. »Duane, es bedrückt mich, dich so in der Klemme zu sehen. Es ist nicht gut, wie die Jungs da zu sein – sich treiben lassen, sich keine Sorgen machen, das Leben genießen, sich nicht um morgen kümmern. Man muß weiter denken, an die Zeit, wenn man nicht mehr so kann. In deiner Situation heißt es Ausschau halten, nach dem großen Ding. Und wenn die Chance kommt, dann mach was draus, koste es, was es wolle.«

Worauf du dich verlassen kannst, dachte Ricketts. Er winkte eine vorbeikommende Stewardeß heran. »Ach bringen Sie mir doch bitte ein paar Bier und einen doppelten Whisky, wenn Sie soweit sind, ja?«

Die Stewardeß, offensichtlich schon lange im Geschäft, musterte ihn mißtrauisch. »Das ist ein langer Flug, Sir. Wollen Sie es nicht etwas langsamer angehen?«

Ricketts schüttelte den Kopf. »Seien Sie unbesorgt, ich mache keinen Ärger. Ich werde das Zeug trinken, und dann hören Sie keinen Mucks mehr von mir.«

Als die Stewardeß ging, wandte sich Ricketts seiner Nachbarin zu, einer Frau in mittleren Jahren, die jetzt leicht pikiert dreinschaute. Er setzte ein liebenswürdiges Lächeln auf und sagte: »Ich bin gerade aus dem Gefängnis gekommen.«

Sonderagent Harold »Buddy« Funke von der Drogenfahndungsbehörde der Vereinigten Staaten saß nackt im Lehnstuhl in Zimmer 517 des Royal Thai Hotel mitten in Bangkok und dachte: *Mein Gott, ich liebe diese Stadt.*

Es gab drei ganz greifbare Gründe für Funkes Liebe zur thailändischen Hauptstadt. Sie lagen auf dem großen Bett hingestreckt und trugen nur die exotische Wäsche, die Funke selbst mitgebracht hatte. Und da keine von ihnen einen Tag älter war als 15, waren ihre Posen eher natürlich als lasziv.

Agent Funke war seit 1981 bei der Drogenfahndung und hatte die meisten Jahre seitdem außerhalb der USA verbracht. Insgesamt hatte er in neun von 73 Auslandsvertretungen der Drogenfahndungsbehörde gearbeitet, die Präsident Nixon gegründet hatte und die von seinen Nachfolgern zu einer riesigen weltumspannenden Maschinerie zur Bekämpfung des internationalen Drogenhandels ausgebaut worden war. Der Drogenhandel hatte zugenommen, und so war auch die Drogenfahndung mitgewachsen – die Frage, ob dem Problem so beizukommen war, spielte schon lange keine Rolle mehr. Einige der Einsatzorte Funkes waren nett, aber ein bißchen ab vom Schuß gewesen – Bridgetown, Nikosia – einige haarsträubend – Asunción, Port-au-Prince – und andere die Hölle – La Paz, Peshawar. Aber keiner von ihnen war mit Bangkok zu vergleichen, nicht einmal zu Zeiten einer Generalamnestie.

Das Schöne an Bangkok war, wie Funke immer wieder betonte, daß man, wenn man Dollars und die richtigen Beziehungen hatte –

und außer der königlichen Familie und den obersten Militärs hatte kaum jemand bessere Beziehungen als ein Mann der Drogenfahndung mit einigen Jahren auf dem Buckel –, tun und lassen konnte, was man wollte. Ganz egal, was man brauchte, mochte, wie abartig es auch war, keiner regte sich auf. Und garantiert konnte man es irgendwo in Bangkok für Geld bekommen. Mein Gott, was manche Leute trieben! Anderswo würde man sie dafür hinter Schloß und Riegel bringen und nie wieder rauslassen.

Sich selbst sah Funke als normalen, angepaßten Amerikaner. Seine ganz persönliche Neigung, der er einmal in 14 Tagen frönte, bestand darin, für einen Nachmittag ein Hotelzimmer zu mieten und sich ein Dreigespann blutjunger Mädchen aus einer der Girlie-Bars an der Patpong Road kommen zu lassen. Funke meinte, daß ein Mann nicht gelebt hatte, wenn er sich nicht einmal eine Ganzkörpermassage von drei quicklebendigen, quirligen, quietschenden, gut geölten kleinen braunen Püppchen hatte geben lassen. Der Höhepunkt dieser Nachmittage bestand darin, daß sich die Mädchen nebeneinander am Fußende des Bettes aufreihten, einmal auf dem Rücken, ein anderes Mal auf den Knien. Wenn er die Reihe hin und her durchging, mußte Funke an einen Schachchampion denken, der gegen mehrere Gegner gleichzeitig spielte und dabei von Brett zu Brett ging, um zu ziehen.

Funke erhob sich, zog seine Boxershorts an und klatschte in die Hände. »Okay, Mädels, das war's für heute. Onkel Bud muß wieder an die Arbeit.«

Während die Mädchen vom Bett krabbelten und sich anzogen, rief Funke in seinem Büro in der US-Botschaft an und erkundigte sich, ob irgendwelche Nachrichten für ihn da seien. Der einzige Anrufer war der Gefängnisdirektor von Bombat gewesen. Funke rief in Bombat an und wurde verbunden.

»Hallo Pong, hier Buddy Funke. Was ist los?«

»Mr. Funke, ist hier im Gefängnis etwas passiert, was Sie vielleicht interessiert. Ein Häftling mit Namen Dale Varty erstochen im Kampf wegen Ladyboy. Er jetzt tot. Bevor Doktor gekommen,

Ladyboy hören, daß Varty zu einem anderen Gefangenen über Menge Drogen erzählt, die in Neuseeland versteckt. Ich dachte, Sie wollen vielleicht wissen, das ist alles.«

»Aber sicher doch, Pong. Wer ist der Typ, dem Varty das erzählt hat?«

»Sein Name Duane Ricketts, auch aus Neuseeland. Er jetzt weg.«

»Was soll das heißen?«

»Ricketts auf Kaution. Jemand von seiner Botschaft holt ihn hier ab gestern nachmittag.«

»Mist, wenn er Kaution hatte, dann ist er verduftet. Von dem sehen wir nur noch eine Staubwolke. Was ist mit dem Ladyboy, wo ist der?«

»Sein Name ist Kham Phumkumpol, nennen sich Brandi. Soll nächsten Monat rauskommen. Wir wollen gerne loswerden – machen viel Ärger.«

»Ist das nicht immer so? Warum schickt ihr die kleine Schwuchtel nicht einfach wieder auf die Straße? Sagt ihm, daß es für seine eigene Sicherheit ist oder irgend so ’n Kram.«

»Ich glaube, Sie vielleicht recht haben, Mr. Funke. Vielleicht ein paar von Vartys Freunden versuchen abzurechnen, he?«

»Das könnte sicher passieren. Ich an ihrer Stelle würde ihn einfach rausschmeißen. Sagen Sie, Pong, können Sie mir einen Gefallen tun und mir eine Kopie von den Akten über Varty, Ricketts und den Ladyboy machen? Wir treffen uns dann um zehn Uhr heute abend in Chicos Bar. Sie bringen die Akten, und ich bringe etwas für Sie mit, Kumpel.«

Funke legte auf, setzte sich in den Sessel, die Ellenbogen auf den Knien, und starrte auf den Teppich. Er war so in Gedanken versunken, daß sich die Mädchen dreimal verabschieden mußten, bevor er reagierte.

- 4 -

Nachdem Ricketts Bangkok am Mittwochmorgen verlassen und in Sydney übernachtet hatte, kam er schließlich am Donnerstagnachmittag um 15 Uhr 20 in Auckland an. Der Beamte am Einreiseschalter sah sich seinen Paß kurz an, drehte sich dann um und nickte einem Zollbeamten zu, der hinter der Schalterreihe stand.

Der Zollbeamte trat vor und bat Ricketts leise mitzukommen. Ricketts zuckte mit den Schultern und nahm seine Taschen. Er war schon vom Zoll am Flughafen in Sydney durchsucht worden und hatte sich bereits mit dem Gedanken angefreundet, die gleiche Behandlung noch einmal zu bekommen. Der Beamte führte Ricketts durch die Einreiseschleuse zu einer Tür mit der Aufschrift »Nur für Personal« und dann einen Korridor entlang zu einem kleinen Verhörraum. In dem Zimmer standen ein Tisch, drei Stühle und zwei Männer in Zivilkleidung. Einen von ihnen kannte Ricketts: Detective Sergeant Tito Ihaka, ein Maori, von der Kriminalpolizei Auckland, der ungefähr 34 Jahre alt war und annähernd 110 Kilogramm wog, von denen jedoch weitaus weniger Fett waren, als die meisten Leute annahmen. Ihaka bestärkte sie jedoch gern in diesem Irrtum. Der andere Mann war zehn Jahre jünger, 30 Kilogramm leichter und um etliches hellhäutiger.

»Was ist denn das hier«, fragte Ricketts, »etwa eine nostalgische Minstrelshow?«

Ihaka setzte ein breites Wir-sind-doch-unter-uns-hier-Lächeln auf, dem Ricketts jedoch keinerlei Bedeutung beimaß. »Detective Constable Van Roon«, sagte Ihaka zu seinem Begleiter, »darf ich Ihnen Duane Ricketts vorstellen, auch bekannt als Mister Ed.«

Ricketts ließ seine beiden Segeltuchreisetaschen auf den Tisch plumpsen und setzte sich hin. »Können wir das schnell hinter uns bringen, Ihaka?« fragte er müde. »Tun Sie, was Sie müssen, ziehen Sie die Gummihandschuhe an und fummeln Sie mir am Hintern rum, wenn Sie das anmacht, aber ersparen Sie mir die Pferdewitze.«

Ihaka ließ sich nicht beirren. »Kaum zu glauben, daß diese Niete mal ein Bulle war, was?« sagte er zu Van Roon. »Ist rausgeflogen, weil man ihn nicht in die Nähe von Pferden lassen konnte. Und jetzt raten Sie mal, womit er heute seine Brötchen verdient? Stöbert Ausreißer auf! Jetzt sagen Sie mir mal, wer schickt denn einen Junkie los, um sein kleines Mädchen wiederzufinden?« Er schüttelte den Kopf. »Du bist und bleibst eine arme Sau, Ricketts. Ich nehme an, du freust dich auf die Leibesvisitation?«

Ricketts sah den Polizisten mit versteinertem Blick an und erwiderte nichts.

Ihaka nickte dem Zollbeamten zu. »Also dann, Kumpel, leg mal los. Auch wenn ich nicht glaube, daß du was finden wirst – so blöd ist nicht mal Mister Ed.«

Während der Beamte seine Taschen durchsuchte, fragte Ihaka Ricketts, was er in Thailand gemacht hätte und wie er so schnell wieder rausgekommen wäre. Die monoton heruntergeleierten Antworten waren ein Muster an Kürze.

Und dann fragte Ihaka ihn nach Dale Varty. »Ist das nicht Sache der thailändischen Bullen?« fragte Ricketts. »Die haben meine Aussage. Wenn Sie wissen wollen, was ich gesagt habe, dann lassen Sie sich eine Kopie schicken.«

»Wir sind wohl ein bißchen reizbar, was?« sagte Ihaka. »Wir haben einen Bericht von unserem Verbindungsmenschen drüben bekommen. Mein Gott, schrecklich, was das Gefängnis aus einem Menschen machen kann. Bist du auch schwul geworden wie Varty, oder hast du beim Wichsen an die Strandmiezen von Cardigan Bay gedacht?«

Ricketts verdrehte die Augen und starrte dann auf den Fußboden.

Der Zollbeamte machte Ricketts' Taschen wieder zu. »Die sind sauber.«

Ihaka stand auf. »Ja, dann wollen wir die Turteltäubchen mal alleine lassen.« In der Tür blieb er stehen und sagte zu dem Zollbeamten: »Ruf uns einfach, Kumpel, wenn du mit dem Arm in seinem Schließmuskel steckenbleibst.«

Wie Funke erwartet hatte, feierte Kham Phumkumpol alias Brandi seine erste Nacht nach der Entlassung aus Bombat, indem er sich schick machte und in sein Lieblingslokal ging, eine Bar an der Patpong Road, die für ihre Ladyboys bekannt war. Nachdem Brandi gegen halb elf hereingetänzelt und wie eine Heldin empfangen worden war, verließ Funke die Bar und ging wieder zu seinem Auto, das er auf der anderen Straßenseite geparkt hatte. Er richtete sich auf eine lange Wartezeit ein, lehnte sich gegen die Kopfstütze und erinnerte sich an das Ereignis, das sein ganzes Leben verändert hatte.

Um fünf Uhr an einem heißen Freitagnachmittag im Sommer des Jahres 1962 schloß Buddy Funke, der gerade 18 geworden war, den Eisenwarenladen seines Vaters in der kleinen Stadt Pecos im Südwesten von Texas ab.

Während der Rest der Familie die Sommerferien in Corpus Christi am Golf von Mexiko verbrachte, war Buddy in Pecos geblieben, um sich um den Laden zu kümmern und ein bißchen Geld zu verdienen, damit er sich ein Auto kaufen konnte, wenn er im Herbst aufs College nach Austin ging. Als er die Straße hinunterspazierte, dachte er daran, wie toll es am College mit dem eigenen Auto sein würde, und bemerkte das knallrote Cabrio erst, als es direkt neben ihm war.

»Ja, wenn das nicht Funke ist, der alte Gauner«, sagte Lyle Gorse und brachte das Cabrio zum Stehen.

Drei Jahre waren vergangen, seit Funke Lyle Gorse das letzte Mal gesehen hatte, und er hatte sich kaum verändert: Obwohl er etwas fülliger geworden war, trug er das Haar immer noch im Rock-'n'-Roll-Stil, lang und voller Pomade, auf den Kopf hochtoupiert, er rollte die Hemdsärmel immer noch weit über die Ellenbogen hoch, um seine Muskeln zu zeigen, immer noch hing eine Zigarette aus seinem Mundwinkel, immer noch sah er aus wie der böse Junge.

Seit Buddy Funke alt genug war, um Probleme zu bekommen, hatte seine Mutter ihm gesagt, daß er noch einmal wie Lyle Gorse enden würde, wenn er nicht aufpaßte. Lyles Vater war ein Tunichtgut mit einem ellenlangen Vorstrafenregister – er hatte Lyle und seine Mutter sitzenlassen, als Lyle zwölf war. Ein paar Jahre danach war ein Vertreter aus Amarillo in das Lokal gekommen, in dem Lyles Mutter als Kellnerin arbeitete. Als der Vertreter seine Spiegeleier mit Schinken aufgegessen und bezahlt hatte, warf Mrs. Gorse ihre Schürze auf die Theke und ging mit ihm zur Tür hinaus.

Die meisten Leute meinten, daß Lyle auch so auf die schiefe Bahn gekommen wäre. Es schien ihm in die Wiege gelegt zu sein: Er geriet in Schlägereien, er schwänzte die Schule, und als ein Lehrer zu ihm nach Hause kam, bedrohte er ihn mit einer Schrotflinte und forderte ihn auf, sein Grundstück zu verlassen. Er stahl Autos und ging damit auf Spritztour. Er kam für sechs Monate in die Jugendstrafanstalt von El Paso, es hieß, daß er bei schlimmeren Sachen ungestraft davonkam, weil er zu schlau für den Sheriff und seine Stellvertreter war – obwohl, wie Buddys Mutter gern sagte, jeder, der seine Schuhe im Dunkeln anziehen konnte, zu schlau für den Sheriff und seine Leute war. Und er schwängerte ein Mädchen. Das mußte einfach passieren, denn je mehr die Eltern Lyle als üblen Burschen hinstellten, desto mehr wollten die Jungs sein wie er und desto mehr begehrten ihn die Mädchen.

So kam eins zum anderen, und schließlich wurde Pecos zu heiß für Lyle Gorse. Am Tag nach seinem 17. Geburtstag war er auf und davon. Seitdem hatte man kaum etwas von ihm gehört. Jemand erzählte, daß er ihn in New Mexico beim Straßenbau gesehen hatte, einer anderen Geschichte zufolge lebte er in Amarillo zusammen mit seiner Mutter und ihrem zweiten Ehemann und arbeitete an einer Tankstelle. Niemand in Pecos schenkte diesen Berichten allzu großen Glauben, denn Lyle hatte bisher nicht einen einzigen

Tag in seinem Leben gearbeitet. Die meisten Leute hätten wohl getippt, daß er im Zuchthaus säße – egal wo, wenn er nur dort bliebe. Er war nicht geblieben.

»Hallo, Lyle«, sagte Funke. »Lang nicht gesehen. Wo warst du?«

Gorse zuckte mit den Schultern. »Hier und da. Meistens Arizona – Silver City, Tuscon, Yuma. Bin gern unterwegs.«

Funke nickte. »Und warum kommst du wieder nach Pesco?«

»Na, was glaubst du wohl? Das ist meine Heimatstadt, Buddy. Wollte die alten Amigos mal wieder sehen.«

»Ja, dann mach mal hin – und sieh zu, daß du vor Sonnenuntergang wieder loskommst.«

Gorse grinste. »Du hattest schon immer ein flottes Mundwerk, alter Junge. Ja, also eigentlich bin ich auf der Durchfahrt nach Süden über die Grenze. Hab sechs Wochen hintereinander auf einer Bohrinsel geschuftet und glaube, daß ich mir jetzt ein bißchen Entspannung und Spaß gönnen sollte. Ich hab eine Idee – warum kommst du nicht mit? Es wär nur übers Wochenende, ich bring dich am Sonntagabend zurück. Was sagst du dazu?«

»Was meinst du denn mit Spaß?« fragte Funke mißtrauisch.

Gorse zog noch einmal an seiner Zigarette und schnippte sie dann weg. Er legte einen Arm auf die Wagentür und beugte sich zu Funke hinüber. »Ich will mir diese Show mit dem Esel ansehen, Junge. Ein Typ auf der Bohrinsel hat mir von Eselshows erzählt, die er in TJ gesehn hat. Hat gehört, daß sie die auch in Juarez unten machen.«

»Was ist 'ne Eselshow, und wo bitte liegt TJ?«

»TJ ist Tijuana, 'n Mexikanernest an der Küste, gleich hinter der Grenze, da geht die Post ab. Wollte's mir mal ansehen, als ich in Yuma war, aber es kam was dazwischen. Tja, und eine Eselshow könnte man als Vorstellung bezeichnen, die eine Señorita und ihr liebster Burro abziehen.«

Funke sah ihn verständnislos an.

»Mein Gott, muß ich's noch buchstabieren? Die Puppe wird von 'nem Esel gebumst.«

Funke verschränkte die Arme. »Lyle, ich glaube nicht, daß ich zusehen möchte, wie 'ne Puppe von einem Esel gebumst wird.«

Gorse nahm die Sonnenbrille ab und starrte Funke an. »Na ja, die Geschmäcker sind halt verschieden. Aber es gibt ja noch jede Menge anderer Sachen in Juarez – meinetwegen kannst du auch auf den Markt da gehen und für deine kleine Schwester eins von diesen Bohnenpüppchen kaufen.« Plötzlich schlug er mit der Hand an die Wagentür. »Mann, da fällt mir was ein – hast du eigentlich schon mal gebumst? Sag nichts, Alter, ich weiß auch so Bescheid. Also dann ist ja alles klar: Du fährst mit dem alten Lyle runter nach Mexiko, und ich garantiere dir, du kommst nicht als Jungfrau zurück.«

Buddy Funke gehörte sicher zu den aufgeweckteren Jungs in Pecos, aber nicht einmal seine Mutter, der er ziemlich ähnelte, hätte behauptet, daß er auch zu den hübscheren gehörte. Er war klein und gedrungen, sein Gesicht war flach und mit Sommersprossen übersät, seine Augen erinnerten an falsch eingestellte Scheinwerfer, denn sie schienen in verschiedene Richtungen zu blicken, und das rötlichbraune Haar trug er militärisch kurz geschnitten, weil sein Vater darauf bestand. Obendrein war er schüchtern. Wie alle seine Altersgenossen war auch Buddy Funke begierig, seine Jungfräulichkeit zu verlieren, aber so unscheinbar und scheu, wie er war, hatte er sie bis jetzt höchstens ein paar Mal vorübergehend verlegt. Mit Lyle Gorse als Begleiter und Vermittler jedoch fände er in Juarez sicher eine Señorita, bei der er sie ein für alle Mal loswerden würde.

Als die beiden jungen Texaner am späten Sonntagnachmittag wieder über die Grenze kamen, war Buddy Funke keine Jungfrau mehr. Davon abgesehen brachten die beiden außer einem Kater und Montezumas Rache nichts von ihrem Ausflug mit.

Gorse hatte keine Eselshow gefunden. Er hatte sich erkundigt, war jedoch auf unverhohlene Feindseligkeit bei den Einheimischen gestoßen. Sie fanden die Idee, daß die Damen von Juarez zum Amüsement irgendwelcher Gringos Akte der Sodomie aufführen würden, offensichtlich anstößig. Es war die Enttäuschung über die ausgefallene Eselshow in Kombination mit der permanenten Zufuhr von Tequila und mexikanischem Bier an einem und ebenso flüssiger Absonderung am anderen Ende, die Lyle Gorse in eine miserable Stimmung versetzt hatte.

Statt in Sierra Blanca links abzubiegen und dann Richtung Norden durch Van Horn nach Pecos zu fahren, fuhr Gorse weiter südwärts Richtung Valentine. Ein paar Meilen hinter Sierra Blanca bog er in eine Nebenstraße ab.

Funke fragte: »Lyle, wo fahren wir denn hin?«

»Die Straße hier lang, siehst du doch!« antwortete Gorse bissig.

Schweigend fuhren sie eine Weile, bis plötzlich ein kleiner Laden mit einer Tanksäule aus dem Nichts vor ihnen auftauchte. Gorse bog von der Straße ab und hielt vor dem Laden. Er öffnete das Handschuhfach und nahm einen Revolver heraus. Dann zog er das Hemd aus der Hose, schob sich den Revolver in den Gürtel und deckte das Hemd darüber.

»Was willst du mit der Pistole, Lyle?« fragte Funke ängstlich.

Gorse zündete sich eine Zigarette an und stieg aus. Er legte seine Hände auf die Wagentür und sah mit einem schiefen Lächeln auf Funke herunter. »Na ja, Bud, ich hatte mich nun mal so auf die Eselshow gefreut, aber hab keine zu sehen bekommen. Und jetzt will ich unbedingt ein großes Eis mit Schokosauce. Wenn sie in dem Laden kein großes Eis mit Schokosauce haben, dann muß ich eben jemanden erschießen, so einfach ist das. Du bleibst hier.«

Ungefähr 90 Sekunden lang – Gorse ging zu dem Laden hinüber, stieg die Vortreppe hoch, sah sich gründlich um, öffnete die Gazetür und trat ein – saß Funke wie in Trance im Auto und stellte sich vor, wie verschiedene Leute, vor allem seine Eltern, auf die Nachricht reagieren würden, daß er als Komplize eines bewaffneten Überfalls verhaftet worden sei. Dann sprang er aus dem Wagen und rannte zu dem Laden. Er riß die Tür auf und schrie: »Lyle, tu's nicht...!«

Er kam zu spät. Gorse hielt den Revolver auf einen grauhaarigen älteren Mann in verwaschenem Overall gerichtet, der mit erhobenen Händen hinter der Ladentheke stand. Der Mann hieß Bobby Ray Doble, und wenn es zu diesem Zeitpunkt einen Menschen in Südwesttexas gab, auf den man lieber nicht mit der Waffe zielte, dann war er es.

Sechs Wochen zuvor hatte Bobby Rays Frau Martha zu ihrer Schwester nach Abilene fahren wollen. Die Polizei nahm an, daß sie am Steuer eingeschlafen sein mußte, denn kurz hinter Sweetwater war ihr Auto quer über die Straße genau in einen nach Süden fahrenden Greyhoundbus geschossen. Seit Marthas Begräbnis saß Bobby Ray die meiste Zeit mit einer Flasche Whisky vor dem Laden und dachte über seine Zukunft nach. Aber wie er es auch drehte und wendete, die Zukunft schien keinen Wert mehr für ihn zu haben. Als der Whisky alle war, ging er in den Laden und griff unter die Theke, wo er seinen 45er Automatikcolt aufbewahrte. 1959 war eine Horde Bandidos über den Rio Grande gekommen und hatte bei einem Überfall auf einen Laden in der Nähe von Rock Springs eine ganze Familie kaltblütig niedergeschossen. Seitdem hing Bobby Rays Colt mit Klebeband unter der Ladentheke befestigt im Halfter. Immer wieder nahm er ihn heraus, sah ihn an und setzte sich den Lauf an die Schläfe. Dann steckte er ihn wieder in das Halfter. »Nicht mehr lange, Martha«, sagte er dann, »nicht mehr lange, dann tu ich's.«

Als Funke in den Laden stürzte, drehte sich Gorse zu ihm, um ihm zu sagen, daß er, verdammt noch mal, zum Auto zurückgehen solle. Währenddessen langte Bobby Ray Doble unter den Ladentisch und zog seinen 45er hervor. Er traf Gorse genau hinter dem rechten Auge, und für Buddy Funke sah es so aus, als ob eine Granate in Lyles Mund explodiert wäre.

Doble richtete den Colt auf Funke und zielte auf seine Nasenspitze. Funke bemerkte nicht das geringste Zittern der Hand, die die Waffe hielt, und aus Dobles braunen Augen sah ihn nichts als gelassene Gleichgültigkeit an.

»Und wenn du 100 Jahre alt wirst, Junge«, sagte Doble, »so ein Glück wie heute wirst du nie wieder haben.«

Dann steckte sich Bobby Ray Doble den Lauf des 45er in den Mund und drückte ab.

Funke spürte etwas Warmes auf dem Bein, und als er nach unten sah, bemerkte er, daß er sich in die Hosen gemacht hatte. Später dachte er, daß es ja doch auch etwas für sich hatte, den ganzen Morgen mit Durchfall auf dem Topf gesessen zu haben.

Er fuhr mit Gorses Cabrio zurück nach El Paso, schlief eine Nacht darin, verkaufte ihn dem ersten Autohändler, bei dem er am Morgen danach vorbeikam, und nahm den Bus zurück nach Pecos. Während der Busfahrt dachte er auch darüber nach, welche Wagen er sich jetzt leisten konnte. Vor allem aber dachte er darüber nach, wie knapp er dem Tod entgangen war. Bei seiner Ankunft in Pesco war er zu dem Schluß gekommen, daß er doch, wo er so glücklich mit dem Leben davongekommen war, mit diesem Leben etwas Aufregenderes anfangen sollte, als Lehrer an einer High-School in Südwesttexas zu werden.

Es war fast zwei Uhr morgens, als Brandi, der Ladyboy, aus der Bar kam, nach links abbog und die Patpong Road in Richtung Surawong Road ging. Funke ließ den Wagen an und dachte, daß es verdammt schwierig war, die Ladyboys von echten Ladies zu unterscheiden, wenn sie sich richtig aufgedonnert hatten.

Funke fuhr langsam neben dem Ladyboy her und drehte das Fenster herunter. Er zückte seine Karte und forderte Brandi auf einzusteigen, fuhr dann drei Häuserblocks in Richtung Chitladda Palace, bog in eine kleine Seitenstraße ein, fuhr an den Straßenrand und schaltete die Scheinwerfer aus.

Brandi mißverstand die Situation. Er fuhr sich mit der Zunge über die roten Lippen und beugte sich mit einem affektierten Lächeln zu Funke hinüber.

»Sie wollen, daß ich …«

»Immer langsam, meine Süße«, sagte Funke. »Das hier ist Polizeiarbeit und kein Schäferstündchen. In der Stadt hier gibt es jede Menge Imitationen, aber du steckst jede falsche Rolex in den Sack, und das mein ich als Kompliment. Also ehrlich, es gab Zeiten im Leben von Old Buddy Funke, da hätte ich gejubelt, wenn du auf meiner Flöte gespielt hättest. Vielleicht hätte ich auch jetzt nichts gegen eine kleine Nummer, wenn ich nicht schon gestern von den drei – ja, du hast richtig gehört, drei – süßesten kleinen Miezen diesseits von Chiang Mai auf jede erdenkliche Art verwöhnt worden wäre und jetzt ganz einfach keinen mehr hochkriege. Ich will von dir nur wissen, was neulich in Bombat passiert ist, als Mister Varty das Zeitliche gesegnet hat.«

Brandi zog einen Schmollmund und lehnte sich an die Wagentür. »Ich haben denen zehnmal im Gefängnis gesagt. Dieser Varty sagen, er mich bezahlen für Blasen, okay? Wir gehen die Treppe rauf, aber Samran uns findet. Er verrückt vor Eifersucht, stoßen mich weg und – ich weiß nicht, was passiert – Varty schreien und fallen, und ich sehen Blut ...«

»Du bist ein 1A-Zeuge, meine Süße, aber diese Sache überlassen wir mal der tollen Mannschaft der Polizei von Bangkok. Mich interessiert, ob du gehört hast, was Varty seinem Freund Duane Ricketts gesagt hat.«

»Er sagen, daß er in Drogensyndikat gewesen – klingen, als ob er es nennen ›Asia‹, aber das klingen komisch, oder? Er sagen, sie haben gebracht Kokain von Australien nach Neuseeland mit Boot – vor viele Jahre – und es versteckt. Ist immer noch da.«

»Sagte er wieviel?«

»Viel – er sagen Millionen Dollar wert.«

»Genau das wollte ich wissen. Wo ist das Zeug?«

»Ich nicht gehört. Und dann seine Stimme ganz leise. Dieser Ricketts sich beugen, so sein Ohr ganz an Vartys Mund. Ich nicht hören viel, okay?«

»Er muß doch gesagt haben, wo, hat er denn keine Namen genannt?«

Brandi seufzte. »Vielleicht, ich weiß nicht. Wenn er Namen

von Ort gesagt, ich nicht verstehen. Jetzt ich alles gesagt, was ich gehört, okay?«

Funke schüttelte den Kopf. »Kann nicht sein. Wenn der Typ langsam gestorben ist, dann hat er Ricketts das alles nicht nur erzählt, um seine Zunge zu bewegen. Er hat einen Grund gehabt. Also, was sollte Ricketts für ihn tun?«

Brandi nickte. »Okay. Ich glaube, er wollen, daß Ricketts Koks findet, aber er auch über seine Tochter sprechen. Ricketts sollen sie finden. Sie mich jetzt nach Hause fahren wollen?«

»Das war's, sonst nichts? Du hast nichts ausgelassen, weil du es vielleicht nicht verstanden hast? Ich meine, hat er nichts von einer Karte gesagt, auf der man sieht, wo der Koks versteckt ist? Hat er niemanden außer der Tochter erwähnt?«

Brandi schüttelte den Kopf. »Ich hab gesagt, ich nicht alles gehört, was er erzählt. Aber ich noch gehört, daß jemand umgebracht, wenn er bringen das Kokain nach Neuseeland. Sie nicht fragen wer, okay?«

»Nun, was für ein Zufall«, sagte Funke. Er griff unter seinen Sitz und holte eine Automatikpistole hervor. »Jetzt schau dir mal diese kleine Schönheit an – eine Beretta 9 Millimeter. Hab ich einem Träger abgenommen, den wir letztes Jahr oben am Goldenen Dreieck aufgestöbert haben. Sie fühlt sich so gut an, wie für mich gemacht. Wirklich schade, daß ich sie wegwerfen muß.«

Brandi drückte sich an eine Tür und sah Funke mit großen angstgeweiteten Augen an.

»Das ist das Stichwort, Süße«, soufflierte Funke mit einem dünnen Lächeln. »Jetzt mußt du fragen, wieso ich das Ding wegschmeißen werde, wo ich doch so verdammt daran hänge.«

»Warum Sie machen das?« fragte Brandi mit kaum hörbarem Flüstern.

Funke öffnete das Handschuhfach und nahm einen Schalldämpfer heraus, den er auf die Beretta schraubte. »Es wäre wohl nicht sehr klug, sie zu behalten, nachdem ich dich damit weggepustet habe, oder?«

»Bitte nicht«, flehte Brandi. »Ich nichts machen...«

»Wieso machst du dir Sorgen?« sagte Funke. »Glaubt ihr kleinen Springmäuse nicht an die Reinkarnation? Dann kommst du mit einer Muschi wieder, und ich habe dir noch einen Gefallen getan, oder?«

Als Brandi nach dem Türgriff langte, schoß ihm Funke zuerst in die Brust und dann in den Kopf – wie man es ihm beigebracht hatte, als er damals, 1967, frisch vom College, dem CIA beigetreten war: zuerst auf den Körper schießen, auf das große Ziel, um es zum Halten zu bringen und kampfunfähig zu machen, dann auf den Kopf schießen, um auf Nummer Sicher zu gehen. Diese Art, Leute auszuschalten, hieß im Jargon der Firma »naß machen«, obwohl einige der älteren Jungs im CIA-Hauptquartier in Langley, Virginia, meinten, daß »naß machen« eigentlich eine Übersetzung aus dem Russischen sei und im Jargon des KGB jede Aktivität bezeichnete, bei der Blut vergossen wurde.

- 5 -

Um zehn Uhr morgens Ortszeit am Donnerstag, den 14. April, betrat Bernie Gemmell, der Auslandskorrespondent, die Boomerang Bar im Zentrum von Vientiane. Er ließ sich ein kaltes San-Miguel-Bier geben und belegte einen Ecktisch, auf dem er den Inhalt seiner großen Ledertasche ausbreitete. Er zündete sich eine Zigarette an, nippte an seinem Bier und studierte mit diskreten Blicken das knappe Dutzend Männer in der Bar, von denen nur zwei Asiaten waren.

Auch wenn es kaum jemand vermutet hätte, aber Gemmell hatte eine romantische Ader. In seiner leicht überhitzten Phantasie war eine schäbige, spärlich beleuchtete Bar in der Hauptstadt von Laos genau das Milieu der geheimen Welt hinter den Schlagzeilen, der Lebensraum von Abenteurern, Waffenschmugglern, Agenten, Doppelagenten und Söldnern, die die Zeit bis zum nächsten Krieg bei Bier und Wodka totschlugen und dabei an Kameraden dachten, die den letzten Einsatz nicht überlebt hatten. Daher studierte er die anderen Gäste in der Erwartung, daß sie fremdartig, unheimlich und gar todgeweiht seien. Nachdem er sie einige Minuten gründich in Augenschein genommen hatte, kam er zu dem Schluß, daß sie am ehesten aussahen, als ob sie für eine Blechfabrik in Stoke-on-Trent, Milwaukee, Gdansk oder Wollongong arbeiteten. Ja, ja, der geheimnisvolle Osten, dachte er. Gemmell trank sein Bier aus, öffnete sein Notebook und sah sich die Notizen zu seinem Gespräch mit dem Diplomaten Jason Maltby an.

Gemmells Enthusiasmus für die Story über Dale Varty war geschwunden, seit er Bangkok verlassen hatte. Er starrte auf den Bildschirm des Notebooks und fragte sich, wer sich denn eigentlich dafür interessierte, daß ein abgewrackter alter Mann aus einem Gefängnis in Thailand entlassen wurde. Wie hieß der Typ? Schon mal von ihm gehört? Das Mister-Asia-Syndikat gehörte der Vergangenheit an, eigentlich sogar dem Altertum. Und verglichen mit den Kartellen in Kolumbien waren das kleine Fische, schon fast drollig: eine Bande zweitklassiger Ganoven, die 15 Minuten lang in den Medien waren und sich dann gegenseitig umlegten. Da er jedoch absolut nichts Neues oder Aufschlußreiches über das asiatische Wirtschaftswunder vorweisen konnte, nachdem er sich zweieinhalb Wochen lang auf Kosten seiner Arbeitgeber in der Region herumgetrieben hatte, hielt es Gemmell dann doch für klüger, eine Story über Varty vorzulegen, und sei sie auch noch so bescheiden.

Er begann zu schreiben:

Von Bernie Gemmell, NZPA-Korrespondent

Bangkok, 14. April

Ein Überlebender: Dale Varty

Der 53 Jahre alte Neuseeländer Dale Varty, ein Veteran des berüchtigten Mister-Asia-Syndikats, wird heute aus dem Bombat Drug Reha-

bilitation Centre in Bangkok entlassen, nachdem er 10 Jahre wegen Drogenschmuggels abgesessen hat.

Beamte der neuseeländischen Botschaft in Thailand, die Kontakt mit Varty hatten, bestätigen, daß er in passabler körperlicher Verfassung und guter Stimmung ist.

Die Tatsache, daß er dieses Martyrium überstanden hat – Thailands Gefängnisse sind berüchtigt für ihre Härten Weißen gegenüber –, ist eigentlich keine Überraschung, denn immerhin war Varty ein Mitglied des Mister-Asia-Syndikats, und er hat es überlebt. Viele Männer des Syndikats starben eines gewaltsamen Todes, meist durch die Hände anderer Mitglieder, als es in den späten 70ern zu internen Konflikten in der Organisation kam.

Glücklicherweise war der Zusammenbruch des Mister-Asia-Syndikats so schnell und umfassend, wie sein Aufstieg spektakulär und blutig gewesen war.

Als der Chef des Syndikats, Terry Clark, auch bekannt als Alexander James Sinclair, im August 1983 starb – ironischerweise an einem Herzinfarkt in einem englischen Gefängnis –, bedeutete dies den endgültigen Zerfall einer der erfolgreichsten, wenn auch kurzlebigen, gewalttätigen kriminellen Organisationen Australiens.

Varty, der aus Auckland stammt, bekleidete nie einen der höheren Ränge im Syndikat. Ursprünglich einer der Mittelsmänner der Organisation zwischen den Händlern in Syndney und Auckland, stieg er schließlich zu einem Einkäufer auf, der sich um Bezugsquellen in Südostasien kümmerte.

Nach dem Zusammenbruch des Syndikats kam Varty nach Thailand und wollte seine Kontakte nutzen, um einen größeren Deal auf eigene Rechnung zu machen. Der Plan schlug jedoch fehl, als ihn die thailändische Polizei im März 1984 auf der Touristeninsel Phuket wegen Drogenschmuggel und Vorbereitung einer Straftat verhaftete.

Jason Maltby, seit drei Monaten Verwaltungsbeamter der neuseeländischen Botschaft in Thailand, hat sich seit seiner Ankunft hier nachdrücklich für Vartys Interessen eingesetzt und persönlich mit den thailändischen Behörden über seine Freilassung verhandelt. Obwohl sich Maltby als Diplomat über die Art der Verhandlungen ausschweigt, kann man mit Sicherheit davon ausgehen, daß sie nicht einfach waren. Die hiesigen Behörden scheinen mitunter Vergnügen daran zu finden, die Freilassung westlicher Gefangener hinauszuzögern, und sind unübertroffen, wenn es darum geht, Hindernisse aufzubauen, wo es gar keine zu geben scheint.

Maltby sagte dem Verfasser, daß er beeindruckt sei von Vartys Unverdrossenheit und seinem festen Willen, seine kriminelle Vergangenheit hinter sich zu lassen.

»Mr. Varty hat das alles bemerkenswert gut überstanden«, sagte Maltby. »Er besitzt das berühmte Anpassungsvermögen von uns Kiwis und hat sich nicht unterkriegen lassen, weil er sich immer an den Gedanken gehalten hat, eines Tages nach Auckland zurückzukehren und ein neues Leben zu beginnen.«

Mehr ist das Ganze nicht wert, dachte Gemmell, als er den Text noch einmal kurz überflog. Damit haben die Zeitungen einen Aufhänger für einen Beitrag unter dem Titel »Mister Asia wieder da«, wenn sie eine Lücke füllen müssen. Maltby kann sich freuen. Er steht da wie Henry Kissinger.

Gemmell ging zur Bar hinüber.

»Könnte ich Ihr Telefon benutzen?« fragte er den Barmann, einen 45 Jahre alten Westaustralier namens Len mit einem Bierbauch wie ein aufgeblähter Spinnaker, einer Nase mit einem radioaktiven Glühen und eigenartigen, narbigen Auswüchsen, so als sei er gerade dabei, sich amöbenartig fortzupflanzen. »Ich möchte ein R-Gespräch nach Neuseeland.«

Len verschränkte die Arme über der Brust. »Darauf kannst du deinen pickligen Arsch verwetten, daß es ein R-Gespräch ist. Bist du 'n Kiwi?«

Gemmell nickte.

»Hast du schon den von dem Kiwi gehört, der die George Street in Syndney mit einem Schaf unter jedem Arm entlangging?« fragte Len. »'n Polizeiauto hält an und der Bulle fragt: ›Sind Sie 'n

Schafscherer?‹ ›Besorg dir deine eigenen‹, sagt der Kiwi, ›die zwei hier fick ich selber.‹«

»Versteh ich nicht«, sagte Gemmell und schnitt Lens schallendes Gelächter ab.

Am Freitagmorgen lief Jason Maltbys Telefon heiß. Der erste Anruf kam von Spezialagent Harold »Buddy« Funke von der US-Drogenfahndung.

»Jason, ich habe gehört, daß Sie mit dem Fall eines Ihrer Staatsbürger befaßt sind, der hier einsaß, eines Kriminellen namens Dale Varty, der inzwischen verstorben ist?«

»Das stimmt, aber ...«

»Also, es tut mir wirklich leid, daß ich Ihnen auf die Nerven gehen muß, aber Sie wissen ja, wie wir Amerikaner sind – gibt's ja gar nicht, daß uns irgend etwas nichts angeht, nicht wahr? So läuft's jedenfalls bei meiner Truppe. Sie werden's vielleicht nicht glauben, aber zu den komischen Sachen, die wir machen müssen, gehören auch Berichte über alle Ereignisse auf unserer kleinen Kugel, in die bekannte Drogenschmuggler verwickelt sind – auch wenn sie für Sie vielleicht einfach nur tragisch aussehen. Verstehen Sie, worum es mir geht? Also, ich weiß, daß dieser Zoff mit Ihrem Varty im Knast passiert ist und so weiter, aber ich muß trotzdem einen Bericht darüber vorlegen.«

»Ja, ich verstehe schon«, erwiderte Maltby. »Wie kann ich Ihnen dabei behilflich sein?«

»Ach Jason, es ist mir wirklich verdammt peinlich, daß ich Sie damit aufhalten muß, aber unsere Vorschriften verlangen, daß ich Vartys letzte bekannte Adresse in seinem Heimatland ermittle. Fragen Sie mich nicht, warum – wahrscheinlich noch mehr Mist, mit dem sie ihren Computer füttern können. Die hiesigen Uniformierten haben nur eine Adresse in Phuket – dort hat er wahrscheinlich gehaust, als sie ihn verhaftet haben –, wenn mir also noch jemand helfen kann, diesen beschissenen Bericht endlich fertigzumachen, dann doch die netten Leute von der neuseeländischen Botschaft.«

»Also, ich weiß nicht, ob wir das wirklich können. Varty war nämlich in Australien, genauer gesagt, in Sydney, wohnhaft, bevor er nach Thailand kam.«

»Wie rücksichtslos von ihm. Haben Sie vielleicht irgendwelche nächste Angehörigen von diesem Mistkerl? Wenn es ganz schlimm kommt, würde mir auch die Adresse von den nächsten Verwandten reichen. Den Unterschied merkt in Washington ja sowieso niemand.«

»Einen Augenblick, ich hol mir mal seine Akte.«

Maltby nahm sich Vartys Akte und ging wieder ans Telefon. »Keine richtigen nächsten Angehörigen, befürchte ich. Ich hab hier nur seine Exfrau.«

»Besser als gar nichts, oder? Was haben Sie über sie?«

»Sie heißt Rayleen Crouch. Die Adresse hier ist Crimea Avenue Nr. 108, Grey Lynn, Auckland.«

Funke wiederholte die Adresse und sagte dann: »Das ist also die Exfrau. Hatte er irgendwelche Kinder?«

»Ich glaube, da war eine Tochter, aber in der Akte steht nichts über sie. Wenn Sie wirklich Einzelheiten über sie brauchen, könnte ich es in Wellington versuchen, aber die Dienststelle da stellt sich möglicherweise quer, wenn der Name in Ihren Computer soll …«

»Würde ich ihnen nicht mal übelnehmen. Nein, nein, das reicht schon, Sie haben mein kleines Problem gelöst. Ich bin Ihnen wirklich dankbar.«

»Immer zu Diensten.«

Funke legte auf. *Kein Wunder*, dachte er, *daß so viele glauben, daß Elvis noch lebt. Manche Leute würden einfach alles glauben.*

Der zweite Anruf bei Maltby an diesem Morgen betraf ebenfalls Dale Varty. Die Anruferin war Amanda Hayhoe, eine Reporterin vom neuseeländischen Fernsehen.

»Mr. Maltby, ich arbeite für eine Sendung über aktuelle Ereignisse unter dem Titel ›Sixty Minutes‹. Wir würden gerne einen

Beitrag über Dale Varty machen. Ich wollte wissen, ob er Thailand schon verlassen hat und wenn nicht, wo wir ihn erwischen könnten.«

Mein Gott, was war das? »Dale Varty«, stotterte Maltby. »Was wissen Sie über ihn?«

»Nur Allerweltskram – bis auf die Meldung im *Herald* heute morgen, daß er aus dem Gefängnis kommt«, antwortete Amanda Hayhoe unbeschwert. »Wir dachten uns, daß er vielleicht 'ne gute Geschichte erzählen könnte.«

Maltby fühlte eine riesige Schweißperle wie eine Schnecke seine rechte Schläfe hinunterkriechen. *Dieser Idiot Gemmell muß eine Story nach Neuseeland geschickt haben. Wie hat er das bloß gemacht?* Abrupt wurde er aus seinen Gedanken gerissen, als ihn eine Stimme anfuhr, er solle bloß auflegen und zusehen, daß er aus der Botschaft irgendwo hinkam, wo er nicht zu erreichen war. Es dauerte zwei bis drei Sekunden, bis er merkte, daß die Stimme aus seinem eigenen Kopf kam.

»Hören Sie, Miss Hayhoe, ich rufe Sie am besten zurück...«

»Ich verstehe nicht. Was ist so kompliziert an der Sache?« fragte sie. Ihre Stimme klang jetzt nicht mehr freundlich, sondern neutral, und es schwang etwas darin mit wie: Verarsch mich bloß nicht Freundchen, ich arbeite fürs Fernsehen! »Immerhin werden Sie in dem Artikel zitiert.«

»Zitiert?« stöhnte Maltby auf, und erhob sich dabei, um seine Hose zu lösen, die wie festgeleimt an seinem Hintern klebte. »Was sagen Sie da!?«

»Na ja, wie Varty das alles unbeschadet überstanden hat und so. Sie sollten sich über die Story freuen. Es klingt so, als ob Sie... ja, als ob Sie die Sache im Griff hätten da drüben.«

Maltby schloß die Augen und preßte die Hände an seine glitschige Stirn. Es war eine Katastrophe, er mußte sie aufhalten, mußte ein bißchen Zeit gewinnen.

»Miss Hayhoe, könnten Sie mir vielleicht eine Kopie des Artikels faxen«, sagte Maltby, seine letzten Reserven an Selbstbeherrschung mobilisierend. »Ich glaube, ich müßte ihn wirklich erst einmal sehen, bevor ich etwas sagen kann. Ich rufe Sie dann zurück, sobald ich ihn gelesen habe.«

Der dritte Anruf für Maltby kam, als er gerade die Kopie des Artikels las, der im *New Zealand Herald* erschienen war.

Er riß den Hörer von der Gabel. »Suan, was ist los mit Ihnen?« schnauzte er. »Vor fünf Minuten habe ich Ihnen gesagt, daß ich zur Zeit keine Anrufe entgegennehme!«

»Entschuldigung, Mr. Maltby, aber dieser Herr sagen, er haben eine dringende Nachricht für Sie. Ist Mr. Bernie Gemmell – er anrufen aus Hanoi.«

- 6 -

Amanda Hayhoe war nicht der einzige Mensch in Auckland, dessen Interesse durch die einspaltige Agenturmeldung über Dale Varty erregt wurde, die am Freitag, dem 15. April, auf Seite fünf des *New Zealand Herald* erschien.

Vartys Exfrau Rayleen Crouch stieß auf die Story, als sie gerade beim Frühstück in der Küche ihres kleinen Häuschens in Grey Lynn saß. Ihr Blick fiel auf die Überschrift, und der Löffel mit Müsli und Banane, der gerade auf dem Weg von der Mickey-Mouse-Schüssel – aus der sie seit ihrem fünften Geburtstag 1961 jeden Morgen aß – zu ihrem Mund war, blieb in der Luft hängen, während sie las. Als sie an die Stelle kam, wo der Mann von der neuseeländischen Botschaft in Bangkok erzählte, daß ihr früherer Ehemann plante, in Auckland ein neues Leben anzufangen, schnaubte Rayleen Crouch auf. Dieses Schnauben, das sowohl Überraschung als auch Belustigung ausdrückte, war so heftig, daß der Löffel aus ihrer Hand hochsprang und eine Bananenscheibe vom Löffel auf den Tisch und von da auf ihren Schoß und schließlich auf den Boden fiel. Rayleens Blick folgte der Scheibe, die wie ein Reifen über den Küchenboden und dann unter den Herd rollte. Eher unbeteiligt fluchte sie: »Scheißding!«, und wandte sich dann wieder der Zeitung zu.

Sie las den Artikel zweimal. Dann aß sie den Löffel Müsli – nunmehr ohne Banane –, wobei sie verbissen kaute, und kippte danach den Rest aus der Schüssel in den Müll. Sie spülte die Schüssel aus, stellte sie in den Geschirrspüler, putzte sich im Bad die Zähne, nahm ihre Handtasche und verließ das Haus, wobei sie die Vordertür abschloß. Sie war so in Gedanken vertieft, daß sie völlig vergaß, die Bananenscheibe unter dem Herd hervorzuholen, und das war eher untypisch für jemanden, der sich seiner Ordnungsliebe wegen selbst schon als anal-hortend analysiert hatte.

Es war der erste Arbeitstag seit elf Monaten, an dem Rayleen Crouch aus dem Haus gegangen war, ohne das Kreuzworträtsel im *Herald* zu machen – für das sie normalerweise vier bis fünf Minuten brauchte. Damals war sie von ihrer morgendlichen Angewohnheit abgewichen, weil sie ein verzweifelter Anruf von ihrer Arbeitsstelle erreicht hatte, daß einer ihrer Klienten – so hießen sie im Sozialbetrieb – eben bei McDonald's in der Karangahape Road erfahren hatte, daß das Sonderangebot für das Egg-McMuffin-Frühstück am Tag zuvor ausgelaufen war. Daraufhin hatte er sein Hemd aufgeknöpft und sich mit einer Rasierklinge die linke Brustwarze abgeschnitten.

Noch jemand war von dem Artikel gefesselt, nämlich der Rechtsanwalt Bart Clegg. Clegg las die Zeitung und saß dabei in einem Ledersessel in seinem Büro im elften Stock des Trubshaw-Trimble-Turms in der Queen Street. Wie viele von Aucklands Wolkenkratzern hatte das Gebäude ursprünglich einer Gesellschaft aus Singapur gehört, doch als wichtigster Mieter durfte die Anwaltssozietät, in der Clegg Partner war, als Namenspatron auftreten.

Als Clegg 1976 das Jurastudium abgeschlossen hatte, trat er der Juristenkooperative von Auckland bei, einer Gruppe junger Anwälte, deren politische Standpunkte das ganze linke Spektrum vom Maoismus bis zum Utopismus der Sandalenträger abdeckten.

Clegg selbst war 50 Wochen des Jahres ein Anarchosyndikalist – und die restlichen zwei Wochen ging er zum Skifahren nach Mount Ruapehu. Die erklärte Mission der Kooperative bestand darin, sich für die Armen und Unterdrückten einzusetzen und die Bürgerrechte diskriminierter Minderheiten zu verteidigen. Für die Mitglieder waren Polizisten bestenfalls Spitzel des Systems und schlimmstenfalls korrupte, neofaschistische Schläger, und das juristische Establishment ein Haufen geldgieriger Fettsäcke, die sich gegenseitig halfen.

Wie viele Fanatiker war Clegg von seinen Ideen so angetan, daß er sie überall hin mitnahm – so wie moderne Eltern, die ihre Babys mit in Restaurants und auf Parties nehmen. An einem Freitagabend trank er im Universitätsclub mehr, als gut für ihn war, und fing an, über die Richterschaft herzuziehen. Ein kräftiger Mann in mittleren Jahren, der an der Bar stand, sagte ihm unverhohlen, daß er Blödsinn erzähle. Clegg achtete nicht auf seine Freunde, die ihn wegziehen wollten, sondern musterte den Störenfried von oben bis unten, schob sein gerötetes Gesicht so weit vor, daß sich ihre Nasen fast berührten, und herrschte ihn wütend an: »Wer hat denn um deine Meinung gefragt, Fettwanst? Du hast doch sowieso keine Ahnung!«

Der Herr mittleren Alters lief dunkelrot an, bis er fast die Farbe des trockenen Rotweins in Cleggs Glas angenommen hatte, und verließ dann mit energischen Schritten den Club. Mit einem triumphierenden Lächeln wandte sich Clegg seinen Begleitern zu und erwartete, daß sie ihm applaudierten, weil er dem Klassenfeind eine so vehemente Abfuhr erteilt hatte. Statt Beifall zu erhalten, wurde er jedoch darüber in Kenntnis gesetzt, daß der Mann, den er eben in der Öffentlichkeit völlig grundlos beleidigt hatte, als der neue Vorsitzende des Obersten Gerichtshofes gehandelt wurde.

Am nächsten Morgen erwachte Clegg mit einem Kater und dem unguten Gefühl, daß seine Grobheit gegenüber Richter Gibbon eine ernstere Angelegenheit war, als er sich am Abend zuvor hatte eingestehen wollen. Bis zum frühen Nachmittag war aus Unbehagen zermürbende Angst geworden, und er setzte ein Entschuldigungsschreiben an Gibbon auf, das er persönlich im Sekretariat des Richters abgab. Der Brief beeindruckte Gibbon, der bisher geglaubt hatte, in seiner 30jährigen Laufbahn die Grenzen der Selbsterniedrigung kennengelernt zu haben. Clegg hatte bewußt ziemlich dick aufgetragen. Schließlich entschied sich Gibbon jedoch, Cleggs Bitte zu gewähren, seine bisher nur schriftliche Entschuldigung in einem persönlichen Gespräch nochmals vorzubringen.

Ein recht kleinlauter Bart Clegg betrat am folgenden Tag gegen Mittag das Amtszimmer von Richter Gibbon. Er räusperte sich verunsichert und begann mit einer Rede, an der er bis drei Uhr morgens gearbeitet hatte. Gibbon hörte ihm ganze 45 Sekunden lang zu und unterbrach ihn dann.

»Das reicht«, sagte er. »Das Entscheidende ist gesagt. Ich habe Entschuldigungen von den schlimmsten Kriechern in der Branche gehört und kann Ihnen sagen, daß Sie denen in nichts nachstehen. Nehmen Sie Platz.«

Clegg gehorchte.

Gibbon sah ihn einige Sekunden lang schweigend an. Die Augen des Richters waren schwarz und leicht blutunterlaufen, und auf Clegg wirkten sie so kalt und gleichgültig wie die einer Katze, die mit einem Vogel mit gebrochenen Flügeln spielt.

»Warum haben Sie Jura studiert, Mr. Clegg?«

Clegg schluckte. »Ja, also ich glaube, ich wollte der Gerechtigkeit dienen und denjenigen helfen, die vom System keine Chance bekommen – den Armen, den Polynesiern, den Schwulen...« Er verstummte.

»Hm... und stimmt es, daß Sie glauben, die meisten Leute in der Branche scherten sich nicht um Gerechtigkeit, sondern wollten einfach nur viel Geld verdienen?«

»Also, ich weiß nicht, ob ich es so hart sagen würde...«

»Raus mit der Sprache, ja oder nein?«

»Ich glaube schon, ja.«

»Und ob sie es wollen. Ich sag Ihnen was, Mr. Clegg, Sie sind bestimmt nicht der einzige junge Anwalt, der so denkt. Neun von zehn vergessen irgendwann den Unsinn und sehen dann den Juristenberuf einfach als Job, als Broterwerb, von dem man ganz gut leben kann. Und nach unserer kurzen und unerfreulichen Bekanntschaft bin ich mir ziemlich sicher, daß sie weder vom Charakter noch vom Intellekt her zum Idealisten taugen. Wenn Sie sich zum Missionar berufen fühlen, bitte schön, aber dann werden Sie in 20 Jahren in einer erbärmlichen kleinen Praxis in einer erbärmlichen kleinen Kanzlei sitzen und bemitleidenswerte Mandanten vertreten. Niemand außer den Medien wird sich für Sie interessieren, und die werden Sie immer dann anrufen, wenn sie mal einen aufrührerischen Spruch brauchen. Und jeder Spruch, den Sie denen liefern, wird Sie noch mehr zum Gespött Ihrer eigenen Zunft machen. Deshalb empfehle ich Ihnen: Hören Sie auf, sich aufzuplustern und versuchen Sie, ein halbwegs anständiger Anwalt zu werden. Wenn Sie dabei auch noch ein bißchen Geld verdienen, dann haben Sie vielleicht zumindest einigen Ihrer Mandanten geholfen. Das wär's, ich habe dann vor dem Mittagessen noch ein paar Dinge zu erledigen.«

Clegg erhob sich. »Vielen Dank, Sir. Ich danke Ihnen für Ihren Rat.«

Cleggs Hand lag schon auf dem Türgriff, als Gibbon noch einmal anfing zu sprechen: »Ach ja, zwei Sachen noch. Sehen Sie sich mit dem Trinken vor, Sie haben es nicht im Griff. Und wenn ich dann irgendwann in der Zukunft mal Ihr Richter sein sollte und Sie wissen wollen, wie ich mit Ihnen umgehen werde« – an dieser Stelle lächelte Gibbon das erste Mal, aber es war ein Lächeln nach innen, in dem kein Trost für Clegg lag –, »dann lassen Sie sich gesagt sein, daß ich kein Mensch bin, der schnell verzeiht. Vergebung ist meiner Meinung nach Sache der Priester; Richter sind die Werkzeuge der Gesellschaft, mit denen die Vergeltung geübt wird, die wir dem einzelnen versagen. Wenn Sie also je so unklug sein sollten, in meinem Gericht zu erscheinen, wird es mir ein großes Vergnügen sein, Sie zu erniedrigen.«

Clegg nahm den Rat von Richter Gibbon an. Er verließ die Kooperative und trat einer mittelgroßen Kanzlei in der City bei. Ein paar Jahre lang machte er alles mögliche und spezialisierte sich schließlich auf Grundstücksübertragungen und Liegenschaftsrecht. Auch nach seiner Scheidung ging es ihm noch leidlich gut, und er hatte einen so sicheren Platz in der Hierarchie der Kanzlei Trubshaw Trimble, daß er sich kaum bemühte zu verbergen, daß er mit seiner Sekretärin schlief.

Richter Gibbon hatte er bisher aus dem Weg gehen können. Er war ihm seit der Audienz damals tatsächlich nur einmal begegnet, und das war im Northern Club. Er stand auf der Herrentoilette, und als er sich umdrehte, blickte er genau in Gibbons schwarze Augen. Vor Schreck klemmte er sich einige Schamhaare in den Reißverschluß seiner Hose. Der Richter war grauer, stämmiger und noch röter im Gesicht geworden, und sein starrer Blick war, wenn sich überhaupt etwas daran geändert hatte, noch kälter geworden.

»Clegg, wenn ich mich nicht irre?«

»Ja, Euer Ehren.«

Gibbon musterte ihn von oben bis unten, ziemlich genau so, wie es Clegg mit ihm vor 13 Jahren im Universitätsclub getan hatte.

»Sie sehen einigermaßen wohlhabend aus, Mr. Clegg. Für wen arbeiten Sie?«

»Trubshaw Trimble.«

Gibbon brummte zweideutig.

»Und was machen Sie da?«

»Vor allem Immobilien.«

Befriedigt nickte der Richter, so als ob diese Information ein tiefgehegtes Vorurteil bestätigte. »Ich hab Sie noch nie in meinen Verhandlungen gesehen, Mr. Clegg. Sie haben sich offensichtlich an meinen Rat gehalten.«

Clegg wagte ein kurzes Lächeln. »Ja, und zwar in jeder Beziehung.«

Gibbons Augen verengten sich mißtrauisch. »Sind Sie Mitglied hier?«

»Nein, nein, ich bin nur als Gast da.«

»Na, Gott sei Dank. Wenn Sie sich jetzt vielleicht verdünnisieren könnten, ich bin beim Wasserlassen lieber allein.«

Ein Jahr darauf mußte Gibbon aus gesundheitlichen Gründen das Richteramt aufgeben. In der Zunft hieß es, daß der Richter nie ganz darüber hinweggekommen sei, daß man ihn bei der Besetzung des obersten Richteramtes übergangen hatte. Auch die Tatsache, daß er eine ganze Flasche Famous-Grouse-Scotch-Whisky pro Tag trank, hatte angeblich zu seinem Verfall beigetragen. Aus Anlaß von Gibbons Pensionierung schickte Clegg ihm eine Flasche Wilson's-New-Zealand-Whisky und ein Pfund Schmalz. Natürlich anonym.

Als Clegg mit dem Artikel im *Herald* fertig war, lehnte er sich in seinem Ledersessel zurück und dachte über seine Verbindung zu Dale Varty nach, den er in den späten Siebzigern und frühen Achtzigern vertreten hatte. Da zu dieser Verbindung auch ein nie aufgeklärter Mordfall gehörte, dachte Clegg sehr gründlich darüber nach.

Bryce Spurdle, der Kapitalanleger im aktiven Ruhestand las den Artikel über Dale Varty im Café Sierra in der Jervois Road, das er seit einer Weile als sein Büro in Auckland benutzte.

Spurdle lebte in einer weitläufigen neogotischen Scheußlichkeit auf einem 25 Hektar großen Grundstück in der Nähe von Albany. Außerhalb der Stoßzeiten waren es nicht mehr als 20 Minuten Fahrzeit bis ins Zentrum von Auckland. Mehrmals in der Woche setzte er sich am Morgen in eines seiner drei Autos und fuhr ein Stück Autobahn, über die Hafenbrücke und die Shelly Beach Road hinauf bis zur Jervois Road. Wenn es das Wetter erlaubte, setzte er sich mit einem Cappuccino, dem *Herald* und seinem Handy an einen der Tische vor dem Café. Mit dem Telefon rief er seinen Börsenmakler an, seine junge Frau, um sicherzugehen, daß sie aufstand, und seine Freunde, um sich zu einer Runde Golf oder einem Mittagessen zu verabreden.

Vor langer Zeit waren Spurdle und Varty dicke Freunde gewesen. Sie waren in den vierziger und fünfziger Jahren zusammen in Ponsonby aufgewachsen. In jenen Tagen war für Leute aus den östlichen Vororten Aucklands Ponsonby so etwas wie ein Slum gewesen, und nicht einmal als Leiche hätten sie sich dorthin bringen lassen. Daher machte es Spurdle Spaß, vor dem Sierra zu sitzen und zu beobachten, wie die feinen Damen in ihren 3er BMWs extra vom Paratai Drive hierherkamen, um einen Kaffee zu trinken.

Vartys Vater war zur See gefahren und kaum zu Hause gewesen. Spurdles Vater ging 1941 mit ebenmäßigen Gesichtszügen und gesund in den Krieg – und kam mit zusammengedrückter Nase, schwer atmend und als Trinker wieder. Die Nase und den schweren Atem hatte er sich geholt, als er in einer Bar in Port Said in Ägypten in eine Massenschlägerei geriet. Grob gesagt war es eine Schlägerei zwischen australischen und englischen Infanteristen. Die Antipoden waren auf ihre Verbündeten losgegangen, weil sie Tommys waren, sowohl körperlich als auch zahlenmäßig unterlegen, und diese Kombination schien auf australische Soldaten, die einen draufmachten, wie ein rotes Tuch zu wirken. Die Australier hatten Pech, denn diese Tommys entpuppten sich als Waliser, Bauern aus den Bergen von Breconshire und den Black Mountains und Kumpels aus kleinen Bergarbeiterdörfern im Rhondda Valley. Die Waliser schienen nicht nur völlig schmerzunempfindlich zu sein, sondern kämpften auch wie tollwütige Wiesel und achteten die Etikette der allsonnabendlichen Schlägereien zwischen den Alliierten nicht im geringsten.

Kurz bevor Bevan Spurdle die Bar betrat, hatte sich einer der Australier zurückgezogen, nachdem ihm ein gnomartiges Wesen, das ungefähr halb so groß und wohl doppelt so alt war wie er, einen

Unterarm zermatscht, einen Zahn ausgeschlagen und seine Männlichkeit fast mit der Wurzel ausgerissen hatte. Krank vor Schmerzen und gedemütigt bis ins Mark lauerte der Australier an der Tür und schlug auf den erstbesten ein, der ihm über den Weg lief. Der K.o.-Schlag, ein machtvoller Aufwärtshaken, landete genau auf Spurdles Nasenspitze und schob das Nasenbein in die Stirnhöhle – von der Nase blieb nur ein Gemisch aus Blut, Knorpel und Schleim auf seinen Wangenknochen zurück, das aussah wie die Kriegsbemalung eines Apachenkriegers.

Ein Jahr später mußte Spurdle mit einem halben Dutzend Männern seiner Einheit im Hafen von Alexandria ein Versorgungsschiff entladen. Der Einsatz, der größtenteils unbeaufsichtigt ablief, nahm mehrere Tage in Anspruch, und sie waren fast fertig, als sie etliche Fässer mit bestem Rum tief unten im Laderaum des Schiffes entdeckten. Nach drei Tagen harter Arbeit in der Hitze Nordafrikas, so meinten die Männer des Arbeitskommandos, hatten sie sich den einen oder anderen Schluck verdient. Es endete damit, daß sie den Rest des Tages heftig tranken. Bevan klappte zusammen und lag 60 Stunden lang im Koma. Dabei hatte er noch Glück – zwei seiner Kameraden tranken sich buchstäblich zu Tode. Eigentlich hätte Spurdle zu einem Lehrbeispiel für anhaltende Abneigung gegen Alkohol werden müssen, aber die Erfahrung hatte gerade den entgegengesetzten Effekt: Er hing mit zunehmendem Durchhaltevermögen an der Flasche.

So war also einer der Väter oft abwesend und der andere oft im Rausch, und daher waren Spurdle und Varty weniger der elterlichen Kontrolle ausgesetzt als die meisten ihrer Altersgenossen. Sie durchstreiften die Straßen auf der Suche nach Abwechslung und kamen bald darauf, daß man sich die Zeit ebensogut – nur eben noch viel lohnender – mit kleinen Diebstählen vertreiben konnte. Sie fanden heraus, daß manche Leute lieber allein beteten oder dies zusätzlich zu den Gottesdiensten taten und daher in den Kirchen Opferstöcke standen, in die diese einsamen Betenden ihre Gaben warfen. Die Kästen waren normalerweise unverschlossen, und so stahlen sich Spurdle und Varty in den Mittagspausen in die Kirchen und plünderten sie. Varty wollte immer gleich alles nehmen, aber Spurdle, der auch damals schon außerordentlich umsichtig in Geldangelegenheiten war, bestand stets darauf, daß sie nicht mehr als die Hälfte nahmen. So würden die Priester nicht merken, erklärte er, daß Opfergeld gestohlen wurde – sie würden einfach meinen, daß in Ponsonby nun noch weniger zu holen war.

Die kleinen Diebe hatten auch herausgefunden, daß Leute, die Rente bekamen, häufig ihre Hintertüren und Fenster nicht verriegelten und alte Angewohnheiten beibehielten – das heißt, sie bewahrten ihre Ersparnisse immer in ein und derselben Schublade oder Dose oder immer unter demselben Sofakissen auf. Außerdem waren sie zerstreut, und wenn man einen Schein einstrich, würden sie wahrscheinlich denken, sie hätten ihn ausgegeben – wenn sie ihn überhaupt vermißten.

Nach der Schule stiegen Varty und Spurdle in den Bus nach Newmarket oder Remuera, wo die Läden besser sortiert waren, die Inhaber sie nicht kannten und so an wohlerzogene Kinder gewöhnt waren, daß man ihnen die Sachen geradewegs vom Ladentisch klauen konnte. Sie stahlen Comics, Spielsachen, Süßigkeiten, aber auch Sachen, die sie weder brauchten noch wollten und schließlich wegwarfen. Sie stahlen Unmengen Schokolade und fuhren dann mit dem Bus nach Ponsonby zurück, die Schultaschen vollgestopft mit den großen Tafeln für zwei Schilling, verkrochen sich in ihrem Versteck unter Vartys Haus und futterten, bis ihnen schlecht wurde. Was übrigblieb, nahmen sie am nächsten Tag mit in die Schule und tauschten es bei Mädchen ein, die dafür ihre Schlüpfer hinter der Toilettentür herunterzogen. Dafür gab es einfache Blockschokolade, und die Mädchen, die an sich herumfummeln ließen, bekamen Toffee- oder Karamelschokolade.

Varty hätte wahrscheinlich auch nur so aus Spaß mitgemacht, aber Spurdle trieb der Drang zur Kapitalakkumulation. Er hatte gesehen, wie die Jungs von den Privatschulen ihre eleganten Mütter zu Storkline, dem großen Spielzeugladen in Newmarket, schleppten und einfach auf die Sachen zeigten, die sie haben wollten. Staunend hatte er aus dem Busfenster die imponierenden Häuser entlang der Remuera Road betrachtet. Als er 14 war, hatte sich Bryce Spurdle entschlossen, reich zu werden.

Spurdle kam schließlich in drei Phasen zu Reichtum. In den 60ern arbeitete er im Musikgeschäft, managte Bands und veranstaltete Konzerte. In den frühen 70ern hielten die Drogen Einzug in die Musikszene. Spurdle war zunächst verblüfft, wieviel Geld Musiker und Fans für ein kleines Tütchen auszugeben bereit waren, das angeblich Marihuana enthielt, in dem aber auch Gras aus seinem Vorgarten hätte sein können – und die Hälfte von ihnen hätte es nicht einmal gemerkt. Er machte sich daran, den Bedarf zu decken. In den 80ern schließlich war er einer der größten Drogenhändler Aucklands und Millionär.

Jedoch lief es nicht immer ohne Pannen: Ein Mann, dem Spurdle einen Deal finanziert hatte, wurde mit einem Aktenkoffer voll LSD geschnappt und kam für den Rest des Jahrhunderts ins Gefängnis. Ein anderes Mal wurde sein Mann umgebracht, und der Stoff, eine Ladung hochreines Kokain, die ihn in die erste Liga katapultiert hätte, löste sich in Luft auf. Dann spielte der Aktienmarkt verrückt. Spurdle hatte bald herausgefunden, daß es leichter und weniger riskant war, an der Börse zu spielen, als sein Geld im Drogengeschäft zu verdienen. Bis zum Jahr 1987 hatte er aus einer Million Dollar aus dem Drogenhandel ungefähr zehn Millionen gemacht, die er wiederum komplett in Aktien investierte.

Es kam Spurdle nie in den Sinn, daß es nicht ewig so weitergehen würde. Oft fragte er sich, warum nicht alle in Aktien investierten und so auf seriöse Weise Geld verdienten. Nicht, daß es ihn besonders interessiert hätte – wenn einige Leute den Wald vor lauter Bäumen nicht sahen oder Angst davor hatten mitzumischen, dann verdienten sie es ja wohl, arm zu sein.

An einem Tag Ende August 1987 schaute Spurdle auf dem Weg zum Flughafen kurz bei seinem Börsenmakler vorbei. Er hatte den Winter satt und wollte für ein paar Wochen nach Hawaii fliegen.

Er suchte noch Lesestoff für das Flugzeug und sah ein Taschenbuch mit dem Titel *Geld* im Bücherregal des Maklers. Da Geld das Alpha und Omega seines Lebens war, borgte sich Spurdle das Buch, obwohl sein Makler ihn warnte, daß es wohl nicht nach seinem Geschmack sein würde.

Der Makler hatte recht. Spurdle hatte erwartet, daß der Autor, John Kenneth Galbraith, seine unkomplizierte Einstellung zum Geld teilte, und sich auf ein paar gute Tips für die Vermehrung seines Reichtums gefreut. Statt dessen erwartete ihn jede Menge intellektuelles Geschwafel über Wirtschaftstheorien und den ganzen historischen Kram über Sachen, die vor zig 100 Jahren in Europa und Amerika passiert waren.

Verärgert blätterte sich Spurdle durch den Rest des Buches, aber es schien nicht besser zu werden. Er wollte schon fast aufgeben und sich *Wall Street* anschauen, den Film, der während des Fluges gezeigt wurde (obwohl er ihn schon dreimal gesehen hatte und das Ende blöd fand), da fiel sein Blick auf den folgenden Abschnitt:

Zu Spekulationen kommt es, wenn Menschen – immer gestützt auf eine Art rationalisierende Doktrin – Vermögenswerte kaufen, weil sie erwarten, daß ihr Preis steigt. Diese Erwartung und die daraus resultierende Handlung bestätigen dann die Erwartung. Gegenwärtig ist nicht Realität, was der betreffende Vermögenswert – seien es nun Grund und Boden, Waren, Aktien- oder Investmentbeteiligungen – in der Zukunft erbringen wird. Es erwarten nur genug Menschen, daß der Preis des Spekulationsobjektes steigen wird, und so werden noch mehr Leute angezogen und erfüllen so weiter die Erwartung weiterer Wertsteigerungen.

Dieser Vorgang ist von genuiner Einfachheit, denn er kann nur so lange anhalten, wie die Preise zuverlässig steigen. Wenn der Preisanstieg ernsthaft ins Stocken gerät, werden die Erwartungen, die diesen Anstieg tragen, zunichte gemacht oder zumindest gefährdet. Alle, die auf einen weiteren Anstieg warten – alle bis auf die leichtgläubig und grenzenlos Optimistischen, von denen es immer reichlich zu geben scheint –, versuchen dann, herauszukommen. Wie schnell oder langsam der Zuwachs vorher auch gewesen sein mag, der anschließende Fall kommt immer abrupt. Daher die Ähnlichkeit mit dem Sägeblatt oder der brechenden Welle. So kam in all den schwarzen Jahren von 1819 bis 1929 das Ende von Spekulation und Wirtschaftswachstum.

Spurdle war sich nicht vollkommen sicher, ob er J. K. Galbraith richtig verstanden hatte, aber nach der Lektüre dieser Passage war ihm doch ein wenig flau zumute. Er kannte sich in Geschichte kaum aus, aber er wußte doch, was die Jahreszahl 1929 bedeutete: Das war das Jahr des Börsenkrachs an der Wall Street, der zur Weltwirtschaftskrise führte. Seine Mutter hatte oft von damals erzählt. Mein Gott, die Leute hatten fünf Jahre lang nur von Rüben gelebt. Und was Galbraiths Meinung nach dorthin geführt hatte, das ähnelte bereits dem, was in Neuseeland in den letzten Jahren passiert war.

Spurdle blätterte weiter und suchte nach weiteren Informationen über den Börsenkrach an der Wall Street. Auf Seite 220 wurde ein gewisser Irving Fisher erwähnt, den Galbraith als den »vielseitigsten und bei weitem interessantesten amerikanischen Wirtschaftswissenschaftler« beschrieb. Fishers ökonomische Theorien waren für Spurdle böhmische Dörfer, aber es gab eine Stelle über den Erfinder des Preisindex, die auch er ohne weiteres begriff. Mehr noch, die erschreckende Klarheit ließ ihn nach Luft schnappen, so daß die Stewardeß besorgt zu ihm eilte. Fisher hatte durch den Börsenkrach von 1929 zwischen acht und zehn Millionen Dollar verloren.

Es war die Summe von zehn Millionen Dollar, die Spurdle erschreckte. Wenn dieser Fisher ein oder zwei Millionen in den Sand gesetzt hätte, wäre es ihm vielleicht gar nicht aufgefallen. Aber zehn Millionen Dollar? *Heilige Scheiße, das ist alles, was ich habe! Und wenn Fisher, dem ja wohl in der Ökonomie und den Finanzen und so keiner was vormachte, so dick in die Miesen kommen konnte, was kann dann erst mir passieren?*

Spurdle rief aus Honolulu seinen Makler an und wies ihn an,

sein gesamtes Aktienportefeuille zu verkaufen. Als der Makler es ihm ausreden wollte, fragte ihn Spurdle, ob er eigentlich Galbraiths Buch gelesen habe.

»Na ja, ich habe angefangen, bin aber nicht weit gekommen. Ich habe Ihnen ja gesagt, daß es trockenes Zeug ist.«

»Also dann sind Sie nicht bis zu der Stelle über Irving Fisher gekommen?«

»Wie heißt der?«

»Irving Fisher. War so 'n super Wirtschaftswissenschaftler, 'n Oberschlauer, den's beim Börsenkrach 1929 reingerissen hat. Wenn Sie schon mal was von dem gehört hätten, würde ich mich vielleicht überreden lassen – haben Sie aber nicht, also verkaufen Sie die Scheißaktien, und zwar bis aufs letzte Stück.«

Dank J. K. Galbraith und Irving Fisher überstand Spurdle den Börsenkrach im Oktober 1987 unbeschadet und war danach sogar noch reicher. Aber es lag wohl in der Natur der Sache, daß er – wie reich er auch sein mochte – nie reich genug sein würde.

So saß Bryce Spurdle also vor dem Sierra Café im Freien, trank seinen zweiten Cappuccino, stocherte an seinem Blaubeermuffin und dachte über Dale Varty und das Geld nach. *Das war Dales großes Problem*, dachte er, *er hat das mit dem Geld nie richtig begriffen, hat nie kapiert, daß Geld nicht nur die Hauptsache war, sondern die Sache überhaupt. Persönliche Angelegenheiten waren etwas anderes – die durften dabei nicht im Weg sein. Mein Gott, bloß weil ich ihn damals bei der Koromandel-Geschichte reingelegt habe, hieß das doch noch nicht, daß ich ihn nicht mehr leiden konnte. War halt einfach schlauer so.*

Aber Varty hatte Al Grills ausgetrickst, und damit hätte Spurdle im Traum nicht gerechnet. Und er hatte es persönlich genommen, das konnte man wohl sagen. Zwei Nächte nach dem Rendezvous bei Otama klingelte um drei Uhr nachts das Telefon auf Spurdles Nachttisch. Er schaute auf die Uhr und nahm den Hörer nach dem sechsten Klingeln ab.

»Wer ist da, mein Gott?«

Einige Sekunden war es still. Spurdle wollte gerade noch einmal fragen, da fiel ihm Varty ins Wort.

»Ich bin's.«

»Dale, alter Junge, wo bist du denn? Ich hab schon auf deinen Anruf gewartet. Mann, was war los in der Nacht?«

»Dein Gesülze kannst du dir sparen«, erwiderte Varty mit nüchterner, ja feindseliger Stimme. »Grills hat mir alles erzählt. ›Spurdle hat da noch eine kleine Überraschung zum Empfang für dich vorbereitet‹, hat er gesagt.«

»Ich versteh nicht, wovon redest du.«

»Das weißt du ganz genau. Du hast das Schwein angeheuert, um mich loszuwerden.«

»Dale, jetzt hör mir mal zu. Grills wollte wahrscheinlich auf einmal sein eigenes Ding abziehen. Und dir hat er weisgemacht, ich hätte was damit zu tun. So ein Schweinepriester...«

»Da mußt du dir schon was Besseres einfallen lassen, du Arschloch. Grills war nur dein Handlanger, die Idee war von dir. Du hast mich reingelegt, du miese Ratte. Ich ruf nur an, um dir zu sagen, daß ich Bescheid weiß. Und eines Tages krieg ich dich, dann werd' ich dir die Eier abschneiden und ins Maul stopfen, du elendes Stück Scheiße.«

Spurdle stand auf, um zu bezahlen, da klingelte sein Handy.

»Bryce Spurdle.«

»Mr. Spurdle, hier spricht Leith Grills – der Bruder von Al.«

»Woher haben Sie die Nummer?«

»Ich habe bei Ihnen zu Hause angerufen, und die Frau, die ranging, hat sie mir gegeben. Ist doch okay, oder?«

Spurdle seufzte: »Ja, ja. Was wollen Sie?«

»Haben Sie schon die Zeitung gesehen?«

»Sie meinen, daß Varty zurückkommt? Ja, und?«

»Das Schwein hat meinen Bruder umgebracht, Mr. Spurdle. Al hat damals für Sie gearbeitet. Ich meine, wir schulden es Al, uns Varty vorzunehmen.«

Es Al schulden? Was redete dieser Schwachkopf da? Spurdle sah sich um. Außer ihm waren hier draußen nur zwei ein bißchen zu schick angezogene Frauen, die einander in Grund und Boden quasselten – die hätten es nicht einmal bemerkt, wenn er lauthals Sonette von Shakespeare deklamiert hätte. Spurdle kannte Leith Grills kaum, er erinnerte sich nur vage, daß er noch größer, häßlicher und schwerfälliger war als sein toter älterer Bruder – und auf jeden Fall noch kaputter. *So einer hat mir gerade noch gefehlt*, dachte er.

»Also Leith, ich glaube, Al wußte schon, daß der Job nicht ungefährlich war«, sagte Spurdle mit gesenkter Stimme. »Lag in der Natur der Sache, wenn Sie wissen, was ich meine. Wir sollten uns keine grauen Haare wachsen lassen wegen Varty – mir wollte er auch an die Wäsche, wenn er zurückkommt. Kommen Sie doch einfach morgen mal bei mir vorbei, wie wär's um die Mittagszeit? Wir können einen Happen essen, ein paar Biere trinken und die Sache besprechen.«

Spurdle legte das Telefon weg und dachte wieder über Varty und den verpatzten Deal nach. Varty hatte sich offensichtlich die zehn Kilo Kokain unter den Nagel gerissen – auf keinen Fall hatte er sie mitgenommen, als er sich ins Ausland abgesetzt hatte, und offensichtlich war er seitdem auch nicht wieder dagewesen, um sie abzuholen. Spurdle kannte die Drogenszene gut genug, um sicher zu sein, daß das Kokain nie auf den Markt gekommen war. Mein Gott, das konnte einem ja gar nicht entgehen, so viel allerfeinster Pulverschnee, selbst wenn er nur in ganz kleinen Flocken gekommen wäre. Und das konnte nur heißen, daß der Koks immer noch da war, wo Varty ihn versteckt hatte.

Es war nicht das erste Mal, daß Spurdle an das Kokain dachte, aber ohne den geringsten Hinweis auf seinen Verbleib hatte es sich nicht gelohnt, weiter darüber nachzudenken. Doch jetzt kam der einzige Mensch, der wußte, wo der Schatz vergraben war, zurück.

Spurdle war ein vorsichtiger Mann, also machte er den folgenden Anruf nicht von seinem Handy aus. Statt dessen fuhr er zur nächsten Telefonzelle. Er rief im Chemischen Institut der Universität an und erkundigte sich nach einem Experten für Rauschgifte. Man verband ihn mit einem gewissen Dr. Wong.

»Dr. Wong, mein Name ist Bevan Jones. Ich bin Journalist bei den *Sunday News* und arbeite an einer Geschichte über Drogen. Sie können mir doch vielleicht sagen, wie lange sich Drogen halten? Ich meine, gibt es so etwas wie ein Verfallsdatum?«

»Welche Drogen meinen Sie denn?«

»Na, zum Beispiel Kokain.«

»In Lösung hat Kokain eine Halbwertszeit von zehn Jahren, das heißt, nach zehn Jahren hat es noch 50 Prozent seiner Wirksamkeit. In Pulverform könnte es erheblich länger halten. Das ist natürlich eine akademische Antwort, wenn Sie so wollen, in der Praxis könnten alle möglichen Faktoren dazu führen, daß es erheblich schneller wirkungslos wird.«

Das hörte Spurdle gar nicht gern. »Was wäre das zum Beispiel?«

»Ist es rein? Handelt es sich um nicht einzeln abgepacktes Rohmaterial? Ist es trocken? Lichtgeschützt? Bei welcher Temperatur wird es aufbewahrt? Je höher nämlich die Temperatur ist, desto schneller läßt es nach.«

Spurdle dachte kurz nach: *Wenn Varty von irgend etwas Ahnung hat, dann von Koks. Er hätte nicht den kleinsten Fehler gemacht.*

»Sagen wir, es ist rein und ordnungsgemäß gelagert.«

»In dem Fall kann ich Ihnen nur sagen, daß ich nicht genau weiß, wie lange es sich halten würde, da auf diesem Gebiet bisher sehr wenig geforscht worden ist. Sicherlich zehn Jahre, aber darüber hinaus? Keine Ahnung. Wenn es vollkommen luftdicht ist und auf niedriger Temperatur gehalten wird, könnte ich mir vorstellen, daß es 20 Jahre wirksam bleibt. Theoretisch würde sich die Wirksamkeit in fünf Jahren um zehn Prozent verringern, aber reiner Stoff wäre dann immer noch sehr wirksam.«

Breit grinsend stand Spurdle in der Telefonzelle. »Vielen Dank, Doktor, Sie haben mir sehr geholfen.«

»Eins müssen Sie mir noch sagen«, erwiderte Dr. Wong, »ist heute eine große Drogengeschichte aufgeflogen? Es interessiert mich nur, weil Sie schon der zweite sind, der heute mit dieser Frage bei mir anruft.«

- 7 -

Nachdem Duane Ricketts von dem Zollbeamten auch dort durchsucht worden war, wo bisher noch kein Mann hingekommen war, zog er sich an, nahm seine Taschen und ging mit vorsichtigen Schritten aus der Flughafenhalle. Um Geld zu sparen, nahm er statt des Taxis einen Minibus. Da er als letzter Fahrgast zugestiegen war und bei den Minibussen in der Reihenfolge des Einsteigens auch wieder ausgestiegen wird, dauerte die Fahrt über eine Stunde, so lang, wie man eben vom Flughafen bis Mount Roskill braucht, wenn man über One Tree Hill, Ellerslie, Mount Eden und Balmoral fährt. Ricketts vertrieb sich die Zeit, indem er darüber nachdachte, was er mit den zehn Dollar tun würde, die ihm geblieben waren.

Rickett's Haus war ein mäßig häßlicher, weiß gestrichener Holzbungalow mit einer Garage, einem Schuppen, Rasen davor und dahinter, der mit spärlich bepflanzten Blumenbeeten eingefaßt war, einer Wäscheleine und einem Gemüsegarten, in dem er einst versucht hatte, Kartoffeln, Paprika und Salat zu ziehen, den er jetzt jedoch nur noch ein paar Mal im Jahr jätete, wenn er ein bißchen Bewegung brauchte. Er war erfreut und gelinde überrascht, daß sein sieben Jahre alter Toyota noch in der Garage stand und niemand in das Haus eingebrochen hatte. Im Briefkasten fand er ein paar Rechnungen, Werbezettel mit Angeboten, die von Fleischversand en gros bis zu drei unterschiedlichen Sorten Naturdünger reichten – und eine Einladung zur Wiederkunft Christi, die offensichtlich in zehn Tagen ein paar Häuser weiter stattfinden sollte. Ricketts, der an nichts so richtig glaubte, geschweige denn an

Gott, fand die Idee, daß Jesus, unser Herr, Mount Roskill als Ort seiner Wiederkehr wählen sollte, ein wenig weit hergeholt.

Mount Roskill hatte nicht umsonst einen Ruf als Tummelplatz für allerlei religiöse Verrücktheiten. Ricketts machte sich mitunter einen Spaß daraus, wenn er Leuten im Supermarkt empfahl, doch nicht zuviel Toilettenpapier zu kaufen, da er aus sicherer Quelle wisse, daß das Ende der Welt nahe sei. Der eine oder andere nickte dann ernst, sagte etwas in der Art: »Aber klar, wie konnte ich das bloß vergessen!«, und stellte dann einige Rollen ins Regal zurück. Wenn man Ricketts sagte, daß an Mount Roskill nicht sehr viel Anziehendes wäre, antwortete er, daß die Gegend genau deswegen bezahlbar sei. Außerdem wies er darauf hin, daß Mount Roskill wahrscheinlich der einzige Teil Aucklands sei, wo man ein Einfamilienhaus für weniger als 150 Riesen in unmittelbarer Nachbarschaft von zwei annehmbaren Golfplätzen bekam.

Nachdem er geduscht hatte, stellte sich Ricketts auf die Waage im Badezimmer. Er wog 74 Kilo, also mehr als fünf Kilo zu wenig. Er schaute in den Spiegel: Das Gesicht, das ihm entgegensah, war ihm nur noch teilweise vertraut. Seine Augen lagen tief in den Höhlen, in seine Wangen hatten sich Falten gegraben, die vor einem Monat noch nicht dagewesen waren, und sein Haar schien matt und glanzlos wie eine billige Perücke. *Vielleicht solltest du doch mit zur Wiederkehr gehen*, dachte er, *du würdest ganz gut zu den Kaputten und Ausgeflippten passen*. Statt dessen beschloß er, seine Schwester auf ihrer Farm zu besuchen.

Ricketts Schwester Shirley und ihr Mann Lloyd hatten eine Rinderfarm unten in den Hauraki-Plains, nicht weit von Paeroa. Ricketts kam am nächsten Morgen kurz nach zehn dort an, nachdem er vorher angerufen hatte. Shirley sah ihn kurz an und sagte dann: »Mein Gott, Duane, was hast du denn diesmal wieder angestellt?«

Er fing an, ihr von seinen Abenteuern in Thailand zu erzählen, doch sie unterbrach ihn und sagte, daß sie noch einen ganzen Tag zum Schwatzen hätten, jetzt müßte er erst einmal etwas in den

Bauch bekommen, er sähe ja aus, als hätte er seit Weihnachten nichts Anständiges mehr gegessen. Sie machte Schinken mit Ei, briet Würstchen und Tomaten mit Pilzen, und bis auf die Pilze war alles genau so, wie es sich Ricketts vorgestellt hatte. Zum Mittagessen drei Stunden später gab es kalte Lammkeule mit Salat, danach Brot und Käse. Am Abend aßen sie Roastbeef mit Kartoffeln, Bataten, Möhren und Bohnen, und zum Dessert gab es Apfelkuchen mit Eiscreme. Als die Kinder zu Bett gingen, hatte Ricketts zwei Gläser aus der mitgebrachten zollfreien Flasche Remy Martin intus und fühlte sich wie neugeboren.

Eigentlich hatte Ricketts das ganze Wochenende bei Shirley und Lloyd bleiben wollen. Er hatte gedacht, daß der Wiedereingliederungsprozeß wenigstens so lange dauern würde, und wollte ein paar Stunden auf der Farm mit anpacken, um seine Muskeln zu reaktivieren und ein bißchen Landluft in die Lungen zu bekommen. Schließlich entschied er sich jedoch, schon am Sonnabend in die Stadt zurückzufahren. Aus zwei Gründen beendete er seinen Aufenthalt früher als geplant: Als er, Vartys Anweisungen folgend, den Rechtsanwalt Bart Clegg anrief, sagte der, daß sie sich am Sonntag treffen müßten, da er am Montag zu einem Prozeß nach Wellington müsse, der wahrscheinlich die ganze Woche dauern würde. Und zweitens hatte Ricketts das Gefühl, daß er einfach nicht länger bleiben sollte.

Dieses Gefühl beschlich ihn, nachdem er beim dritten Kognak das Geständnis abgelegt hatte, daß »sie mich, um ganz ehrlich zu sein, wegen Heroin eingebuchtet haben und nicht wegen Marihuana«. Beim Frühstück am nächsten Morgen benahm sich Shirley so, als ob er, sobald sie sich umdrehte, den Kindern irgendein süchtig machendes Teufelszeug auf die Cornflakes träufeln würde. Und als er Lloyd Hilfe anbot, konnte er dessen Reaktion entnehmen, daß er nie und nimmer einen verkommenen Junkie zu seinen Schwarzbunten auf die Weide lassen würde.

Am Samstagmorgen hielt Ricketts kurz vor Mittag am Fuße der Bombay Hills an einem Kiosk am Straßenrand an, um Obst und

Gemüse zu kaufen. Er mußte sich anstellen, und während er wartete, um zu bezahlen, blätterte er den *Herald* durch, der auf dem Ladentisch lag. Es war seine erste Zeitung, seit er zurück war. Er las nicht konzentriert, und nur durch einen glücklichen Zufall stieß er auf die winzige Meldung, die als Füller am unteren Ende einer Innenseite klebte. Die zweizeilige Überschrift lautete: »Mysteriöser Tod des Mister-Asia-Mannes«, und darunter stand:

Ein Geheimnis umgibt den Tod des früheren Mitglieds des Mister-Asia-Syndikats Dale Varty in Bangkok.

Gestern berichtete die New Zealand Press Association, daß der 53 Jahre alte Neuseeländer kurz vor der Entlassung aus einem thailändischen Gefängnis stand, nachdem er eine zehnjährige Strafe wegen Drogenschmuggels abgesessen hatte.

Später informierten die thailändischen Behörden jedoch die neuseeländische Botschaft in Bangkok, daß Varty aus nicht näher genannten Gründen kurz vor seiner Entlassung gestorben war. Die Behörden teilten mit, daß Varty im Bombat Drug Rehabilitation Centre plötzlich erkrankte und kurze Zeit später im Gefängniskrankenhaus verstarb. Die Botschaft bemüht sich derzeit um Informationen über die genauen Umstände und Ursachen seines Todes.

Was soll das Ganze bloß? fragte sich Ricketts. Als er sein Obst und Gemüse bezahlt hatte, war er zu dem – richtigen – Schluß gekommen, daß hier jemand seinen Arsch retten wollte.

An Samstagen schlief Rayleen Crouch aus, so daß sie die Zeitung erst am späten Morgen las. Nachdem sie sich eine Tasse Tee gemacht und ein Croissant aufgebacken hatte, nahm sie ihr Frühstück und die Zeitung mit ins Schlafzimmer und zog die Vorhänge auf, um die Herbstsonne einzulassen. Sie saß, an zwei Kissen gelehnt, im Bademantel auf dem Bett – und so erfuhr sie, daß das frühere Leben ihres Ehemannes auch sein einziges bleiben würde.

Sie nahm die Nachricht mit gemischten Gefühlen auf. Am gestrigen Nachmittag hatte sie zermürbende anderthalb Stunden lang versucht, ihre Tochter Electra zu erreichen – die nur alle Jubeljahre eine Zeitung in die Hand nahm –, um ihr mitzuteilen, daß ihr Vater nach Auckland zurückkäme. Electra war 18 und vor ein paar Monaten nach einem Streit ausgezogen. Rayleen Crouch konnte sich nicht mehr erinnern, ob es bei dem Streit um Electras neuen Nasenring gegangen war oder um ihren neuen Freund oder ihre neue Rockband. Da sie nichts davon billigte, ging es eigentlich nur darum, wo sie mit ihrer Kritik anfing. Aber es war die Band gewesen, über die sie sich gestritten hatten: Electra war Gründungsmitglied und Leadsängerin der »Homo-Krüppel«, und Rayleen Crouch, die gewisse progressive Ansichten vertrat, war entschieden der Meinung, daß es schlimm genug war, der Band *einen* politisch unkorrekten Namen zu geben – *zwei* dagegen waren geradezu schändlich.

Seit Elektra 14 war, hatte sie gedroht, von zu Hause wegzuziehen – und hatte es auch einige Male getan, wenn auch nur für ein oder zwei Tage –, also hatte sich Rayleen Crouch nicht weiter darum gekümmert, als sie ihre Tasche gepackt hatte und aus dem Haus gerannt war. Diesmal schien sie es allerdings ernst zu meinen. Ihre Mutter nahm an, daß sie sich entweder von einem reichen alten Knacker aushalten ließ oder die »Homo-Krüppel« gerade eine heiße Phase hatten.

Electra rief ab und zu an, um mitzuteilen, daß sie noch unversehrt war. Jedesmal versicherte ihre Mutter, daß sie jederzeit wieder nach Hause kommen könne, und jedesmal erwiderte Electra, daß sie das wüßte, aber daß es ihr wohl ganz guttun würde, eine Weile auf eigenen Füßen zu stehen. Und jedesmal, wenn sie diese Worte hörte, sprach Rayleen Crouch, die froh war, ein wenig Luft zu haben, im stillen ein Dankgebet.

Da sich Electra nur verschwommen darüber äußerte, wo und mit wem sie zusammenlebte, hatte ihre Mutter sie am Tag zuvor nicht ausfindig machen können. Unter den gegebenen Umständen wohl das Beste, dachte Rayleen Crouch.

Leith Grills hatte die Zeitung noch nicht gelesen, als er das Haus verließ. Aber es war sowieso egal, denn als sich die Tür des Wohnsitzes der Spurdles öffnete und Jody Spurdle vor ihm stand, ihre außergewöhnlichen Brüste auf ihn gerichtet, da hatte er einen vollkommenen Blackout – was bei ihm in Momenten sensorischer Überlastung des öfteren vorkam.

Bryce Spurdle saß an der Bar seines kombinierten Arbeits- und Billardzimmers, trank das erste Bier des Tages und las die Rennmeldungen, als seine Frau ihren Gast hereinführte. Spurdle blickte auf. Als erstes bemerkte er, daß seine Frau ein neues Fitneßoutfit hatte. Wie üblich zeigte es noch mehr von ihrem Körper als das vorherige. Dann fiel ihm auf, daß Leith Grills nicht ihn ansah, sondern auf Jodys Brüste starrte, die teilweise in einen weißen Sport-BH gehüllt waren – er hatte den glasigen, ungläubigen Blick eines Mannes, der sich eben mit dem Rasenmäher über den Fuß gefahren war.

Zwar war Grills keinesfalls der erste Mann, der Spurdles Frau in seinem Beisein anstarrte, aber keiner vor ihm hatte es auch nur annähernd so unverfroren getan. Spurdle sah Grills' herunterhängenden Unterkiefer, seinen starren, trüben Blick und die zusammengewachsenen buschigen schwarzen Augenbrauen, die sich über seine niedrige Stirn und die Wurzel seiner stumpfen Nase zu schlängeln schienen wie eine tropische Raupe. Er kam zu dem Schluß, daß es ebenso unrealistisch war, von Grills gute Manieren zu erwarten, wie von einem Schaf, daß es das Gitarrensolo aus »Layla« spielte.

»Ich fahr dann zum Fitneßklub, Schatz«, sagte Jody. »Bis später.« Sie warf einen kurzen, zweifelnden Blick auf Grills und sagte mit unverhohlener Falschheit: »Schön, Sie kennengelernt zu haben.«

Grills hob seine stumpfen dunklen Augen von ihrer Brust zu ihrem Gesicht und versuchte, einigermaßen höflich zu lächeln. Jody, die es gewöhnt war, daß Männer sie mit schmachtenden – und nicht nur schmachtenden – Blicken ansahen, ging mit dem

Gedanken, daß sie selten etwas so Abscheuliches wie Grills geile, geistlose Visage gesehen hatte.

»Mann o Mann, Mr. Spurdle«, sagte Grills, nachdem Jody die Tür hinter sich zugemacht hatte. »Das muß man schon sagen – Ihre Frau – also das haut einen um.«

»Haben Sie 's gesehen, was?« erwiderte Spurdle trocken.

»Ist ja wirklich nicht zu übersehen. Also ich sag Ihnen, Sie haben echt Glück, Mann...«

»Ja, ja, ich weiß schon. Ich hab versucht, Sie heute morgen zu erreichen, damit Sie sich den Weg sparen. Varty ist tot.«

Er reichte Grills die Zeitung, und der las die Meldung, wobei er die Worte mit den Lippen formte.

»Also, das versteh ich nicht, Mr. Spurdle. Gestern stand in der Zeitung, daß er zurückkommt.«

»Nein, nein, da stand, daß er zurückkommen würde, wenn er aus dem Gefängnis entlassen wird. Er muß sich in letzter Minute irgendeine Krankheit eingefangen haben und daran krepiert sein. Eigentlich sollte man meinen, daß er nach so langer Zeit immun war, oder? Na ja, jetzt ist er jedenfalls hinüber. Ziemlich blöde Sache. Sie wissen, daß er Al den Koks abgenommen hat? Ich bin mir ziemlich sicher, daß das Zeug noch da ist, wo immer er es versteckt hat. Ich hatte gehofft, wir könnten ihn überzeugen, uns sein Geheimnis zu verraten.«

Grills dachte einen Augenblick nach. »Er muß es doch irgend jemandem gesagt haben.«

Spurdle schüttelte den Kopf. »Glaub ich nicht. Der hat keinem über 'n Weg getraut, der alte Dale.«

»Hatte er nicht 'ne Frau? Sah ganz manierlich aus, wenn ich mich recht erinnere – natürlich nie so 'n Prachtweib wie Ihre Madame, aber auch nicht übel. Meinen Sie nicht, daß er's ihr gesagt hat?«

»Rayleen? Niemals – sie wäre die letzte, der er's gesagt hätte. Erstens haben sie sich getrennt, weil er 'n Pusher war, und dann haben sie sich wegen dem Kind mordsmäßig in die Wolle gekriegt. Als die Geschichte passierte, war längst Schluß mit den beiden.«

Jody Spurdle hatte sich absichtlich ungenau ausgedrückt, als sie ihrem Mann sagte, daß sie zum Fitneßklub fahren würde, denn eigentlich war sie Mitglied in drei Klubs, einem in Mairangi Bay, einem in Shore City und einem in der Innenstadt. Sie hatte herausgefunden, daß ihr die Auswahl zwischen den Klubs und den verschiedenen Outfits die Flexibilität ermöglichte, die sie für ihr Trainingsprogramm brauchte.

Daß sie in drei Fitneßklubs Mitglied war, hatte außerdem den Vorteil, daß ihr Bryce dadurch nicht so einfach auf die Spur kommen konnte. Und das war dann nützlich, wenn ihr – wie an diesem Samstagnachmittag – der Besuch im Fitneßklub als Vorwand für ein Treffen mit ihrem Geliebten diente. Der hieß Troy Goatley, war Fitneßtrainer und Teilzeit-Model und hatte ein Haus am Strand in Belmont für 300 Dollar die Woche gemietet. Jody zahlte 100 Dollar von ihrem Taschengeld dazu, so daß Troy das Haus nicht mit einem Mitbewohner teilen mußte – wenn noch jemand dagewesen wäre, hätte sich das störend auf ihre Beziehung, die fast ausschließlich aus lautstarkem, artistischem Sex bestand, ausgewirkt.

Nachdem die beiden miteinander geschlafen und dabei häufig die Position gewechselt hatten – teils aus technischen Gründen und teils, um sich selbst besser in den mannshohen Spiegeln am Kleiderschrank zu sehen –, ging Troy in die Küche, um einen aufbauenden Drink zu holen. Als er ins Schlafzimmer zurückkam, lag Jody auf dem Rücken, einen Arm unter dem Kopf und starrte an die Decke.

»Du siehst so ernst aus, Schatz. Bedrückt dich irgendwas?«

»Erinnerst du dich an den Polizisten, der in den Klub kommt, der, der dir erzählt hat, daß Bryce früher im Drogengeschäft war?«

»Wayne? Was ist mit ihm?«

»Könntest du ihn fragen, ob er mal was von einem Typen namens Leith Grills gehört hat?«

»Leith Grills? Ja, sicher. Wer ist das denn?«

»So ein unheimlicher Typ, der heute zu Bryce gekommen ist. Sieht aus wie ein ganz harter Junge.«

»Meinst du, daß Bryce wieder ins Drogengeschäft einsteigen will?«

Jody drehte sich auf die Seite. »Selbst wenn er je etwas mit Drogen zu tun hatte – und vielleicht behauptet dieser Wayne das ja nur –, warum sollte er das tun? Nein, nein, es ist nur dieser Grills. Er hat mir eine Heidenangst eingejagt – der hat mich angeguckt, als ob er sich jede Einzelheit von mir einprägen wollte. Als ich herkam, dachte ich plötzlich, mein Gott, vielleicht hat Bryce ihn ja angeheuert, um mich zu überwachen. Ich weiß nicht, vielleicht leide ich schon an Verfolgungswahn, aber es waren so ein paar Sachen in letzter Zeit, da habe ich mich gefragt, ob er nicht Verdacht schöpft. Neulich abends zum Beispiel komme ich ins Schlafzimmer und sehe, wie er den Wäschekorb durchschnüffelt. Meine Fitneßsachen waren drin, aber ich war gar nicht im Klub gewesen. Ich war den ganzen Nachmittag hier.«

Sie sah erwartungsvoll zu Goatley, aber dieser blickte sie nur verständnislos an. »Ich versteh nicht ganz, Schatz, was meinst du?«

»Wenn ich trainiert habe, dann sind meine Sachen richtig durchgeschwitzt, verstehst du?« erwiderte Jody. »Manchmal klatschnaß. Also, wenn er drangekommen ist, als er im Wäschekorb gewühlt hat, dann hat er sich ja vielleicht gewundert, warum sie trocken waren, meinst du nicht?«

Troy zuckte mit seinen massigen Schultern. »Wenn sie nicht durchgeschwitzt waren, warum hast du sie dann überhaupt in den Korb getan?«

»Ja, vielen Dank, Schlaumeier«, antwortete Jody sarkastisch. »Ich dachte einfach, es wäre sicherer, nachdem er mich damit aus dem Haus hätte gehen sehen. Denn normalerweise stöbert er nicht im Wäschekorb rum – ob du's glaubst oder nicht.«

»Nun reiß mir nicht gleich den Kopf ab«, sagte Troy mit verletzter Miene. »Ich hab mich ja nur gewundert, nichts weiter. Hast du ihn gefragt, was er gesucht hat?«

»Natürlich. Er dachte, er hätte Geld in einer Hemdtasche gelassen, hat er gesagt. Gefunden hat er keins.«

»Ja, und hat er was zu deinen Sportsachen gesagt?«

Jody rollte sich auf den Rücken, schwang ihre langen, goldbraunen Beine auf den Boden und stand auf. »Wenn er das getan hätte, dann wäre ich wahrscheinlich nicht hier, oder? Ich hab dir gesagt, daß ich vielleicht langsam an Verfolgungswahn leide, aber dieser Typ heute, der hat mir echt angst gemacht. Also bitte tu mir den Gefallen und frag diesen Bullen nach ihm.«

»Ich hab doch gesagt, daß ich's mache, oder nicht?« erwiderte Troy – ein wenig verdrossen, denn ihm dämmerte, daß die Matinee damit zu Ende war. »Ich mach's gleich heute nachmittag. Hab sowieso nichts Besseres zu tun.«

Everton Sloan jun., der jüngste und intelligenteste CIA-Beamte der amerikanischen Botschaft in Bangkok, saß an seinem Schreibtisch und kämpfte sich durch Papiere, als sein Vorgesetzter in sein Büro platzte.

»Haben Sie diesen Funke irgendwo gesehen?« fragte er ihn.

Sloan, der wußte, daß seine Harvard-Manieren seinen Chef mehr ärgerten als die meisten anderen Menschen, nahm seine Hornbrille ab.

»Buddy?« Er schüttelte den Kopf. »Ich hab ihn seit ein paar Tagen nicht zu Gesicht bekommen. Aber irgendwie erinnere ich mich, daß er etwas gemurmelt hat, er wolle ins Landesinnere. Warum? Gibt's ein Problem?«

Der Chef ließ sich auf den Stuhl vor Sloans Schreibtisch plumpsen. »Sie können sich vielleicht denken, daß ich Besseres zu tun habe, als an einem Samstag herzukommen, oder? Das Scheißtelefon klingelt, man geht ran und steckt im Schlamassel von jemand anderem.«

»Kann ich irgendwie helfen?«

Der Chef sah Sloan scharf an. Wenn jemand anderer in der Botschaft so eine Frage stellte, würde er automatisch vermuten, daß es sarkastisch gemeint wäre – entweder das, oder man würde ihn als Gegenleistung um einen unverschämten Gefallen bitten. Aber

Sloan sah so jungenhaft und arglos aus wie immer. Sein Chef hatte schon lange gelernt, sich nicht von Äußerlichkeiten täuschen zu lassen. Außerdem hörte er immer wieder, daß Sloan scharf wie ein Messer und von den hohen Tieren im Hauptquartier für Großes auserkoren war.

»Meinen Sie das ernst?« fragte er mißtrauisch.

Sloan hielt ihm die Handflächen entgegen. »Ich erledige hier nur Papierkram – das kann auch warten.«

»Also das wäre wirklich nett von Ihnen, Ev. Ich habe Milly versprochen, daß ich um ein Uhr zu Hause bin. Wir machen eine Grillparty, und raten Sie mal, wer am Grill steht.«

Sloan lächelte freundlich. »Nun, da ich offensichtlich nicht eingeladen bin, komme ich ja wohl nicht dafür in Frage.«

Der Chef grinste leicht. »Ach, wissen Sie, Ev, es ist eine von diesen Familiengeschichten – überall Kinder. Sie würden sich zu Tode langweilen. Aber wenn Sie bis drei oder so fertig sind, müssen Sie auf jeden Fall vorbeikommen.«

Sloans Lächeln wurde ein wenig breiter. »Na, mal sehen. Aber worum geht es denn nun eigentlich?«

»Also, neulich nachts wurde ein Transvestit unten beim Chitladda Palace erschossen aufgefunden. Was soll's, meinen Sie? Tja, es stellte sich heraus, daß er eigentlich im Knast sein sollte, statt seinen Hintern auf der Straße anzubieten. Er hatte in Bombat gesessen und sollte erst in einem Monat rauskommen. Ich nehm den Direktor von Bombat ins Gebet, und der ist stocksauer; sein Stellvertreter sagt ihm, daß es Funkes Idee war, den Typen vorzeitig rauszulassen. Jetzt macht die Familie des Transvestiten Ärger, und jeder will irgend jemandem die Schuld in die Schuhe schieben. Na ja, Sie wissen, wie solche Sachen laufen.«

Sloan nickte. »Haben Sie irgendwelche Einzelheiten?«

Sein Chef gab ihm ein Blatt mit einer Liste von Namen und Telefonnummern. »Phumkumpol, das ist die tote Schwuchtel. Der Name darunter ist der Polizist, der die Sache bearbeitet, und der unterste ist der stellvertretende Direktor.«

»Lassen Sie das da«, sagte Sloan, »ich kümmere mich drum.«

Strahlend stand sein Chef auf. »Dafür haben Sie was gut bei mir.«

Sloan setzte seine Brille wieder auf. »Keine Sorge, da fällt mir schon was ein.«

- 8 -

Obwohl Everton Sloan jun. seiner Weltanschauung und seinem Temperament nach eher zu Pessimismus neigte, glaubte er nicht, daß der Wirbel um den toten Transvestiten viel zu bedeuten hatte, und dachte, daß der Fall in 24 Stunden gelöst sein würde – wenn es überhaupt so lange dauerte.

Wenn Funke tatsächlich den stellvertretenden Direktor von Bombat überredet hatte, den Transvestiten freizulassen, dann – so dachte Sloan – tat er damit wahrscheinlich einem Informanten einen Gefallen. Entweder das, oder er benutzte ihn – mit seinem Wissen oder auch ohne – als Lockvogel, um irgend jemandem eine Falle zu stellen. Es war nicht ganz nach Plan gelaufen – wie häufig bei derartigen Tricks –, und Phumkumpol war in die große Geschlechtsumwandlungsklinik im Himmel eingeliefert worden. Das war zwar wirklich großes Pech für ihn, aber wenn die Thais deswegen jetzt ein Faß aufmachten, dann war das so, als ob in China ein Reissack umfällt. Funke war immerhin ein offizieller Agent der USA im Krieg gegen die Mächte der Dunkelheit. Und in diesem Krieg gab es nur sehr wenige Regeln, aber jede Menge Verluste unter der Zivilbevölkerung. Das war nun mal Tatsache, ob das dem Gefängnisdirektor in Bombat gefiel oder nicht.

Nach vier Telefonaten mußte Everton Sloan jun. einsehen, daß die Situation etwas komplizierter war, als er sich vorgestellt hatte.

Zunächst rief er einen Kontaktmann bei der Polizei von Bangkok an, um die wichtigsten Fakten über das Opfer und sein Ableben zu erfahren. Der Kontaktmann rief eine halbe Stunde später zurück und erzählte ihm, daß Phumkumpol alias Brandi wegen Besitzes von zwei Päckchen Marihuana in Bombat gesessen hatte, möglicherweise, weil er in eine Polizeirazzia geraten war. Es gab keine bekannte Verbindung zu irgendwelchen großen oder kleineren Drogengangs. Der Mord war in den frühen Morgenstunden am Donnerstag geschehen, nachdem Brandi den Treffpunkt der Ladyboys in der Patpong Road verlassen hatte. Das wies darauf hin, daß es sich um eine geschäftliche Angelegenheit gehandelt haben könnte, andererseits widersprach die nüchterne, ja professionelle Art, auf die er umgelegt worden war, der Theorie, daß Brandi erschossen wurde, weil er zu viel verlangt oder zu wenig geleistet hatte.

Als nächstes rief Sloan beim stellvertretenden Direktor von Bombat an.

»Stimmt es«, fragte Sloan, »daß es die Idee von Sonderagent Funke war, Mr. Phumkumpol vorzeitig zu entlassen?«

»Ja, Mr. Funke hat gesagt, ich Brandi gehen lassen, weil er so viel Ärger machen«, antwortete der stellvertretende Direktor im aufgeregten Ton eines Gefängnisbeamten, der die eigene mögliche Zukunft stets direkt vor Augen hat – und das hieß vor allem Toiletten putzen. »Außerdem er in Gefahr hier – vielleicht einige Männer ihn bestrafen wollen, für das, was passiert.«

Sloan hielt kurz inne und bewunderte den stellvertretenden Direktor dafür, daß er den letzten Satz ohne eine Spur von Ironie in der Stimme herausgebracht hatte, und fragte dann: »Was ist passiert?«

Der stellvertretende Direktor erzählte Sloan, welche Rolle Brandi gespielt hatte, als Dale Varty erstochen wurde, und endete mit der Schlußfolgerung: »Ladyboys immer machen Ärger, aber dieser war Allerschlimmster, ganz bestimmt.«

»Wie hat eigentlich Agent Funke von diesem Vorfall erfahren?«

»Mr. Funke gehört zur Drogenfahndung, okay? Wenn Brandi mir erzählen, wie Neuseeländer reden über ihre Drogen, ich sage zu mir selbst, du mußt anrufen Mr. Funke.«

Hört, hört, dachte Sloan, *Neuseeländer? Drogen? Das wollen wir uns doch mal näher ansehen.*

Der stellvertretende Direktor erzählte Sloan, daß Varty, das heißt derjenige, den Brandis Freund erstochen hatte, Duane Ricketts, das heißt demjenigen, der auf Kaution freigekommen war und den jemand von seiner Botschaft abgeholt hatte, von Drogen erzählt hatte, die irgendwo in Neuseeland versteckt waren. Während Sloan versuchte, sich einen Reim auf das Ganze zu machen, fragte der stellvertretende Direktor etwas, das er schon von Anfang an hatte fragen wollen: »Warum Sie nicht sprechen mit Mr. Funke? Er alles erklären.«

»Agent Funke ist nicht hier. Er ist weggefahren, irgendwohin.«

»Vielleicht er nach Neuseeland, oder? Die Drogen suchen. Das sein Job, oder?« Die Stimme des stellvertretenden Direktors wurde fast zu einem Flüstern. »Er jedenfalls sehr interessiert an Sache. Ich wissen, weil er mich bitten um Kopien von Akten – von Brandi, Varty und Ricketts. Ich eigentlich nicht dürfen, aber Mann, wir auf derselben Seite. Wir uns helfen müssen.«

Sloan legte auf und starrte ungefähr eine Minute lang nachdenklich an die Decke. Dann rief er in der neuseeländischen Botschaft an und verlangte den Beamten, der Ricketts aus Bombat abgeholt hatte. Der Anruf wurde zu Jason Maltby durchgestellt, der seinen Schreibtisch aufräumte, bevor er für 14 Tage nach Neuseeland in Urlaub ging – auf Anraten des Botschafters.

Sloan stellte sich vor und fragte Maltby, ob er bestätigen könnte, daß Ricketts nach Neuseeland zurückgeflogen war.

»Ich glaube schon. Sagen wir so, er war für einen Flug nach Auckland am vergangenen Dienstag gebucht, und seitdem haben wir von ihm nichts gehört oder gesehen. Sie wissen natürlich, daß es nicht gegen thailändisches Recht verstößt, wenn jemand, der auf Kaution frei ist, das Land verläßt?«

»Tatsächlich? Also, ehrlich gesagt, wir haben keine schlaflosen Nächte, weil wir uns den Kopf darüber zerbrechen, was nun gegen thailändisches Recht verstößt und was nicht…«

»Jetzt erzählen Sie mir bloß nicht, daß Sie auch einen Bericht machen wollen. Mein Gott, Sie müssen ja ständig Gefahr laufen, unter einer Papierlawine begraben zu werden!«

»Wie meinen?«

»Na, neulich hatte ich einen Kollegen von Ihnen – von dieser Drogenpolizei oder wie die heißen – am Telefon, der Angaben über die nächsten Verwandten von Varty haben wollte. Er sagte, er bräuchte sie für einen Bericht. Bei dem bloßen Gedanken wird einem ja übel. Na ja, jedem Tierchen sein Pläsierchen, kann ich da nur sagen.«

»Das war nicht zufällig Agent Funke?«

»Funke, genau, so hieß er. Scheint ein netter Kerl zu sein. Von wo aus den Staaten kommt der, mit so einem Akzent? Irgendwo tief aus dem Süden, könnte ich mir vorstellen.«

»Agent Funke kommt aus Texas – einer von den kernigen Burschen aus dem guten alten Süden.«

Texas, dachte Sloan, *wo alles besser und größer ist als anderswo. Auch die Arschlöcher.*

Sloans vierter und letzter Anruf ging in Funkes Eigentumswohnung. Das philippinische Hausmädchen sagte, daß Funke am Abend zuvor abgereist war. Er hatte nicht gesagt, wohin und für wie lange.

Sloan ging den Flur hinunter zu Funkes Büro und durchsuchte es gründlich. Wie erwartet fand er keinen Hinweis darauf, was Funke vorhatte. In der obersten Schublade des Schreibtischs lagen ein paar Farbfotos aus dem Country-Club außerhalb Bangkoks, dem beliebtesten Ausflugsziel der amerikanischen Gemeinde. Auf einem davon war ein grinsender Funke zu sehen, der mit Daumen und Zeigefinger wie mit einer Pistole auf die Kamera zielte.

Sloans Mund verzog sich zu einem säuerlichen ironischen Lächeln, als er das Foto ansah. Das unbekümmerte Selbstvertrauen, mit dem er sich vor einer Stunde ans Werk gemacht hatte, war völlig verschwunden. Es war pervers, aber er fand es fast beruhigend, daß sich sein Optimismus als unbegründet erwiesen hatte.

Wie die meisten Pessimisten meinte Sloan, daß es besser war, mit dem Schlimmsten zu rechnen, denn so gab es weniger Enttäuschungen im Leben.

Um zehn Uhr abends ging Sloan in die Bar der Ladyboys in der Patpong Road. Er bestellte ein Heineken und zeigt dem Barmann das Foto von Funke in der Pose eines Revolverhelden. Der Barmann zuckte hilflos mit den Schultern. Sloan zeigte das Foto den anderen Beschäftigten und ein paar Stammgästen. Einer von ihnen, ein zierlicher Transvestit, war sicher, daß Funke ein paar Abende zuvor, vielleicht am Mittwoch oder Dienstag, in der Bar gewesen war. Der Transvestit erinnerte sich daran, weil der Mann auf dem Foto, als er ihn gefragt hatte, ob er ihn zu einem Drink einladen wolle, gesagt hatte, er solle seine unechte Fotze doch an jemand anderem reiben.

Um 9 Uhr 25 am nächsten Morgen war Jody Spurdle mit ihrem Golf Cabriolet von der Bäckerei in Forrest Hill mit einem knusprigen Weißbrot für ihren Mann und einem Körnerbrot für sich selbst auf dem Weg nach Hause, als das Autotelefon klingelte. Es war ihr Geliebter Troy Goatley.

»Hallo Schatz, du hast den richtigen Riecher mit diesem Grills gehabt – ein übler Bursche.«

»Wieso, was hat er angestellt?«

»Also, er hat keinen umgebracht, jedenfalls wissen die Bullen von keinem …«

»Troy, mach um Himmelswillen keine Witze darüber, ja? Erzähl mir, was du weißt.«

»Er ist ein kleiner Verbrecher, mehr nicht. Hat ein paar Mal gesessen, einmal wegen Hehlerei, ein anderes Mal wegen Einbruchs, bei ein paar anderen Sachen ist er so davongekommen. Aber da ist noch was: Sein Bruder, auch ein Krimineller, wurde vor zehn Jahren umgebracht – irgendwo unten auf Koromandel erschlagen. Den Mörder haben sie nie gekriegt. Das ist vielleicht unheimlich, oder?«

Während des Frühstücks im Wintergarten suchte Jody Spurdle im Verhalten ihres Mannes nach Anzeichen dafür, daß er einen Verdacht hegte. Sie fand keine. Wie immer macht er den Mund beim Kauen nicht zu – ihm beim Essen zuzusehen war so, als ob man ein Hemd mit Paisleymuster im Wäschetrockner beobachtete. Wie immer machte er patschende, schlabbernde Geräusche, bei denen sie an Katzen oder alte Damen mit wackligen Zähnen denken mußte. Wie immer schlürfte er seine Teetasse mit drei oder vier abrupten Schlucken aus, sah kaum vom Sportteil der Zeitung auf und stürzte sofort zur Toilette, wenn er fertig war.

Er war noch auf der Toilette, als das Telefon klingelte. Jody nahm den Hörer ab.

»Sind Sie das, Mrs. Spurdle? Hier ist Leith Grills. Wie geht's denn so, alles noch schön frisch?«

Jody hörte das plötzliche Pochen ihres Herzens und im Hintergrund das Geräusch der Toilettenspülung, das durch den Flur drang.

»Danke, gut. Sie wollen mit Bryce sprechen?«

»Ja, er hat heute morgen hier angerufen und mitgeteilt, daß ich mich bei ihm melden soll.«

»Ich hol ihn …«

»Ach, bevor Sie weg sind, Mrs. Spurdle, eine Frage: Wie oft gehen Sie eigentlich ins Fitneßstudio? Ich frage, weil meine Madame in letzter Zeit ganz schön zugelegt hat, und ich dachte, sie könnte sich eine Scheibe von Ihnen abschneiden. Ich meine, sie würde nie so aussehen wie Sie, auch wenn sie bis in alle Ewigkeit Fitneß macht, aber vielleicht geht sie dann wenigstens nicht vollkommen wie ein Hefekloß auf, was?«

Jody traute ihren Ohren nicht, ihre Wangen glühten wie eine Leuchtreklame; sie stammelte: »Vier oder fünf Mal die Woche, glaube ich«, und ließ den Hörer fallen.

Schnell flüchtete sie ins Badezimmer, hielt das Gesicht unter den Wasserhahn und ging dann ins Arbeitszimmer, um ihrem Mann, der gerade die Kugeln auf dem Billardtisch zurechtlegte, zu sagen, daß Leith Grill am Apparat war. Sie ging in den Flur zurück, um das Telefon dort aufzulegen. Vorher aber lauschte sie einen Augenblick.

»... erinnern Sie sich, was ich Ihnen gestern über die Frau erzählt habe?« hörte sie Bryce sagen. »Ich hab noch mal darüber nachgedacht, und ich glaube, Sie sollten sie sich gleich mal vornehmen. Glauben Sie, Sie schaffen das?«

»Verlassen Sie sich ganz auf mich«, erwiderte Grill voller Vorfreude.

Jody legte den Hörer mit zitternder Hand auf, und vor Angst krampfte sich ihr der Magen zusammen.

Varty hatte Ricketts instruiert, den Rechtsanwalt Bart Clegg als Vermittler einzuschalten, um mit seiner Tochter Kontakt aufzunehmen. Er hatte ihm erklärt, daß, wenn seine Exfrau Rayleen Wind von der Sache bekommen sollte, er Electra nicht einmal zu Gesicht bekommen würde. So fuhr Ricketts am Nachmittag fünf Minuten nach halb zwei vor Cleggs Haus in Ladies Mile in Remuera vor. Er hatte sich fünf Minuten verspätet. Es war ein stiller, wolkenverhangener Nachmittag, und da kein Mensch auf der Straße zu sehen war, saßen wohl alle beim sonntäglichen Mittagsmahl.

Clegg lebte in einem schmucken alten Haus aus weiß gestrichenem Holz, das zur Straße hin durch eine hoch aufragende alte Eiche auf dem Rasen vor dem Haus abgeschirmt war. Ricketts ging den Weg zum Haus entlang und stieg die Treppen zur Veranda hinauf. Er drückte auf den Klingelknopf und wartete. Eine Minute verging – niemand öffnete. Er drückte den Knopf mehrmals kurz hintereinander, aber nichts rührte sich. Ricketts spähte durch das Fenster in ein Eßzimmer, in dem ein offensichtlich teurer Tisch mit acht Sitzplätzen und ein passender Anrichtetisch standen, auf dem mehrere Kristallkaraffen und Weinkelche arrangiert waren. Links vom Haus befand sich eine Garage mit einem Klapptor, das abgesenkt, aber nicht verschlossen war. Ricketts zog das Tor hoch.

In der Garage stand ein blauer Alfa Romeo 164 – aber auch hier, wie in dem Speisezimmer, keine Spur von etwas, das einem Rechtsanwalt ähnelte.

Ricketts vermutete, daß Clegg vielleicht hinter dem Haus war und seine Rosen beschnitt oder in seiner Baumhütte spielte und deswegen die Klingel nicht gehört hatte, also ging er den Weg rechts am Haus vorbei nach hinten. Cleggs Garten hinter dem Haus war noch uneinsehbarer: Ein zwei Meter hoher Zaun und einige schöne alte Bäume schützten vor neugierigen Blicken – niemand war zu sehen.

Stufen führten zu einer Terrasse aus Holz und zur Hintertür. Ricketts blieb vor der Treppe stehen und lauschte: Ein zischendes, blubberndes Geräusch war zu hören. Es kam aus einem Whirlpool, in dem niemand saß, der aber auf Hochtouren lief. Es blubberte heftig, und Schaum lief über den Rand auf die Terrasse. Neben dem Pool standen eine fast leere Sektflasche und ein langstieliges Glas auf dem Boden.

Ricketts schaute zum Fenster hinein, aber auch in der Küche war niemand. Laut klopfte er an die Hintertür und rief Cleggs Namen, doch immer noch rührte sich nichts. Nach ungefähr einer Minute ging er zu dem Whirlpool hinüber und sah hinein. Ein paar trübe weiße Fetzen, die aussahen wie große Seifenflocken, trieben zwischen den Blasen, Ricketts kniete sich hin und nahm einen davon aus dem Schaum. Er fand den Schalter für den Whirlpool und machte ihn aus. Es dauerte eine Weile, bis das Blubbern aufhörte und noch mehr auf der Oberfläche treibende Flocken zu sehen waren.

Der Whirlpool war oval, ungefähr zwei Meter lang und etwa anderthalb Meter breit. An den Längsseiten ragte unter Wasser ein Sitz vor. Als sich das Wasser beruhigt hatte, konnte Ricketts etwas großes Weißes erkennen, das unter dem Sitz klemmte. Er reckte den Hals, um es besser sehen zu können.

Er brauchte eine Weile, bis er merkte, daß er eine Leiche vor sich hatte. Es dauerte noch einen Moment, dann wurde ihm klar, daß in diesem Fall die trüb-weiße Substanz, die er von der Wasseroberfläche gefischt hatte, mit an Sicherheit grenzender Wahrscheinlichkeit menschliche Haut war.

Ricketts dachte nicht lange darüber nach, was er jetzt tun sollte. Er wußte, daß er keine andere Wahl hatte, als diesen grausigen Fund zu melden und das Beste zu hoffen. Er könnte den Klingelknopf abwischen und sich davonmachen, aber die Bullen würden ihn mit Sicherheit bald haben. Sein Anruf bei Clegg wegen des Treffens war möglicherweise von der Sekretärin vermerkt worden, aber wahrscheinlich hatte Clegg selbst den Termin in seinen Kalender eingetragen. Sein Auto hatte eine Viertelstunde vor dem Haus gestanden, wenn er sich also jetzt verkrümeln würde und einer der Nachbarn zufällig sein Auto sehen sollte, saß er mächtig in der Tinte.

Ricketts ging durch die Hintertür in die Küche. Von dem Telefon auf dem Tisch rief er das Polizeirevier Auckland Central an und verlangte Detective Sergeant Ihaka. Es war Ihakas freier Tag.

»Versuchen Sie, ihn zu finden«, bat Ricketts den Beamten, der den Anruf entgegengenommen hatte. »Sagen Sie ihm, Duane Ricketts hat angerufen, und es ist dringend. Lassen Sie sich eine Telefonnummer von ihm geben. Ich rufe in zehn Minuten zurück.«

Als Ricketts zurückrief, gab ihm der Beamte eine Nummer und sagte: »Ihaka freut sich wirklich auf Ihren Anruf.«

Ricketts wählte die Nummer, und ein kleines Mädchen ging ans Telefon. Er fragte nach Tito Ihaka und hörte, wie sie rief: »Onkel Tito, du sollst ans Telefon kommen!«

»Ricketts?«

»Onkel Tito – ist ja scharf.«

»Lassen Sie mich raten, Ricketts – ich soll Sie in einem Methadonprogramm unterbringen?«

»Nein, nein, das hab ich im Griff – ich hab heute morgen eine Apotheke überfallen.«

»Also, wie kann ich Ihnen dann helfen?«

»Sie können mir helfen, indem Sie Scheiße fressen und verrecken. Den Leuten von Auckland, die Sie bezahlen, damit Sie sie schützen und ihnen dienen, können Sie helfen, indem Sie Ihren dicken Hintern nach Ladies Mile rausbewegen. Hier wartet ein ganz und gar unnatürlicher Tod auf Aufklärung durch Sie.«

»Wer?«

»Ich weiß es nicht genau, aber ganz spontan würde ich auf Bart Clegg tippen.«

»Wer ist das?«

»Ein Rechtsanwalt.«

»Ein Rechtsanwalt? Meine Güte, gerade von denen brauchen wir doch jeden einzelnen! Was ist mit ihm passiert?«

»Angesichts der recht ungewöhnlichen Umstände, muß ich da passen.«

»Ich nehme an, wir haben eine Leiche?«

»Die haben wir.«

»Wo?«

»Im Whirlpool. Liegt schon eine ganze Weile drin, würde ich sagen – und das Ding lief die ganze Zeit auf Hochtouren. Wenn Sie ihn rausziehen, wird er wahrscheinlich wie ein großer Klumpen Schmierseife aussehen.«

»Ich kann es kaum erwarten. Also, wo sollen wir hinkommen?«

Ricketts gab ihm die Adresse.

»Ach so, Ricketts, noch eine Frage.«

»Ja?«

»Waren Sie's?«

»Nein, ganz sicher nicht.«

Langes Schweigen.

»Glauben Sie mir nicht?«

Ihaka brach in schallendes Gelächter aus. »Was für eine bescheuerte Frage ist das denn? Mir fallen wohl ein paar Leute ein, die ich für unfähig halte, einen Mord zu begehen, aber Sie gehören ganz bestimmt nicht dazu! Und wenn Sie jemanden umgelegt haben, dann würden Sie's genau auf diese makabre, hinterfotzige Tour machen. Und außerdem hätten Sie natürlich auch noch die Nerven und den Grips, das zu tun, was Sie jetzt gerade tun.«

»Wissen Sie was, Ihaka?«

»Was?«

»Das war das Netteste, was ich je von Ihnen gehört habe.«

- 9 -

Weisungsgemäß erschien Duane Ricketts am Montagmorgen um neun Uhr auf dem Polizeirevier Auckland Central. Er wurde in den achten Stock gebracht und in ein kleines Besprechungszimmer geführt. Ein paar Minuten später öffnete Detective Sergeant Tito Ihaka die Tür und kam herein. Er trug Jeans und T-Shirt und brachte zwei Plastiktassen mit Kaffee mit, von denen er eine unsanft vor Ricketts auf den Tisch stellte.

»Es ist Jauche, aber was anderes gibt es nicht«, sagte Ihaka. »McGrail ist unterwegs.«

Ricketts nickte. Er war Detective Inspector McGrail noch nicht begegnet, war aber auch nicht sonderlich erpicht darauf. Er hatte einmal gehört, wie ein Polizist sagte, daß McGrail die Wärme und Ausstrahlung eines toten Aals hätte. Er nippte vorsichtig an dem Kaffee – er schmeckte wirklich scheußlich.

Er schob die Tasse weg. »Gütiger Gott, wie können Sie diesen Mist bloß trinken?«

»Es ist nicht einfach«, sagte Ihaka, so als ob er ernsthaft über die Frage nachdachte. »Wir sehen es als Herausforderung an. Die Freaks aus dem Leichenkeller haben uns übrigens gesagt, daß das Ding, das wir aus dem Whirlpool gezogen haben, tatsächlich mal Bart Clegg war.«

»In welchem Zustand war er?«

»Was Sie da über den Klumpen Schmierseife gesagt haben, war

gar nicht so abwegig. Mit der Autopsie werden wir alles herauskriegen, darauf können Sie sich verlassen.«

»Wissen Sie, wie man dieses seifige Zeug auf einer Wasserleiche nennt?«

Ihaka sah auf seine Uhr. »Ein Leichenwitz um zehn nach neun am Montagmorgen – das ist rekordverdächtig.«

»Das ist kein Witz – das Zeug heißt Adipocire.«

»Adi ... was?!«

»Adipocire. Schlagen Sie's im Wörterbuch nach – vielleicht können Sie's brauchen, wenn Sie das nächste Mal Scrabble spielen.«

Die Tür ging auf, und Detective Inspector Finbar McGrail, früher bei der Royal Ulster Constabulary in Nordirland, betrat den Raum. Er trug glänzende schwarze Schuhe, eine graue Hose mit scharfer Bügelfalte, ein glänzendes, perfekt gebügeltes weißes Hemd, dessen Ärmel sorgfältig über die Handgelenke hochgerollt waren, und einen marineblauen Schlips, auf dem in gelben Buchstaben »Boston Marathon 1987« stand. Sein frischrasiertes Gesicht hatte einen rosigen Hauch, und das kurze dunkle Haar war feucht zurechtgekämmt. Ricketts vermutete, daß McGrail die Haare in Nase und Ohren jeden Morgen beschnitt – er hätte sogar darauf gewettet.

McGrail hatte mehrere Akten unter dem linken Arm und eine Teetasse aus Porzellan auf einer Untertasse in der rechten Hand. Er setzte sich Ricketts gegenüber, nahm einen Schluck Tee und blätterte in einer der Akten. Ricketts sah zu Ihaka, der ihm zuzwinkerte, sich zurücklehnte und gewagt mit seinem Stuhl kippelte. Schließlich blickte McGrail auf. Er musterte Ricketts und rümpfte mißtrauisch die Nase – wie ein Hygieneinspektor, der das Innere einer verdächtigen Fleischpastete untersuchte.

»Ich sehe hier, daß Sie früher Polizist waren, Mr. Ricketts«, sagte er im Akzent seiner alten Heimat. Ihaka am anderen Ende des Tisches versuchte sich das Lachen zu verkneifen und gab dabei unschöne, kehlige Laute von sich.

»Ja, ist jetzt schon ein paar Jahre her.«

»Hm, Sie haben ein paar schlechte Angewohnheiten angenommen, seit Sie aus dem Dienst ausgeschieden sind.«

Ricketts wollte gerade fragen, was seine Angewohnheiten denn bitte schön für eine Rolle spielten, als McGrail die Stimme hob und ihm zuvorkam. »Was haben Sie gemacht, seit Sie wieder im Lande sind?«

»Ich bin am Donnerstagnachmittag zurückgekommen und wurde am Flughafen von meinem treuen Diener Ihaka abgeholt.« McGrails dünne Lippen verzogen sich zu einem eisigen Lächeln. »Am Freitagmorgen bin ich zu meiner Schwester in die Hauraki-Plains gefahren – das heißt, zu meiner Schwester, meinem Schwager und ihren Kindern, wenn Sie es genau wissen wollen. Ich kam am Samstagnachmittag zurück und bin seitdem zu Hause gewesen – abgesehen von dem Besuch bei Clegg.«

»Wir werden uns bei der Familie Ihrer Schwester erkundigen, und Sie sollten sich selbst die Daumen drücken, daß Sie nicht in Auckland waren, als Clegg starb. Sie können sich vielleicht vorstellen, daß es nicht ganz einfach ist, den Zeitpunkt des Todes festzustellen. Was wollten Sie in seinem Haus?«

»Das habe ich doch gestern schon einem Ihrer Männer erzählt.«

»Und jetzt erzählen Sie es mir.«

Mit leidender Miene holte Ricketts tief Luft. »Als ich in Thailand war, traf ich Dale Varty …«

»Im Gefängnis meinen Sie doch, oder?«

»Nein, in einem buddhistischen Kloster. Er bat mich, bei Clegg anzurufen, wenn ich nach Hause käme, und ihn von ihm zu grüßen. Ich rief Clegg letzte Woche deswegen an, und er lud mich für Sonntagnachmittag auf ein Bier ein. Das wollte ich dort.«

»Varty sollte doch selbst aus dem Gefängnis entlassen werden – weshalb mußten Sie dann mit Clegg Kontakt aufnehmen?«

»Das war, nachdem er niedergestochen wurde. Er glaubte, er würde nicht durchkommen.«

McGrail stand auf, ging um den Tisch und lehnte sich hinter Ricketts an die Wand. Der schaute weiter nach vorn.

»Stellen wir uns die Szene mal vor«, sagte McGrail, und es klang wie: *Es war einmal* ... »Varty ist niedergestochen worden und glaubt, er wird sterben. Mit dem letzten Atemzug bittet er Sie, mit Clegg Kontakt aufzunehmen. Clegg und er müssen offensichtlich Busenfreunde gewesen sein, oder?«

»Woher soll ich das denn wissen? Er hat mich darum gebeten, und ich habe es getan.«

»Sergeant, Sie haben gestern abend mit Cleggs Exfrau gesprochen«, sagte McGrail. »Ich gehe davon aus, daß ich Ihren Bericht richtig entziffert habe und sie also der Meinung war, daß Varty früher einmal ein Klient von Clegg war, sie aber nicht glaubte, daß man von einer privaten Beziehung hätte sprechen können. Stimmt das so?«

»Auf den Punkt gebracht, Sir«, erwiderte Ihaka heiter.

McGrail legte eine Hand auf die Lehne von Ricketts Stuhl, die andere auf den Tisch und kam mit seinem Gesicht ganz nahe an das von Ricketts. »Sie erwarten doch nicht im Ernst, wir glauben Ihnen, daß dieser Mann, der auf dem letzten Loch pfeift, nichts Besseres zu tun hat, als Grüße an seinen früheren Rechtsanwalt auszurichten?«

Ricketts drehte sich um, sah McGrail an und sagte in eindringlichem Ton: »Ich erwarte nicht, daß Sie mir irgend etwas glauben.«

McGrail ging wieder auf die andere Seite des Tisches, setzte sich und blätterte erneut in seinen Akten. Ohne aufzusehen, fragte er: »Was hat Varty Ihnen noch gesagt?«

»Nichts. Der Arzt kam, und sie karrten ihn weg. Danach habe ich ihn nicht mehr gesehen.«

Wieder huschte dieses kurze, kalte Lächeln über McGrails Gesicht. Für einen Moment meinte Ricketts so etwas wie Belustigung in den Augen des Polizisten aufglimmen zu sehen.

»Ich glaube, das reicht vorerst, Mr. Ricketts«, sagte McGrail.

Als Ricketts aufstand, fragte er noch: »Ach, warum wollten Sie eigentlich gestern unbedingt mit Sergeant Ihaka sprechen?«

Ricketts sah zu Ihaka und dann wieder zu McGrail. »Immer, wenn ich eine nackte Leiche in einem Whirlpool finde, muß ich an Ihaka denken. Irgendwie gehört das zusammen.«

Er blieb an der Tür stehen. »Wenn Sie es noch nicht getan haben«, sagte er, »sollten Sie vielleicht nachprüfen, ob das Sektglas, das neben dem Whirlpool stand, zu einem Satz gehörte. Wenn ja, könnte ich wetten, daß jetzt eins davon fehlt.«

Ihaka fragte: »Was?«

Ricketts zuckte mit den Schultern. »Nennen Sie mich meinetwegen vergnügungssüchtig – aber wenn ich einen Whirlpool und eine Flasche Champagner hätte, würde ich mir wahrscheinlich jemanden dazu einladen. Und ich glaube, so lief die ganze Geschichte. Vielleicht hatte Clegg jemanden zu Besuch, und dieser Jemand möchte lieber anonym bleiben, also hat er alle Spuren seines Besuchs beseitigt. Aber warum erzähle ich Ihnen das eigentlich? Sie sind schließlich die Fachleute, nicht wahr?«

Ricketts lächelte in sich hinein, so als ob ihn diese Vorstellung amüsierte, drehte sich um und schloß die Tür hinter sich. McGrail blickte zu Ihaka und zog die Augenbrauen hoch. Im Unterschied zu Ricketts hatte Ihaka keinerlei Zweifel daran, daß es Belustigung war, die in McGrails sonst kalten Augen zu sehen war.

»Mist«, sagte Ihaka. »Daran hätte ich denken sollen.«

McGrail nickte. »Interessanter Mann, Ihr Mr. Ricketts«, sagte er. »Ich frage mich, was Varty wirklich zu ihm gesagt hat.«

Der Vater von Everton Sloan jun. war ein unheimlich teurer Rechtsanwalt aus Washington, der in der Presse mitunter als Mann hinter den Kulissen oder sogar als graue Eminenz beschrieben wurde.

Diese Bezeichnungen verwenden politische Berichterstatter in Washington für Personen, die große Macht besitzen, aber kaum auffallen, und hin und wieder in teuren Restaurants mit Kongreßabgeordneten, Kabinettsmitgliedern oder Präsidentenberatern zu Mittag essen. Everton Sloan sen. war allgemein als cleverer Bursche bekannt. Immer, wenn eine neue Regierung gebildet wurde, machte sein Name die Runde als Mitbewerber um einen Posten im Kabinett oder eine hochrangige Stelle im Weißen Haus. Es war eigentlich egal, ob die Demokraten oder die Republikaner an der Macht waren, da Sloan weder zu der einen noch zu der anderen Partei gehörte. Was seine politischen Ansichten anging, so beschränkten sie sich auf »Starke Verteidigung, sichere Straßen, stabile Währung« – wofür sich in beiden politischen Lagern die meisten einsetzten, die etwas zu sagen hatten.

Sloan zeigte sich jedoch stets unzugänglich, wenn die Werber kommender Regierungen ihre Fühler nach ihm ausstreckten. Wenn man ihm vorwarf, daß er sich verweigerte oder keinen Sinn für staatsbürgerliche Verantwortung hätte, erwiderte er immer, daß er sich als junger Mann geschworen hatte, nie für jemanden zu arbeiten, der nicht so schlau war wie er. Da diese Bemerkung stets von einem freundlichen selbstironischen Lachen begleitet wurde, wußten nur die, die Sloan gut kannten, daß er es ernst meinte.

Die, die ihn gut kannten, wußten auch, daß es noch einen anderen Grund gab, warum er zögerte, im Weißen Haus oder für einen der Hausherren zu arbeiten: Everton Sloan sen. war ein Snob. Die Sloans gehörten seit sechs Generationen zu den Säulen des Establishments an der Ostküste, den anglophilen Familien mit viel Geld. Auf ihrer Werteskala zählten gute Manieren, die Vertrautheit mit den gehobeneren Werken der englischen Kultur, die Fähigkeit, auf einem Pferd eine gute Figur zu machen und ein gut sortierter Weinkeller mehr als das zweifelhafte Talent, beim gemeinen Volk Popularität zu erringen. Respekt war eine andere Sache, aber wie viele Präsidentschaftskandidaten hatten je ernsthaft versucht, den Respekt der Wähler zu gewinnen?

Der letzte Präsident, der Sloans vorbehaltlose Zustimmung gefunden hatte, war Dwight Eisenhower gewesen. Wie viele der Protestanten Neuenglands war er immun gegen das Charisma der irisch-katholischen Kennedys gewesen. Seine Haltung zu diesem unglückseligen Clan faßte er in einem Satz zusammen, den er nicht müde wurde zu wiederholen: »Ich habe es euch ja gleich gesagt.«

Was die anderen anging, so hielt er Lyndon Johnson für einen vulgären Manipulator, Richard Nixon für fähig, aber kleinkariert und hoffnungslos gewöhnlich, Gerald Ford für einen Kleinstadt-Rotarier, der irgendwie in das Präsidentenamt hineingeschlittert war, Jimmy Carter für einen Südstaatler, der über Gott redete, als ob er mit IHM Squash spielte, und der die anstößige Sitte des Händchenhaltens mit der Ehefrau in der Öffentlichkeit einführte, und Ronald Reagan, obwohl sonst ein ganz annehmbarer Bursche, für einen Schauspieler, Demagogen und – am allerschlimmsten – für einen Kalifornier. George Bush kam zwar aus dem gleichen Milieu wie Sloan, genügte seinen Ansprüchen aber auf syntaktischer Ebene nicht. Sloan sagte zu seinen Freunden: »Ich bin zu alt, um noch die Sprache zu lernen, die George spricht.« Der Gedanke, für Bill Clinton zu arbeiten, war ihm aus so vielen Gründen ein Greuel, daß er sie gar nicht alle aufzählen mochte, um nicht als unpatriotisch dazustehen. Seit den Wahlen von 1992 hatte Sloan mehr und mehr Zeit auf seiner Farm im Norden des Bundesstaates New York verbracht, wo er über der Zukunft der Republik brütete.

Everton Sloan sen. mochte sein, was und wie er wollte, auf jeden Fall hatte er außerordentlich gute Beziehungen. Als ihn sein einziger Sohn am Sonntagabend aus Thailand anrief und um Rat fragte, empfahl er ihm, nach Singapur zu fliegen und mit Theodor Natusch zu reden.

Gleich am Montagmorgen nahm Everton Sloan jun. das Flugzeug nach Singapur und wurde kurz nach neun Uhr in das Büro von Theodor Natusch im 38. Stock des Westin-Plaza-Gebäudes geführt. Natusch kam hinter seinem Schreibtisch hervor und schüttelte ihm die Hand, wobei ihm angenehm auffiel, daß sich Sloan immer noch wie ein Angehöriger der Ostküsten-Elite kleidete: dunkelgrauer Anzug aus englischer Wolle, hellblaues Button-down-Hemd, teure, aber zurückhaltende Seidenkrawatte und robuste schwarze Schuhe. Es war ein völlig ungeeigneter Aufzug für Südostasien, aber die Erfahrung hatte Natusch gelehrt, Männern zu mißtrauen, die ihre Haut zu schnell abstreiften, wenn sie in eine neue Umgebung kamen. Seiner Meinung nach wies das auf Wurzellosigkeit und einen Mangel an festen Bindungen hin. Natusch selbst war dem kräftezehrenden Klima Singapurs entsprechend gekleidet: kurzärmliges, leichtes Baumwollhemd ohne Krawatte, Leinenhosen und schwarze Ledermokassins.

Theodor Natusch war über 1,80 groß, hatte einen Bauch und ein rundes Gesicht, das von Fältchen durchzogen wurde, wenn er – was er oft tat – lächelte, warme braune Augen und rostrotes Haar, das er fast sein ganzes Leben, das heißt 58 Jahre lang, immer im Bürstenschnitt getragen hatte. 1966 war er in Saigon angekommen, um für UPI über den Vietnamkrieg zu berichten. Nach Nixons Wiederwahl 1972, als klar wurde, daß sich die Amerikaner aus dem Staub machen würden, hörte er bei UPI auf und ließ sich als freier Journalist in Tokio nieder. Er sprach Mandarin, Japanisch und Vietnamesisch, war fleißig, verfügte über ausgezeichnete analytische Fähigkeiten, einen klaren Schreibstil sowie Lachfalten und freundliche Augen, die sogar völlig Fremde dazu brachten, sich ihm anzuvertrauen. Kein Wunder also, daß er sich innerhalb von fünf Jahren den Ruf eines Asien-Gurus erworben hatte. Was die Herausgeber der vielen Zeitungen und Zeitschriften, in denen seine Artikel erschienen, nicht wußten, war, daß Theodor Natusch nicht nur ein hervorragender Journalist war, der sich in Asien auskannte, sondern auch ein Agent des CIA war.

1983 wäre er fast enttarnt worden, als ein verärgerter CIA-Beamter gegenüber einem Reporter einer der großen amerikanischen Fernsehgesellschaften auspackte. Als der stellvertretende Direktor des CIA, Plans (Verdeckte Operationen), hörte, daß Natuschs Tarnung auffliegen würde, rief er einen befreundeten Senator an, der wiederum Everton Sloan sen. anrief. Sloan seinerseits rief den Hauptaktionär der Fernsehgesellschaft an. Während ihres 45minütigen Gesprächs führte Sloan zu gleichen Teilen Charme, Drohungen und allerlei juristischen Hokuspokus ins Feld. Das große Tier von der Fernsehgesellschaft spuckte erst große Töne und zeigte schließlich eingeschüchterte Dankbarkeit. Die Geschichte wurde abgewürgt.

1986 gab Natusch die journalistische Arbeit auf und ging nach Singapur. Er eröffnete eine PR-Agentur, die er zu einem erfolgreichen Unternehmen ausbaute, und zwar vor allem, indem er das Netz von Kontakten auf höchster Ebene nutzte, die er in der ganzen Region geknüpft hatte – gestützt auf ein wenig wohldosierte Erpressung hier und da. Mit 60 wollte er sich allmählich nach einem Käufer für die Agentur umsehen – ihm schwebte eine Summe irgendwo zwischen fünf und sieben Millionen US-Dollar vor – und, wenn er sie erfolgreich losgeschlagen hatte, den unvermeidlichen Managementvertrag über Modem in einem Strandhaus auf Bali oder möglicherweise Sri Lanka – wenn sich die politische Situation dort stabilisieren sollte – ausarbeiten.

»Erzählen Sie, wie geht es Ihrem Vater, dem großen Rechtsanwalt?« fragte Natusch, während sie auf Kaffee warteten.

»Gut, glaube ich. Obwohl ich denke, daß die Situation in Washington heutzutage nicht ganz nach seinem Geschmack ist.«

»Ist sie das überhaupt für irgend jemanden?«

»Wann haben Sie ihn das letzte Mal gesehen?«

»Wir haben zwar telefoniert, aber bedauerlicherweise bin ich ihm nie persönlich begegnet. Er hat mir einmal einen großen Dienst erwiesen, meinen Ruf und möglicherweise meinen Kopf gerettet. Nach dem, was Sie mir gestern abend am Telefon gesagt haben, ist jetzt die Gelegenheit, ein wenig von der Schuld zurückzuzahlen.«

»Ich hätte gerne ein paar Informationen und vielleicht einen Rat von Ihnen.«

»Schießen Sie los.«

»Was wissen Sie über Buddy Funke?«

Natusch schloß kurz die Augen. »Texaner, trat der Firma direkt nach dem College bei, seinem Ruf nach ein einigermaßen guter Handwerker, vielleicht eine Spur zu unberechenbar. Ging dann zur Drogenfahndung, wohl in den späten 70ern oder frühen 80ern. Seitdem habe ich ihn aus den Augen verloren.«

»Er ist in Bangkok.«

Natusch setzte sich auf. »Aha. Na ja, ein Mann mit seiner Vorgeschichte sollte entweder hier in der Gegend oder in Kolumbien sein.«

»Warum ist er umgestiegen?«

Mit dem mehr dienstlichen Ton der Unterhaltung war die Wärme in Natuschs Augen einer kühlen Wachsamkeit gewichen. »Was bringt Sie auf den Gedanken, daß es nicht nur eine einfache berufliche Entscheidung war?«

»Gesunder Menschenverstand. Die Firma zu verlassen und zur Drogenfahndung zu gehen, ist heutzutage der Karriere nicht gerade förderlich – von damals ganz zu schweigen.«

Natusch nickte. »Wie gut wissen Sie über die jüngere englische Geschichte Bescheid?«

»Ganz gut.«

»Fast ein bißchen abnormal für jemanden, der so jung ist. Dann haben Sie ja eine ungefähre Vorstellung vom Stand der Dinge in England Mitte der 70er Jahre, oder? Die Bergarbeiter hatten die Regierung von Heath abgesägt. Labour war wieder an der Macht, aber eigentlich hatten die Gewerkschaftsbosse das Sagen, und sie wollten das Land mit aller Gewalt ruinieren. Die meisten waren irregeleitet und machten einfach das Beste daraus, daß sie im Klassenkampf die Oberhand gewonnen hatten – aber wir wußten, daß einige von ihnen Maulwürfe waren und andere in Moskaus Sold standen. Welche Motivation sie auch haben mochten, sie schafften es: Das Land ging vor die Hunde. Als es immer schlimmer wurde, entstanden diese rechten, patriotischen Organisationen wie GB '75 und all die anderen. Es war wieder die alte Geschichte mit den Männern im Sattel: Generäle im Ruhestand verkündeten ihre Bereitschaft, das Land vor den Politikern zu retten, die Züge würden wieder pünktlich fahren – und wenn sie einmal dabei wären, würden sie auch gleich noch alle Nigger nach Jamaika zurückschicken. – Funke war damals im Londoner Stützpunkt, wo sie die Lage in ziemlich düsteren Farben malten. Wenn man ihnen glauben wollte, dann war England auf dem besten Wege zur freiwilligen Finnlandisierung. Bald würde es heißen ›Yankee Go Home‹, und all die wunderschönen Horchposten und Luftstützpunkte wären hinüber. Buddy überwachte die rechtsgerichteten Gruppen. Er legte sich mächtig ins Zeug und kam auch irgendwie in so einen echten paramilitärischen Haufen rein, der von einem durchgeknallten Exfallschirmjäger geleitet wurde. Um es kurz zu machen: Er bot ihnen an, sie mit ein paar richtigen Waffen zu versorgen. Die Firma macht ja überall zwielichtige Waffengeschäfte, es wäre also nicht schwierig gewesen, mal eine Lieferung umzuleiten. – Den Rest können Sie sich wahrscheinlich denken. Diese Bande glorreicher Patrioten war vom MI5 schon gründlich infiltriert, und in Null Komma nichts wußte man in Whitehall von Funkes freundlichem Angebot. Die Engländer gingen an die Decke. Der Botschafter wurde einbestellt und runtergeputzt. Er rief seinen Golffreund im Weißen Haus an, und innerhalb von 24 Stunden hatten sie Funke an die frische Luft gesetzt.«

Natusch stand auf und streckte sich. Er ging um seinen Schreibtisch herum, setzte sich auf den Rand und sah zu Sloan hinunter. »Das haben wir zumindest den Engländern erzählt. Tatsächlich saß Funke etwa ein Jahr lang hinter einem Schreibtisch in Langley und wurde dann wieder rausgeschickt – ins südliche Afrika, wo er in Angola mit den Rebellen von der UNITA zusammenarbeitete, diesem bunt zusammengewürfelten Haufen von Jonas Sawimbi. Er organisierte Boden-Luft-Raketen für sie, mit denen sie ein paar Flugzeugladungen kubanische Truppen runterholen sollten, damit Fidel und Genossen vielleicht nicht mehr ganz so scharf darauf waren, die Söldner für Moskau zu spielen. Und genau zu dieser Zeit schickte ein brasilianischer Flugzeughersteller, der mit den Angolanern in Verhandlung stand, ein Flugzeug für einen Vorführbesuch nach Luanda. Die Brasilianer luden ein paar Minister und ausgesuchte VIPs und ihre Ehefrauen zu einer Cocktailparty mit Sightseeing in der Luft ein. – Die angolanische Regierung meinte, es wäre ein guter Propagandacoup, wenn das Flugzeug in Huambo landete. Die UNITA behauptete, daß sie die Stadt abgeriegelt hätte und nichts hinein- oder herauskäme. Aber wie so viele Propagandaaktionen ließ auch diese einiges zu wünschen übrig. Als das Flugzeug im Anflug auf Huambo war, pustete die UNITA es mit einer der Boden-Luft-Raketen vom Himmel, die unser gemeinsamer Bekannter geliefert hatte. – Es kam nie heraus, ob es sich um einen Fehler handelte oder ob die UNITA wußte, daß Minister an Bord waren. Aber in Washington war die Hölle los. Nicht daß jemand Tränen wegen der Angolaner vergossen hätte – immerhin waren es Kommunisten gewesen – nein, es ging um die Brasilianer. Sie waren wichtig, um die Linien im Süden zu halten: El Salvador, Nicaragua, Guatemala und wie sie alle hießen – da brauchten wir Brasilien auf unserer Seite. Wenn unsere Verbündeten eins ihrer zivilen Flugzeuge mit einer brasilianischen Delegation an Bord, zu der Leute aus einflußreichen Familien gehörten, abschossen, half das nicht gerade, uns Freunde zu machen und Einfluß auszuüben. Die Sache galt als ganz grober Schnitzer, und da mußte jemand den Kopf hinhalten. Das war's dann, Agent Funke.«

Natusch goß Sloan Kaffee nach und ging hinter seinen Schreibtisch. »Das waren die alten Geschichten«, sagte er. »Nun erzählen Sie mir doch mal, was Buddy jetzt wieder angestellt hat.«

Sloan gab Natusch einen kurzen und nüchternen Bericht über den Mord an dem Transvestiten Brandi und die Ergebnisse seiner detektivischen Bemühungen am Wochenende. Als er fertig war, sahen die beiden Männer einander einen Augenblick lang schweigend an. Dann sagte Natusch: »Also, dann mal raus damit. Was ist Ihre Theorie, mein Junge?«

»Ich glaube, daß Funke den Transvestiten umgebracht hat und er nach Neuseeland geflogen ist, um an das Rauschgift zu kommen. Und ich glaube nicht, daß er es in die Verbrennungsanlage schütten will, wenn er es findet.«

»Wie wurde denn der Transvestit umgebracht?«

»Nach allen Regeln der Kunst – zwei Schüsse aus nächster Nähe, in die Brust und in den Kopf.«

Natusch zog zweifelnd die Augenbrauen hoch. »Warum sollte Funke das tun?«

Sloan zuckte mit den Schultern. »Um die Verbindung zu vertuschen, die Spuren zu verwischen. Wer weiß? Vielleicht gibt's ihm ja einen Kick?«

»Sind Sie ganz sicher, daß er Thailand verlassen hat?«

»Nein. Gestern habe ich einen Computerausdruck von der thailändischen Einwanderungsbehörde mit den Leuten bekommen, die in den letzten 48 Stunden das Land verlassen haben. Er war nicht dabei, aber damit hatte ich auch nicht gerechnet. Er würde einen falschen Paß benutzen oder sich auf einem Fischerboot davonmachen, das ihn irgendwo an der malaiischen Küste absetzt. Dann würde er sich nach Kuala Lumpur durchschlagen und ein Flugzeug nehmen.«

»Ich bin mir sicher, daß es in der Gegend hier Drogen in Hülle und Fülle gibt. Weshalb, um alles in der Welt, sollte er dann bis nach Neuseeland fliegen?«

»Nicht so gefährlich, keiner kennt ihn, keine US-Drogenfahndung, keiner, der ihm über die Schulter schaut. Mein Gott, weiter weg vom Radarschirm geht's ja kaum noch.«

»Und wie wird er's anstellen?

Sloan zuckte wieder mit den Schultern. »Höchstwahrscheinlich ankommen, die Sache durchziehen und wieder abfliegen. Wenn irgend etwas schiefgeht, wird er mit seinem Dienstausweis wedeln und sagen, daß er ja nur seinen Job gemacht hat.« Sloan verfiel in einen angedeuteten texanischen Akzent: »›Jetzt paß mal auf, Amigo, ich bin 'n Einspänner, schon immer gewesen, und werd's auch immer bleiben, wenn's dem Herrn gefällt. Nehm Witterung auf wie 'n alter Bracke und dann immer hinterher. Scher mich nicht die Bohne um Gesetze und den ganzen bürokratischen Kram.‹ Natürlich würde ihm das nur ein Vollidiot abnehmen, aber von denen gibt es ja reichlich.«

Natusch machte eine anerkennende Kopfbewegung. »Sie scheinen schon vollkommen im Bilde zu sein.«

»Meinen Sie, ich bin auf dem falschen Dampfer?«

»Nein, ich glaube schon, daß Sie recht haben«, erwiderte Natusch gelassen. »Funke paßt zweifellos in das Profil des potentiellen Gauners: Er ist alleinstehend, amoralisch, unorthodox, kurz vor dem Ruhestand, und, gemessen an seinen Ambitionen von vor 20 Jahren, ist seine Karriere nach hinten losgegangen. Er hat an Orten gearbeitet, wo er unmittelbar mit Korruption konfrontiert war – da geht einem so dies und jenes durch den Kopf. Wie ein kluger Bekannter von mir einmal sagte: Er hat zu lang in einer Welt gelebt, in der weder die Gesetze Gottes noch die der Menschen respektiert werden. Aber ich finde es doch ein bißchen zu einfach anzunehmen, daß er beschlossen hat, jetzt seine Schäfchen ins trockene zu bringen. Da wäre er ja wohl kaum der erste, oder?«

»Sehen Sie, Mr. Natusch, wenn ich der Meinung wäre, daß die Geschichte nicht mehr bedeutet, als daß Buddy Funke seine Pension aufbessern will, dann könnte ich mich vielleicht überzeugen lassen wegzuschauen. Aber der Mann ist gefährlich, und wir haben keine Kontrolle mehr über ihn. Er erschießt womöglich jeden, der sich ihm in den Weg stellt. Gut, vielleicht ist es ein Dealer oder irgendein anderer übler Bursche, aber es könnte auch ein Polizist sein oder ein Zivilist, der zur falschen Zeit am falschen Ort ist – oder eine unschuldige, verlorene Seele wie Brandi. Der Mann muß aufgehalten werden.«

Diese plötzliche und für Sloan untypische Leidenschaft überraschte Natusch, so daß er, ein wenig verärgert, ungewollt scharf reagierte: »Was erzählen Sie mir das? Legen Sie ihm doch selbst das Handwerk!«

Sloan nahm wieder die gewohnte Haltung nachdenklicher Distanziertheit ein. »Wenn ich das täte, und zwar auf dem Dienstweg, was würde dann passieren? Mal vorausgesetzt, es wird ernst genommen – bis sie alles überprüft hätten, wäre es sicher zu spät. Aber wahrscheinlich würde mein Ersuchen sowieso im Papierkorb landen. Ich höre die von der Drogenfahndung schon: ›Ist es denn zu fassen – dieser kleine Yuppie will unseren Buddy anschmieren!‹«

Natusch holte tief Luft. »Okay, Everton, was soll ich für Sie tun?«

Sloan beugte sich vor. »Wie weit nach oben gehen Ihre Beziehungen zu Langley?«

Kurz kämpften Stolz und Bescheidenheit in Natusch miteinander – der Stolz gewann. Selbstzufrieden lächelte er. »Ich bin Pate der Tochter eines bestimmten stellvertretenden Direktors.«

»Das ist weit oben. Können Sie ihm erzählen, was Funke getan hat und was er noch tun wird?«

Natusch nickte bedächtig. »Wenn Ihnen das hilft, werde ich es tun. Und dann?«

Sloan nahm seine Brille ab, hielt sie gegen das Licht und polierte sie dann mit der Rückseite seiner Krawatte. Er setzte sie wieder auf und sah den älteren Mann entschlossen an.

»Dann werden sie einen Cleaner losschicken.«

»Sie kennen die Cleaner?« fragte Natusch und konnte seine Ungläubigkeit nicht verbergen.

»Bevor ich nach Bangkok ging, habe ich an einer Reihe von Untersuchungen mitgearbeitet. Es ging von ganz oben bis nach unten und hatte mit ziemlich großangelegten Säuberungsaktionen zu tun.«

Natusch musterte Sloan mit einer Mischung aus Überraschung, Respekt und einem Hauch Verlegenheit. *Du wirst deinen Weg machen, mein Junge*, dachte er. *Und ich würde gerne wissen, wie viele Exekutionen du anordnen wirst, bis du am Ziel bist.*

- 10 -

Sonderagent Harold »Buddy« Funke verließ Bangkok am Freitagabend, den 15. April mit einem Flug von Thai Airways nach Hongkong, wo er sich eine Übernachtung im Peninsula Hotel gönnte. Wie Everton Sloan jun. vermutet hatte, reiste Funke mit einem falschen Paß, dem zufolge er Donald Edwin Surface hieß und in Oklahoma lebte. Funke hatte sich den falschen Paß vor sechs Monaten in Macau machen lassen – man konnte ja nie wissen, wann man ihn brauchen würde.

Der falsche Paß war das Werk eines 78 Jahre alten Portugiesen, der seit seiner Jugend dem Irrtum aufsaß, mit künstlerischem Talent gesegnet zu sein. Das völlige Desinteresse der Kunstwelt gegenüber seinem umfangreichen Werk erfüllte ihn mit tiefer Verbitterung, und diese wurde nur teilweise durch das stattliche Einkommen gelindert, das er mit dem Fälschen von amerikanischen Pässen vor allem für Chinesen aus Hongkong verdiente, die sich im Land der unbegrenzten Möglichkeiten niederlassen wollten.

Aber obwohl er sehr verbittert war, war der alte Fälscher doch auch außerordentlich gierig. Am letzten Freitag jedes dritten Monats nahm er die 8-Uhr-Fähre von Macau nach Hongkong. Irgendwann während der 55minütigen Überfahrt setzte sich dann einer der Passagiere – jedesmal ein anderer – neben ihn und ließ heimlich ein dickes Bündel 100-Dollar-Noten in seine marineblaue British-Airways-Tasche fallen. Das Geld stammte von der amerikanischen Einwanderungsbehörde – das nachzuweisen hätte jedoch einer langwierigen Untersuchung durch Leute bedurft, die mit den Gepflogenheiten des internationalen Bankensystems vertraut waren. Als Gegenleistung für die monatliche Zahlung von 15 000 Dollar übergab der Fälscher dem Kurier einen Umschlag, der Angaben über die falschen Pässe enthielt, die er in den vorangegangenen drei Monaten hergestellt hatte.

Funke wußte es nicht, aber das Besondere an dem Paß auf den Namen Donald Edwin Surface war, daß es sich dabei um das letzte Werk des portugiesischen Fälschers handelte. Ein paar Tage, nachdem der Mann von der Drogenfahndung ihn abgeholt hatte, drangen zwei muskelbepackte junge Chinesen in die Wohnung des Fälschers ein, fesselten ihn und begannen ihn auf rohe, aber wirkungsvolle Weise zu foltern, indem sie ihm die Zähne mit einer Kneifzange zogen. Nachdem er gestanden hatte, daß er seine Kunden regelmäßig an die amerikanischen Behörden verraten hatte, rissen ihm die Eindringlinge nur so zum Spaß auch noch seine restlichen Zähne heraus, übergossen ihn dann mit etlichen Litern Benzin und zündeten ihn an. Der alte Mann starb zu seinem Glück 75 Sekunden, nachdem er in Flammen aufgegangen war – hatte also gerade noch genügend Zeit, sich darüber klarzuwerden, daß wenigstens einer seiner letzten Kunden ein Mitglied der Triaden gewesen war.

Funke verließ Hongkong am folgenden Nachmittag mit einem Flug von Cathay Pacific nach Los Angeles. Als die 747 Reisehöhe erreicht hatte, bestellte Funke einen Scotch und 7-Up und wollte sich gerade zurücklehnen und ein bißchen Country-Musik hören, als der Passagier neben ihm versuchte, ihn in ein Gespräch zu verwickeln.

»Dem Akzent nach sitze ich da neben einem amerikanischen Landsmann«, sagte sein Nachbar und streckte ihm eine fleischige Hand entgegen. »Gene Pokorny mein Name, aus Bakersfield, Kalifornien.«

Funke seufzte und wandte sich Pokorny zu. Er sah eine Fönwelle, ein aufgedunsenes Gesicht, ein starres, strahlendes Lächeln, eine schrille Krawatte und eine noch schrillere Krawattennadel. *Na prima,* dachte er. *Sitze ich den ganzen Weg über den Pazifik neben einem Vertreter.* Schlaff legte er seine Hand in die von Pokorny.

»Hallo«, sagte er, ohne die geringste Wärme in der Stimme. »Donald Surface.«

»Und woher kommen Sie, Don?«

Funke fummelte wieder an seinem Walkman herum. »Oklahoma.«

»Aha, tja, ich komme aus der Computerbranche. Und was machen Sie?«

Funke hob seinen Blick ganz langsam zu Pokorny. »Also, wenn Sie's wissen wollen, ich vermittle weiße Sklavinnen. Eben habe ich ein passendes Paar 14jährige Küken an einen Mittelsmann in Hongkong geliefert, der sie an einen von den Sozi-Bonzen in Schanghai verkauft. Ist 'ne Menge Geld im Spiel.«

Pokornys routiniertes Lächeln verschwand. Er sah Funke ganz genau an, so als ob er die Mitesser auf seiner Nase zählen wollte. Funke legte den Walkman ab und drehte sich noch weiter auf seinem Sitz herum.

»Ich verrate Ihnen ein Geheimnis, Gene.« Er senkte die Stimme. »Heutzutage ist das größte Statussymbol in der dritten Welt nicht etwa ein Hubschrauber oder eine Vergnügungsyacht oder ein Privatjet, nein, es ist dein ganz privates, typisch amerikanischese Betthäschen. Im Ernst, ich kann den Bedarf kaum decken. Das Problem ist, daß diese Neger – ich gebrauche den Begriff im weitesten Sinne – alle das gleiche wollen: blaue Augen, blonde Haare, keine Pickel und ein Jungfernhäutchen. Und glauben Sie mir, Gene, in dieser Kombination wachsen sie nicht gerade auf den Bäumen. Sie haben gedacht, die Farbigen bumsen gerne rum? Ich sag Ihnen, nicht nur die. Ich mußte die kleinen Käfer geradewegs vom Bürgersteig schnappen, wenn sie von der Bibelstunde nach Hause gingen.«

Pokorny starrte Funke unverwandt an. Schließlich sagte er: »Mein lieber Freund, ihr Humor ist ja ziemlich gewagt. An Ihrer Stelle würde ich es mir gut überlegen, wem Sie diese Sachen auftischen.«

Funke lachte in sich hinein und legte die George-Jones-Kassette in den Walkman. »Für einen Moment sind Sie mir schon auf den Leim gegangen, stimmt's?«

»Sie haben wohl keine Lust auf einen Schwatz, oder?«

Funke sah Pokorny wieder mit seinem eigenartigen, schrägen Blick an. »Nehmen Sie's mir nicht übel, Gene, aber ich habe irgendwie das Gefühl, daß wir verschieden an das Leben herangehen.«

Da der Rechtsanwalt Bart Clegg nicht mehr als Vermittler zur Verfügung stand, mußte sich Duane Ricketts bei der Suche nach Dale Vartys Tochter mit dem behelfen, was er von ihr wußte: ihren Vornamen, Electra, und daß sie in einer Punkband spielte. Er vermutete, daß Vartys Exfrau – und damit auch die Tochter – wieder ihren Mädchennamen angenommen hatte. Diese Information hatte ihm Varty leider nicht mehr geben können.

Nach seinem Gespräch mit McGrail und Ihaka auf dem Polizeirevier ging Ricketts zu Fuß durch die Innenstadt und über die Anhöhe durch den Albert Park zur Universität. Er mußte nur einmal fragen, um zu erfahren, wo er Radio BFM, den Studentensender, finden würde.

Radio BFM arbeitete in schmuddligen Zimmerfluchten im zweiten Stock des Gebäudes hinter der Cafeteria, in dem auch die Studentenvereinigung saß. Als Ricketts am Empfang einer pummligen 20jährigen mit kahlrasiertem Kopf sein Anliegen erklärte, erwiderte diese: »Dann ist Gabby dein Typ.« Sie ging zu einer Tür schräg gegenüber vom Empfang, klopfte vorsichtig an und öffnete sie.

Aus dem Raum drang eine heisere weibliche Stimme, die im Gesprächston sagte: »... und das war Tracy Chapman und ›Talking 'bout a Revolution‹. Netter Song, aber habt ihr mal auf den Text gehört? ›Die Armen werden aufstehen und sich ihren Anteil holen/die Armen werden sich erheben und nehmen, was ihnen gehört.‹ Na klar, Tracy, du Knalltüte, so sicher, wie ich der neue Dekan der juristischen Fakultät werde. Als nächstes jetzt ein Stück für alle Psychos da draußen – Musik, bei der ihr das Familienalbum zerschnippeln könnt. The Doors. Erinnert ihr euch an den Sänger, Jim Morrison? Dachte, er wäre 'n Dichter, und um's zu beweisen, holte er seinen Schwanz raus und wedelte damit vor den

Massen rum. Dann verdrückte er sich nach Paris, nahm einen Haufen Drogen und soff in der Badewanne ab. Was für ein Tod, Jimmy. Wie heißt es doch: Er lebte heftig, starb jung und ließ... na ja, 'ne schöne Leiche war er nicht gerade, war bißchen fett geworden gegen Ende. Apropos Ende – so heißt der Song. Eine alltägliche Geschichte von Massenmord und Inzest – über einen Typen, der seinen Bruder, seine Schwester, seinen Vater und seine Mutter umbringen will. Mit der Mami will er aber noch ›Versteck den Piephan‹ spielen, bevor er sie um die Ecke bringt. Wirklich bizarr, die Vorstellung.«

Die Musik fing an. Eine junge Frau mit feingeschnittenem Gesicht, die eine Wollmütze, Jeans und ein T-Shirt mit der Aufschrift »Smells Like Teen Vomit« trug, kam aus dem Studio. Sie warf Ricketts einen uninteressierten Blick zu und ging an ihm vorbei zu der Kaffeemaschine hinter dem Empfang.

»Das ist Gabby«, sagte das pummlige Mädchen und trippelte hinter ihr her. »Eine von unseren DJ's. Sie müßte Ihnen helfen können.«

Gabby machte sich gerade eine Tasse Kaffee. »Ich suche ein Mädchen namens Electra«, sagte Ricketts. »Sie ist in irgendeiner Punkband.«

»In einer Punkband?« erwiderte Gabby. »Wie drollig.« Sie ließ sich auf eine zerschlissene Couch an der Wand fallen. »Wer sind Sie, und was wollen Sie von ihr?«

»Mein Name ist Duane Ricketts. Ich habe eine Nachricht für sie von jemandem, den ich im Ausland getroffen habe.«

»Den Sinn des Lebens etwa? Ein Rezept für den perfekten Apfelkuchen?« Gabby nahm ihre Wollmütze ab und fuhr sich durch ihr kurzes aschblondes Haar. Sie machte ein Geräusch wie eine Sirene, rief mehrmals: »Schuppenalarm!«, und setzte dann die Mütze wieder auf. »Is sie 'ne Lesbe, die Tussi?«

»Keine Ahnung, wieso?«

»Ist sie verkrüppelt?«

Ricketts schüttelte belustigt den Kopf. »Vielleicht hat sie zwei

Köpfe und 'nen Buckel – ich weiß es nicht. Ich hab sie noch nie gesehen.«

Gabby zog die Augenbrauen hoch. »Interessante Vorstellung. Ich frage, weil ich glaube, daß die Zarte, die Leadsängerin bei den ›Homo-Krüppeln‹ ist, Electra heißt.«

»›Die Homo-Krüppel‹ – ist das der Name der Band? Wie komme ich an sie ran?«

»Sie könnten es über Jerry Naismith versuchen – er promoted 'n Haufen Gigs in der Stadt.«

»Haben Sie vielleicht eine Telefonnummer?«

Sie machte eine Bewegung mit dem Kinn. »Wenn Sie lesen können, die steht da auf dem riesengroßen Poster hinter Ihnen.«

Ricketts borgte sich einen Kugelschreiber von dem Mädchen am Empfang und schrieb sich die Nummer auf den Handrücken.

»Vielen Dank für Ihre Hilfe. Spielen Sie auch Wunschtitel?«

»Manchmal. Haben Sie einen?«

»Wie wär's mit Tom Petty? ›Even the losers get lucky sometimes.‹«

Durch den Zeitunterschied von 16 Stunden kam Buddy Funke anderthalb Stunden vor der Abflugzeit aus Hongkong in Los Angeles an. Er kaufte sich ein Ticket für den Nachtflug von United Airlines nach Auckland, nahm ein Zimmer im Flughafenhotel und schlief sieben Stunden durch.

Er kam pünktlich um 6 Uhr 25 am Montagmorgen in Auckland an. Funke reiste mit seinem anderen falschen Paß in Neuseeland ein – mit dem, der auf Lyle Gorse, seinen Komplizen aus Jugendtagen, ausgestellt war und den er seit 20 Jahren in Besitz hatte. Er nahm ein Taxi in die Stadt und stieg im Regis Hotel ab, das ihm eine Stewardeß empfohlen hatte. Nachdem er ein Nickerchen gemacht und ausgiebig heiß geduscht hatte, saß Funke auf dem Bett und trocknete sich die Haare – da wurde ihm bewußt, daß er zum ersten Mal in seinem Leben unbewaffnet war und keinen direkten Zugang zu einer Schußwaffe hatte.

Waffen waren für Funke bisher nie ein Problem gewesen: In welcher gottverlassenen und gefährlichen Ecke der Welt er auch gelandet war, immer war es in dienstlichem Auftrag, und um an eine Waffe zu kommen, brauchte er sich lediglich an die einheimischen Verbündeten zu wenden oder kurz in der Botschaft vorbeizuschauen.

Funke hatte das unbestimmte Gefühl, daß Neuseeland so etwas wie ein kleiner Ableger von England hier unten am Ende der Welt war. Wenn das stimmte, dann hatten sie wahrscheinlich die gleiche kommunistische Einstellung wie die Engländer zum Waffenbesitz – das heißt, das wäre dann nicht das Land, wo du ungeschützt wie ein Neugeborenes in den netten kleinen Waffenladen um die Ecke gehst und mit einer Feuerkraft wieder herauskommst, die ausreicht, um die Verteidigung der Dallas Cowboys in zwei Tonnen Hackfleisch zu verwandeln.

Als er am späten Vormittag einen Bummel durch die Stadt unternahm, bestätigten sich seine Befürchtungen. Kein einziges Waffengeschäft war zu sehen, und als er einen Passanten, der den stechenden Blick und das leicht paranoide Verhalten eines Waffennarren hatte, auf das Thema ansprach, bekam er die Auskunft, daß der erste Schritt zum Erwerb einer Schußwaffe der Gang zur Polizei sei.

Kurz nach zehn Uhr an diesem Abend trat Funke vor das Hotel und bat den Boy, ihm ein Taxi heranzuwinken. Als das Taxi kam, sah sich Funke den Fahrer an. Er war's zufrieden und stieg hinten ein. Der Fahrer, der 61jährige Stan Mattamore, sah Funke im Rückspiegel an und fragte ihn, wo er hinwolle.

»Wie lange fahren Sie schon Taxi?« fragte Funke.

»Seit ungefähr 30 Jahren, mit Unterbrechungen.«

»Dann wissen Sie ja sicher, wo hier in der Stadt was los ist, oder?«

Mattamore wandte sich um. »Sie wollen eine orgeln, stimmt's?«

»Sie meinen, ich will vögeln?«

Mattamore nickte.

»Orgeln haben Sie gesagt. Das kann ich noch nicht. Also Amigo, dann bringen Sie mich doch dahin, wo man in Auckland am besten orgeln kann.«

Mattamore zuckte mit den Schultern. »Ich bring Sie zu 'ner Knallhütte, aber ob's da gut ist oder nicht... nach dem, was ich so gehört habe – wenn man in einem Laden war, kennt man alle.« Nach einer Pause setzte er hinzu: »Ich selber bin ja verheiratet«, so, als ob das seine Unkenntnis des sündigen Milieus erklärte.

Mattamore brachte Funke zum »Pink Wink«, einem Massagesalon in der Fort Street. Als Funke bezahlte, fragte er: »Bei euch gibt es keine legale Prostitution, oder? Wie in Holland zum Beispiel?«

Mattamore sah ihn einen Augenblick verständnislos an. »Also, wenn du Angst hast, daß sie dich verhaften, Kumpel – die Bullen haben wirklich Besseres zu tun.«

»Na, Hauptsache, es ist nicht legal«, sagte Funke. »Sonst macht es keinen Spaß, finde ich.«

Er hatte die Wahl zwischen zwei jungen Frauen, die nach Zigarettenrauch rochen und sich ihm mit einem Enthusiasmus präsentierten, als seien sie Landjungfern, die zu einer Audienz beim Marquis de Sade geladen waren. Funke sah den abwesenden Gesichtsausdruck und die wächserne Haut und vermutete, daß sie an der Nadel hingen – er hatte jedenfalls Begehrenswertere ihres Schlages gesehen. Er entschied sich für die ein wenig lebhaftere, und sie führte ihn nach oben. Auf dem Zimmer sagte Funke, daß sie sich vor das Bett setzen und ihre Sachen anbehalten sollte. Er selbst setzte sich auf das Bett und lehnte sich an die Wand.

»Okay, Süße, du kannst dich entspannen«, sagte er. »Ich will nicht bumsen. Laß mich dich einfach ein bißchen ansehen.«

Die Prostituierte, der oft leicht übel wurde, wenn sie sich im Spiegel sah, dachte, daß sie so etwas Komisches noch nie von einem Freier gehört hatte.

»Soll ich's mir selbst machen?« bot sie hilfsbereit an. »Ich könnte dir auch versaute Sachen sagen – da bin ich ganz gut.«

»Nein, danke – auch wenn ich mir vorstellen kann, daß du Sachen draufhast, von denen ein Müllmann das Kotzen kriegen würde. Aber sag mal, das Mädel unten, die die Sachen hier managt, ist die die Chefin?«

»Nadia? Nein, die schmeißt nur den Laden hier.«

»Und wer ist dann der Boß?«

»'n Typ namens Ronnie.«

»Ist er heute abend da?«

»Glaub schon. Wieso?«

»Erzähl mal was über Ronnie.«

»Was gibt's da zu erzählen. Ist eben 'n Zuhälter.«

»Harter Bursche?«

Die Prostituierte dachte kurz nach. »Er schlägt uns nur, wenn wir 'ne Schicht verpassen.«

»Ein echtler Gentleman. Beschafft er euch den Stoff?«

Sie riß entsetzt die Augen auf. »Hey, was is 'n das für 'ne Scheiße...« Sie stand auf und wollte zur Tür. »Jetzt hau ich aber ab...«

Funke sprang vom Bett und stellte sich ihr in den Weg. »Jetzt mach bloß kein Theater, Süße, sonst werd' ich ganz böse«, sagte er ruhig. »Ich will mit dem Mann reden, aber vorher möchte ich wissen, ob es sich überhaupt lohnt. Also: Dealt er, ja oder nein?«

Die Prostituierte wußte, daß es überhaupt nicht klug war, mit einem vollkommen Fremden über Ronnies illegale Geschäfte zu reden. Andererseits hatte sie viel weniger Angst vor Ronnie als vor diesem Amerikaner, auch wenn er eigentlich ganz harmlos aussah: ein uninteressanter Mann in mittleren Jahren, der langsam eine Glatze bekam. Aber wie er sich bewegte: Mein Gott, als sie zur Tür wollte, war er vom Bett gesprungen wie eine Katze von der heißen Herdplatte. Und wirklich angst machte ihr, wie er sie ansah. Nicht einmal die Zuhälter, die sie vermieteten wie einen Leihwagen – meinetwegen schlagen sie sie windelweich, Hauptsache, ich kriege sie ganz wieder zurück –, oder die Kunden, die Frauen nur für Geld bekamen, weil sie ihnen Angst einjagten, sahen sie so an: als ob sie nicht mehr wäre als Dreck unter seinem Fingernagel. Sie senkte den Blick und nickte.

»Gut«, sagte Funke. »Klingt so, als ob Ronnie mein Mann ist. Bring mich zu ihm.«

Ronnie Traipse, der Chef des »Pink Wink«, saß in seinem winzigen schmuddligen Büro und las in einem Bodybuilder-Magazin, als die Prostituierte den Kopf zur Tür hereinsteckte und sagte, daß ein Kunde mit ihm sprechen wollte.

Traipse setzte sich auf und warf das Magazin beiseite. »Mein Gott, Leanne«, fragte er drohend, »du bist doch nicht etwa wieder eingeschlafen?«

Funke schob sich an Leanne vorbei in Traipses Büro. »Nein, Sir, sie war wirklich klasse. Ich wollte geschäftlich mit Ihnen reden.«

Traipse, der einen mächtigen Brustkorb, einen noch mächtigeren Bauch, einen stumpfsinnigen Blick und einen Unterkiefer hatte, der bis ins Paläolithikum zurückreichte, stand auf, drückte den Oberkörper einschüchternd – so sollte es zumindest wirken – heraus und sagte: »Ach ja?«

Funke nickte Leanne zu. »Laß uns jetzt mal allein, Schätzchen.« Er machte die Tür zu und sah sich Traipse genau an. *Mein lieber Mann, wenn der Bursche keinen Dreck am Stecken hat, dann ist mein Großvater nie in Büffelscheiße getreten*, dachte er.

»Ich brauche einen Revolver«, sagte Funke. »Eine Handfeuerwaffe. Ich dachte, Sie könnten mir vielleicht einen Tip geben, wie ich eine bekommen kann.«

Traipse schielte ihn dümmlich an. »Eine Waffe? Wieso glauben Sie, daß ich Ihnen eine Waffe besorgen könnte?«

»Ich dachte einfach, Sie hätten vielleicht die Verbindungen«, antwortete Funke mit einem gewinnenden Lächeln. »Ein Mann in Ihrer Position.«

Traipse setzte sich. »Wofür brauchen Sie denn eine Waffe?«

»Sehen Sie, ich komme aus Texas, und dort glauben wir an das unveräußerliche Recht eines Mannes, Waffen zu tragen. Ich habe eine Waffe gehabt, seit ich so groß war, und ich fühle mich einfach unbehaglich, wenn ich keine dabeihabe. Also, wie ist es, mein Sohn – meinen Sie, Sie können mir eine besorgen?«

Traipse kratzte sich am Kinn. »Vielleicht. Wieviel würden Sie denn zahlen wollen?«

Funke zuckte mit den Schultern. »Ich zahle den gängigen Preis, da bin ich flexibel. Aber ich will eine Waffe für einen Mann, nicht irgendein Spielzeug fürs Handtäschchen. Nicht kleiner als eine 32er. Und zwar so bald wie möglich – wenn es geht, morgen.«

»Das wird dann wohl um die zwei Riesen kosten.«

»Heilige Scheiße, zweitausend Dollar? Junge, Junge, für so viel Geld kriege ich in Wladiwostok eine ganze Wagenladung Plutonium.«

Traipse, der keine Ahnung hatte, wovon Funke sprach, zog die Schultern hoch. »Wenn Sie innerhalb von 24 Stunden eine Pistole haben wollen, dann ist das der Preis. Sie können sich's überlegen.«

Was soll's, dachte Funke, *allzu viele Alternativen habe ich ja nicht*. »Okay, mein Sohn, folgendes Geschäft: Sie besorgen mir bis morgen abend einen 38er Revolver, sauber und in 1a-Zustand und dazu, sagen wir, ein paar Dutzend Patronen. Ich zahle Ihnen 2500 Dollar. Einverstanden?«

Traipse nickte bedächtig. »Klingt gut. Ich werd rumtelefonieren und sehen, was sich auftreiben läßt. Wie heißen Sie?«

»Also, ich verstehe nicht, was mein Name damit zu tun hat.«

Ein Ausdruck von Unnachgiebigkeit trat in Traipses Augen. »Geht nicht anders, Kumpel. Das ist das erste, was die Jungs fragen: ›Für wen ist es?‹ Kann sein, daß sie Sie checken wollen.«

Funke dachte kurz nach. »Wenn es so ist, dann hab ich wohl keine Wahl. Ich heiße Donald Surface.«

- 11 -

An den Tagen, an denen er keine Verabredung zum Mittagessen hatte, nahm Richard Thames, Stellvertretender Direktor für Abwehr beim CIA, seine Mittagsmahlzeit allein am Beratungstisch in seinem großen Büro im Hauptquartier des Dienstes in Langley ein. Diese einsamen Mittagessen bestanden im allgemeinen aus dunklem Brot, pfeffriger italienischer Salami, schwarzen Oliven, einer Tomate, etwas Cheddar und einem Apfel. Das Ganze spülte er mit einem halben Liter jenes preußischen Starkbiers hinunter, für das er während seiner sieben Jahre in Westberlin eine Vorliebe entwickelt hatte.

Thames trank das Bier aus einem alten Zinnkrug, den ihm seine 22 Jahre alte Tochter – die immer genau wußte, womit sie sich bei ihrem Vater beliebt machen konnte – zu seinem letzten Geburtstag geschenkt hatte. Die 28 Jahre als Spion, die er zur Hälfte im Dienst draußen und zur anderen Hälfte in Washington verbracht hatte, hatten seine persönlichen Eigenarten abgeschliffen. Als er fünfzig wurde und eine Stellung erreicht hatte, die ihm einen gewissen Spielraum ließ, beschloß er, den einen oder anderen Farbtupfer in ein ansonsten etwas graues Erscheinungsbild zu setzen. Er fing an, alte und anachronistische Gegenstände zu sammeln, und integrierte sie in seinen Alltag – in der Hoffnung, daß sie ihn schrullig und vielleicht sogar ein wenig exzentrisch wirken ließen. Er las die Zeit von einer 60 Jahre alten Rolex ab, kritzelte mit einem Füllfederhalter des gleichen Jahrgangs Anmerkungen auf Dokumente, spielte in Knickerbockerhosen Golf und ging mit einem knotigen Wanderstock spazieren, obwohl beide Beine durchaus ihren Dienst taten. Sechs Monate nach seinem Geburtstag, als der Zinnkrug bereits mit ihm verwachsen war, gestand ihm seine Tochter, daß sie den Krug aus einer Dorfkneipe mit einem strohgedeckten Dach irgendwo in Südwestengland gestohlen hatte, und zwar nicht weit von der Stadt mit der wunderbaren klassizistischen Architektur. Thames nahm an, sie meinte Bath.

Während er das Bier trank, dachte Thames über seine Tochter und ihren unseligen Hang nach, Dinge, die ihr gefielen, einfach in Besitz zu nehmen. Zuletzt war es der Verlobte ihrer besten Freundin gewesen. Dieser Gedankengang führte ihn zu ihrem Patenonkel Theodore Natusch, der in der Nacht zuvor aus Singapur angerufen und ihn wegen Buddy Funke alarmiert hatte. Natusch hatte Wort für Wort wiederholt, was ihm Everton Sloan jun. erzählt hatte, und als Thames ihn fragte, was er denn von der ganzen Geschichte hielt, hatte der geantwortet, daß Sloans Ruf als aufgeweckter junger Mann nicht unbegründet zu sein schien.

Als Thames mit seinem Mittagessen fertig war, hob er den Hörer eines der drei Telefone auf seinem Schreibtisch ab und bat Leon Rehbein in sein Büro. Rehbein arbeitete beim Zentralen Informationsdienst in der Abteilung von Thames. Rehbein war nicht nur ein Computerfreak, sondern auch ein hoffnungsloser Außenseiter mit einem ausgeprägten Körperpflegeproblem. Thames setzte ihn häufig für heikle und vertrauliche kleine Nachforschungen ein. Er nahm ihn, weil er wußte, daß Rehbeins Kontakt zu seinen Kollegen sich auf ein »Hallo« am Morgen und ein »Schönen Abend« bei Arbeitsschluß beschränkte und diese ihm kaum – wenn überhaupt – über die Schulter schauten, um zu sehen, woran er arbeitete.

Rehbein klopfte an und trat ein. Thames begrüßte ihn und wies auf den Stuhl vor seinem Schreibtisch. Der Computerfreak war lang, dünn und sehr blaß und hatte krauses blondes Haar, das er im Afro-Look à la Art Garfunkel trug. Seine Kollegen waren sich einig, daß Rehbein äußerlich stark Kermit aus der »Muppet Show« ähnelte, aber ansonsten konnte man die beiden kaum vergleichen, denn was die Persönlichkeit anging, ließ ihn der Frosch weit hinter sich.

Obwohl Rehbein schon 32 war, bedeckten bösartige Aknepickel den Großteil seines Gesichts und seines Halses, und wenn er nervös war – was in Thames' Gegenwart immer der Fall war –, fingerte er unaufhörlich an ihnen herum. Einmal hatte ihm Thames einen Auftrag erläutert, und dabei hatte Rehbein eine ausgewachsene, reife weißliche Eiterbeule auf der Kinnspitze wohl etwas stärker gedrückt, als er eigentlich vorgehabt hatte. Mit einem hörbaren Geräusch platzte sie, und eine Eiterspur spritzte auf die jungfräulich weiße Schreibunterlage auf dem Schreibtisch von Thames. Da ihm die Erinnerung daran noch heute Ekelschauer über den Rücken jagte und da Rehbeins Körpergeruch die Sinne wie Nervengas angriff, hatte Thames den Stuhl für seinen Gast noch zwei Meter weiter von seinem Schreibtisch weggeschoben.

»Leon, ich habe da mal wieder einen kleinen Auftrag für Sie«, sagte Thames und zwang sich, dabei zu lächeln. »Ich muß wohl nicht extra sagen, daß es eine vertrauliche Sache ist.«

Rehbein nickte eifrig und kratzte sich an der Wange, woraufhin Thames zurückzuckte und mit seinem Stuhl ein paar Zentimeter weiter abrückte.

»Ich möchte einen Mann namens Harold Funke, allgemein als Buddy bekannt, ausfindig machen. Er war mal bei uns und ging ungefähr 1980 zur Drogenfahndung. Einzelheiten müßten in seiner Akte stehen. Er ist letzte Woche aus Bangkok verschwunden, und wir glauben, daß er jetzt in Neuseeland ist. Er hat sicher einen falschen Paß benutzt, also müßten Sie sich an die Botschaft in Wellington wenden und sich eine Liste von Paßinhabern schikken lassen, die seit letztem Freitag in Neuseeland eingereist sind. Sondern sie die Männer in der passenden Altersklasse aus und jagen Sie sie durch den Computer. Ich muß sicher wissen, ob er da unten ist und welchen Namen er benutzt.«

Anderthalb Stunden, nachdem Thames seinen Computerfreak instruiert hatte, um 7 Uhr 30 Ortszeit, verließ Buddy Funke das Regis Hotel. Er machte eine kurze Fahrt mit dem Taxi quer durch die Stadt zum Hyatt Kingsgate Hotel an der Ecke Princes Street/

Waterloo Quadrant. Er bezahlte, stieg aus und betrat das Hotel durch den Haupteingang. Im Foyer setzte er sich in einen in der Ecke stehenden Sessel und tat ungefähr eine halbe Stunde lang so, als ob er Zeitung lese – bis er ganz sicher war, daß niemand ihn beachtete. Dann stand er auf, nahm seine Taschen und verließ das Hotelfoyer durch einen Seitenausgang zur Princes Street. Er ging bis Eden Crescent, bog links ab und ging weiter, bis er vor der Pension »Crescent Lodge« stand.

Die Chefin der Pension begrüßte Funke so, als ob sie ihn schon eine Ewigkeit kannte – was aber offensichtlich nicht der Fall war, da sie ihn sonst kaum mit »Mr. Williams« angesprochen hätte. Mit diesem Namen hatte sich Funke vorgestellt, als er am Nachmittag zuvor die Pension betreten und ein Zimmer reserviert hatte.

Nach fünf Jahren im Polizeidienst war Detective Constable Johan Van Roon mehr oder weniger mit den unangenehmen Seiten seines Berufes vertraut. Inzwischen zählte er die Leichen nicht mehr, die er gesehen hatte – was er vor nicht allzu langer Zeit noch für unmöglich gehalten hätte. Er vermied es möglichst, an sie zu denken, und wenn es doch geschah, dann verschwammen sie zu einer geschlechtslosen Fleischmasse ohne Gesicht.

Eine Ausnahme war die Familie in Howick. Der Mann lag quer über dem Küchentisch, die Frau im Flur auf dem Fußboden und sah aus, als ob sie in einen Flugzeugpropeller gekommen wäre, und ihre Töchter hatte man mit durchgeschnittener Kehle im Bett gefunden. Die Zwillinge waren acht Jahre alt und hatten blondes Haar, genau wie Van Roons Nichte. Nebeneinander hätten die drei wie Drillinge ausgesehen.

Sie fanden heraus, daß die Frau im Wohnzimmer gewesen war, als sich ihr Mann von hinten an sie herangeschlichen und mit einem kurzen Messer auf sie eingestochen hatte. Nach 17 Versuchen mußte er zu dem Schluß gekommen sein, daß das Messer nicht zum Abstechen von Menschen geeignet war, und wieder in die Küche gegangen sein, um ein für die Arbeit geeigneteres Werkzeug zu finden. Währenddessen kroch seine Frau den Flur entlang zu dem Zimmer, in dem die Zwillinge schliefen. Sie hatte die Hälfte des Weges geschafft, als ihr Mann mit einem Tranchiermesser zurückkam.

Danach hatte sich der Mann an den Tisch im Eßzimmer gesetzt und eine schriftliche Erklärung verfaßt. Er schrieb, daß seine Frau an allem schuld sei. Sie hatte ihm erklärt, daß sie ihn zum Ende des Schuljahres mit ihren Töchtern verlassen wollte, obwohl sie genau wußte, daß er den Gedanken an ein Leben allein nicht ertragen konnte. Da sie es nicht verdiente weiterzuleben und er nicht mehr wollte und da es den Zwillingen gegenüber ungerecht gewesen wäre, sie allein auf der Welt zurückzulassen, war die einzig mögliche Lösung, daß sie alle starben. Dann hatte er gerade so viele Schlaftabletten genommen, daß es als Selbstmordversuch durchgehen würde. Van Roon schätzte, daß der Mann ungefähr zur gleichen Zeit aus der Psychiatrie entlassen werden würde, zu der seine Nichte ihren ersten Freund mit nach Hause bringen würde.

Nach dieser Sache mußte Van Roon einige Zeit aussetzen. Eines Nachmittags hatte Detective Sergeant Tito Ihaka vor seiner Tür gestanden. Angeblich war er gerade in der Gegend und wollte auf ein Bier vorbeischauen. Da Van Roon nicht trank, hatte er selbst etwas mitgebracht. Eine Zeitlang vermieden sie das Thema, aber schließlich sagte Van Roon, daß er wohl wieder auf dem Damm wäre, er aber nie wieder so etwas sehen wolle. Ihaka hatte ihn mit einem traurigen kleinen Lächeln auf seinem Bulldoggengesicht angesehen und eingewandt, daß es eigentlich egal wäre, was er von nun an sehen oder auch nicht sehen würde, denn bis zu dem Tag, an dem sie ihn in die Grube legten, würde er immer wieder die kleinen Mädchen und ihre Mutter vor Augen haben. Als Van Roon nach einer ganzen Weile nickte, um anzudeuten, daß er verstand, was Ihaka meinte, hatte der ihm schmerzhaft auf den Oberarm gehauen und gesagt, daß es Zeit wäre, wieder an die Arbeit zu gehen.

Bis zu jenem Nachmittag hatte Van Roon eine Heidenangst vor Ihaka gehabt. Obwohl die meisten den großgewachsenen Maori für einen Superbullen hielten, beschrieben ihn andere auch als brutal, fies, abartig, als einen rachsüchtigen Teufel, der selbst sein schlimmster Feind wäre. Alle im Polizeirevier Auckland Central wußten, daß Ihaka die Leiter nicht weiter nach oben klettern würde, da einige höhere Beamte ihn als »unsolide« einschätzten. Aufgrund seiner eigenen Erfahrungen war Van Roon geneigt zu glauben, daß all diese Meinungen – auch die widersprüchlichen – ein Körnchen Wahrheit enthielten. Auch wenn Van Roon jetzt so etwas wie Sympathie für Ihaka empfand, hatte er dennoch Angst davor, ihn von zu Hause abzuholen.

Erstens wußte man nie, was einen erwartete. Einmal war Van Roon bei dem Häuschen in Sandringham angekommen und hatte Ihakas Wagen im Gemüsegarten vorgefunden. Offensichtlich war Ihaka mit hoher Geschwindigkeit in die Auffahrt gekommen, hatte die Linkskurve zum Stellplatz nicht mehr gekriegt und war einfach weiter geradeaus über den Rasen in den Garten geschossen. Noch fünf Meter weiter, und er hätte im Schlafzimmer seiner Nachbarn geparkt. Ihaka hatte es auf die Antibiotika geschoben, die er wegen einer Halsentzündung genommen hatte – sie hätten angeblich sein Sehvermögen im Dunkeln beeinträchtigt.

Ein anderes Mal hatte Van Roon eine aufblasbare Gummipuppe in einem Liegestuhl auf der Terrasse gefunden. Die Puppe hatte eine große Gurke in der Mundöffnung stecken und ein Schild um den Hals, auf dem stand: »Im Namen Satans erhebe ich Anspruch auf dieses Haus.« Ihakas Erklärung war, daß er von den Handlungsreisenden Gottes belästigt wurde.

Zweitens lebte Ihaka allein und war nicht nur nicht häuslich, sondern auch faul, so daß die Wohnung ein ständiges Chaos war. Immer, wenn Van Roon vorbeikam, nötigte ihn Ihaka dazu, den Abwasch einer Woche zu machen, einen Riesenberg Schmutzwäsche zu waschen oder – das war das Allerschlimmste – sein Bettzeug zu wechseln. Drittens war Ihaka, wenn er einen Kater hatte, garantiert mies gelaunt und ausfallend – wobei er ja auch sonst nicht die Liebenswürdigkeit in Person war.

Es war kurz nach halb elf, als Van Roon bei Ihaka vorfuhr. Er stieg aus dem Auto und ging die Stufen zur Vordertür hinauf. Er klingelte, doch es rührte sich nichts. Van Roon seufzte: Ihaka schlief noch. Und das bedeutete, daß er letzte Nacht versumpft war und wahrscheinlich den ganzen Tag brummig sein würde. Van Roon wußte, daß Ihaka nie die Tür abschloß, wenn er zu Hause war, also öffnete er sie und trat ein. Er fand Ihaka bewußtlos und noch angezogen auf dem Bett ausgestreckt. Auf der Brust lagen die Reste einer Portion Fish and Chips in Zeitungspapier, und eine dicke rotbraune Katze knabberte an einem Stück Fisch in Teigmantel.

Van Roon rüttelte an Ihakas rechtem Fuß. Es dauerte einen Augenblick, bis der Maori die Augen öffnete. Er sah auf die Katze, dann zu Van Roon, dann wieder auf die Katze. Er sagte: »Bedien dich ruhig, du roter Teufel«; dann gab er ihr einen Linkshaken auf die Schnauze. Sie landete jaulend auf dem Fußboden, rappelte sich auf und sauste an Van Roons Füßen vorbei aus dem Schlafzimmer.

Ihaka knüllte das Zeitungspapier mit den Essenresten zu einer Kugel zusammen, ließ sie auf den Boden fallen und zog sich mühsam in eine sitzende Position.

»Na, alter Hurenbock«, sagte er und rieb sich die Augen, »wie geht's denn so?«

Van Roon, der von Ihaka schon Schlimmeres zu hören bekommen hatte als »Hurenbock«, sah dies als hoffnungsvolles Zeichen und erwiderte: »Mir geht's gut, und wie geht's Ihrem Kopf?«

»Meinem Kopf?« fragte Ihaka mit gespielter Verwunderung. »Was soll mit meinem Kopf sein? Wollen Sie etwa sagen, daß ich gestern Nacht gesoffen hätte, Sie kleine Rotznase?«

Van Roon schüttelte den Kopf. »Wieso sollte ich?«

»Ja, wirklich, wieso eigentlich?« sagte Ihaka. Er schluckte Luft und rülpste markerschütternd. Das Zimmer füllte sich mit dem Geruch von Bier und Fastfood. »Geben Sie mir 20 Minuten für einen Schiß, Shampoo und Seife, zum Rasieren und Schuheputzen, dann bin ich bereit.«

Eine Stunde später saßen Ihaka und Van Roon mit Jody Spurdle bei Tee und Plätzchen im sonnendurchfluteten Wohnzimmer eines Hauses in einer der kurzen Straßen, die von der Hurstmere Road zum Strand von Takapuna hinunterführen. Das Haus gehörte einer Freundin von Jody. Van Roon trug Jackett und Schlips, Ihaka seine übliche Garderobe, die aus Jeans, Turnschuhen und Bomberjacke bestand. Jody trug einen knappen Wollpullover, einen kurzen schwarzen Rock und schwarze Strümpfe sowie hochhackige Schuhe. Sie saß auf einem Sofa und schlug ihre Beine ungefähr alle zwei Minuten übereinander. Ihaka fand es zunächst schmeichelhaft, aber dann merkte er, daß sie es vollkommen unbewußt tat.

Jody schaute nervös von einem Polizisten zum anderen. Ihaka verzog keine Miene, Van Roon lächelte aufmunternd. Sie wandte sich an den Detective Constable: »Wie ich schon am Telefon gesagt habe, ich weiß, daß es hysterisch klingt, aber ich glaube, daß mein Mann jemanden angeheuert hat, um mich zu töten.«

»Weil er das mit dem Lover spitzgekriegt hat?« fragte Ihaka mit einer Direktheit, die Van Roon unangenehm war. Einen Moment dachte er, daß Jody in Tränen ausbrechen würde. Sie biß sich auf die Lippe und sah weg, während Ihaka Van Roon anschaute und das Gesicht wie in sexueller Ekstase verzerrte. Zu Van Roons Erleichterung faßte sich Jody schnell wieder und ging zum Gegenangriff über.

»Dann ist wohl nichts dabei?« fragte sie. »Sie meinen, wenn eine Frau untreu ist, dann verdient sie es nicht anders, oder?«

»Um Gotteswillen, nein«, erwiderte Ihaka, bemerkenswert unverfroren. »Vor allem nicht, wenn sie mit einem alten Mistkerl wie Spurdle verheiratet ist.«

Jody wollte etwas sagen, aber Ihaka kam ihr zuvor: »Also, jetzt erzählen Sie uns doch mal genau, warum Sie glauben, daß Ihr Mann sie aus dem Weg schaffen will – und zwar von Anfang an.«

Mit einer Nüchternheit, die sowohl Ihaka als auch sie selbst überraschte, erzählte ihnen Jody über ihre Affäre mit Troy Goatley, wie sie ihren Mann beim Durchstöbern des Wäschekorbs ertappte, über das plötzliche Auftauchen von Leith Grills und über die Gesprächsfetzen, die sie am Telefon mitgehört hatte.

»Was hat Ihr Mann gesagt?« fragte Ihaka. »Wort für Wort.«

»Er sagte: ›Erinnern Sie sich, was ich Ihnen gestern über die Frau erzählt habe? Ich hab noch mal darüber nachgedacht, und ich glaube, Sie sollten sie sich gleich mal vornehmen. Glauben Sie, Sie schaffen das?‹«

»Nennt er Sie normalerweise ›die Frau‹, wenn er über Sie spricht? Ich meine, nicht vielleicht ›meine Frau‹ oder ›Jody‹ oder ›meine Regierung‹ oder ›die Schlampe‹?«

»Ich weiß nicht genau, aber eher nicht. Ich glaube, normalerweise würde er ›Jody‹ sagen.«

»Mrs. Spurdle, ich möchte nicht, daß Sie mit dem Gefühl gehen, wir würden die Sache nicht ernst nehmen, aber da haben wir wirklich nicht gerade viel in der Hand.«

»Was ist mit Grills, diesem widerlichen Kerl? Ich dachte, der wäre als Krimineller bekannt?«

»Ja schon, aber das beweist noch nichts – Ihr Ehemann hatte jahrelang mit solchem Geschmeiß zu tun. Also, wir werden Grills überprüfen und versuchen herauszufinden, was da läuft. Inzwischen sollten Sie und Ihr Freund mal eine Pause einlegen und uns informieren, wenn irgend etwas passiert.«

Auf dem Weg zurück in die Stadt fragte Van Roon Ihaka, was er zu der Sache meinte.

»Ich meine, daß Spurdle ihr schon vor Jahren auf die Schliche gekommen ist. Sie scheint ja keine Kostverächterin zu sein – wäre ja auch ein Verbrechen gegen die Natur, mit so einem Körper –, aber sie ist nicht raffiniert genug, um ihn hinters Licht zu führen. Spurdle ist so ein krummer Hund, der könnte nicht mal gerade im Bett liegen. Solche Typen haben jeden im Verdacht. Und wenn die Mutter Oberin selbst ihm sagen würde, daß sie nur mal kurz für kleine Mädchen muß, er würde ihr bis zur Schüssel hinterhergehen, um sicher zu sein.«

»Also Sie glauben, daß nichts dran ist?«

»Das habe ich nicht gesagt. Spurdle würde dieses Arschloch Grills nicht einfach nur zu einem Plausch einladen. Nein, er hat was vor – die Frage ist nur, was?«

- 12 -

Das Dorf Manacle liegt an der Ostküste der Halbinsel Koromandel. Es wurde in den frühen 80er Jahren des vorigen Jahrhunderts von sechs Ehepaaren gegründet, die meinten, daß die Goldgräberstädte um Thames herum eine zu unruhige Umgebung seien, um dort Kinder aufzuziehen. Die angehenden Siedler passierten auf ihrem Zug in den Norden der Halbinsel eine Reihe vielversprechender Stellen, bis sie eine kleine Bucht nördlich von Whangapoua Harbour erreichten. Es war ein schöner Ort, der Herbst nahte, und Durchhaltevermögen sowie Geduld gingen langsam zur Neige, so daß sie entschieden, daß dies der Ort war, nach dem sie gesucht hatten. Da sie sich nicht einigen konnten, wie ihre Siedlung heißen sollte, ließen sie das Los entscheiden: Das Recht der Namensgebung fiel einem Mann aus Cornwall zu, dessen Vater zusammen mit einer Ladung französischen Kognaks an einer Stelle unmittelbar vor der Küste von Cornwall, die als Manacle Point bekannt war, ein kühles Grab gefunden hatte.

In den nächsten 50 Jahren geschah nichts Erwähnenswertes in Manacle. Eines schönen Nachmittags im März 1938 aber kam ein Engländer namens Errol Swarbrick auf einer graugescheckten Stute über die Dünen geritten. Er war auf einer 18monatigen Weltreise, wobei er keinen Zeitplan und keine feste Route hatte, sondern sich ganz von seinen Stimmungen treiben ließ. Swarbrick stieg vom Pferd, streckte die Beine und bewunderte die Landschaft: Grüne Hügel fielen sanft zu einem goldenen Sandstrand hin ab, der sich von der Stelle, an der er Kinder zwischen aus dem Wasser ragenden Felsen spielen sah, fast eine halbe Meile bis zu einem buschbewachsenen Steilufer erstreckte. Nachdem er die Szenerie eine Weile betrachtet hatte, kam er zu dem Schluß, daß er hier an den schönsten und friedlichsten Ort der Welt gekommen war. Mit dieser Ansicht wäre er unter den 175 Einwohnern von Manacle in der Minderheit gewesen, aber in der Minderheit zu sein, störte Errol Swarbrick nicht im geringsten, denn er war sehr eigen und sehr, sehr reich.

Swarbricks Vater, der verstorbene Sir Ned, hatte sein ganzes Leben daran gearbeitet, die Brauerei Swarbrick zum führenden Brauereiunternehmen in Nordengland zu machen. Als er dieses Ziel erreicht hatte, ereilte ihn der Tod in Form einer starken Gehirnblutung auf dem Kricketplatz von Headingley in Leeds. England spielte gegen Australien, und Sir Ned fiel um, nachdem das Spiel an einem Tag beendet wurde, an dem die Gäste für den Verlust eines Wickets 455 Runs gesammelt hatten, wobei 271 davon auf das Konto von Don Bradman gingen.

Vier Jahre zuvor, 1930, hatte Sir Ned einen Tag in Headingley beim Spiel England – Australien verbracht und einen Schlaganfall erlitten, der durch die kochende, ohnmächtige Wut in ihm verursacht worden war, in die er geriet, als die Antipoden 458 Runs für den Verlust von 3 Wickets machten. Damals hatte Bradman 309 davon beigetragen. Auf Rat seiner Ärzte hatte sich Sir Ned in den folgenden Jahren alle Aktivitäten versagt, bei denen sein Blut in Wallung geriet – insbesondere den Besuch von Kricketspielen, bei denen Yorkshire oder England beteiligt waren. Ermutigt durch die Situation nach dem ersten Tag des Vergleichskampfes von 1934 – Australien kämpfte mit 39 für den Verlust von drei Wickets gegen Englands erste Innings mit 200 – und in der Überzeugung, daß ein Blitz von solcher Stärke unmöglich zweimal einschlagen konnte, hatten seine Ärzte das Verbot aufgehoben und den Besuch für den zweiten Tag erlaubt.

Obwohl Sir Ned sein einziges Kind liebte, war er sich doch als bodenständiger Sohn Yorkshires durchaus bewußt, daß der Junge dumm wie Bohnenstroh und nicht imstande war, einen Gemüsestand auf dem Markt zu führen – von einem Millionenunternehmen ganz zu schweigen. Dem Testament seines Vaters zufolge erhielt Errol 20 Prozent der Aktien der Brauerei Swarbrick – unter der Voraussetzung, daß er keinen Sitz im Vorstand beanspruchte. Zusätzlich zu den Dividendenzahlungen erhielt er ein jährliches Einkommen von 20000 Pfund. Um diese schwindelerregende Summe zu verdienen, wurde von ihm nur verlangt, nie einen Fuß auf Unternehmensgelände zu setzen. Diese Regelung kam Errol sehr gelegen, denn er haßte Nordengland und alles, was damit zu tun hatte, von ganzem Herzen – insbesondere Swarbrick's Bitter, die Prestigemarke des Unternehmens.

Auch nachdem Swarbrick einige Tage in Manacle kampiert hatte, war seine Begeisterung für diesen Ort noch nicht abgeflaut. Er reiste also nach Auckland, wo er dem Büro der Anwaltssozietät Prawle, Prawle & Mulvany einen Besuch abstattete und dort seine Pläne einem verblüfften Sefton Prawle, seines Zeichens Kronanwalt und Seniorpartner der Sozietät, vortrug. Swarbrick instruierte Prawle, den Kauf eines großen Stücks Uferland in Manacle abzuwickeln und Neuseelands führenden Architekten mit dem Entwurf und der Bauüberwachung für eine Residenz im Stil eines englischen Landhauses mit entsprechender Landschaftsgestaltung auf diesem Grundstück zu beauftragen. Er würde umgehend mit seiner Bank in London Kontakt aufnehmen, um die Überweisung von 100000 Pfund für diesen Zweck zu veranlassen.

14 Tage später ging Swarbrick an Bord eines Schiffes nach Kalifornien, wo er ein Haus in Malibu Beach mietete, im Pazifik baden, Investitionsmöglichkeiten in der Filmindustrie prüfen und mit möglichst vielen weiblichen Filmstars schlafen wollte. Sein erstes Opfer sollte Mary Astor sein, und dann wollte er sich durch das Alphabet bis zu Mae West durcharbeiten. Swarbrick war der Meinung, daß jede Frau ihren Preis hatte, und nach dem, was er über den in Hollywood herrschenden Sittenkodex gehört hatte, waren die Filmgöttinnen auch nicht anders. Sefton Prawle kam hinunter zum Kai, um ihn zu verabschieden und ihm mitzuteilen,

daß die Verhandlungen über den Kauf des Landes zufriedenstellend verliefen. Er sollte nie wieder etwas von Errol Swarbrick hören oder sehen.

Der Bau des Swarbrickschen Hauses wurde im Dezember 1939, drei Monate nach Ausbruch des Zweiten Weltkrieges, abgeschlossen. Die Gesamtkosten beliefen sich auf 113 000 Pfund. Prawle hörte nicht das geringste Murren von Swarbricks Bankiers oder Rechtsanwälten in London, die seine Angelegenheiten verwalteten, darüber, daß das Budget überzogen worden war.

Prawle fuhr nach Manacle, um Haus und Grundstück zu inspizieren. Es war prachtvoll. Das Haus war eine zweistöckige Villa mit 30 Zimmern im Stil des Fin de siècle, einem getäfelten Empfangsraum, einem geräumigen, reich verzierten Speisezimmer, einer Bibliothek und einem Billardzimmer. Die breite Veranda, die Erkerfenster und Balkons im oberen Stockwerk blickten nach Great Mercury Island hinüber. Es war aus Kauriholz gebaut, hatte mächtige Simse und Balken an den Ecken, die wie Pfeiler aus Stein wirkten, und ein graues Schieferdach. Der zwei Hektar große Park enthielt einen Tenniscourt, einen Krocketplatz, einen Aussichtspavillon, verschiedene Blumenrabatten und schattige Wege.

Wieder in Auckland, telegrafierte Prawle an Swarbricks Anwälte, um sie zu informieren, daß der neue Wohnsitz ihres Mandanten fertiggestellt und wirklich bezaubernd geworden sei – und nur noch auf seine Anwesenheit wartete. Er fragte an, ob er inzwischen das Hauspersonal rekrutieren sollte. Die Anwälte telegrafierten zurück, daß sich Swarbrick für unbegrenzte Zeit in eine Künstlerkolonie in Mexiko zurückgezogen hatte. Sie würden ihm Mittel für den Unterhalt und die Wartung des Hauses und des Grundstücks überweisen und wären Prawle sehr verbunden, wenn er ihnen vierteljährlich eine Aufstellung der Auslagen zukommen lassen würde.

Drei Jahre gingen ins Land. Prawle hörte nichts von Swarbrick oder seinen Anwälten. Als das Konto für den Unterhalt nahezu erschöpft war, telegrafierte Prawle erneut nach London. Er erhielt eine umgehende, jedoch kaum noch höfliche Antwort des Inhalts, daß es ihm offensichtlich entgangen sei, daß Krieg herrsche. Ein paar Tage später kam ein weiteres Telegramm, das ankündigte, daß das Konto für den Unterhalt des Grundstücks wieder auf seinen ursprünglichen Stand gebracht würde.

Anfang 1945 erhielten Swarbricks Anwälte ein Telegramm von ihrem Mandanten. Das Telegramm, das in San Diego in Kalifornien aufgegeben worden war, war die erste Nachricht seit 20 Monaten. Es enthielt die Anweisung, umgehend eine Viertelmillion Pfund auf sein Konto bei der Zweigstelle der Wells Fargo Bank in San Diego zu überweisen. Sie telegrafierten postlagernd an Swarbrick, daß sie ausdrücklich angewiesen seien, nicht mehr als 500 Pfund pro Kalendermonat ohne schriftliche Ermächtigung von Swarbrick persönlich freizugeben. Die schriftliche Ermächtigung traf ordnungsgemäß ein. Verunsichert durch die zittrige Unterschrift von Swarbrick und aufgeschreckt durch den Gedanken, das Einkommen zu verlieren, das die Verwaltung einer so großen Summe abwarf, schickten die Anwälte einen der Partner nach New York, der dort die Detektei Pinkerton beauftragte, ihren Mandanten aufzuspüren.

Drei Wochen später hatte Pinkertons Mann Errol Swarbrick im Keller eines Hauses in der kalifornischen Küstenstadt Carmel gefunden. Er lebte von Tierfutter und Wasser, das ihm seine Entführer, ein gescheiterter Maler und seine Freundin, eine gescheiterte Dichterin, gaben, die Swarbrick ein Jahr zuvor am Strand in Mazatlan getroffen hatte und die die Verfasser der jüngsten Anweisungen an seine Anwälte waren. Swarbrick wog nicht einmal mehr 50 Kilo, hatte einen zotteligen Bart, und seine Haare reichten ihm bis zum Hintern. Er trug einen Cowboyhut und Stiefel, Lederhosen und eine Wildlederjacke mit Fransen und erzählte dem Mann von Pinkerton, daß er der legendäre Revolverheld Bill Hickock sei. Der Mann von Pinkerton, der ein Wildwestfan war, erzählte Swarbrick gar nicht erst, daß Wild Bill Hickock 1876 im Saloon »Number Ten« in Deadwood, South Dakota, erschossen worden war. Obwohl der Privatdetektiv eine Menge mehr über den Wilden Westen wußte als über geistige Gesundheit, war er sich ziemlich sicher, daß auch er einen besessenen Geisteskranken auf den ersten Blick erkennen würde.

Kurz darauf wiesen die Anwälte in London Prawle an, die Villa in Manacle an den Meistbietenden zu verkaufen. Noch am nächsten Tag wickelte Prawle das Geschäft beim Mittagessen in seinem Klub ab, informierte London allerdings erst einige Monate später. Der Käufer war ein bekannter Geschäftsmann aus Auckland, ein Mandant und enger Freund von Prawle, der die Villa stets bewunderte, wenn er bei seinem sommerlichen Urlaubstörn an Manacle vorbeisegelte, und dann immer ganz poetisch wurde. Sie einigten sich auf einen Preis von 9500 Pfund, von denen jedoch nur 9000 Pfund nach London überwiesen wurden. Die Differenz war Prawles Anteil dafür, daß er niemandem sonst gesagt hatte, daß die Villa zum Verkauf stand.

Die Villa, die als »Swarbricks Palazzo« bekannt geworden war, blieb bis 1986 im Besitz der Familie des Geschäftsmannes, als ein Neureicher aus dem organisierten Verbrechen seinem Enkel ein Angebot machte, das dieser nicht ablehnen konnte. 1989 war der Besitzer pleite, und das Haus ging in den Besitz der Bank von Neuseeland über, die der Hauptgläubiger war. Angesichts der Differenz zwischen den Vermögenswerten des gescheiterten Unternehmers und seinen Verbindlichkeiten könnte man sagen, daß die Bank nahezu 40 Millionen Dollar für das Privileg bezahlte, Besitzer von Swarbricks Palazzo zu sein.

Swarbricks Palazzo stand danach ungefähr ein halbes Jahr lang im Mittelpunkt hektischer Aktivitäten mehrerer Immobilienhändler, die durch den miserablen Zustand des Immobilienmarktes und seine Auswirkungen auf ihren Lebensstil wie elektrisiert waren. Schließlich wurde die Villa für das sprichwörtliche Butterbrot an ein indonesisches Unternehmen verkauft, das plante, sie zu einem exklusiven Hotel umzubauen.

Fleur Wolfgramm, Direktorin von Manacle Grange, wie die indonesische Hotelkette Swarbricks Palazzo genannt hatte, starrte verärgert auf das Fax, das sie soeben aus Jakarta erhalten hatte. Es stammte von ihrem Chef, einem 29jährigen Südafrikaner, der Verkaufs- und Marketingdirektor des Unternehmens war, und lautete wie folgt: *Kommende Woche muß ich dem Vorstand eine nach Objekten aufgeschlüsselte Analyse der Leistung des Unternehmens vorlegen. Nachdem ich soeben die Zahlen für die letzten sechs Monate geprüft habe, müßte ich mir eigentlich keine Sorgen über die Präsentation machen – mit Ausnahme von Manacle Grange, wo wir schlechter als je zuvor dastehen. Dieses Ergebnis hatten wir nicht im Auge, als wir Sie eingestellt haben, ich erinnere mich im Gegenteil daran, daß Sie absolut sicher waren, daß MG innerhalb von sechs Monaten Gewinn abwerfen würde. Nun ist nicht nur das nicht eingetreten, sondern die Bettenbelegung ist weiter nach unten gegangen.*

Fleur, ich würde gerne wissen, was Sie diesbezüglich vorschlagen. Ich akzeptiere die Tatsache, daß ich meinen Hintern beim Vorstand wegen der armseligen Leistung von MG hinhalten muß, aber weiter soll es dann doch nicht gehen. Ich erwarte daher, daß Sie mir bis Ende der Woche eine Aufstellung Ihrer Marketing- und Werbemaßnahmen vorlegen, die mich in die Lage versetzen, dem Vorstand zu beweisen, daß wir in MG mehr tun, als nur die Liegestühle hin und her zu schieben.

Fleur Wolfgramm war lange genug im Geschäft, um zu wissen, daß das Fax bedeutete, daß sie ihren Job bald los sein würde. Wenn der Vorstand dem Verkaufs- und Marketingdirektor zusetzen sollte, dann wäre sein letzter Ausweg der Vorschlag, sich von ihr zu trennen. Selbst wenn es nicht dazu kommen sollte, waren ihre Tage gezählt. Was immer auch in dem Fax stand, sie wußte ganz sicher, daß noch mindestens zwei andere Objekte der Kette Verlust machten, also würde der Verkaufs- und Marketingdirektor selbst bald abspringen, bevor er rausgeschmissen wurde – um seinen Lebenslauf sauberzuhalten. Sein Nachfolger würde dann als erstes die Direktoren der erfolglosen Objekte entlassen. Das war erheblich einfacher, als die Situation zu analysieren und etwas

Konstruktives zu tun, und er würde dadurch als harter und entschlossener, praktischer und eiskalter Troubleshooter dastehen. Wenn der neue Chef ein paar Leute gefeuert hatte, würde er sich auf die wirklich wichtigen Dinge konzentrieren – so beispielsweise darauf, erster Klasse um die Welt zu fliegen, Tourismusmessen zu besuchen und Spesen auszugeben.

Fleur las das Fax noch einmal. *So ein Stück Scheiße*, dachte sie. Sie staunte, daß er sich überhaupt an ihr Geschwafel beim Vorstellungsgespräch erinnerte – die meiste Zeit hatte er auf ihre Brüste gestarrt.

Viele Männer starrten auf Fleur Wolfgramms Brüste, teilweise, weil es wirklich nette Brüste waren, und teilweise, weil sie sich so anzog, daß es schwer war, sie zu übersehen. Sie war eine prachtvoll gebaute 40jährige Brünette mit ausdrucksvollen grünen Augen und einem sinnlichen Mund mit vollen Lippen – der sowohl bewundernden Männern als auch neidischen Frauen als Ausdruck eines feurigen, ja lasziven Gemütes galt. Seit sie 21 war, arbeitete sie in der Tourismusbranche in Neuseeland, Australien und im Südpazifik und hatte sich einen bescheidenen Ruf für ihr berufliches Können und einen enormen für ihre Fähigkeiten im Bett erworben. Wie so häufig war dieser Ruf insofern unbegründet, als die meisten, die ihn mit ihren Aussagen begründet hatten, eigentlich gar nichts darüber wissen konnten. Denn Fleur Wolfgramm war zwar recht erfahren in einer Reihe sexueller Aktivitäten, allerdings wählte sie diejenigen, mit denen sie diese Erfahrung teilte, auch außerordentlich sorgfältig aus.

Den Posten in Manacle Grange hatte sie aus zwei Gründen angenommen: Erstens dachte sie, daß sie eine ruhige Kugel schieben könnte und so Gelegenheit zur Erholung und Bestandsaufnahme hätte, nachdem eine Reihe aufregender Jahre mit häufig wechselnden Jobs und Wohnorten, Heirat, Scheidung und dem Tod eines wohlhabenden Verlobten – er starb 14 Tage vor der Hochzeit und 18 Stunden vor einem Termin mit seinem Rechtsanwalt, bei dem sein Testament geändert werden sollte, an einem Herzanfall – hinter ihr lagen. Den Tod ihres Verlobten hatte Fleur auf ihre ganz eigene Weise miterlebt – sie saß dabei auf seinem Gesicht.

Zweitens hatte sie angenommen, daß viele der männlichen Gäste in Manacle Grange ideal in das Alters- und Einkommensprofil passen würden, das sie sich für ihren zweiten Ehemann vorstellte. Obwohl sie mit dieser Vermutung recht hatte, wies ihre Logik einen schwerwiegenden Fehler auf: Ungebundene Plutokraten besuchten Manacle Grange eher selten, im allgemeinen kamen die wohlhabenden Männer mittleren oder höheren Alters mit Ehefrauen oder Begleiterinnen. Diese Begleiterinnen, oft smarte Abenteuerinnen mit den gleichen Absichten wie Fleur Wolfgramm selbst, spürten die Anwesenheit einer Rivalin auf Beutesuche schon beim ersten Schritt in das Hotel.

Manacle Grange hatte also nicht gehalten, was es versprach. Es würde ihr nicht schwerfallen wegzugehen, aber vorher hätte sie gerne noch etwas auf die Beine gestellt. Das hieß, sie brauchte noch ein bißchen Zeit. *Also, Mädel, sattel die Pferde, und zeig denen wenigstens, daß du was tust, um ein paar Kunden ranzuholen.*

Fleur hatte eine Idee. Sie rief im Fremdenverkehrsbüro in Auckland an und verlangte die PR-Abteilung. Sie wurde verbunden.

»Hallo, hier ist Fleur Wolfgramm vom Manacle Grange auf Koromandel. Ich bräuchte ein bißchen internationale Publicity für unser Haus. Wissen Sie vielleicht, ob zur Zeit irgendwelche ausländischen Reiseschriftsteller im Land sind?«

Duane Ricketts traf sich mit Jerry Naismith, dem Rockmanager, am Dienstagnachmittag um drei Uhr im Atomic Café in der Ponsonby Road. Naismith war um die Vierzig, versuchte wie 25 auszusehen und hatte die unvermeidlichen Attribute: Pferdeschwanz und Handy. Sie bestellten Kaffee. Ricketts fragte, ob Electra ebenfalls kommen würde. Naismith bejahte, aber sein ausweichender Gesichtsausdruck sagte etwas anderes. Ricketts war ein wenig überrascht: Er hatte angenommen, als Rockmanager müßte man ziemlich gut lügen können.

»Verwendet Electra den Familiennamen ihres alten Herrn oder den ihrer Mutter?« fragte er.

»Sie heißt Crouch; von wem der ist, weiß ich nicht.«

Ricketts nickte. »Und ihre Band – diese ›Homo-Krüppel‹ –, ist das 'ne Vollzeitgeschichte, oder macht sie außerdem noch was anderes?«

Naismith sah auf seine Uhr. »Hier gibt's nicht viele Vollzeitmusiker. Sie geht zur Uni.«

»Ach ja? Was studiert sie denn?«

»Englisch. So richtig Literatur – Poesie und so was. Sie meint, das hilft ihr beim Songschreiben.«

Naismith hatte die ganze Zeit über Ricketts Schulter hinweg zur Tür gestarrt. Jetzt zog er die Augenbrauen hoch, um jemanden zu grüßen, und stand auf.

»Okay, ich laß euch dann mal allein.«

Ein hochgewachsener junger Mann, Anfang 20, der Jeans, Motorradstiefel, Lederweste, unter der man seine gebräunte Haut und die Armmuskeln sehen konnte, und ein bißchen Metall um den Hals trug, setzte sich auf den Stuhl, den Naismith freigemacht hatte. Er hatte Ringe in beiden Ohren, und sein langes braunes Haar hatte er mit Gel aus der Stirn gestrichen.

Ricketts rührte in seinem Kaffee und sah zu Naismith hoch. »Ist das etwa dein Lover?«

Der andere langte über den Tisch, packte Ricketts rechte Hand und bog den Daumen zurück.

»Was hast du Sack da gesagt…?«

Ricketts rührte seinen Kaffee mit der linken Hand um. Er nahm den Löffel aus dem Kaffee und drückte ihn dem anderen auf den Handrücken. Fluchend riß der seine Hand zurück und ließ dabei Ricketts Daumen los.

»Na, na, immer mit der Ruhe, Jungs«, sagte Naismith mit hoher, angespannter Stimme. »Das ist Jake, Electras Partner. Wenn du Electra sehen willst, dann mußt du's zuerst mit ihm klären, okay? Also, ich muß los. Man sieht sich.«

Ricketts legte den Löffel auf die Untertasse und nippte an seinem Kaffee. Er lächelte Jake an, der seinen rechten Handrücken rieb und ihn mit Todesverachtung ansah.

»Also, Jake«, sagte er, »du bist also Electras Privatsekretär?«

»Leck mich am Arsch, Mann. Versuch so was nicht noch mal, sonst wird's dir leid tun.«

»Okay, okay, ich hab verstanden: Du kannst nicht anders laufen, weil du so dicke Eier hast. Schön für dich. Können wir dann zur Sache kommen? Ich will ja nur kurz mit Electra reden.«

»Electra kennt dich nicht, und sie ist sich ziemlich sicher, daß sie dich auch nicht kennenlernen will. Deshalb redest du mit mir. Und wenn du ihr was zu sagen hast, dann sag's mir, und ich geb's dann weiter – oder vielleicht auch nicht.« Jetzt lächelte Jake. »Hängt ganz von meiner Stimmung ab. Und im Augenblick ist die ziemlich beschissen.«

Ricketts zuckte mit den Schultern. »Ich habe Electras Vater drüben in…«

»Ihr alter Herr? Der ist tot.«

»Richtig, aber bevor er tot war, hat er gelebt. So ist das nun mal. Ich habe den Typen in Thailand getroffen, und als er erfahren hat, daß ich zurückkomme, hat er mich gebeten, seiner Tochter etwas mitzuteilen. Das war's – er hat mich gebeten, ihm einen Gefallen zu tun, und ich versuche es. Persönlich ist mir scheißegal, ob ich Electra je zu Gesicht bekomme.«

Jake lehnte sich vor und stützte seine Ellbogen auf den Tisch. »Ach wirklich? Glaub mir, ihr geht's mit dir genauso. Also, was hast du ihr mitzuteilen?«

Ricketts schüttelte abweisend den Kopf und stand auf. »Das geht nur persönlich. Also, wie wär's, wenn du Electra die Sache erklärst? Wenn sie hören will, was ihr alter Herr ihr zu sagen hatte, dann kann sie Naismith Bescheid geben. Wenn nicht, dann eben nicht. Ich habe meinen Teil der Vereinbarung eingehalten.«

Ricketts ging Richtung Tür. Jake folgte ihm und redete von hinten auf ihn ein. »Weißt du was, ich glaube, du erzählst nur Scheiße. Ich glaube, dieser Quatsch von wegen einer Nachricht von ihrem alten Herrn ist nur Scheiße.«

Ricketts blieb stehen und sah ihm ins Gesicht. »Und warum vertue ich dann meine Zeit und versuche, mit ihr in Kontakt zu kommen?«

Jake schürzte verächtlich die Lippen. »Du bist wahrscheinlich geil auf sie. Ich wette, du hast sie bei einem Konzert gesehen und 'nen Harten gekriegt. Du wärst nicht der erste Wichser, der ihr hinterherkriecht.«

Ricketts zwinkerte ihm zu. »Schon wärmer, mein Junge.«

Nach ihrem Treffen mit Jody Spurdle fuhren Detective Sergeant Tito Ihaka und Detective Constable Johan Van Roon nach Remuera, wo sie weitere Nachbarn des toten Bart Clegg vernahmen. Kurz vor sechs Uhr abends kamen sie ins Polizeirevier Auckland Central zurück. Kit Fawcett hatte eine Nachricht hinterlassen und bat Ihaka um Rückruf. Im Klartext bedeutete dieser verschlüsselte Anruf: Ruf Blair Corvine an, und zwar sofort.

Corvine arbeitete als verdeckter Ermittler. Verfolgungswahn ist eine unvermeidliche Begleiterscheinung bei dieser Arbeit, und Corvine hatte ein Stadium erreicht, in dem er niemandem mehr traute – auch der Polizei nicht – und sich daher nur noch mit Codenamen meldete. Manchmal fand Ihaka Corvines komplizierte Sicherheitsvorkehrungen übertrieben. In solchen Augenblicken machte er sich klar, was passieren würde, wenn bestimmte Leute in der Stadt erfahren würden, daß Corvine Polizist war: Sehr wahrscheinlich würde seine Leiche binnen 24 Stunden in einem der Klärbecken von Manukau schwimmen, und wo man den Kopf finden würde, konnte man nur raten.

Der Code funktionierte wie folgt: Wenn Corvine eine Nachricht hinterlassen wollte, benutzte er den Namen irgendeines obskuren Rugby-Nationalspielers. Der Grad der Dringlichkeit hing davon ab, welche Position der Spieler hatte, wobei es von der ersten Reihe bis zu den Schlußspielern hinaufging. Wenn Corvine den Namen von Perry Harris, einem Stürmer, verwendete, hieß das: Reiß dir kein Bein aus; Phil Gard, zwischen den Halb- und den Dreiviertelspielern, hieß: Mach dich langsam auf die Socken; und ein Schlußspieler, wie Fawcett, bedeutete höchste Alarmstufe.

Ihaka fand ein leeres Büro und rief Corvine an.

»Ja?«

»Kit Fawcett?«

»Am Apparat.«

»Kit, was ich Sie schon immer mal fragen wollte: Erinnern Sie sich an die Tournee damals in Südafrika, wo Sie gesagt haben, daß Sie mehr Punkte außerhalb des Feldes gemacht haben als auf dem Feld? Stimmt das?«

»Will ich doch hoffen, oder?«

»Was ist los?«

»Kennst du Ronnie Traipse, der diesen Wichsschuppen ›Pink Wink‹ unten in der Fort Street hat?«

»Schon mal gehört. Was ist mit ihm?«

»Er hat heute hören lassen, daß er eine Knarre sucht. Offensichtlich hat er jemanden, der zweieinhalb Riesen für einen 38er Revolver lockermachen will.«

Ihaka pfiff durch die Zähne. »Da hat's aber jemand nötig.«

»Die Geschichte wird dir gefallen. Der Käufer ist ein amerikanischer Tourist, heißt Donald Surface.«

»Ein Tourist? Mein Gott, du willst ihm doch nicht etwa seine Reservierungen vermasseln?«

Der Einsatzwagen, den Ihaka zum »Pink Wink« schickte, kam 20 Minuten zu spät. Am frühen Nachmittag hatte Traipse jemanden gefunden, der die Ware liefern konnte, und um 16 Uhr 30 war die Ware übergeben worden. Funke hatte kurz nach fünf angerufen, um zu hören, wie die Sache lief, und erfahren, daß das Gewünschte zur Abholung bereitlag.

Als die Polizei mit kugelsicheren Westen und allem Drum und Dran ankam, war die Pistole und mit ihr der mysteriöse Mr. Surface verschwunden.

- 13 -

Duane Ricketts war seines Wissens noch nie zuvor einem Schriftsteller begegnet – und so stand er am Mittwochmorgen nach dem Duschen in seinem alten Bademantel herum, fing langsam an zu frieren und überlegte, was er anziehen sollte. Schließlich entschied er sich für einen Wollpullover, alte Cordhosen und braune Wildlederschuhe mit Gummisohlen, die sein Vater als »Puffgaloschen« bezeichnet hätte – auch wenn Tom Ricketts nie gewußt hätte, wo ein Puff zu finden gewesen wäre, geschweige denn, was man anzog, wenn man hinging. Er aß Obst und Cornflakes, nahm sich ein paar alte Paperbacks aus dem Bücherregal und packte sie in braunes Papier. Er fuhr die Dominion Road hinunter in die Stadt, machte beim Mount-Eden-Postamt halt und kaufte Briefmarken. Er stellte den Wagen im Parkhaus Victoria Street ab und ging durch den Albert Park zur Universität. Es war 9 Uhr 45.

Er fragte eine Gruppe Studenten, wo die Englisch-Vorlesungen stattfanden. Sie sagten ihm, daß zumindest einige in den großen Hörsälen im Untergeschoß gehalten würden, und zeigten ihm den Weg. Eine Horde Studenten stand im Korridor im Untergeschoß herum und wartete offensichtlich auf die Vorlesung um zehn Uhr. Ricketts ging zu einer jungen Frau in Jeans und einem übergroßen Hemd, die allein an der Wand lehnte und in einem Buch las.

»Entschuldigung, findet hier um zehn eine Englisch-Vorlesung statt?«

»Klar – Shakespeares Tragödien.«

»Wer ist der Dozent?«

»Davenport.«

»Ist Davenport ein Er oder eine Sie?«

Die Studentin schien amüsiert. »Leute gibt's hier – Dr. Daniel Davenport zum Beispiel, der denkt, er ist der erotischste Mann seit Lord Byron.«

Ricketts zog die Augenbrauen hoch. »Und was denken Sie?«

»Na ja, Byron ist 1824 gestorben. Vielleicht halten Sie mich ja für zu skeptisch, aber es fällt mir doch schwer zu glauben, daß Davenport das Beste sein soll, was Ihr Geschlecht in 170 Jahren hervorgebracht hat.«

Ricketts erwiderte, wenn man es so betrachte, dann wäre es doch eher unwahrscheinlich. Dann fragte er, wo die Verwaltung des Fachbereichs Englisch wäre, und erhielt als Antwort, daß sie sich im fünften Stock befände.

Ricketts wartete bis fünf nach zehn und nahm dann den Lift in die fünfte Etage. Er ging durch eine Reihe von Glastüren, auf denen stand: »Verwaltung des Fachbereiches Englisch«. Am Empfang saß eine Frau mittleren Alters und arbeitete an einem Computer. Sie sah zu Ricketts auf und fragte ihn, ob sie helfen könne.

»Ist Dr. Davenport zu sprechen?« fragte er.

»Ich glaube, Dr. Davenport hat im Augenblick eine Vorlesung. Ich schaue eben nach.« Sie drückte eine Taste.

Ricketts schnipste mit den Fingern. »Aber natürlich – Mittwochvormittag, da hat er Shakespeares Tragödien.«

Die Empfangsdame starrte auf den Bildschirm. »Richtig, Stufe 2.« Sie sah zu Ricketts hoch. »Wenn Sie vielleicht in einer Stunde oder so wiederkommen könnten ...«

Ricketts verzog das Gesicht und sah auf seine Uhr. »Also, ich bin ein bißchen in Eile – vielleicht können Sie mir ja helfen. Ich bin Phillip Quayle, der Schriftsteller ...« Er hielt inne, aber die Empfangsdame erwiderte seinen erwartungsvollen Blick nur mit einem verständnislosen Starren. Ricketts räusperte sich und fuhr fort: »Jedenfalls bin ich ein Freund von Dan Davenport. Er hat mir vor einer Weile eine Ihrer Studentinnen vorgestellt, Electra Crouch. Ich hab ihr versprochen, ihr ein paar meiner Bücher zu schicken« – er legte das Paket vor sie hin –, »aber stellen Sie sich vor, ich habe doch glatt ihre Adresse verlegt. Sie könnten sie mir nicht vielleicht geben, damit ich ihr das hier schicken kann? Die liegen jetzt schon zwei Wochen bei mir rum, fix und fertig eingepackt. Sogar die Briefmarken sind schon drauf, sehen Sie.«

»Na ja…«, die Empfangsdame zögerte. »Unter diesen Umständen geht das wohl in Ordnung.« Sie drückte ein paar Tasten. »wie war noch mal der Familienname?«

»Crouch, Electra Crouch.«

»Da haben wir sie.« Sie gab Ricketts einen Stift. »Datchet Terrace, Westmere, Appartement 3.«

Ricketts schrieb die Adresse auf das Paket und bedankte sich. Als er zu der Glastür ging, sagte sie ihm noch, daß es auf dem Universitätsgelände ein Postamt gab.

Am Donnerstagabend, 18 Uhr 10 Ortszeit, rief Leon Rehbein seinen Chef Richard Thames an und teilte ihm mit, daß er mit der Funke-Sache weitergekommen sei. Obwohl Rehbein wie immer nuschelte, wußte Thames, daß der Computerfreak fündig geworden war – sonst hätte er nicht angerufen. Er ließ ihn sofort zu sich kommen.

Obwohl Thames bei der Vorstellung, Rehbein zum zweiten Mal innerhalb so kurzer Zeit in seinem Büro zu haben, etwas flau in der Magengegend wurde, tröstete er sich mit dem Gedanken, daß Rehbein – und mochte er noch so stolz auf sich sein – seinen Bericht ohne Ausschmückungen oder Übertreibungen vortragen würde. Einige seiner Untergebenen schafften es nämlich, die Beschattung eines zwei Meter großen afrikanischen Diplomaten in voller Stammestracht im Central Park am hellichten Tag als übermenschliche Aufgabe darzustellen.

Rehbein klopfte an, trat ein, setzte sich, sah kurz in seine Notizen und begann mit dem Bericht: »Sir, von Freitag, dem 15. April, bis einschließlich Montag, den 18. April, sind 137 US-Bürger im Alter zwischen 40 und 55 in Neuseeland eingereist. Ich habe sie alle vom Computer checken lassen und sie mit Harold Funke verglichen. Eine Reihe von ihnen schied aufgrund von Abweichungen hinsichtlich Körpergröße und -gewicht aus. Schließlich grenzte ich die Sache anhand ungefährer körperlicher Ähnlichkeit und Südstaaten-Herkunft auf 18 Möglichkeiten ein. Eine war besonders augenfällig, da der betreffende Herr am gleichen Ort wie Funke geboren wurde: Pecos, Texas. Dieses Individuum heißt Lyle Gorse und wurde zwei Jahre vor Funke geboren. Der Paß von Mr. Gorse wurde 1973 ausgestellt und ist bis heute weder zur Ausreise aus den USA noch zur Einreise ins Land benutzt worden. Ich habe mich in den Computer der Polizei von Texas in Austin eingeklinkt und herausgefunden, daß ein gewisser Lyle Gorse, geboren in Pecos, 1942, im Jahr 1962 während eines Raubüberfalls in Südwesttexas erschossen wurde. Ich habe auch den Computer mit Daten aus dem Bildungssystem von Texas angezapft, und es scheint, als ob dieser Lyle Gorse und Funke zur gleichen Zeit auf der gleichen High-School in Pecos waren. Ich glaube, man kann davon ausgehen, daß der Paß von Gorse falsch ist. Vermutlich ist es einer von unseren. Ich nehme an, daß ich in dieser Richtung nicht weitermachen soll.«

»Genau. Aber was Sie da haben, scheint ja ohnehin recht schlüssig zu sein. Ausgezeichnete Arbeit, Leon.«

»Vielen Dank, Sir. Da ist noch eine Sache. Die Botschaft in Wellington hat eine dringliche Anfrage von der neuseeländischen Polizei bezüglich eines Mannes erhalten, der als Amerikaner beschrieben wird und den Namen Donald Surface verwendet. Offensichtlich hat Surface auf illegalem Wege eine Handfeuerwaffe erworben. Sie wissen vielleicht, Sir, daß in Neuseeland sehr strenge Vorschriften herrschen, was Waffen angeht. Das ist gestern, das heißt Dienstag nach ihrer Zeit, in Auckland passiert, wo die meisten internationalen Flüge ankommen. Die Botschaft hat die Sache überprüft – in den letzten zwei Monaten ist kein US-Bürger mit diesem Namen in Neuseeland eingereist. Mir schwante etwas, und ich rief in Bangkok an.« Ein warmer Schimmer leuchtete in Rehbeins erdfarbenen Augen, und er erlaubte sich ein kurzes

Lächeln. So lebendig hatte Thames sein Gesicht noch nie gesehen. »Ein Donald Surface verließ Bangkok letzten Freitagabend mit einem US-Paß in Richtung Hongkong. Am nächsten Tag flog Surface nach LA – von dort ist Lyle Gorse nach Auckland geflogen.«

»Wie viele falsche Pässe hat der Schweinehund denn?« fragte Thames.

Es war eine rhetorische Frage, aber Rehbein antwortete trotzdem: »Wahrscheinlich noch einen.«

Rayleen Crouch trank nicht viel. Manchmal ein Glas Weißwein oder auch zwei, wenn sie essen ging, oder auch ein leichtes Bier, vor dem sie dann eine Stunde saß, wenn sie nach der Arbeit noch auf einen Drink ging. Wenn ihre Freunde und Arbeitskollegen, für die sie hart an der Grenze zur Abstinenzlerin war, die Literflasche Chivas Regal im Schrank über der Spüle gesehen hätten, hätten sie sicher gedacht, daß sie für Besucher bestimmt war, die einen starken Drink wollten oder brauchten. Vielleicht hatte Rayleen, die sich über ihr Liebesleben ziemlich ausschwieg, ja auch einen Freund mit teurem Geschmack. Sie wären sprachlos gewesen, wenn sie erfahren hätten, daß sie den Whisky nicht nur selbst trank, sondern eine dieser Literflaschen alle paar Wochen leerte.

An den Schrank über der Spüle ging Rayleen Crouch in jenen Nächten, in denen ihr Beruf sie fertigmachte. Dann saß sie im Wohnzimmer und der Fernseher lief, aber sie sah nichts und hörte nichts, sondern fragte sich nur, wieso sie ihr Leben damit vergeudete, verkrachten Existenzen, Versagern, Verrückten und Außenseitern hinterherzurennen. Wieso sie die unglaublichste Drecksarbeit machte, um Leuten zu helfen, die meist gar nichts mit ihr zu tun haben wollten oder sie beschimpften und ihr dann auch noch in den Rücken fielen – manchmal sogar mit einem Messer.

In diesen Nächten holte sich Rayleen Crouch die Flasche, ließ ein paar Eiswürfel ins Glas fallen, goß Whisky darüber und stürzte ihn hinunter. Sie mochte auch den Geschmack, aber der war nicht die Hauptsache – ihr kam es auf das wohlige Brennen an, das den

Magen durchfuhr und sich als Prickeln bis in die Fingerspitzen fortsetzte. Gieß dir noch einen Schluck ein und mach's noch mal. Langsam kam diese angenehme Leichtigkeit – kein Grund mehr, ihn hinunterzuschütten; lehn dich zurück und nippe daran. Es war, als ob sie die Verbindung zwischen ihren Gedanken und ihren Gefühlen gekappt hätte, zwischen dem, was sie dachte, und dem, wie sie sich dadurch fühlte. Statt verbittert zu sein und sich gleichzeitig schuldig zu fühlen, weil sie verbittert war, blieb nur noch ein Gefühl: »Leckt mich doch alle!«

Rayleen Crouch war 38 und Sozialarbeiterin. Im Laufe der Jahre hatte sie in psychiatrischen Kliniken, Familienberatungsstellen, Frauenhäusern und Rehabilitationszentren für Strafentlassene gearbeitet. Jetzt arbeitete sie meist in Jugendheimen und kümmerte sich um unter staatlicher Vormundschaft stehende und um mißhandelte Kinder, um Ausreißer und Jugendliche, die mit dem Gesetz in Konflikt geraten waren. Sie hatte ein Diplom in Soziologie, eine dicke Hypothek auf ihrem Haus, einen toten Exmann, eine halbentfremdete Tochter, eine Viertelflasche besten Scotch und einen Haufen Schutzbefohlener, die das ganze Spektrum vom sozialen Krüppel bis zum Soziopathen abdeckten und zu denen ein paar zu allem entschlossene Junkies gehörten, die noch die härtesten Sachen diesseits vom Koma nahmen. Und wenn sie morgen früh aufwachte, würde sich nicht viel geändert haben: Sie würde sich beschissen fühlen, der Scotch wäre alle, aber ihre Schützlinge würden sich auf einen neuen Tag mit ihren bösen Geistern vorbereiten.

Die mit den echten psychischen Krankheiten waren nicht mal die Schlimmsten. Selbst jetzt, wo sie in einer ihrer Leckt-mich-doch-alle-Stimmungen war, gab sie ihnen keine Schuld. Wenn es ihnen gutging, bei einer bestimmten Mondphase, oder was es auch war, waren sie nett – und sie verstanden sogar, daß man ihnen helfen wollte, und waren dankbar dafür. Aber immer, wenn es gutlief und sie Fortschritte zu machen schienen, dann hörten sie eine Stimme von irgendwoher – vielleicht von dem schwarzen Labrador, der dem Inhaber des Haushaltswarenladens gehörte, vielleicht von dem alten Kaurigräber auf dem Gemälde, das im Treppenhaus hing – und dann ging es wieder los. Wenn das passierte, dann mußte man sich vorsehen, denn man wußte nie, was hinter diesen strahlenden Augen vor sich ging.

Was sie wirklich fertigmachte, waren die Kinder, die die Welt und alles um sie herum, aber am meisten sich selbst, haßten. Auch nach 15 Jahren als Sozialarbeiterin erschreckte sie die nackte Gewalt ihrer selbstzerstörerischen Impulse.

Da war dieser Junge, der sich mit einer Rasierklinge zerschnitt, als er keine Drogen auftreiben konnte. Sie mußten ihn im Krankenhaus wieder zusammenflicken, und als die Schwester ihm den Rücken zudrehte, stahl er die benutzten Alkoholtupfer. Er schmuggelte sie mit ins Heim, drückte die Flüssigkeit heraus und spritzte sie sich.

Ihre düstere Stimmung war durch eine Begegnung mit genau diesem Jungen am Nachmittag ausgelöst worden. Er bat sie, ihm etwas Geld zu leihen. Er wollte ihr weismachen, daß er sich Autoillustrierte davon kaufen wollte – er interessierte sich wirklich für Autos und würde vielleicht gerne Autoschlosser werden.

Sie hatte ihn angestarrt und gefragt: »Steven, du erwartest doch nicht im Ernst, daß ich das glaube? Du redest mit mir und nicht mit irgendeinem Weltverbesserer von der Kirche.«

Steven, der ganz nett aussehen könnte, wenn er mit den Drogen aufhören würde, ordentlich äße und sich einen vernünftigen Haarschnitt zulegte, schaute sie an, als ob er gleich in Tränen ausbrechen würde. Statt dessen sagte er: »Vertrocknete alte Fotze«, und spuckte ihr auf die Bluse.

Rayleen hätte dem Mistkerl am liebsten ein paar saftige Ohrfeigen verpaßt, aber sie riß sich zusammen. Statt dessen wischte sie sich die Spucke mit dem Taschentuch ab und sagte, so ruhig sie konnte: »Lieber eine vertrocknete alte Fotze als ein mieser kleiner Junkie.«

Da war Steven wirklich in Tränen ausgebrochen.

Sie hatte sich so geärgert, daß sie fast den Zettel vergessen hätte, den eines der Mädchen im Heim ihr gegeben hatte – und den sie erst zu Hause lesen sollte. Dieses Mädchen, Merelle, war ein tragischer Fall. Sie war vom Freund ihrer Mutter mißbraucht worden, auch wenn sie erzählte, daß sie ihn verführt hatte. Zwar hatten sie sie rausgeholt, aber es war schon zu spät. Sie machte eine Phase durch, in der sie sich praktisch jedem erwachsenen Mann anbot, der sie auch nur ansah. In letzter Zeit hatte sie sich ein wenig gefangen, aber dieser Wesenszug, eine Mischung aus Exhibitionismus und Selbsterniedrigung, konnte immer wieder zum Vorschein kommen. Rayleen würde nie den Tag vergessen, als sie mit Merelle in einem vollbesetzten Straßencafé in Parnell gewesen war: Sie war hineingegangen, um etwas zu essen zu holen, und als sie wiederkam, saß Merelle da, das Kleid bis zur Hüfte hochgezogen, ein Bein auf dem Tisch, die Hand im Schlüpfer, und spielte an sich herum.

Rayleen lag ausgestreckt auf dem Sofa, im Glas der Rest ihres dritten Whiskys, als sie sich an den Zettel von Merelle erinnerte. Wie sie so scheu auf sie zugekommen war und ihr den Zettel in die Tasche gesteckt hatte – irgendwie niedlich war das gewesen. Sie stand auf, schwankte leicht und ging dann mit unsicheren Schritten zur Küche, wo ihre Handtasche noch auf dem Tisch lag, suchte Merelles Zettel heraus und faltete ihn auf.

In überraschend sauberer Handschrift hatte Merelle geschrieben: »Fick mal richtig, Lesbenhure.«

Zehn Sekunden lang starrte sie auf den Zettel. Dann verzog sich ihr verbitterter Mund zu einem säuerlichen Lächeln. Leise fing sie an zu lachen. Aus dem leisen wurde ein lautes Lachen. Sie warf den Kopf zurück und lachte eine Minute lang aus vollem Hals. Dann hörte sie plötzlich auf, sagte laut: »Kleine Schlampe«, knüllte den Zettel zusammen und warf ihn in den Mülleimer. Sie goß sich einen letzten Whisky ein, als es an der Tür klingelte. Sie sah auf die Uhr: 21 Uhr 20. *Das muß Electra sein*, dachte sie. *Höchste Zeit, daß sie sich mal blicken läßt.*

Auf dem Weg durch den Flur stieß sie nur einmal gegen die Wand. Wenn sie nüchtern gewesen wäre, hätte sie nicht ohne weiteres angenommen, daß ihre Tochter vor der Tür stand, und sie bestimmt nicht aufgemacht, ohne zumindest vorher zu fragen, wer denn da sei. Aber sie war nicht nüchtern, und sie fragte nicht – sie machte einfach die Tür auf. Erst in diesem Augenblick kam ihr Verstand langsam in Gang: *Das ist nicht meine Tochter. Das ist ein großer Mann mit buschigen Augenbrauen, Stoppelbart und großen Händen mit Wurstfingern. Wie geschaffen, um dich damit zu erwürgen. O mein Gott!*

Sie wollte die Tür zuschlagen, aber der Mann war zu schnell für sie. Sein rechter Arm schoß vor, mit dem Handballen hielt er die Tür offen und stellte dann einen Fuß in die Tür.

»Aber hallo«, sagte er, »das ist ja nicht gerade nett.«

Rayleen Crouch drückte so fest sie konnte, aber der Mann schob sich an die Tür und stemmte seine Schulter dagegen. Sie konnte ihn nicht zurückdrängen.

»Bitte«, stieß sie keuchend hervor. »Lassen Sie mich in Ruhe.«

»Ganz ruhig, Rayleen«, sagte der Mann in beschwichtigendem, ja angenehmem Ton. »Ich möchte mich nur kurz mit Ihnen unterhalten.«

Er schob die Tür auf und trat ein. Rayleen wich in den Korridor zurück.

»Wer sind Sie?«

»Soll das heißen, Sie erinnern sich nicht an mich? Leith Grills? Na ja, kann schon sein, ist schon eine Weile her – kurz nachdem Varty Sie geheiratet hatte. Wußten Sie, daß das Schwein meinen Bruder umgebracht hat?«

Sie wich ins Wohnzimmer aus. Grills folgte ihr schlendernd und und sah sich um wie bei einer Hausbesichtigung.

»Nett haben Sie's hier«, sagte er mit einem anerkennenden Nicken.

»Wann?«

Grills sah sie verwundert an. »Wann was?«

»Wann hat er Ihren Bruder umgebracht?«

»Das war 1983. Varty brachte eine Ladung Stoff aus Australien mit einem Boot rüber. Das Zeug war ein paar Millionen Dollar wert. Es war ein Fifty-fifty-Geschäft zwischen ihm und diesem anderen Typen. Al, mein Bruder, arbeitete für den anderen Typen. Al fuhr runter nach Koromandel, um Varty abzuholen – und für seine Mühe ist ihm der Kopf eingeschlagen worden. Varty wollte alles, verstehen Sie? Und genau deshalb bin ich hier.«

So schnell war Rayleen noch nie nüchtern gewesen. »Was hab ich damit zu tun?«

Grills grinste. Gier und dumpfe Verschlagenheit leuchteten aus seinen Augen. »Varty mußte ziemlich schnell die Kurve kratzen, nicht wahr? Also konnte er das Zeug nicht mehr loswerden. Und ich und sein Partner, der Typ, den er angeschmiert hat, wir wollen den Stoff jetzt haben. Dummerweise wissen wir nicht, wo der Sack es versteckt hat. Aber wir glauben, daß er es jemandem gesagt hat.« Grills hatte aufgehört zu grinsen und war näher an sie herangekommen. »Vielleicht ja seiner süßen kleinen Frau.«

Rayleen, die sich gerade ein wenig beruhigt hatte und halb auf der Sofalehne saß, sprang auf und zog sich hinter das Sofa zurück.

»Das ist Unsinn«, stieß sie hervor. »Wir hatten uns lange vor dieser Sache getrennt. Ich habe nie mehr etwas von ihm gehört oder gesehen.«

Plötzlich klopfte es laut an der Terrassentür, die zum Garten hinausging. Ein kleiner, stämmiger Mann in mittleren Jahren stand da im Zwielicht. Er lächelte und deutete ein Winken an.

»Wer zum Teufel ist denn das?« fuhr Grills sie an.

»Ich weiß nicht«, antwortete Rayleen und ging auf die Terrassentür zu.

Grills schob sich vor sie. »Halten Sie sich da raus. Um den kümmere ich mich.«

Der Schlüssel steckte. Grills drehte ihn im Schloß, schob die Tür auf und sagte zu dem Fremden: »Sie können sich verziehen, wer immer Sie auch sind.«

»Immer langsam«, erwiderte der Fremde in gedehntem amerikanischen Akzent. »Ich hab da in meinem Auto auf der anderen Straßenseite gesessen und gesehen, wie Sie hier reingeschneit sind – und nicht gerade mit offenen Armen empfangen wurden, wenn mich nicht alles getäuscht hat. Ich hab hier draußen gestanden und aus dem Verhalten der Lady geschlossen, daß Sie nicht gerade der gute alte Freund sind, der nach Jahren heimkommt. Also, vielleicht sollten Sie Ihren eigenen Rat befolgen und sich verziehen, aber ganz schnell.«

Völlig perplex starrte Grills eine Weile auf den Amerikaner hinunter. Er gab ein knurrendes Geräusch von sich, riß den rechten Arm nach hinten und ließ ihn nach vorn schnellen. Der Amerikaner duckte sich unter dem Schwinger und konterte mit einer kurzen Rechten, die auf Grills' Hals landete, als der einen Ausfall nach vorn machte. Grills gab ein Geräusch von sich wie ein Müllschlucker, der mit einem Eimer Kies zu kämpfen hat, und griff sich an die Kehle. Der Amerikaner schob rasch sein rechtes Bein hinter das von Grills und brachte ihn mit einem Judo-Griff zu Fall. Grills schlug mit dem Hinterkopf hart auf dem Boden auf. Er spürte etwas kaltes Metallisches zwischen seinen Zähnen, und als er die Augen aufmachte, merkte er, daß er eine Handbreit Pistolenlauf im Mund hatte.

»Okay, Amigo«, sagte der Amerikaner, der neben ihm hockte. »Und jetzt bewegst du entweder deinen faltigen Arsch hier weg, oder ich drücke ab und puste die Scheiße in deinem Schädel auf den sauberen Fußboden der kleinen Lady hier. Was wäre dir lieber?« Es klickte – sehr laut, so schien es Grills –, als der Amerikaner den Hahn spannte.

Den Revolverlauf im Mund, würgte Grills, und seine weit aufgerissenen Augen flehten um Gnade. Der Amerikaner sah zu Rayleen hoch und lächelte.

»Ich schätze, er wird sich für den taktischen Rückzug entscheiden. Was glauben Sie, Ma'am?«

Rayleen, vollkommen verwirrt und irgendwie in der Hoffnung,

daß sie jeden Moment mit einem fürchterlichen Kater aus diesem Whisky-Alptraum erwachen würde, nickte benommen.

Der Amerikaner stand auf und gab Grills einen leichten Tritt in die Rippen. »Verpiß dich, du Wichser. Und wenn du mir noch einmal über den Weg läufst, dann werde ich dich nicht mehr fragen, was dir lieber wäre.«

Er folgte Grills durch den Korridor – die Pistole schlenkerte in der rechten Hand – und sah zu, wie er in sein Auto stieg und davonfuhr. Dann steckte er den Revolver in den Hosenbund und ging ins Wohnzimmer zurück. Er griff in seine Jackentasche und zeigte Rayleen seine Dienstmarke.

»Gestatten Sie, daß ich mich vorstelle, Ma'am: Sonderagent Buddy Funke von der US-Drogenfahndung, zu Ihren Diensten. Entschuldigen Sie, daß ich die Party gestört habe, aber es schien mir doch besser so.«

- 14 -

Tito Ihaka hatte aus Prinzip kein Telefon neben seinem Bett stehen. Er meinte, ein Telefon im Schlafzimmer wäre geradezu eine Einladung an alle, einen zu jeder Tages- und Nachtzeit anzurufen – auch zu der, die normalerweise für den Schlaf reserviert war. Das Telefon am Bett bedeutete seiner Auffassung nach nicht nur, daß es einem nichts ausmachte, zu unchristlichen Zeiten angerufen zu werden, sondern auch, daß man damit rechnete, es einem am Ende sogar angenehm war. Ihaka war es ganz und gar nicht angenehm. Was einem widerfuhr, wenn man ihn zur falschen Zeit und ohne triftigen Grund – es mußte schon um Leben und Tod gehen, so wenn zum Beispiel gleich ein riesiger Meteorit in seiner Straße landen würde – anrief, war unter seinen Freunden als »Dein Anschiß unter dieser Nummer« bekannt.

Als an diesem Donnerstagmorgen das Telefon um 6 Uhr 27 klingelte, fluchte oder stöhnte Ihaka also keineswegs, da er annahm, es sei wichtig. Es gab allerdings noch eine andere Möglichkeit: daß sich jemand verwählt hatte – und auf dem kurzen Weg vom Bett zum Wohnzimmer überlegte sich Ihaka, was er dem Anrufer in diesem Fall sagen würde. Als er den Hörer abnahm, war ihm allerdings noch nicht mehr eingefallen als ein paar alte Standards – die Pest an den Hals, Verzehr von Tierexkrementen –, so daß er fast erleichtert war, als sich Detective Inspector Finbar McGrail meldete.

»Tut mir leid, daß ich so früh störe«, sagte McGrail. »Aber wenn es Sie tröstet: Ich habe auch einen Weckruf bekommen – vor einer halben Stunde.«

Laß stecken, mein Freund, das Ding hat ja so einen Bart, dachte Ihaka, denn er wußte, daß McGrail jeden Morgen um 5 Uhr 30 aufstand und joggen ging.

»Aber das macht doch nichts, Sir«, erwiderte Ihaka, »ich hole den Schlaf in der Arbeit nach. Was ist denn los?«

»Sie fliegen in ungefähr einer Stunde nach Wellington. Sie sollten sich also ranhalten.«

»Was ist mit der Besprechung im Fall Clegg? Sollte die nicht heute vormittag sein?«

»Vergessen Sie's. Da verpassen Sie nichts.«

»War wohl 'n Schuß in den Ofen, die Autopsie?«

»Tja, sie hat einfach bestätigt, daß es keinen greifbaren Hinweis darauf gibt, daß jemand ihn ertränkt und unter dem Sitz festgeklemmt hat. Die Pathologen meinen, daß der Körper 30 bis 40 Stunden im Whirlpool war – das heißt also, seit Freitagnacht ...«

»Dann ist Ricketts ja fein raus.«

»So ist es. Sie haben die Leiche gesehen – wenn es je Zeichen für Gewaltanwendung gegeben hat, dann sind sie jetzt nicht mehr zu erkennen. Der gerichtliche Leichenbeschauer wird zwar einen unnatürlichen Tod feststellen, aber keinen Täter nennen können. Wie auch.«

»Ziemlich komische Art, Selbstmord zu begehen, meinen Sie nicht?«

»Zugegeben. Und wie die Leiche dann unter den Sitz geraten konnte, wenn es denn ein Unfall war, das ist mir auch schleierhaft. Aber mehr haben wir einfach nicht in der Hand.«

«Was ist mit dem fehlenden Sektglas? Die Putzfrau sagte, daß ein kompletter Satz da war, als sie letzten Mittwoch saubergemacht hat, und daß der Müll schon abgeholt worden war.«

»Interessant, aber kaum überzeugend. Es ist doch so: Was uns Instinkt und Logik auch sagen, im Moment haben wir keinen greifbaren Hinweis auf ein Gewaltverbrechen, niemand hat etwas gehört, jemanden kommen oder gehen sehen, und es gibt kein offensichtliches Motiv. Deshalb haben wir keine – wenn der Ausdruck in dem Zusammenhang gestattet ist – wasserdichten Argumente, einen Mordfall daraus zu machen. Und bei allem gebührendem Respekt, Sergeant – ich glaube nicht, daß Sie bei der Besprechung irgend etwas beitragen könnten, was den Stand der Dinge wesentlich verändern würde.«

»Wie Sie meinen«, sagte Ihaka und dachte: *Wir sind ja in Topform heute morgen!* »Und was gibt es denn nun in Wellington?«

»Sie haben um 10 Uhr 30 ein Treffen im Büro des Innenministers …«

»Dieser Heini …«

»Sergeant, ich muß Sie bitten, sich einmal im Leben zusammenzureißen, und sei es auch nur in Ihrem eigenen Interesse. Der amerikanische Botschafter wird bei dem Treffen dabeisein und auch ein paar hochrangige Beamte verschiedener Regierungsstellen. Und ich glaube, Sie sollten vernünftigerweise davon ausgehen, daß diese Leute nicht unbedingt einen Sinn für Ihren doch recht ungewöhnlichen Humor haben.«

Ihaka lächelte in sich hinein und fragte sich, was das Ganze eigentlich sollte.

»Es geht um Ihren Donald Surface. Er scheint irgendein amerikanischer Agent zu sein, der auf die schiefe Bahn geraten ist. Und der Minister und die amerikanische Botschaft wollen ganz offensichtlich, daß die Sache so diskret wie möglich gehandhabt wird.«

»Hat Surface diplomatische Immunität?«

»Ich glaube nicht. Die Amerikaner wären kaum so höflich, wenn es so wäre.«

»Sir, das ist doch völliger Unsinn. Sie sollten bei der Besprechung sein und nicht ich – Sie sind doch viel besser für solchen Kram geeignet.«

»Vielen Dank für das Kompliment, Sergeant«, erwiderte McGrail, »aber das ist nicht meine Entscheidung. Als der Präsident hörte, daß Sie an der Sache dran sind, bestand er darauf, daß Sie uns vertreten.«

»Warum denn bloß, um Himmelswillen? Augenblick, lassen Sie mich mal raten: Hat es irgend etwas damit zu tun, daß ich Maori bin?«

»Also, ich habe wirklich keine Lust, über die Gedankengänge des Polizeipräsidenten zu spekulieren.«

Ihaka runzelte die Stirn, als er den belustigten Unterton in der Stimme seines Chefs wahrnahm. *Was hat McGrail vor?* fragte er sich. *Wahrscheinlich hofft er, daß ich mich blamiere und am Ende der Präsident eins aufs Dach kriegt.*

»Und haben Sie ihn denn wegen meines Mangels an – wie nennt man das gleich – Umgangsformen gewarnt?«

McGrail lachte trocken. »Und ob, aber er vertraut darauf, daß ein Mann mit seinen Aufgaben wächst. Ihr Ticket liegt am Flughafenschalter für Sie bereit. Gute Reise, Sergeant.«

Mit diesen Worten beendete McGrail das Gespräch. *Konnte sich keine bessere Zeit aussuchen für seine Späße*, dachte Ihaka, als er den Hörer auflegte.

Um 7 Uhr 45 am gleichen Morgen parkte Duane Ricketts seinen sieben Jahre alten Toyota gegenüber dem Haus Nr. 13 in Datchet Terrace in Westmere. Das Haus war ein dreistöckiger Block aus Ziegeln und Mörtel, und jemand mit einem unverkrampften Verhältnis zu den Realitäten – ein Immobilienmakler etwa – hätte den Stil vielleicht als Art deco beschrieben. Die blaßrosa Farbe blätterte ab – aber den Nachbarn ging es sicher nicht schnell genug. Datchet Terrace fiel zum Hafen hin ab. Wenn Wohnung Nr. 3 im Erdgeschoß lag, dann konnten Electra und Jake den Blick über Waitemata Harbour nach Hobsonville und Greenhithe genießen, wenn sie – was Ricketts für eher unwahrscheinlich hielt – je müde werden sollten, den Blick in die Augen des anderen zu genießen.

Kurz vor 8 Uhr 30 trat eine junge Frau aus dem Haus und ging den Hügel hinauf in Richtung Hauptstraße. Sie war ziemlich groß, schlank, hatte kurzes, stacheliges rotbraunes Haar, einen auffallend elastischen Gang, wiegte sich in den Hüften und schwenkte den freien Arm wie ein Feldwebel bei der Parade. Sie trug schwarze Boots, schwarze Leggins, eine schwarze Jeansjacke über einem schwarzen T-Shirt und einen Rucksack in den Farben Schwarz und Rot über der linken Schulter. Ihr Nasenring leuchtete in der Morgensonne, die noch nicht wärmte. Die Erfahrung hatte Ricketts gelehrt, Menschen nicht vorschnell nach ihrem Äußeren zu beurteilen – *andererseits*, dachte er, *hat sie mich nicht gelehrt, wie ich ein gekochtes Ei perfekt hinkriege*. Er stieg aus seinem Wagen, schloß ab und folgte der jungen Frau, die auf der anderen Straßenseite ging.

An der Einmündung von Datchet Terrace in die Hauptstraße war eine kleine Rasenfläche von ungefähr zehn Quadratmetern; darauf befanden sich ein großer Abfallbehälter, eine Bank und viele Hundehaufen unterschiedlichster Konsistenz. Als das Mädchen auf dieser Höhe war, überquerte Ricketts die Straße. Sie hörte seine Schritte und sah sich um. Er fragte: »Electra Crouch?«

Sie blickte ihn mißtrauisch an. Aus der Nähe sah er, daß sie mehrere Stecker in beiden Ohren hatte, große schwarze Augen, die wirkten wie mit Tau überzogene Steine, einen leichten Schmollmund und makellose weiße Haut. Sie sah ziemlich gut aus. *Wetten, daß ihr viele Kerle sagen, daß sie schön ist*, dachte Ricketts, *und einige es auch wirklich glauben*. Er fragte sich, ob sie es selbst glaubte.

»Wer sind Sie?«

»Duane Ricketts. Ich habe Ihren Vater in Thailand getroffen.«

»O nein, nicht Sie schon wieder! Jake hat gesagt, Sie sind ein Wichser.«

»Tut mir leid, das zu hören. Ich dachte, er wäre ein wunderbarer Mensch.«

»Finden Sie das vielleicht lustig?« erwiderte sie und zog eine Grimasse. Ricketts war unverständlich, wie sie so ein Gesicht machen und gleichzeitig anziehend wirken konnte.

»Er ist Ihr Freund – Sie müssen es wissen.«

Sie sah auf ihre Uhr, ein grelles Ding von der Größe einer Tellermine. »Mein Bus kommt gleich.«

»Kein Problem, ich kann Sie fahren. Mein Auto steht gleich da unten.«

»Na toll«, sagte sie und verdrehte die Augen. »Es ist Ewigkeiten her, daß ein fremder Mann versucht hat, mich in sein Auto zu kriegen.« Der belustigte Ton wich Mißtrauen. »Wie haben Sie überhaupt herausgefunden, wo ich wohne?«

»Das war nicht schwierig – ich lebe davon, Leute zu finden. Außerdem weiß ich gar nicht, was das ganze Theater überhaupt soll. Ich will Ihnen nur eine Nachricht von Ihrem alten Herrn übermitteln. Es wird fünf Minuten dauern, und das war's dann.«

Electra schaute noch eine Weile argwöhnisch, zuckte dann mit den Schultern, ging zu der Bank und setzte sich. Als Ricketts sich neben sie setzte, sagte sie: »Mit sieben Jahren habe ich ihn das letzte Mal gesehen, und ein Mustervater war er auch nicht gerade.«

»Ja, ja, ich glaub auch, daß der alte Dale in seinem Leben eine ganze Menge Mist gebaut hat. Aber er hat wohl gemerkt, daß er Sie im Stich gelassen hat, und wollte es wiedergutmachen.«

Sie blieb völlig ungerührt. »Diesen Schmus können Sie sich sparen. Wenn Sie mir etwas mitzuteilen haben, dann raus damit.«

Ricketts hatte die ganze Zeit gewußt, daß das der schwierigste Teil werden würde. Er hatte verschiedene Varianten durchgespielt, aber ihm wurde klar, daß er mit keiner durchkommen würde: Dieses Mädchen war zu intelligent, um auf so etwas hereinzufallen, und zu abgebrüht, um sentimental zu werden. *Wenn gar nichts mehr geht,* dachte er, *versuch's mit der Wahrheit.*

»Ich habe mit Dale gesprochen, kurz bevor sie ihn ins Krankenhaus gekarrt haben. Er hat mir von einer Drogenlieferung – Kokain – erzählt, die er 1983 von Australien rübergebracht hat. Er hat voll reingegriffen: Sein Partner, ein ganz dicker Drogendealer namens Bryce Spurdle, hat ihn angeschmiert, dann wurde jemand umgebracht, und er mußte den Stoff verstecken und aus dem Land verschwinden. Er sagte, er habe ihn an einem ganz besonderen Ort unten auf Koromandel versteckt, wo er mit Ihnen als Kind hingefahren ist.« Electras Augen wurden immer größer. »Er wollte, daß wir das Zeug finden, damit Sie – wie soll ich sagen? – davon profitieren können.«

Sie runzelte die Stirn. »Hab ich das richtig verstanden? Er wollte, daß ich Ihnen sage, wo dieser ganz besondere Ort ist, damit wir den Koks finden können, ihn verkaufen und ich das Geld bekomme – als Daddies Abschiedsgeschenk sozusagen? So etwa: Und meiner geliebten Tochter Electra hinterlasse ich einen riesigen Scheißhaufen Kokain?«

»Ja, so ungefähr.«

»Und was springt für Sie dabei raus? Oder machen Sie das vielleicht aus reiner Nächstenliebe, weil Sie so ein wunderbarer Mensch sind?«

Ricketts hörte einen Anflug von unterdrücktem Zorn neben dem Sarkasmus in ihrer Stimme. Er wechselte die Sitzposition und legte die Beine übereinander.

»Also, ich glaube, Dale hat es so gesehen, daß auch für mich etwas drin wäre, wenn ich sozusagen die Arbeit mache und das Risiko übernehme.«

Electra nahm eine Schachtel Zigaretten aus ihrem Rucksack und zündete sich eine an. Sie lehnte sich zurück, blickte geradeaus, ohne ein Wort zu sagen, und saugte heftig an ihrer Zigarette, die bei jedem Zug einen Zentimeter kürzer wurde. *Vielleicht muß sie sich ja erst an den Gedanken gewöhnen*, dachte Ricketts hoffnungsvoll. *Schließlich bietet dir nicht jeden Tag ein völlig Fremder an, dich zum Millionär zu machen*.

Sie stand auf. »Es schmeichelt mir ja wirklich, daß Dad dachte, ich hätte das Zeug dazu, die Familientradition weiterzuführen, aber da muß ich passen.«

Sie marschierte los, blieb dann stehen und ging wieder zurück zu Ricketts, der ebenfalls aufgestanden war. Sie fixierte ihn mit einem Blick voller Abscheu. In ihren schwarzen Augen standen Tränen, und mit einer Stimme so scharf wie ein Messer sagte sie: »Drogen haben meine Familie kaputtgemacht, und meine Mutter und ich haben immer noch damit zu kämpfen. Mein Vater ist tot wegen Drogen. Das letzte, was er tun würde, wäre, Sie Schleimer zu schicken, damit Sie mich in einen Drogendeal reinziehen. Was für ein Arschloch von Vater würde das machen? Und was für ein Abschaum sind Sie dann erst?«

Ricketts hielt ihrem vorwurfsvollen Blick noch einige Sekunden stand – dann sah er weg.

»Tut mir leid«, sagte er. »War keine gute Idee, alles klar. Aber seien Sie nicht ungerecht zu Ihrem Vater. Er lag im Sterben, das dürfen Sie nicht vergessen. Er wollte einfach noch etwas für Sie tun. Und wichtig ist doch das eine: Als die Zeit kam, an Leute zu denken, die ihm wirklich wichtig waren, da hat er an Sie gedacht.«

Dicke Tränen standen in Electras Augen und liefen ihr über die Wangen bis in die Mundwinkel. Immer heftiger rannen sie, und ein Tropfen fiel auf ihre Jeansjacke. Sie hob die rechte Hand, und mit zwei abrupten Bewegungen wischte sie sich mit dem Handrücken die Tränen aus dem Gesicht.

Leise, aber ohne das geringste Zittern in der Stimme sagte sie: »Verpiß dich.«

Der Innenminister war kleiner und unansehnlicher, als er im Fernsehen wirkte, aber das überraschte Ihaka nicht, denn seiner Erfahrung nach galt das für die meisten Politiker. Er schüttelte Ihaka die Hand – wobei er einen fettigen Film auf seiner Handfläche hinterließ – und stellte ihn dann den anderen Teilnehmern der Besprechung vor: dem amerikanischen Botschafter, einem hochgewachsenen, massigen älteren Schwarzen, der fast kahl war, seinem Geschäftsträger, der zwar auch ein Mann war, aber ihm ansonsten in gar nichts glich, einer Gruppe zueinander passender Beamter: einer vom Außenministerium, der andere vom Stab des Ministers und einer Frau aus dem Büro des Generalstaatsanwalts, die Schottenmuster trug und verärgert aussah – so, als ob sie wegen dieser Beratung ihren Dudelsackunterricht verpassen würde. Ihaka wurde am Beratungstisch neben ihr plaziert.

»Der transsexuelle Zwerg hat wohl keinen Parkplatz für seinen Rollstuhl gefunden, was?« sagte er mit gesenkter Stimme zu ihr. Sie zog ein furchteinflößendes Gesicht – das Ihaka als ablehnendes Starren interpretierte – und wandte ihre Aufmerksamkeit einem der Beamten zu.

Der Minister saß am Kopfende des Tisches. Er räusperte sich, um die Versammlung zur Ordnung zu rufen, und begann dann mit piepsender Comic-Stimme: »Sehr geehrter Herr Botschafter, werte Miss McHarg, meine Herren – vielen Dank, daß Sie so kurzfristig gekommen sind. Ich habe diese Beratung einberufen, weil wir es offensichtlich mit einer ungewöhnlichen, wenn nicht sogar einmaligen Situation zu tun haben. Herr Botschafter, vielleicht dürfte ich Sie bitten, den Anfang zu machen.«

Der Botschafter neigte seinen glänzenden Schädel und öffnete einen Ordner.

»Vielen Dank, Herr Minister«, sagte er mit Kontrabaßstimme. »Nachdem uns die Polizei von Auckland informiert hatte, daß sich dieser Donald Surface eine Schußwaffe beschafft hat, haben wir das nach Washington gemeldet. Von dort haben wir erfahren, daß sein richtiger Name Harold Funke ist. Er ist ein höherer Beamter der Drogenfahndung und zur Zeit in Bangkok stationiert. Er scheint unter zwei falschen Namen zu operieren, der andere ist Lyle Gorse. Er ist in Neuseeland mit einem Paß auf diesen Namen eingereist.«

Der Botschafter verzog den Mund vor Widerwillen oder auch Unbehagen und richtete seine Krawatte. *Jetzt kommt des Pudels Kern*, dachte Ihaka.

Der Botschafter fuhr fort: »Unsere Leute in Bangkok und Washington arbeiten seit Anfang der Woche an dem Fall Funke. Sie sind der Meinung, daß er auf der Suche nach einem Drogenversteck ist. Unter den gegebenen Umständen und angesichts der Tatsache, daß er hier keinerlei Befugnisse und keine Schritte unternommen hat, um uns oder Ihre Behörden über seine Anwesenheit zu informieren, müssen wir annehmen, daß er kriminelle Absichten hat.«

Der Botschafter hielt inne und sah zum Minister, der nickte und wandte sich an Ihaka. »Detective Sergeant, ich nehme an, Sie haben vergangene Nacht keine Spur von Surface gefunden?«

Ihaka schüttelte den Kopf. »Er ist am Dienstagmorgen aus dem Regis Hotel ausgezogen und hat ein Taxi zum Interconti genommen, dort aber kein Zimmer unter dem Namen Surface oder einem anderen bezogen. Wir haben die Gäste überprüft, aber er war nicht dabei. Wir haben uns alle großen Hotels und die Autoverleiher vorgenommen – ohne Ergebnis. Wir sollten diesen anderen Namen sofort in Umlauf bringen.«

»Schon geschehen«, sagte der Assistent des Ministers. »Wir haben ihn heute morgen an Inspector McGrail weitergegeben.«

»Sergeant, haben Sie noch Fragen oder Bemerkungen zu dem, was wir vom Herrn Botschafter gehört haben?«

Ihaka bemühte sich nicht übermäßig, das Gesicht nicht zu verziehen. »Tja, ich denke, wir haben guten Grund anzunehmen, daß der Typ ein böser Bube ist. Sir, Sie haben gesagt, daß Ihre Jungs ihm seit Montag auf der Spur sind – also bevor er sich nach einer Kanone umgesehen hat. Wieso das?«

»Irgend jemand in der Botschaft in Bangkok scheint einen Anfall von Tatendrang gehabt zu haben«, sagte der Botschafter und schob einige beschriebene Blätter über den Tisch. »Das hier erklärt einiges, glaube ich.«

Es war eine Kopie des Berichts von Everton Sloan jun., der seine Untersuchungsergebnisse zusammenfaßte. Obwohl er sonst nicht so leicht aus der Ruhe zu bringen war, mußte Ihaka doch zweimal hinschauen und wirkte wie ein eifriger Kirchgänger, der in seiner Kirchenzeitung auf die Annonce einer Domina gestoßen war, als er die Namen Dale Varty und Duane Ricketts sah. Was ihn allerdings wirklich störte, war nicht das, was er las – sondern das, was er nicht lesen konnte.

Er sah den Botschafter an. »Gibt es vielleicht etwas von all den Sachen, die hier geschwärzt worden sind, das wir – ich meine, die Polizei – wissen sollten, bevor wir weitermachen?«

Der Botschafter seufzte und verzog das Gesicht. »Funke gehörte früher dem CIA an«, erwiderte er.

»Ah ja. Und als was?«

»Er war operativer Mitarbeiter.« Der Botschafter machte eine unbestimmte Geste. »Ein Agent vor Ort.«

Ihaka sah sich mit einem freundlichen, wenn auch leicht verwunderten Lächeln um. »Ist wohl das, was wir einfachen Leute einen professionellen Killer nennen?«

Der Minister griff ein. »Sergeant, der Botschafter ist sich des Ernstes der Situation wohl bewußt. Er hat schließlich Ihre Aufmerksamkeit darauf gelenkt.«

Ihakas Lächeln wurde zu einem dünnen, zynischen Grinsen. »Na wunderbar, dann kann er ja vielleicht auch die Verhaftung vornehmen?«

Das Gesicht des Ministers erstarrte. Der Mann vom Außenministerium räusperte sich ausgiebig und – dem Geräusch nach zu urteilen – mit Erfolg. Der Assistent des Botschafters sah Ihaka mit respektvoller Neugier an, so als ob dieser erklärt hätte, er würde sich gleich einer irrsinnig gefährlichen Aktivität widmen – so beispielsweise dem Nacktfechten. Der Botschafter selbst schien unbeeindruckt. Er strich sich nachdenklich über das Kinn, und als der Mann vom Außenministerium aufgehörte hatte, mit seinem Halsschleim zu gurgeln, sagte er: »Sergeant, wenn Sie darauf warten, daß ich mich freiwillig melde, dann sollten Sie es sich bequem machen und erst einmal einen Kaffee kommen lassen – denn ich würde auf einen Kerl wie den höchstens mit einem Panzer losgehen. Ihre Meinung läßt sich, wenn ich Sie richtig verstehe, offensichtlich wie folgt zusammenfassen: Uns ist der Kampfhahn aus dem Käfig geflattert, also sollen wir ihn doch auch bitte schön wieder dahin zurückbringen?«

Ihaka zog zustimmend die Brauen hoch. »Sagen wir so, Sir, ich bin nicht zur Polizei gegangen, um zu sehen, ob ich schneller ziehen kann als Onkel Sams böser Bube.«

»Das glauben ich Ihnen«, sagte der Botschafter mit einem unterdrückten Lächeln. »Sie haben es eher mit den Handschellen, nicht wahr?« Er stützte die Ellbogen auf den Tisch, faltete die Hände und blickte in die Runde, um zu sehen, ob alle ihm zuhörten. »Im Gegensatz zu dem Eindruck, den Sie vielleicht aus Filmen bekommen, dient die Mehrheit der Männer und Frauen in den Sicherheitsdiensten der Vereinigten Staaten von Amerika diszipliniert und aufopferungsvoll ihrem Land. Aber wir müssen den Tatsachen ins Auge sehen: Es gibt auch das eine oder andere schwarze Schaf, und hin und wieder gerät einer auf die schiefe Bahn. Wie viele Dinge, die wir lieber heute als morgen los wären, fing auch das während des Vietnamkrieges an. Was dort, vor allem in Laos, passiert ist, ist gut genug dokumentiert, so daß ich mich nicht darüber auslassen muß. Es gibt auch einige veröffentlichte Fälle abtrünniger Offiziere, die Waffen und andere Ausrüstungen für terroristische Organisationen und Länder wie Libyen schmuggelten. Aus Sicherheitsgründen kann ich Ihnen nicht mehr darüber sagen, aber soviel sollen Sie wissen: Wir haben ein System, mit dem wir auf solche Situationen reagieren können, wir haben Menschen, die sich mit Leuten vom Schlage Funkes befassen.

Einer von ihnen ist hierher unterwegs, während ich zu Ihnen spreche.«

Der Minister stand auf. »Vielen Dank, Herr Botschafter«, sagte er mit einem süßlichen Lächeln. »Im Namen meiner Regierung lassen Sie mich bitte wiederholen, wie sehr wir die unverzügliche und umfangreiche Hilfe der Vereinigten Staaten in dieser Angelegenheit zu schätzen wissen.« Sein Gesicht nahm einen völlig anderen Ausdruck an, und mit gleichgültiger Miene wandte er sich Ihaka zu: »Also, Sergeant, so lautet der Auftrag: Sie und Ihr Team finden diesen Typen, und der Spezialist aus Washington erledigt dann den Rest. Nur wenn es dazu kommen sollte, natürlich – ich hoffe, die Angelegenheit kann friedlich geregelt werden. Geoffrey hier wird Sie über den Rest informieren. Sie werden der Verbindungsoffizier sein. Ich verlasse mich darauf, daß ich auf vorbehaltlose Kooperation Ihrerseits zählen kann.«

Damit war Ihakas Teilnahme an der Besprechung unzweideutig beendet. Er stand auf und nickte dem Botschafter zu, der zurücknickte.

Auf dem Korridor erzählte der Assistent des Ministers Ihaka, daß der Spezialist gleich morgen früh aus Los Angeles in Auckland ankommen würde – Ihaka sollte ihn am Flughafen abholen.

»Na prima«, sagte Ihaka. »Muß ich einen schwarzen Anzug tragen und ein Schild hochhalten? Ist unsere neue Rolle – Ziele für Killer von außerhalb ausschnüffeln – denn mit McGrail abgesprochen worden?«

»Sergeant«, antwortete der Beamte verärgert, »der Polizeichef war gestern um Mitternacht im Büro des Ministers, um diese Sache zu besprechen. Auf dieser Ebene wurden die Entscheidungen getroffen, und Sie spielen jetzt Ihre kleine Rolle dabei, sie umzusetzen. Und an Ihrer Stelle würde ich mich darauf konzentrieren, daß das auch passiert.« Er ging ein paar Schritte, blieb dann stehen und sah noch einmal zu Ihaka. »Übrigens«, sagte er mit einem gehässigen Lächeln, »es ist kein Killer, sondern eine Killerin.«

- 15 -

Electra Crouch und ihr Freund Jake Latimer trafen sich zum Mittagessen in einem neuen Café in der Kitchener Street gegenüber der Kunstgalerie. Spiegelglas und Edelstahl dominierten die Innenausstattung des Cafés und verliehen ihm eine klinische High-Tech-Ausstrahlung – und die Atmosphäre eines Schlachthofs nach neuestem Stand der Technik. Jakes Blick wurde von der reflektierenden Oberfläche angezogen wie eine Ratte von einem Müllhaufen, und als die Kellnerin kam, warf er sich noch immer Blicke zu, als wollte er sich selbst fragen: »Und kommst du oft hierher?« Erst als er über den Tisch zu Electra blickte, um zu sehen, ob sie etwas bestellen wollte, bemerkte er, daß sie leise in ein Taschentuch weinte.

In den fast drei Monaten, die sie jetzt zusammen waren, hatte Jake Electra zweimal weinen sehen: das erste Mal, als der Plattenvertrag ins Wasser fiel, und das zweite Mal, als sie hörte, daß ihr Vater tot war. Der Plattenvertrag war natürlich ein Hammer gewesen, aber es hatte ihn doch überrascht, wie sie auf die Nachricht über ihren alten Herrn reagiert hatte, denn ihren spärlichen Äußerungen zu dem Thema hatte er entnommen, daß sie ihren Eltern ebensoviel Zuneigung entgegenbrachte wie er seinen – wenn Jake fünf Millionen Dollar im Lotto gewonnen hätte, hätte er seinen Eltern einen Gartenzwerg gekauft. Einen gebrauchten.

Jake verscheuchte die Kellnerin mit einer Kopfbewegung und fragte Electra, was denn los sei. Sie hörte auf zu weinen, wischte sich die Augen, schneuzte sich und trank fast ein ganzes Glas Mineralwasser aus. Dann erzählte sie von ihrer Begegnung mit Duane Ricketts am Morgen. Jake ging fast an die Decke und schlug so heftig auf den Tisch, daß das Besteck hochsprang. Er schwor, daß er dieses Schwein Ricketts finden und ihm seinen Schweinekopf einschlagen würde. Trotz ihrer geröteten Wangen und ihrer verweinten Augen konnte Electra seinem gespielten Wutausbruch einigermaßen kühl und unbeeindruckt zusehen.

»Bist du fertig?«

»Laß mich in Ruhe!« fuhr er sie an. »Warum sollte ich mir das Schwein nicht vornehmen?«

»Vornehmen? Weswegen? Er hat mir doch nichts getan.«

Jake schüttelte ungläubig den Kopf. »Und wozu dann das Geflenne?«

Electra stützte ihr Kinn auf die Hand und sah weg. »Einmal, weil's mich ankotzt, daß mein Vater, nach allem, was passiert ist, mich in Drogengeschichten reinziehen will. Und dann ... ich weiß nicht, wenn ich daran denke, daß er so gestorben ist und nichts weiter hatte als ein paar Beutel Koks.« Sie sah ihn trotzig an. »Sentimental, ich weiß, aber irgendwie schienen mir ein paar Tränen angebracht. Vergiß Ricketts – ich hab ihm gesagt, was ich von ihm halte. Mehr ist er nicht wert.«

Electra ging zur Toilette. Als sie wieder an den Tisch kam, versuchte sie immer noch all der Gedanken, Gefühle und Erinnerungen Herr zu werden, die Ricketts in ihr ausgelöst hatte. Ansonsten hätte sie möglicherweise den etwas zu beiläufigen Ton in Jakes Stimme wahrgenommen.

»Und dieser ganz besondere Ort, wo ist denn der, wenn man fragen darf?«

»Dales Traumhaus«, sagte sie mit einem bitteren Lachen. »In dem Sommer, als ich sechs wurde, kam Dad von Sydney rüber, und wir fuhren zum Zelten auf Koromandel – unser letzter Urlaub als Familie, wie sich herausstellen sollte. Ich denke, für ihn und Rayleen ging es damals um alles oder nichts – und es war dann eben nichts. Ihr hat damals der Strand gereicht, sie wollte nur in der Sonne liegen, schwimmen gehen und so – aber Dad hatte Hummeln im Hintern, hielt das Nichtstun nicht aus. Und bei seiner Haut, da reichte ein Tag in der Sonne, und er sah aus wie Cervelatwurst. Jedenfalls haben wir an einem Nachmittag einen Ausflug gemacht. Wir kamen schließlich zu diesem Ort, Manacle hieß er, nördlich von Whangapoua. Ein hübscher kleiner Ort mit einem tollen Strand, und direkt am Strand stand dieses Haus, unglaublich, ein richtiges Herrenhaus. Es war irgendwie komisch, wie es dastand, weißt du, wie im Film, wenn einer in der Wüste eine Fata Morgana hat, ein Schloß oder so was, mitten in der Einsamkeit. Irgendwie hatte es etwas davon.«

Electras Augen schweiften in eine unsichtbare Ferne. »Wir standen also da – wie die Touristen, weißt du? Glotzten hin, und dann kam dieser alte Mann, schon ganz zittrig, so alt, zur Auffahrt runter und begrüßte uns. Er trug Shorts und einen schlabbrigen alten Frotteehut. Dad sagte mir hinterher, daß er geglaubt hätte, das wäre der Gärtner, aber tatsächlich gehörte dem Typen das Haus. Dad und er fingen an, sich über das Haus zu unterhalten, ich hab natürlich nichts mitgekriegt, aber ich habe es später nachgelesen. Das Haus ist berühmt: Es wurde, in den 30ern glaube ich, von diesem verrückten englischen Millionär gebaut, der dann einfach verschwand und nie wieder gesehen wurde. Nach ihm haben sie's Swarbricks Palazzo genannt. – Der alte Mann fragte uns, ob wir uns umschauen wollten. Dad sagte, gerne, also machten wir die große Tour mit Führung. Es war umwerfend, diese tollen Teppiche und Antiquitäten überall, alles in diesem dunklen Holz, die Art Häuser, die man in den schicken Magazinen sieht – ›So leben die Reichen und Berühmten‹ und so was. Das Schlafzimmer hat Dad umgehauen. Es war so groß wie ein Tennisplatz, und drin stand ein riesiges Bett mit vier Säulen. Der Alte erlaubte Dad sogar, sich auf das Bett zu legen, um es auszuprobieren. Als wir gingen, beugte sich der Hausherr zu mir runter und sagte: ›Das kleine Mädchen würde vielleicht gern etwas Kaltes trinken, mal sehen, ob wir etwas finden.‹ Wir gingen in die Küche, und er gab mir eine Limonade und Pralinen aus einer Schachtel – ich glaube, sie waren aus Europa. Die Schachtel war noch fast voll, und er schenkte sie mir. Er sagte: ›Iß sie nicht alle auf einmal auf, Schätzchen, heb dir ein paar für einen Regentag auf.‹ – Auf dem Weg zum Zeltplatz sagte Dad – und das werde ich nie vergessen: ›Eines Tages werde ich dir dieses Haus kaufen, und weißt du was, Schatz? Du wirst deine Hochzeitsnacht in dem großen Bett verbringen.‹«

Electra sah Jake an. Der in die Ferne gerichtete Blick war verschwunden, und die schwarzen Augen waren glanzlos und hart wie Asphalt.

Er sagte: »Und was ist die Moral von der Geschichte? Mach keine Versprechen, die du nicht halten kannst.«

Sie nickte. »Vor allem nicht Sechsjährigen. Die glauben nämlich dran.«

»Tja, wenn es mit dem Drogendeal geklappt hätte – wer weiß? Ricketts meint also, daß dieser Spurdle getrickst hat, aber dein alter Herr mit dem Koks davongekommen ist. Und dann, so scheint es ja, zu dieser Villa gegangen ist. Ob das Haus noch steht?«

Electra zuckte mit den Schultern. »Soweit ich weiß. Ich hab was gelesen, daß sie ein Hotel draus gemacht haben.«

»Also muß er eingebrochen sein und den Koks irgendwo drin versteckt haben?«

Electra, die kein Interesse mehr an dem Thema hatte, nickte. »Wahrscheinlich – wahrscheinlich genau in dem großen alten Schlafzimmer, das ihm so gefallen hat.« Sie nahm die Speisekarte und las darin. »Eins ist jedenfalls sicher: Was besondere Orte anging, hatte ich nicht gerade die Qual der Wahl – denn das war der einzige.«

Die rückwärtige Veranda von Duane Ricketts' Haus in Mount Roskill hatte am Nachmittag Sonne – war also ein guter Ort, um sich nach einem Fehlschlag auszuruhen und wieder zu sammeln. Wenn sich beispielsweise ein Plan, von dem er sich die endgültige Befreiung aus der finanziellen Unsicherheit erhofft hatte, in Luft aufgelöst hatte, dann setzte er sich mit einem Buch und einem Bier in einen alten Sessel und döste schließlich ein.

Ricketts Tag hatte heute früh begonnen, so daß er das Kapitel über Bunkerschläge in Jack Nicklaus' Golffibel nur zur Hälfte und von der Flasche Steinlager auch nicht sehr viel mehr schaffte, bevor er einschlief. Er träumte.

Er war auf einem Ball – alles ganz fein, in Abendgarderobe. Auf der anderen Seite des Tanzparketts unterhielt sich Electra Crouch mit einem Mann, der mit dem Rücken zu ihm stand, so daß er sein Gesicht nicht sehen konnte. Electras Haar war anders, dunkler und natürlicher, es hüllte ihr ovales Gesicht ein, und sie hatte den Nasenring und die Ohrstecker abgelegt. Sie trug ein tief ausgeschnittenes Abendkleid in leuchtendem Türkis, das bis auf den Boden reichte. Ihr Begleiter wandte den Kopf und sah sich im Saal um. Es war ihr Vater, Dale Varty. Sein Haar war voller Pomade und in der Mitte gescheitelt, und er trug eine karminrote Schärpe.

Electra schien Ricketts Blicke zu spüren, denn sie drehte sich um und sah ihn an. Der Blick dauerte so lange, bis er schließlich nicht mehr mißzuverstehen war. Er ging durch den Saal, um sie zum Tanz aufzufordern. Noch bevor er etwas sagen konnte, lächelte sie ihn bezaubernd an und glitt in seine Arme. Wortlos tanzten sie und sahen einander in die Augen. Electra kam immer näher an ihn heran, bis sie schließlich von den Oberschenkeln bis zur Brust eng aneinander geschmiegt waren. Ihr Körper war geschmeidig, aber fest. Sie lehnte den Kopf zurück und öffnete leicht die Lippen; das Verlangen verschleierte ihren Blick. Als er sich nach vorn beugte, um sie zu küssen, klopfte ihm jemand auf die Schulter.

Er schaute sich um. Da stand Jumbo Adeyemi, zugleich exotisch und weltmännisch, mit weißem Zylinder und Frack, und wirbelte den Stock umher, mit dem er ihm auf die Schulter geklopft hatte. In der anderen Hand hatte er eine kleine Schachtel, die in Goldpapier verpackt war.

»Eine Kleinigkeit, um etwas Licht in dein trübseliges Leben zu bringen, Mann«, sagte Jumbo und reichte ihm die Schachtel. Ricketts öffnete sie. In der Schachtel lag eine eingerollte schwarze Zunge, aus deren abgeschnittenem Rand Blut in das Wattebett lief, in dem sie lag. Jumbo zwinkerte ihm zu und schenkte dann Electra ein strahlendes Lächeln.

»Verschwenden Sie Ihre Zeit nicht mit diesem weißen Jungen, Miss Electra«, sagte er zu ihr. »Sein kleines Zipfelchen paßt ja sogar durch den Ring, den Sie da an Ihrem kleinen Finger haben – und dann bleibt immer noch Luft.«

Electra nahm den Ring vom Finger und hielt ihn sich vors Gesicht. »Mein Gott«, sagte sie, »der muß ja so klein sein wie von einem Igel.«

»Zweifelsohne«, sagte Jumbo. »Ich hingegen, in gravierendem Unterschied dazu, bin gesegnet mit einem Gemächt so groß wie der Rüssel eines Elefantenbullen – weshalb man mich Jumbo nennt.« Er beugte sich, um ihr die Hand zu küssen. »Mein Wortschatz ist noch größer – wie wäre es mit einer Runde Scrabble?«

Electra lächelte kokett und nahm seinen Arm. »Das klingt unheimlich verlockend«, kicherte sie.

Als Jumbo und Electra Arm in Arm davonschlenderten, bemerkte Ricketts, daß es im Ballsaal ganz still geworden war: Die Musik hatte mitten im Walzer aufgehört zu spielen, die Feiernden hatten ihre Konversation unterbrochen und starrten ihn an. Dann, wie auf das Zeichen des Taktstocks eines unsichtbaren Chordirigenten, riefen sie einstimmig und mit ohrenbetäubender Lautstärke: »Ricketts, du Schwanzlutscher!«

Ricketts erwachte mit einem erleichterten Wimmern, das zu einem angstvollen Blöken wurde, als er Tito Ihakas verzerrtes Gesicht zehn Zentimeter vor seiner Nase sah. Ein paar schreckerfüllte Sekunden lang dachte er, der Polizist würde ihm wie ein Pitbullterrier ins Gesicht beißen. Statt dessen richtete sich Ihaka langsam auf, wobei er Ricketts jedoch immer noch so ansah, als überlegte er sich, wo ein Biß den meisten Schaden anrichten würde.

»Die Nachbarn sind Betbrüder«, sagte Ricketts, noch ein wenig zittrig. »Die sind nicht gerade scharf auf diese Art Gespräch.«

»Scheiß auf die Nachbarn«, erwiderte Ihaka knapp.

Ricketts bemerkte, daß Ihaka, gemessen an seinem normalen Aufzug, förmlich gekleidet war. »Hübscher Schlips«, sagte er. »Hundert Prozent Polyester?«

Obwohl Ricketts es nicht für möglich gehalten hätte, wurde Ihakas Gesichtsausdruck noch um einige Grade bösartiger. Er drehte sich auf dem Absatz um und stürmte ins Haus. Als er wiederkam, schaute der Hals einer Bierflasche aus seiner fleischigen Faust hervor; er lehnte sich an die Hauswand und starrte wütend auf Ricketts hinunter, der noch im Sessel saß.

»Wo ist der Koks, Ricketts?«

Ricketts hatte schon begriffen, daß es sich nicht um einen Privatbesuch handelte, aber die Frage überraschte ihn dennoch. Selbst als ihm ganz automatisch die Frage »Welcher Koks« über die Lippen kam, merkte er, daß sein Gesicht ihn verriet.

Ihaka ließ das Bier seine Kehle hinunterrinnen. »Der Koks, von dem dir Varty drüben in Bangkok erzählt hat. Ist er hier?«

Ricketts schüttelte den Kopf. »Also ich weiß wirklich nicht, wovon Sie reden.«

Ihaka nickte – ganz so, als ob das Gespräch den von ihm erwarteten Verlauf nähme. »Ich sage dir was: Ich nehme mir noch ein Bier, und ich werde mir Zeit damit lassen. Inzwischen holst du den Koks raus und packst ihn in mein Auto, das vor der Tür steht. Dann verpiß ich mich, und wir vergessen das Thema. Und damit eins klar ist: Das ist der einzige, aber wirklich einzige Gefallen, den ich dir je tun werde. Noch so ein Ding, und du bist so schnell weg von der Bühne, daß du nicht mal zwinkern kannst.«

Ihaka ging ins Haus. Ricketts blieb sitzen. Als Ihaka zurückkam, verfinsterte sich seine Miene wieder.

»Okay, du Arschloch, du hast deine Chance gehabt…«

»Gar nichts hab ich gehabt.«

Ihaka kniff die Augen zusammen. »Also gut, wo ist es?«

»Ich weiß es nicht.«

Als Ihaka anfing, ihn zu beschimpfen, unterbrach Ricketts ihn erneut: »Varty hat's mir nicht gesagt. Er hat nur gesagt, geh zu Clegg.«

»Clegg? Und was sollte der dann machen, he?«

»Mir sagen, wo es ist, schätze ich.«

Einen Augenblick musterte Ihaka Ricketts nachdenklich. »Damit wird die Ermittlung im Fall Clegg abgehen wie eine Rakete – ist dir das klar?« Ricketts zuckte mit den Schultern. »Ich meine«, fuhr Ihaka fort, »wenn du Scheiße erzählst, dann komme ich wieder und mach Fischpaste aus deinen Eiern.«

Ricketts zuckte erneut mit den Schultern.

»Ich fahr dann wieder.« Ihaka ging die Verandatreppe hinunter und sah sich noch einmal um. »Du hast die Ruhe weg, Ricketts, das muß ich dir lassen. Wenn ich wüßte, daß jeden Augenblick ein Profikiller vor meiner Tür stehen könnte, dann würde ich kaum auf der Veranda sitzen und feuchte Träume haben.«

Ricketts rief ihm noch nach, was er denn damit meinte, aber Ihaka ging zu seinem Auto, ohne sich umzusehen, und fuhr davon.

Wieder im Polizeirevier Auckland Central, machte sich Ihaka sofort auf den Weg zu Detective Inspector Finbar McGrail.

»Ah, da sind Sie ja, Sergeant«, sagte McGrail, der gerade in einer Akte las, und sah auf. »Ich habe gehört, Sie haben sich heute vormittag selbst übertroffen.«

»Ach ja?« erwiderte Ihaka zurückhaltend und dachte: *Jetzt kommt's*.

»Der Sekretär des Ministers hat gesagt, der amerikanische Botschafter hätte Sie – ich zitiere – ›erfrischend‹ gefunden.«

Ihaka schaffte es, sowohl überrascht als auch ein wenig erleichtert auszusehen. »Ja, er scheint ein ganz anständiger Kerl zu sein – wozu ja in dieser Gesellschaft nicht allzuviel gehört. Sie haben mitbekommen, was ansteht?«

»Das habe ich in der Tat. Außergewöhnliche Maßnahmen, aber wir müssen wohl damit leben.«

»Ist ja nichts Neues, oder?« Die Vorsicht verschwand aus Ihakas Blick. Er versuchte – kurz und ohne Erfolg – eine selbstzufriedene Miene aufzusetzen. »Aber ganz für 'n Arsch war der Tag trotzdem nicht – ich glaube, ich weiß jetzt, warum Clegg umgebracht wurde.«

Gespannt spitzte McGrail die Lippen. »Lassen Sie mich eine gewagte Vermutung äußern: Hat es etwas mit einer Lieferung Kokain zu tun, die Dale Varty 1983 von Australien herübergebracht hat?«

Ihaka schob die Hände in die Hosentaschen. »Haben Sie nicht gesagt, bei der Besprechung würde sowieso nichts herauskommen?« fragte er vorwurfsvoll.

»Oh, so war es auch«, erwiderte McGrail kühl. »Sergeant, warum machen Sie nicht die Tür zu und nehmen Platz?«

Als Ihaka sich gesetzt hatte, zog McGrail eine Schublade auf und holte eine Kassette hervor.

»Heute vormittag hat mich einer der Partner von Trubshaw Trimble, Cleggs Anwaltskanzlei, angerufen. Er fragte mich, ob er auf ein kurzes Gespräch vorbeikommen könnte – darüber.« McGrail deutete auf die Kassette. Er steckte sie in den Recorder auf seinem Schreibtisch und drückte eine Taste.

Eine Stimme, die Ihaka nicht kannte, sagte: »Montag, 17. Oktober 1983, Aufzeichnung des Gesprächs mit dem Mandanten Al Grills über Anklage wegen Hehlerei.«

McGrail hielt das Band an.

»Das ist Clegg. Der Mann, der zu mir kam, ist sein Nachlaßverwalter. Als er Cleggs Akten durchging – sicher auch als Partner von Trubshaw Trimble, um irgendwelche faulen Eier zu suchen, die er vielleicht noch in petto hatte –, fand er einen Schlüssel für ein Bankschließfach. Und darin war die Kassette.« Instinktiv ahnte der Inspector, was Ihaka durch den Kopf ging und fügte hinzu: »Nein, Sergeant, er hat mir nicht gesagt, was noch in dem Schließfach war, und unter den gegebenen Umständen hätte ich es auch für unangemessen gehalten, danach zu fragen.«

Ihaka brachte ein höfliches Lächeln zustande. »Aber sicher.«

McGrail spulte die Kassette an die Stelle vor, die er suchte. »Jetzt kommt's«, sagte er. Ihaka konnte sein Interesse nicht verbergen, setzte sich auf und reckte den Hals vor.

Ein Telefon klingelte. Clegg sagte: »Clegg… ja… sofort? Ich

bin gerade mit einem Mandanten ... wie lange wird es ... ein paar Minuten? Okay, ich bin in einer Sekunde da.« Er legte auf. »Al, tut mir leid, ich muß schnell mal nach oben zu meinem Seniorpartner. Es dauert nicht lange, soll Cath Ihnen noch einen Kaffee bringen?«

Eine andere Stimme, offensichtlich die von Grills, sagte: »Nein, lassen Sie nur.«

»Okay, ich bin in einer Minute zurück.«

Eine Tür ging auf und dann wieder zu. Ein Telefonhörer wurde abgenommen, und jemand wählte eine Nummer. Dann war Grills zu hören: »Ja, ich bin's ... Hast du was von Varty gehört? Scheiße, was ist los?... okay, okay ... warte, ich hole mir einen Stift ... okay, wie war das noch mal?... Otama Beach, Donnerstagnacht? Okay ... darauf kannst du wetten ... ja, dem werd ich's schon besorgen ... ja, was du vorher gesagt hast, du wirst so 'ne Scheiße nicht mehr machen ... ja, aber ehrlich mal, er wird nicht kehrtmachen und sich nach Australien absetzen ... ja ... ja, hab ich heute morgen abgeholt, 'ne abgesägte 22er ...« – Grills lachte – »kann er sich nicht beklagen ... ja, zusammen mit Terry Clark und denen, hat Glück, daß er's so lange gemacht hat ... und ich bring den Stoff direkt zu dir?... Ja ... zehn Kilo, richtig?... Super ... okay, ich leg lieber auf, Clegg kann jeden Augen ... ja, bis dann.«

Mit einem Tastendruck schaltete McGrail das Gerät ab. »Und, was sagt Ihnen das, Sergeant?«

»Varty hat einen Deal mit dem gemacht, mit dem Grills redet, aber sein Partner hat beschlossen, ihn zu linken. Und in dem Anruf wurden die Details geklärt. Nur hat Grills die Sache total vermasselt, stimmt's?«

McGrail öffnete den Ordner auf seinem Schreibtisch. »Die Leiche von Grills wurde an der Straße gefunden, die am Strand von Otama entlangführt, und zwar am Freitag, den 21. Oktober. Er starb an schweren Kopfverletzungen durch einen einzelnen Schlag mit einer Schaufel. Die Mordwaffe gehörte dem Besitzer eines der Strandhäuser in der Nähe des Fundorts der Leiche. Niemand hielt sich zu dieser Zeit dort auf, die Schaufel hatte unter der Hintertreppe gelegen, wo jeder sie wegnehmen konnte.«

Ihaka schnippte laut mit den Fingern und sprang auf. »Clegg muß Varty gewarnt haben. Als er das Band gehört hatte, hat er sich mit Varty in Verbindung gesetzt und ihm gesagt, was da ablief.« Er lehnte sich zurück und schloß die Augen. »Grills geht in die Startlöcher, um Varty wegzupusten, aber bevor er dazu kommt, schleicht sich Varty an ihn ran und haut ihm eins über die Rübe – wahrscheinlich wollte er ihn nicht mal umbringen. Als er sieht, daß der Kerl tot ist, denkt er, mein Gott, ich muß hier weg, lädt den Stoff irgendwo ab und verpißt sich.«

McGrail nickte. »Klingt logisch.«

»Darauf können Sie wetten. Ich habe gerade mit diesem verlogenen Mistkerl Ricketts gesprochen. Wissen Sie, warum er wirklich an dem Tag bei Clegg war? Weil Varty ihm erzählt hatte, daß Clegg wüßte, wo der Koks ist. Varty muß ihn an dem Deal beteiligt haben, um sich zu revanchieren. Als Varty sich dann dünnmachte, haben sie wahrscheinlich vereinbart, den Stoff dazulassen, wo er war, bis er zurückkam. Man könnte also sagen, daß damit Leith Grills – als Bruder – ein Motiv hätte, um Clegg zu töten. Apropos Leith – wissen Sie, daß er neuerdings für Bryce Spurdle arbeitet?«

»Den Drogenhändler – angeblich im Ruhestand?« McGrail blätterte durch seine Unterlagen. »Er wird hier als Partner sowohl von Al Grills als auch von Varty geführt. Vielleicht spricht Grills ja am Telefon mit Spurdle.«

»Könnte sein«, sagte Ihaka. »Sagen wir so: Es ist wahrscheinlicher, daß Spurdle Leith dafür bezahlt, daß er ihm hilft, an den Koks zu kommen, als dafür, seine Madame loszuwerden.«

»Wie bitte?

»Ich habe Ihnen doch von Spurdles Frau erzählt, die sich in den Kopf gesetzt hat, daß er Leith angeheuert hat, um sie umzulegen, oder etwa nicht?«

McGrail, dem selbst seine erbittertsten Feinde zugestehen mußten, daß er ein Gedächtnis hatte wie Alcatraz – was einmal drin war, kam nur selten wieder raus –, drehte den Kopf langsam von links nach rechts und dann wieder zurück. »Negativ, Sergeant. Welchen Grund hätte Spurdle denn?«

»Ach, sie glaubt, er hat rausbekommen, daß sie's mit ihrem Fitneßtrainer treibt.«

»Na ja, wenn er's rausbekommen hat, dann ist vielleicht etwas dran. Männer haben ihre Frauen bekanntlich ja auch schon wegen weniger umgebracht.«

»Männer haben ihre Frauen bekanntlich ja auch schon umgebracht, weil sie den Hund zu oft getätschelt haben, aber wir reden hier von Spurdle. Vielleicht, wenn sie ihre Hengste mit seiner Kreditkarte mieten würde, aber sonst doch nicht. Und eins kann ich Ihnen sagen, diese Frau braucht nicht dafür zu bezahlen – die würde sogar im Vatikan was zum Bumsen finden.«

McGrail rieb sich nachdenklich das Kinn. »Verstehe. Aber jetzt sagen Sie mir doch mal, Sergeant, worüber haben Sie eigentlich mit dem amerikanischen Botschafter gesprochen?«

- 16 -

Im Haus Spurdle herrschte eine gespannte Atmosphäre. Aus Gründen, die Bryce Spurdle unerfindlich blieben, war seine Frau Jody seit einigen Tagen schlecht gelaunt. Sie reagierte gereizt und bissig, wenn er nur den Mund aufmachte, und als er sie fragte, ob sie vielleicht ihre Tage hätte – unter den gegebenen Umständen eine nur zu berechtigte Frage –, war sie in die Luft gegangen und hatte sich geweigert, das Abendessen zu machen. Diskrete Überwachung der Tamponpackung in ihrem Badezimmer hatte ergeben, daß dieser Grund nicht in Frage kam – Gott allein wußte, welche Laus ihr über die Leber gelaufen war, der kleinen Kratzbürste.

Das war am Montagabend gewesen. Spurdle hatte schließlich

tiefgekühlte Hamburger gegessen, die – so vermutete er nach dem Essen – etwas länger in der Mikrowelle hätten aufgetaut werden sollen. Als er dann im Bett lag, schreckte er bei jedem Glucksen unter der Bettdecke hoch – in Erwartung der furchtbaren Leibschmerzen, die häufig mit Lebensmittelvergiftungen einhergehen. Glücklicherweise stellte sich jedoch heraus, daß dies nur die Vorboten besonders ausgeprägter nächtlicher Winde waren, die ihm in glücklicheren Zeiten viel unschuldiges Vergnügen bereitet hatten.

Am Dienstagabend, nach einer Flasche ausgezeichneten australischen Rotweins und einem großen Cointreau mit Eis, faßte er sich ein Herz und schlug vor, sie könne doch vielleicht ein paar ausgesuchte Stücke aus ihrem Wäscheschrank anlegen und sich auf das große Bett werfen, bis er mit seiner prallen Männlichkeit über sie kommen würde. Jody hatte sich von seinem Liebesgeflüster nicht beeindrucken lassen, ihn einen »Suffkopf« genannt, gedroht, daß sie sich übergeben würde, wenn er ihr zu nahe käme, und daß er ungefähr so prall wäre wie die schlaffe Möhre, die seit Wochen in der hintersten Ecke des Kühlschranks vor sich hinschrumpelte. Dann hatte sie ihren Morgenmantel aus dem Kleiderschrank genommen und war ins Gästezimmer geflohen.

Angehitzt vom Alkohol und ungestillter Lust, fand Spurdle die zweite Nacht hintereinander keinen Schlaf. Er wälzte sich in dem großen Bett hin und her wie ein Fisch auf dem Trockenen und quälte sich mit bitteren Gedanken. Verdammt, er stellte doch nun wirklich keine überzogenen Ansprüche – höchstens alle zwei Wochen verlangte er sein Recht. Am Anfang, ja, da hatte sie sich nur zu gern hingelegt und an ihre Kreditkarten gedacht. Damals war er mehr geritten als Lester Piggott, der Vollblutchampion. Aber das war, bevor sie alles mit Brief und Siegel hatte. Jetzt, wo sie im Trockenen saß und alle Freiheiten hatte, da war ihr ein Fick in zwei Wochen schon zuviel.

Auch am Mittwochabend dann ein Schuß in den Ofen. Er hatte sich schon die Finger danach geleckt, endlich an Vartys Kokainladung zu kommen, aber auch diese Seifenblase war geplatzt. Er hatte Grills losgeschickt, um Vartys Exfrau einzuheizen – eine einfache Sache für jemanden, der so bösartig und häßlich war wie er, sollte man meinen. Aber es kam ganz anders: Grills war angeschlichen gekommen, mit rotem Gesicht und völlig fertig, und hatte etwas von einem zu kurz geratenen Amerikaner erzählt, der ihn angefallen und ihm eine Pistole ins Gesicht gehalten hatte. Dann hatte sich das Arschloch auf die Hinterbeine gestellt und sich doch glatt geweigert, die Sache noch einmal anzugehen, wenn er nicht auch ein Schießeisen hätte. Er war drauf und dran, nach Pukekohe zu fahren, um sich von einem Typen, den er kannte, eine Schrotflinte zu besorgen. Spurdle hatte ihn ganz schnell zurückgepfiffen: Einen Batzen Drogen auszubuddeln, der schon lang in Vergessenheit geraten war – die Übung war der Mühe wert, solange alles schön ruhig abgewickelt werden konnte, ohne Aufmerksamkeit zu erregen, schon gar nicht die der blauen Jungs. Aber ein aufgeheizter Leith Grills, der mit einer Schrotflinte herumfuchtelte – so stellte sich Spurdle eine geheime Aktion nicht vor.

Am Donnerstagmorgen fuhr Spurdle in die Stadt und frühstückte im Sierra Café. Er nahm seine Golfschläger mit und machte auf dem Rückweg am Übungsplatz in Northcote halt, wo er wild auf Golfbälle einschlug, bis sein Ärger verraucht war.

Er kam kurz vor ein Uhr nach Hause zurück und war angenehm überrascht, daß die Feindseligkeiten vorübergehend zu ruhen schienen. Jody war in entspannter Stimmung, stand in der Küche und machte das Mittagessen. Nach gegrilltem Thunfisch, einigen Gläsern Chardonnay und ein wenig Konversation ganz ohne Gereiztheit fühlte sich Spurdle schon weniger uneins mit der Welt. Selbst der Anruf, den er entgegennahm, machte ihm nichts aus.

»Ist dort Bryce Spurdle?«

Am anderen Ende war ein Mann; die Stimme war ihm völlig unbekannt. Sie klang jung, wem immer sie auch gehörte.

»Wer spricht da?«

»Sie sind der einzige Spurdle, dessen Vorname mit B anfängt; die Frage ist nur, sind Sie der B. Spurdle, der vor ein paar Jahren, sagen wir, ein Geschäft mit Dale Varty gemacht hat, das nicht ganz glattlief?«

Wer ist dieses Arschloch? dachte Spurdle.

»Wenn Sie es sind, dann habe ich gute Nachrichten für Sie. Ich habe die Ware ausfindig gemacht. Das Zeug kam aus dem Ausland und ging verloren, stimmt's? Ich weiß, wo es ist.«

Spurdle schwieg und fragte sich, ob das ein abgekartetes Spiel war oder ob ihn vielleicht jemand verarschen wollte.

»Sind Sie noch dran?« fragte der Anrufer. »Lebt noch jemand auf dem Planeten Spurdle?«

»Ich höre zu«, antwortete Spurdle.

»Okay, ich nehme an, das bedeutet, Sie sind derjenige. Wie schon gesagt, ich weiß, wo der Stoff ist, und dachte, daß sie vielleicht an dieser Information interessiert sind.«

»Vielleicht.«

»Verstehe ... und vielleicht regnet es morgen. Wie wär's, wenn wir uns treffen, um darüber zu reden?«

Spurdle sah auf die Uhr. »Kennen Sie das Sierra Café in Ponsonby Road?«

»Aber sicher.«

»Ich warte dort in einer Stunde auf Sie.«

»In einer Stunde ist gut. Da haben Sie genug Zeit, Ihr Bankkonto aufzufüllen.«

Spurdle nahm diesmal den Porsche, aber auf der Autobahn blieb er hinter einem Polizeiwagen hängen, der mit korrekter Geschwindigkeit vor ihm herfuhr. Mit fast zehn Minuten Verspätung parkte er vor dem Sierra. Ein langhaariger Typ, Anfang 20, mit dunkler Brille und schwarzer Lederjacke saß allein an einem der Tische vor dem Café. Als Spurdle auf den Eingang zuging, nahm der Langhaarige die Brille ab und sagte: »Hey, Bryce, spät dran, Alter.«

Spurdle starrte ihn an. »Kein ›Hey‹, kein ›Bryce‹ und kein ›Alter‹.« Er setzte sich. »Wer bist du denn, mein Junge?«

Jake Latimer lächelte. »Ich möchte lieber anonym bleiben.«

»Ach ja?« sagte Spurdle und zog die Augenbrauen hoch. Er lehnte sich nach vorn und senkte die Stimme: »Jetzt will ich dir mal sagen, wie wir das machen. Zunächst mal mußt du mich soweit bringen, daß ich überhaupt von dir und irgend etwas, was du sagst, Notiz nehme. Wenn du das schaffst, dann können wir zum nächsten Schritt übergehen. Wenn wir ins Verhandlungsstadium kommen, dann wirst du mir deinen Namen sagen und wo ich dich finden kann – ansonsten vergiß es. Verstehst du, du willst Informationen verkaufen, mein Freund, und Informationen sind nur etwas wert, wenn sie koscher sind. Und weil du so raffiniert bist, wirst du natürlich gleich Geld haben wollen, stimmt's? Ansonsten würdest du ja nicht am längeren Hebel sitzen. Aber siehst du auch das Problem? Ob das, wofür ich bezahlt habe, überhaupt etwas wert ist, kriege ich ja erst heraus, wenn ich mit der Knete rübergekommen bin. Also wirst du dich ausweisen, denn wenn ich für Informationen bezahle, die nichts wert sind, dann kann ich jemanden zu dir schicken, der mein Geld zurückholt – und dir dabei gleich noch eine Brechstange so weit in den Arsch schiebt, daß du glaubst, du wirst von vorn und von hinten gefickt. Wobei das ja wahrscheinlich nichts Neues für dich ist.«

Latimer lachte, ein bißchen verunsichert. »Hey, das ist cool. Okay, hab verstanden.«

»Na toll. Also, dann laß mal hören, Sonnyboy.«

Latimer gab Spurdle einen kurzen Bericht über die Ereignisse vom Oktober 1983 – wobei er eine Schuldzuweisung für das Mißlingen des Unternehmens umgehen konnte – und Vartys Tod im Gefängnis von Bombat.

»Ja und?« fragte Spurdle fordernd. »Das beweist doch nur, daß du lesen kannst.«

»Was soll ich Ihnen denn noch erzählen, außer, wo der Stoff ist?« fragte Latimer unleidlich.

»Vielleicht erklärst du mir ja erst mal, wie du's herausgefunden hast?«

Latimer holte tief Luft und sagte: »Ein Typ, den ich kenne, war mit Varty drüben in Thailand im Gefängnis. Varty hat ihm von dem Deal erzählt und wie er den Koks versteckt hat. Er hat ihm nicht gesagt, wo, aber er hat ihm ein paar Tips gegeben. Und ich hab dann noch die Sachen hinzugefügt, die ich von jemandem erfahren habe, der Varty sehr nahestand.«

»Das klingt alles ein bißchen sehr vage.«

»Verdammt, ich kann Ihnen sagen, in welchem Zimmer, in welchem Gebäude und in welcher Stadt. Was wollen Sie denn noch?«

»Hast du den Stoff selber gesehen?«

»Na, kommen Sie – würde ich dann noch hiersitzen? Ich habe selbst erst vor ein paar Stunden rausgekriegt, wo er ist.«

»Wer weiß es noch?«

»Nur noch eine andere Person, aber glauben Sie mir, die will nichts damit zu tun haben.«

»Wie weit weg von Auckland?«

Latimer zuckte mit den Schultern. »Schon ein Stück zu fahren.«

»Koromandel?«

»Hey!« sagte Latimer und hielt die Hände hoch. Vorsichtig lächelnd sah er Spurdle an. »Nicht schlecht.«

Der ältere Mann erwiderte das Lächeln nicht. *Entweder dieser Typ ist ein wirklich guter Schauspieler,* dachte Spurdle, *oder aber er glaubt, er weiß wirklich, wo der Koks ist.*

»Okay, sagen wir, ich glaube dir. Wieviel?«

Latimer grinste unsicher und räusperte sich. »Fünfzig Riesen.«

Jetzt lächelte Spurdle. Es war ein nachsichtiges, fast liebevolles Lächeln. »Da habe ich mich eben verhört, oder?«

»Herrgott, da ist ein Riesenhaufen...«

»Dann nichts wie los, hol ihn dir. Gehört alles dir. Du mußt natürlich ein paar Risiken einkalkulieren: Du mußt Käufer finden, dich mit jeder Menge mieser Kreaturen einlassen und wirst dir die ganze Zeit in die Hosen machen, weil sie dich vielleicht umlegen wollen oder getarnte Bullen sind. Und sobald sich rumgesprochen hat, daß du auf einer großen Lieferung sitzt, werden ein paar knallharte Burschen in der Stadt auftauchen, um sie dir abzunehmen.«

»Okay, okay. Also, warum machen Sie mir dann nicht ein Angebot?«

Spurdle griff sich an die Nase und tat so, als ob er im Kopf komplizierte Berechnungen ausführte. »Fünf Riesen.«

»Mann, jetzt bleiben Sie aber auf dem Teppich, das ist ja eine Beleidigung.«

Sieben Minuten später hatten sie sich auf 12 500 Dollar in bar geeinigt. Latimer wartete im Sierra, während Spurdle zu einer Bank ging und das Geld abhob. Unterwegs rief Spurdle Leith Grills von seinem Handy aus an und sagte ihm, er solle sein Auto auftanken, denn er würde ein Stück fahren müssen.

Rayleen Crouch hatte ihre professionelle Miene aufgesetzt, nickte gelegentlich und sagte in regelmäßigen Abständen »Ja«, »Tatsächlich?« und »Aha«. Obwohl sie den Eindruck besorgten Interesses erweckte, hörte sie nur mit einem Ohr zu. Das war eine Leistung, denn die meisten Menschen wären entweder fasziniert oder schockiert gewesen – manchen wäre vielleicht sogar richtig übel geworden.

Sie hatte eine Therapiesitzung mit Jon, einem ihrer Schützlinge. Jon war ein 22jähriger Heroinabhängiger mit modisch heruntergekommenem Äußeren und einem Adamsapfel, der so weit vorstand, als hätte er ein großes Vorhängeschloß verschluckt – was gut sein konnte, denn er hatte die Angewohnheit, Metallgegenstände zu verschlucken. Es war Rayleen nicht im geringsten klar, wieso Jon Messer, Gabeln, Löffel und andere, noch schwerer verdauliche Dinge aus Metall verschluckte. Ein Psychiater hatte ihr gesagt, Jon wäre von Todessehnsucht besessen – wahrscheinlich die am wenigsten einleuchtende Erklärung, die sie je gehört hatte. Nachdem sie den Psychiater darüber in Kenntnis gesetzt hatte, daß man das wohl von vielen, wenn nicht den meisten Menschen sagen konnte, denen man als Sozialarbeiter begegnete, wies sie ihn noch darauf hin, daß es nicht einmal eine logische Erklärung wäre – wenn man berücksichtigte, daß Jon den Inhalt der Besteckschublade eines durchschnittlichen Haushaltes verschluckt hatte, ohne sich damit umzubringen. Sie glaubte eher, daß es, wie bei den meisten bizarren Dingen, die ihre Schützlinge taten, zur Hälfte Exhibitionismus und zur anderen Hälfte ein Hilfeschrei war.

Diesmal jedoch setzte sich Jon mit Anekdoten aus dem Straßenleben als Drogensüchtiger in Szene. Die Hauptsache schien zu sein, daß man sich gegen ein angemessenes Honorar auf sadomasochistische Praktiken mit Homosexuellen einließ. Unter normalen Umständen hätte Rayleen Crouch dies beruflich interessiert, denn es war einer der wenigen Zweige vom Durchschnitt abweichenden Verhaltens, mit denen sie noch nicht vertraut war. An diesem Nachmittag jedoch konnten nicht einmal Jons düstere Berichte über Amylnitrid, Sodomie und Auspeitschungen ihre Aufmerksamkeit fesseln. Ihre Gedanken kreisten ständig um die Ereignisse der letzten Nacht: wie erst dieser furchteinflößende Leith Grills in ihr Haus eingedrungen war und ihn dann dieser amerikanische Drogenfahnder verjagte, der höflich und doch auch ziemlich unheimlich gewesen war.

Wie Grills hatte auch Funke über ihren toten Exmann und seine Drogen sprechen wollen, aber die Kombination aus Schock und Chivas Regal machte es ihr unmöglich, auch nur über das Wetter zu schwatzen. Aus Angst, Grills könnte zurückkommen, bat sie Funke, sie zu einer Freundin in Epsom zu fahren, wo sie dann übernachtet hatte.

Jon schaffte es schließlich doch noch, Rayleens Aufmerksamkeit zu gewinnen – aber da war es schon zu spät. Er hatte gerade angefangen, über bekannte Ducklander zu erzählen, für die Ausscheidungsvorgänge einen wichtigen Teil sexueller Handlungen darstellten, als sie sich erinnerte, daß Funke um fünf bei ihr zu Hause vorbeikommen wollte. Sie entschuldigte sich und ging.

Funke war bereits da und saß hinter dem Lenkrad des dunkelgrauen Fiat Tipo, mit dem er sie vergangene Nacht zu ihrer Freundin gebracht hatte. Sie gingen ins Haus, und sie machte einen Kaffee, während er seinen Auftrag erklärte: Lokalisierung und Vernichtung des Kokains, von dem Dale Varty erzählte hatte – wobei er wertvollen Atem verschwendet hatte, den er noch hätte brauchen können.

»Hinter dem war auch der Schlägertyp gestern abend her«, sagte Rayleen. »Er steckt mit Dales Partner von damals unter einer Decke.«

»Wissen Sie vielleicht, wer das war?«

Sie schüttelte den Kopf. »Ich könnte nur raten – aber Dale war damals dick befreundet mit einem windigen Typen namens Bryce Spurdle.«

Funke nickte. »Tja Ma'am, es überrascht mich überhaupt nicht, daß sich die Unterwelt interessiert zeigt«, sagte er. »Es geht hier um eine erhebliche Menge Kokain, Sie werden also verstehen, daß wir auf jeden Fall eher dran sein müssen als die Leute vom Schlage Ihres nächtlichen Besuchers.«

»Tut mir leid, Mr. Funke, aber ...«

»Nennen Sie mich Buddy, Ma'am.«

»Buddy, es tut mir leid, aber ich habe keine Ahnung, wo Dale es versteckt hat. Wir hatten uns damals schon getrennt. Ich hatte überhaupt keine Verbindung mehr zu ihm.«

Funke seufzte. »Ma'am, es tut mir leid, daß ich darüber sprechen muß, aber als Mr. Varty Ricketts von dem Kokain erzählte, erwähnte er eine Tochter – sie wäre dann ja auch Ihre Tochter, nehme ich an?«

»Electra?« schrie sie auf. »Was hat sie damit zu tun?«

»Die Person, die das Gespräch mitgehört hat, sagte, daß Mr. Varty Ricketts bat, sie aufzusuchen. Unser Informant hatte den Eindruck, daß Ihre Tochter ihm den Weg zu den Drogen zeigen könnte.«

Rayleen Crouch schüttelte mit Nachdruck den Kopf. »Das ist

absurd. Ich meine, Electra ist jetzt gerade mal 18. Sie kann nicht älter als sechs gewesen sein, als sie Dale das letzte Mal zu sehen bekam.«

Funke zuckte mit den Schultern. »Ja, es ist schon komisch, aber unser Informant hat gehört, wie Mr. Varty das gesagt hat. Was mir Sorge macht, ist, daß dieser Ricketts, der auch nicht gerade ein Musterknabe ist, versuchen wird, mit Ihrem kleinen Liebling Kontakt aufzunehmen.«

Rayleen dachte den Bruchteil einer Sekunde über diese Äußerung nach, machte einen Satz zum Telefon und rief ihre Tochter an.

»Electra? Hier ist Rayleen.«

»Hallo!«

»Alles in Ordnung, Schatz?«

»Ja, alles klar. Wieso fragst du?«

»Hast du irgend etwas von einem Mann namens Ricketts gehört oder gesehen?«

»Bist du Hellseherin oder so was? Der Typ hat mich heute morgen auf dem Weg zur Uni aufgehalten …«

»Liebes, du bleibst, wo du bist und rührst dich nicht vom Fleck, okay? Versprichst du mir das?«

»Ja, ich geh nirgendwohin, aber willst du mir nicht vielleicht sagen, was das soll …?«

»Ich bin in fünf Minuten da.«

Funke fuhr Rayleen nach Datchet Terrace hinüber, wo Electra für sie eine Kanne Kräutertee machte und ihnen von Ricketts erzählte, was er von ihr gewollt hatte und wie sie ihn hatte abblitzen lassen.

Dann erzählte sie ihnen alles über das Haus in Manacle, wo der alte Mann ihr eine fast volle Pralinenschachtel geschenkt hatte. Nur von einem erzählte sie nicht – von dem Versprechen, das ihr Vater ihr auf dem Rückweg zum Zeltplatz gegeben hatte.

Als sie fertig war, schaute Funke von Electra zu Rayleen und sagte: »Eine patente junge Frau, das muß ich sagen. Wenn mehr junge Leute ihre Einstellung zu Drogen hätten, dann wäre ich bald arbeitslos. Sagen Sie, Sie wissen nicht zufällig, wo ich eine Autokarte bekommen kann?«

- 17 -

Digby Purchase, der Reiseschriftsteller, hatte ausgezeichnet zu Abend gegessen: zunächst Wildsuppe, dann Risotto mit Meeresfrüchten, dazu eine halbe Flasche Marlborough Sauvignon Blanc, anschließend gegrillte Rinderlende, Spargel und Kartoffelgratin mit einer halben Flasche Cabernet Merlot aus Martinborough. Nach einer kurzen Unterbrechung ging es weiter: eine Orangenschnitte mit Mangosorbet und ein Glas Dessertwein, dann Käse und Portwein. Und wenn alles gutging, würde das Beste noch kommen. Als die Standuhr im alten Billardzimmer von Manacle Grange Mitternacht schlug, blickte Purchase über den Rand seines Kognakschwenkers in Fleur Wolfgramms verführerische grüne Augen und spürte, wie sich seine Gedanken in ein Kaleidoskop lasterhafter Bilder auflösten. Im Verlauf seiner ausgedehnten Reisen und seiner 20jährigen Verbindung mit der Fremdenverkehrsindustrie war Purchase mit einer ganzen Reihe von Hoteldirektoren ins Bett gegangen – von denen jedoch keiner weiblichen Geschlechts gewesen war. Er hoffte inbrünstig, dieses Defizit ausgleichen zu können, bevor er Abschied von Manacle Grange nahm.

Digby Purchase war 46 Jahre alt, groß, rosig, schlank und bisexuell. Er hatte dicke, fast flachsblonde Haare, die er etwas länger trug und die ihm vorn schräg in die Stirn fielen – auf eine Art, die irgendwie an Adolf Hitler erinnerte. Von Zeit zu Zeit fielen sie ihm in die Augen – dann warf er sie mit einer energischen Kopfbewegung zurück. Mit seiner teuren und manchmal etwas altmodischen Kleidung, der sonoren gedehnten Sprechweise und einer leicht gelangweilten Miene gab Purchase eine passable Imitation des Engländers aus besseren Verhältnissen ab. Je weiter er in die

Fremde kam, desto mehr Erfolg hatte er mit der Imitation – in London, wo man mitunter noch den Originalen begegnet, wurde er normalerweise binnen kurzem als Hochstapler entlarvt.

Während des Abendessens hatte Purchase über die Ereignisse nachgedacht, die ihn nach Manacle Grange geführt hatten. Es gab gar keinen Zweifel, dachte er: Sein Schutzengel, der in letzter Zeit durch Abwesenheit geglänzt hatte, war wieder zur Stelle. Wenn dieser Empfang in Auckland nicht so mies gewesen wäre, dann hätte er sich dort nicht sinnlos betrunken, und wenn er das nicht getan hätte, hätte er nicht den Wecker überhört und seinen Flug nach Christchurch verpaßt. Und wenn er nach Christchurch geflogen wäre, dann hätte ihn am nächsten Tag womöglich eine Gletscherwanderung, Wildwasser-Rafting oder irgendeine andere der abschreckenden, wenn nicht sogar lebensgefährlichen Aktivitäten erwartet, die die PR-Leute der neuseeländischen Tourismusindustrie auf Lager hatten. Hier hingegen erwartete ihn gleich ein ausgedehntes und hitziges Handgemenge mit der appetitlichen Miss Wolfgramm. Er nahm sich vor, der PR-Frau vom Fremdenverkehrsbüro in Auckland, die ihm als Alternative einen Besuch in Manacle Grange vorgeschlagen hatte, zu danken.

Manacle Grange war in der Tat höchst angenehm. Und das Wunderbare daran war, daß er – mit ein bißchen Glück – nicht ein einziges mistiges Wort darüber schreiben mußte. Das Unangenehme am Leben als Reiseschriftsteller war nämlich, daß man nach der Reise, wenn das Vergnügen vorbei war, darüber schreiben mußte. Aber wenn der Höhepunkt der Reise der Aufenthalt in einem exklusiven Hotel war, das danach zugemacht wurde, war man aus dem Schneider. Er würde jede Wette eingehen, daß das Manacle Grange seine Pforten schließen würde, bevor der Artikel fällig war – es war ganz offensichtlich eine totale Fehlinvestition. Als er am Tag zuvor angekommen war, waren außer ihm nur zwei Paare dagewesen: die Lees aus Taiwan, die die ganze Zeit lächelten, kein Wort sprachen – nicht einmal miteinander – und beim Frühstück Dinge mit ihren Eiern gemacht hatten, bei denen sich einem der Magen umdrehte. Und die Australier, Barry und Marcie Pyves aus Queensland, die erheblich gesprächiger waren und ihm eine Viertelstunde, nachdem sie sich bekannt gemacht hatten, von seinem Konkurs und ihrem Lifting erzählten. Aber die Lees und die Pyves waren am Morgen abgereist, so daß Purchase als einziger Gast zurückgeblieben war. Jetzt hatte die Küche geschlossen, das Personal war nach Hause gegangen – und Digby Purchase hatte Manacle Grange und seine Direktorin ganz für sich allein.

Purchase schrieb für *Travel Weekly*, eine Zeitung für die britische Fremdenverkehrsindustrie mit Sitz in London. Er war mehrere Jahre Redakteur gewesen, dann aber abgesägt worden, nachdem er sich drei große Schnitzer hintereinander geleistet hatte. Der erste Fauxpas kam an dem Tag, als er eine Spesenrechnung für eine Reise nach New York vorlegte. Normalerweise wurden diese Rechnungen anstandslos unterschrieben, denn der Herausgeber von *Travel Weekly* war zu großzügig, um zu prüfen, wieviel Geld der Firma Purchase tatsächlich ausgegeben hatte – geschweige denn, die einzelnen Posten auf ihre Berechtigung hin zu kontrollieren. In diesem Fall jedoch fiel dem Herausgeber die Zahlenreihe auf, der zufolge Purchase während eines dreitägigen Aufenthaltes in New York für 365 Pfund Wäsche hatte waschen lassen. Und das erschien ihm selbst unter Berücksichtigung der astronomischen Rechnungen von großen Fünf-Sterne-Hotels zuviel.

Neugierig geworden und in dem unbehaglichen Bewußtsein, daß er als Zeichnungsbefugter ein gewichtiges Stück Verantwortung für manipulierte Rechnungen trug, rief der Herausgeber in der Buchhaltung an und ließ sich die Spesenrechnungen von Purchases letzten Reisen kommen – und siehe da, in allen fanden sich erhebliche Summen für Wäsche. Als man von Purchase eine Erklärung verlangte, gestand er ein, daß er – um seine Wäsche nicht selbst waschen oder dafür bezahlen zu müssen – immer, wenn er eine Reise machte, einen Koffer voller schmutziger Wäsche mitnahm und sie auf Kosten der Zeitung waschen ließ. Der

Herausgeber war davon zwar gar nicht angetan, aber er wäre mit Sicherheit empört gewesen, wenn Purchase ihm die Wahrheit gesagt hätte: daß die Sachen in dem Extrakoffer einem seiner Junggesellenfreunde gehörten, der ihm den üblichen Straßentarif dafür zahlte, daß seine Anzüge und Hemden mit Fünf-Sterne-Standard gereinigt wurden.

Purchase wurde ernsthaft verwarnt. Bereits zwei Monate später allerdings erhielt der Herausgeber einen erbosten Anruf vom Vertriebsleiter eines Reiseunternehmens der oberen Preisklasse, der wütend darauf bestand zu erfahren, warum der Vertreter von *Travel Weekly* bei einer soeben zu Ende gegangenen Pressereise in die Karibik – bei der sie keine Kosten gescheut hätten – ein kaum des Schreibens mächtiger Autoschlosser gewesen sei, wo doch entsprechend der Einladung und der gängigen Praxis ein Journalist gefordert war. Der betreffende Autoschlosser hatte sich als Freischaffender ausgegeben, der im Auftrag von *Travel Weekly* arbeitete, aber seine Angewohnheit, Pressemappen in Gegenwart der PR-Funktionäre, die sie vorbereitet hatten, in den Papierkorb zu werfen – und nicht erst in seinem Hotelzimmer –, hatte Verdacht erregt. Bei seinen Ermittlungen stellte der Herausgeber fest, daß Purchase den Autoschlosser auf die Reise geschickt hatte – als Gegenleistung dafür, daß er seinen temperamentvollen Triumph in Schuß hielt.

Der Vorfall in dem Sexclub schließlich brachte das Faß zum Überlaufen. Anläßlich seines Besuchs einer großen, jährlich stattfindenden Tourismusmesse in Berlin hatte Purchase den Chef eines der größten britischen Reiseunternehmen – einer der größten Werbekunden von *Travel Weekly* – zu einem Abend in der Stadt eingeladen. Nach dem Abendessen und Besuchen in einigen der kleinen Bars am Kurfürstendamm nahm Purchase seinen Gast mit zu Mitzis, einem Sexclub, in dem er während früherer Messebesuche Abende verbracht hatte, die seinen Horizont erheblich erweitert hatten. Der Reiseunternehmer hatte noch nie eine Live-Sexshow gesehen, also setzten sie sich direkt an die

Bühne, damit er die Zügellosigkeit der Vorstellung aus nächster Nähe genießen konnte. Mitten in einem ausgedehnten und enttäuschend konventionellen Geschlechtsakt forderten die kurzen Nächte und langen Tage und der Alkohol ihren Tribut – der Reiseunternehmer schlief auf seinem Stuhl ein. Während sein Gast eine kurze Pause machte, stahl sich Purchase in eins der Hinterzimmer, um seine Bekanntschaft mit einem feurigen kleinen Uruguayer aufzufrischen.

Auf die faden Vorficker folgte dann der Star der Show: Madame Herta, die preußische Herrin der Peitsche. Herta trug hochhakkige Schuhe mit Pfennigabsätzen und einen hautengen schwarzen Lederbody, dazu eine Gesichtsmaske mit Reißverschluß. Sie stolzierte auf die kleine Bühne, knallte mit der Peitsche und versprach all den bösen kleinen Jungs im Publikum, daß sie jetzt gleich die wohlverdienten Hiebe bekämen. Sie war gerade dabei, es ihrem ersten Opfer so richtig zu geben – da wurde sein ekstatisches Kreischen plötzlich von den explosionsartigen Schnarchern des Reiseunternehmers übertönt, der in seinem Sitz vor der Bühne zusammengesunken war.

Herta, die eigentlich spanischer und nicht preußischer Herkunft war und den Stolz einer Kastilierin besaß, reagierte verärgert auf diese vermeintlich provozierende Kritik an ihrer Arbeit. Sie trat an den Bühnenrand, holte aus und versetzte dem schlummernden Reiseunternehmer einen gewaltigen Peitschenhieb auf die Brust. Sie schlug drei Fliegen mit einer Klappe: Der Reiseunternehmer wachte auf, seine linke Brustwarze fing an heftig zu bluten, und die teure Designerbrille in seiner Hemdtasche wurde zerschmettert. Es kam zu einer Szene, die damit endete, daß der Reiseunternehmer von zwei Rausschmeißern – bulligen Neonazis – vor die Tür gesetzt wurde, wo sie ihn in eine Seitenstraße zerrten und systematisch mit Tritten traktierten, um so ihrer Bewunderung für Madame Herta und ihrem Unmut über Großbritanniens Rolle bei der Zerschlagung des Dritten Reiches Ausdruck zu verleihen.

Als jedoch jetzt die mitternächtlichen Schläge der Uhr verhallten, verschwendete Purchase nicht einen Gedanken mehr an den entwürdigenden beruflichen Abstieg, der auf das Debakel bei Mitzis folgte. Obwohl Purchase in sexueller Hinsicht ein vielseitig interessierter Mann war, hatte er doch eine kleine Schwäche für junge Nordafrikaner – aber in diesem Moment hätte der knackigste Lustknabe der Kasbah in dem alten Billardzimmer vor ihm stehen können, ohne daß er ihn eines Blickes gewürdigt hätte. Es war etwas an Fleur Wolfgramm, in dem leicht verruchten Schimmer ihrer grünen Augen, ihrem sinnlichen Mund, das ihm sagte, daß diese Frau herumgekommen war und nichts ausgelassen hatte. Wenn die keine Bombe im Bett ist, dachte Purchase, dann bin ich Yoko Ono.

Purchase sah, daß sie ihren Sambuca ausgetrunken hatte, stürzte den Rest seines Kognaks hinunter und griff nach ihrem Glas.

»Darf ich?«

Sie sah auf ihre Uhr. »Einen ganz kleinen.«

Purchase eilt zu der Bar in der Ecke. Die Sambucaflasche war leer.

»Leider keiner mehr da«, sagte er und hielt die Flasche hoch. »Wie wär's mit einem Kognak?«

»Um Himmelswillen, bloß nicht«, antwortete Fleur. »Viel zu spät, um noch durcheinander zu trinken. Ich denke, ich mache Schluß für heute.«

Panik ergriff Purchase. »Irgendwo muß doch noch welcher sein?« fragte er aufgeregt.

»Wahrscheinlich in der Bibliothek«, sagte sie gleichgültig, »aber ich hab keine Lust mehr, ihn zu holen.«

»Kein Problem, ich hol ihn schon«, erwiderte Purchase hastig. »Sie bleiben da sitzen. Die zweite Tür rechts im Korridor, richtig?«

»Ja, genauso«, sagte Fleur teilnahmslos.

Wie elektrisiert rannte Purchase den Korridor entlang, denn er wußte, daß er zwei Dinge unbedingt schaffen mußte: Fleur Wolfgramm durfte noch nicht zu Bett gehen, und er mußte ihr noch mehr Alkohol einflößen. Er riß die Tür zur Bibliothek auf und tastete gerade nach dem Lichtschalter, als er hinter sich im Korridor Schritte hörte. Aus Angst, sie hätte sich doch gegen den Sambuca entschieden, drehte er sich um und wollte sie bitten, noch zu bleiben. Weil sein Mund offen war, als ihn der Kolben der Schrotflinte seitlich im Gesicht traf, trug Purchase nicht nur eine Mehrfachfraktur des Kiefers davon, sondern war auch mehrere Stunden lang bewußtlos.

Als Fleur Wolfgramm das dumpfe Geräusch aus dem Korridor hörte, dachte sie zunächst, daß ein Gast am Verdursten gewesen war und sich auf die Suche nach einem erfrischenden Getränk gemacht hatte. Dann fiel ihr ein, daß ihr einziger Gast dieser englische Schwule war, den sie, wenn sie nicht alles täuschte, bald abblitzen lassen mußte – womit sie ihren Plan, auf diese Art ein bißchen positive Berichterstattung über Manacle Grange im Ausland zu bekommen, vergessen konnte. Sie ging in den Korridor hinaus und blickte auf den Lauf einer Schrotflinte und in die Augen von Leith Grills – ein Anblick war so schrecklich wie der andere.

Grills fuchtelte mit der Schrotflinte herum, die er trotz des Einspruchs von Spurdle auf dem Weg hierher bei seinem Kumpel in Pukekohe abgeholt hatte.

»Halt die Klappe«, sagte er leise.

Fleur Wolfgramm öffnete den Mund, machte ihn jedoch schnell wieder zu, denn nichts, was sie zu sagen hatte, war so wichtig, daß sie deswegen die direkte Anweisung eines Halbaffen ignorieren konnte, der mit einer Schrotflinte herumhantierte. Mit zunehmendem Schrecken sah sie, daß der Blick des Halbaffen auf ihre Brüste fixiert war. Aber dieses eine Mal hatte Leith Grills anderes im Kopf als Brüste.

»Sie sind der Chef von dem Schuppen hier?« fragte er sie.

Fleur nickte und war erleichtert, als ihr klar wurde, daß er auf ihren Anstecker gestarrt hatte.

»Ich will das große Schlafzimmer sehen.«

Ohne groß nachzudenken, stotterte sie: »Das ist zur Zeit leider belegt.«

»So ein Pech«, knurrte Grills. »Wer ist denn drin?«

Zögernd deutete sie auf den am Boden liegenden Reiseschriftsteller. »Na ja, es ist das Zimmer von Mr. Purchase.«

Grills drehte sich zu Purchase um. »Hey, Blondschopf«, sagte er, »ich will mal eben kurz in dein Zimmerchen schauen, okay?« Und dann zu Wolfgramm: »Er sagt: ›Immer rein in die gute Stube.‹«

Fleur Wolfgramm führte Grills die Treppen zum großen Schlafzimmer hinauf. Dieser stellte die Sporttasche ab, die er über der linken Schulter getragen hatte, und sah sich genau um. Es war ein großer quadratischer Raum, beherrscht von dem wuchtigen Bett mit vier Säulen. Das Bett befand sich mit dem Kopfende an der linken Wand. Zu beiden Seiten standen kleine Tische mit Lampen und dahinter, in der Ecke, ein alter Ledersessel. Auf der gegenüberliegenden Seite öffneten sich hohe Glastüren zum Balkon, und die Tür zum Badezimmer war in der anderen Ecke des Zimmers. Vor dem Bett war ein begehbarer Kleiderschrank und daneben eine Kommode mit einem Spiegel. An der vorderen Wand standen ein antiker Schreibtisch, ein hochlehniger Stuhl und eine Holzbank, auf der ein zerbeulter Lederkoffer lag.

Fleur mußte sich auf den hochlehnigen Stuhl setzen. Grills wühlte in dem Koffer, zerrte drei von Purchases Seidenhemden heraus und riß sie in Streifen, mit denen er sie an den Stuhl fesselte und ihre Hände hinter der Lehne festband. Er knüllte einen Ärmel zusammen und steckte ihn ihr als Knebel in den Mund. Sie würgte, als sie den säuerlichen Geschmack – ein Gemisch aus Deodorant und Körpergeruch – im Mund spürte. Dann durchsuchte er das Schlafzimmer. Es dauerte 15 Minuten, bis er gefunden hatte, was er suchte.

Ungefähr zur selben Zeit – als Grills auf allen vieren in den Kleiderschrank gekrochen war und die Kratzer auf der Scheuerleiste und die Vertiefungen um die Teppichnägel herum gesehen hatte, die darauf hindeutete, daß der Teppich angehoben und wieder festgemacht worden war – schob Buddy Funke vorsichtig die Eingangstür von Manacle Grange auf und schlüpfte in die imposante Empfangshalle. Er hob den Kopf und lauschte ungefähr eine halbe Minute. Die Lichter im Erdgeschoß waren an, aber das große Haus lag still da. Lautlos schlich sich Funke auf Gummisohlen durch das Foyer in Richtung der Treppe mit den Geländersäulen und Ornamenten aus schimmerndem dunklem Holz. An der Treppe angekommen, spähte er den Korridor entlang, der durch den hinteren Teil des Hauses verlief – und sah gespreizte Füße aus einer Tür herausragen. Bei näherer Betrachtung stellte er fest, daß die Füße zu einem bewußtlosen Mann gehörten, der entweder einer Herde Büffel im Weg gestanden hatte oder von jemandem hingestreckt worden war, der direkte und brutale Methoden einsetzte. Da letztere Variante die wahrscheinlichere war, zog Funke den 38er Revolver aus dem Gürtel.

Er hatte die Hälfte der Treppe hinter sich, da hörte er eine männliche Stimme murmeln. Auf dem Treppenabsatz sah er nach rechts und links: Die erste Tür auf der rechten Seite war offen, und im Zimmer brannte Licht. Ein Triumphschrei – »Kommt her, meine Süßen!« – drang aus dem Raum. Funke preßte sich an die Wand und schob sich ganz langsam vorwärts.

Den Revolver mit beiden Händen haltend, glitt Funke langsam in geduckter Haltung durch die Tür. Seine Augen und der 38er bewegten sich synchron und tasteten den Raum in einem Bogen von links nach rechts ab. Ein massiger Rücken ragte wuchtig aus dem Kleiderschrank am anderen Ende des Zimmers hervor. Sein Besitzer – vermutlich auch der Sprecher von eben – war ganz von seiner Tätigkeit im Inneren des Schranks in Anspruch genommen. Eine Frau war an einen Stuhl gefesselt und hatte einen Knebel im Mund. Funke hielt einen Finger an die Lippen, als sie mit den Augen rollte und mit dem Kopf nach unten deutete.

Funke schlich sich durch das Zimmer. Der Kleiderschrank hätte als Stall für eine Giraffe dienen können, aber es war nichts weiter drin als ein blauer Blazer auf einem Bügel, ein Kissen und eine Decke in einem Fach – und der Mann, an den er vergangene Nacht bei Mrs. Crouch geraten war.

Grills hatte den Teppich in der Ecke angehoben, ihn abgezogen und ein paar kurze Dielenbretter herausgenommen. Neben ihm auf dem Boden lagen ein paar Werkzeuge und ein halbes Dutzend Plastikbeutel mit weißem Pulver. Als Grills erneut zwei Beutel zutage förderte, hielt ihm Funke die Mündung des Revolvers ins Genick. Grills erstarrte.

»Ein Griff nach der Flinte, Amigo, und du bist hinüber«, sagte Funke. Er ging zwei Schritte zurück. »Und jetzt kommst du auf allen vieren da raus.«

Grills gehorchte. Als er ganz aus dem Kleiderschrank herausgekrochen war, sagte Funke, er solle aufstehen und die Hände hinter den Kopf legen.

»Also, so kann das mit uns nicht weitergehen«, sagte Funke und lächelte vergnügt. Grills reagierte mit einem mordlüsternen Blick. »Wonach hast du denn da in dem Schrank gewühlt, mein Junge? Hast eine große Portion Schnupfpulver gefunden, was?«

»Leck mich am Arsch«, erwiderte Grills zähneknirschend.

»Später vielleicht«, sagte Funke umgänglich. »Wenn ich kein besseres Angebot bekomme. So wie der einsame Wanderer da unten aussieht und wie du die Lady hier verschnürt hast, hast du's faustdick hinter den Ohren. Ich leg dir wohl besser die Handschellen an, und zwar ganz fix. Wir gehen jetzt nach unten zu meinem Auto. Und denk dran, eine falsche Bewegung – und ich verpaß dir 'ne Kugel.«

Grills ging als erster die Treppe hinunter. Im Foyer nahm sich Funke ein pralles Kissen aus einem Sessel und hielt es hinter dem Rücken.

Funkes Fiat stand ein Stück weg an der Auffahrt hinter einem weißen Holden Berlina.

Als sie an dem Holden vorbeikamen, fragte Funke: »Und das ist deine Karre?«

Grills sagte, daß dem so wäre.

»Ich hab eine bessere Idee. Mach den Kofferraum auf.«

Grills glotzte ihn verständnislos an. »Was?«

»Mach den Scheißkofferraum auf«, fuhr Funke ihn an und deutete mit der Pistole auf den hinteren Teil des Wagens.

Grills kramte in seiner Hosentasche nach dem Schlüssel und öffnete den Kofferraum.

»Rein mit dir«, befahl Funke.

Grills zögerte. Funke streckte seinen rechten Arm aus und richtete den 38er auf Grills' Kopf. »Verstehe – du willst lieber sterben. Bitte, ist mir auch recht.«

Umständlich kletterte Grills in den Kofferraum und legte sich auf die Seite. Funke sah mit einem matten Lächeln auf ihn herab.

»Ja, so ein braver Junge, nein wirklich. Jetzt leg dich auf den Rücken und nimm deine Hände nach hinten, unter dich.«

Als Grills eine ausreichende wehrlose Position eingenommen hatte, legte ihm Funke das Kissen auf die Brust, rammte den Pistolenlauf hinein und schoß ihm zweimal durchs Herz. Das Ganze erinnerte an die knappen und gewandten Bewegungen eines Geflügelfarmers, der einem Huhn den Hals umdrehte. Funke machte den Kofferraum zu, schob die Pistole in den Gürtel, steckte die Autoschlüssel in die Hosentasche und ging zum Haus zurück, wobei er leise »Rose of Alabama« vor sich hin pfiff. Er hörte auf zu pfeifen, als plötzlich eine lange Gestalt im Regenmantel und mit einer Strumpfhose über dem Kopf aus dem Schatten des Hauses trat und eine abgesägte Flinte auf ihn richtete.

»Saubere Arbeit«, sagte der Maskierte. »Ich nehme an, Sie haben das schon öfter gemacht?«

Funke setzte eine spöttische Miene auf. »Wenn Sie ein Zimmer suchen sollten«, sagte er ernsthaft, »dann brauchen Sie kein Gewehr, glaube ich. Soweit ich weiß, ist das Haus ziemlich leer.«

»Vielen Dank, aber ich würde sagen, ich bin aus dem gleichen Grund hier wie Sie.«

»Wer sind Sie?«

»Wie sagen sie immer im Film: ›Hier stelle ich die Fragen‹«, sagte der Fremde – und es klang so, als ob er Spaß an der Sache hätte. »Jetzt nehmen Sie ganz langsam Ihre Pistole raus, lassen sie auf den Boden fallen und heben die Hände hoch. Ansonsten gilt: Eine Kugel zwischen die Augen läßt sich ohne weiteres machen.«

Funke warf den Revolver weg. Der Mann mit der Strumpfmaske forderte ihn auf, rückwärts zu gehen, und blieb dann – ohne die Augen oder das Gewehr von Funke zu nehmen – stehen, hob den 38er auf und steckte ihn in seine Manteltasche.

»Okay, mein Freund«, sagte er, »ich vermute, Sie haben den Schnee gefunden. Also los, holen wir das Zeug.«

Mit erhobenen Händen ging Funke als erster in das Hotel und zum Schlafzimmer hinauf. Fleur Wolfgramm gab ihre Befreiungsversuche auf, starrte entgeistert auf den Mann mit der Strumpfmaske und fragte sich, wieso Manacle Grange auf einmal ein Mekka für bewaffnete Männer geworden war.

Der Neuankömmling sah sie an. »Also ich hatte wohl damit gerechnet, daß ich vielleicht stören würde, aber das ist ja nun wirklich abartig.«

»Es ist da drüben«, sagte Funke. »Im Schrank.«

Der andere schien unter seiner Maske zu lächeln. »Ja warum springen Sie nicht rein und holen es raus?«

Funke stieg in den Kleiderschrank, holte die Kokainbeutel, die Grills aus ihrem Versteck hervorgezogen hatte, heraus und warf sie am Fußende des Bettes auf den Boden.

»Es ist noch mehr da«, sagte er.

»Das will ich doch hoffen«, sagte der hochgewachsene Mann. Als Funke wieder zu dem Kleiderschrank ging, schlenderte der Fremde zu Fleur Wolfgramm hinüber. Er hielt das abgesägte Gewehr mit der rechten Hand in die Hüfte gestemmt, nahm ihr mit der linken Hand den Knebel heraus und setzte sich dann auf die Bettkante.

»Ich sehe ja, daß Sie gerade gefesselt sind«, sagte er, »aber wann haben Sie denn ...«

Funke stieg rückwärts aus dem Kleiderschrank, drehte sich blitzschnell um und riß Grills Schrotflinte hoch. Der Maskierte hatte kaum seinen Hintern vom Bett gehoben, da feuerte Funke aus der Hüfte. Der Schuß traf den Mann mit der Maske in die Brust und warf ihn aufs Bett zurück, wo er ausgestreckt liegenblieb. Mit aufgerissenem Rumpf und ausgestreckten Armen und Beinen lag er da wie ein sezierter Frosch.

Funke ging zum Bett hinüber und nahm sich seinen Revolver aus der Tasche des Regenmantels. Er sah auf den toten Mann hinunter und sagte: »Schlaf gut, Kumpel.«

Er ging in den Korridor, lauschte einen Augenblick, öffnete die Balkontüren, trat hinaus und lauschte erneut. In den ungefähr 20 Minuten, seit sie an den Stuhl gefesselt war, war Fleur Wolfgramm zu der Ansicht gelangt, daß sie erstens in ziemlich gefährlicher Gesellschaft war und zweitens ihre Chancen, diese Nacht heil zu überstehen, schlecht bis ziemlich schlecht standen. Nachdem sie gesehen hatte, wie der Mann mit der Strumpfmaske den kürzeren gezogen hatte, war ihr klar, daß sie sowohl die Gesellschaft als auch ihre Chancen überschätzt hatte.

Funke trat wieder ins Zimmer und schloß die Balkontüren hinter sich. »Und Sie sind die Chefin, richtig?« fragte er.

Sie nickte.

»Sagen Sie mir mal, Schätzchen, wie viele Leute muß ich noch erschießen?«

»Niemanden mehr.«

»Na, da bin ich aber erleichtert.«

Funke zog dem toten Mann die Maske vom Kopf. Er war ungefähr 40, hatte eine lange Nase und gute Zähne. Obwohl das Gesicht zu einer Todesgrimasse verzerrt war, war sich Funke sicher, daß er ihn noch nie gesehen hatte. Er wischte die Schrotflinte ab, legte sie zusammen mit der abgesägten 22er neben den toten Mann und wickelte ihn dann in die Bettdecke ein.

Er holte das restliche Kokain aus dem Kleiderschrank, legte die Dielenbretter wieder an ihren Platz und rollte den Teppich darüber. Er packte die 20 Beutel mit Kokain in Grills' Sporttasche und hängte sie sich über die Schulter. Dann band er Fleur Wolfgramm los.

Sie stand auf und rieb sich die Handgelenke. »Hier geht's um Drogen, stimmt's?« fragte sie.

Funke sah sie belustigt an. »Ja, irgendwie schon. Und falls es Sie interessiert, ich bin der Gute in der Geschichte.«

»Ach wirklich?« erwiderte sie.

Funke lachte. »Besser gesagt, ich bin der, der übriggeblieben ist. Und jetzt helfen Sie mir mal, den Burschen hier runterzutragen.«

Funke an einem Ende und Fleur Wolfgramm am anderen – so trugen sie den Toten nach draußen und verstauten ihn im Kofferraum des Berlina. Leith Grills hatte oft davon geträumt, dem Mann, der seinen Bruder getötet hatte, Auge in Auge gegenüberzustehen – die Tatsache, daß sie beide tot waren, nahm der Begegnung allerdings die Dramatik.

Funke drückte die Kofferraumklappe über den zwei Leichen zu und zückte seine Karte.

»Ich bin so 'ne Art Bulle und arbeite für die amerikanische Regierung. Mir ist klar, daß das alles nicht so ganz lehrbuchmäßig gelaufen ist, aber was soll's, so geht's halt manchmal im Leben – da kann man nur noch mit den Wölfen heulen. Aber jetzt müssen Sie mir helfen.«

»Und wie?«

»Fahren Sie diesen Wagen nach Auckland zurück – schaffen Sie das?«

»Mit den Typen da im Kofferraum?«

»Schätzchen, die Typen da sind toter als der Pharao. Die werden Ihnen bestimmt keinen Ärger mehr machen.«

Sie zuckte mit den Schultern. »Okay.«

»Gut, dann steigen Sie jetzt ein.«

Fleur setzte sich hinter das Lenkrad. Funke ging zu seinem Auto und kam dann zu dem Berlina zurück.

»Hier sind die Schlüssel, geben Sie mir Ihre Hand.«

Sie hielt ihm die rechte Hand hin. Funke zückte ein Paar Handschellen, ließ sie um ihr Handgelenk zuschnappen und machte das andere Ende am Lenkrad fest.

»Sie fahren schön vernünftig. Ich bleib dicht hinter Ihnen. Wenn Sie Dummheiten machen, versuchen abzuhauen, aufs Gas treten oder falsch abbiegen, fang ich an zu schießen. Alles klar? Wir fahren nach Auckland, zum Flughafen und dort auf den Parkplatz am internationalen Terminal.«

Um 4 Uhr 05 lenkte Fleur Wolfgramm Grills' Holden auf den Parkplatz am internationalen Terminal des Flughafens von Auckland. Sie fuhr mitten auf den fast leeren Parkplatz und hielt an. Funke stellte sich neben sie und stieg aus dem Wagen. Er zog den Zündschlüssel ab, löste ihre Handschellen, wischte das Lenkrad, den Türgriff auf der Fahrerseite und den Hebel für die Kofferraumklappe mit einem Taschentuch ab und verschloß dann den Wagen. Er sagte, sie solle in den Fiat einsteigen, und setzte sich auf die Fahrerseite.

»Sie müssen es noch ein oder zwei Tage mit mir aushalten, Schätzchen.«

»Mir bleibt wohl gar nichts anderes übrig, oder?«

»Aber sicher doch. Sie können bei mir bleiben – oder sich zu den Burschen im Kofferraum gesellen. Wird ein bißchen eng, aber ich schätze, für einen ist schon noch Platz.«

»Überredet.«

Funke ließ den Motor an. Als sie vom Flughafen Richtung Mangere fuhren, fragte er sie: »Haben Sie schon mal was von einem Typen namens Bryce Spurdle gehört?«

»Ja, hab ich – er ist reich.«

»Freut mich außerordentlich, das zu hören. Und Sie wissen nicht zufällig, wo er haust?«

»Wollen Sie mit Spurdle in Kontakt treten?«

Funke nickte.

»Das sollte nicht allzu schwierig sein. Er ist mit einer Frau verheiratet, die mal mit mir gearbeitet hat.«

Funke drehte den Kopf und grinste sie an. »Na Bitte! Da bin ich ja wirklich froh, daß ich Sie nicht weggepustet habe.«

- 18 -

Wenn jemand sie fragte, wo sie herkäme, leuchteten C. C. Hellicars Augen auf, und sie antwortete: »Ich komme aus Versehen.«

Es stimmte wirklich: C.C. – die Initialen standen für Candice Clara, aber seit sie denken konnte, hieß sie C.C. – stammte aus dem winzigen Nest Versehen, De Kalb County, Georgia, das vor 150 Jahren von deutschen Einwanderern gegründet worden war. Sie war zu Hause zur Welt gekommen, und zwar zwei Wochen eher, als erwartet, und so plötzlich, daß ihre Mutter es nicht mehr bis ins Krankenhaus schaffte – sie lehnte sich einfach aus dem Fenster und rief die Nachbarn zu Hilfe. Als C.C. sieben war, starb ihre Mutter, und sie zog mit ihrem Vater ein paar Meilen weiter nach Decatur, dem Verwaltungssitz des County, weniger als eine Stunde von Atlanta entfernt, wo ihre Tanten lebten.

Daß sie aus Versehen kam, war nicht das einzig Ungewöhnliche an C.C. Hellicar. Sie hatte auch in ein und derselben Nacht ihre Jungfräulichkeit verloren und jemanden getötet. Man sollte annehmen, daß so etwas nicht allzu häufig vorkommt. Wie selten allerdings, darüber läßt sich nur spekulieren, da es keine diesbezügliche Statistik gibt. C.C. selbst beispielsweise hat nie offenbart, wieviel sie in jener ereignisreichen Nacht zustande gebracht hatte. Die Tatsache, daß sie in einer schwülen Augustnacht im Jahr 1983 einen Mann erschoß, war allgemein bekannt, aber als wohlerzogene junge Dame aus dem Süden wahrte sie außerordentliche Diskretion, wenn es um solche Dinge wie den Verlust ihrer Jungfräulichkeit ging. Der einzige, der außer ihr die ganze Geschichte kannte, war ihr weitläufiger Cousin Wesley Teuton – ihr Partner bei dem notgedrungen hektischen und verstohlenen Geschlechtsakt, der auf dem Rücksitz des Thunderbird seines Vaters auf dem

Parkplatz eines Hamburger-Eiscreme-Schuppens vollzogen wurde. An jenem Abend hatten sie den Film *Alien* gesehen – und als sie später darüber nachdachte, fragte sich C.C., ob es der Anblick von Sigourney Weaver in Höschen war, der Wesley animiert hatte, das zu tun, worauf sie seit Wochen, das heißt seit ihrem 16. Geburtstag, gewartet hatte.

Als Wesley am nächsten Morgen erfuhr, was C.C. als Zugabe gebracht hatte, bestätigte ihn dies nur in seiner Überzeugung, daß es höchst töricht wäre, sein sexuelles Abenteuer mit ihr an die große Glocke zu hängen. Zu diesem Schluß war er bereits gekommen, als er C.C. nach Hause fuhr, auch wenn sich seine Befürchtungen zu diesem Zeitpunkt mehr auf ihren Vater konzentrierten. Willard Hellicar war im ganzen County De Kalb als Hüter von Recht und Ordnung bekannt, der mit allem traf, sei es nun eine Taschenpistole oder ein halbautomatischer Karabiner, und sein einziges Kind, auf das er wahnsinnig stolz war, vor allem beschützte. Je näher sie dem Haus der Hellicars kamen, desto unruhiger wurde Wesley bei dem Gedanken, dem Vater von C.C. in die Augen sehen zu müssen. Willard Hellicar hatte eisige blaue Augen – die seine Tochter beunruhigenderweise geerbt hatte –, und Wesley befürchtete, daß, wenn dieser kalte Blick ihn durchbohrte, er weich wie Butter werden und ausplaudern würde, was auf dem Parkplatz geschehen war.

Als C.C. ihn fragte, ob er auf einen Drink zur Erfrischung und ein Stück Kuchen mit hineinkommen wolle, lehnte Wesley ab und sagte, daß er großen Ärger bekommen würde, wenn er das Auto seines Vaters nicht bis Mitternacht zurückbrächte. Eigentlich wäre es schon verdammt spät, wenn es ihr recht wäre, würde er also am liebsten gleich losfahren, ohne sie noch zur Tür zu bringen. C.C., die den Kuchen extra seinetwegen am Nachmittag gebacken hatte, warf ihm einen frostigen Blick zu, stieg aus und lief das letzte Stück bis zum Haus.

Das Haus der Hellicars lag ein Stück abseits der Straße hinter ein paar alten Weiden. Als C.C. noch ungefähr zehn Meter vom

Eingang entfernt war, ging die Tür auf, und ein Mann kam heraus. Als er in den Lichtkegel der Lampe über der Vordertür trat, sah C.C., daß er groß und schwarz war. Obwohl ihr Vater kein ausgesprochener Rassist war – zumindest nicht nach den Maßstäben vieler seiner Landsleute aus der gleichen Generation –, lud er sich doch gewöhnlich auch keine Schwarzen ein, um seinen Wild Turkey mit ihnen zu schlürfen. Die Tatsache, daß der schwarze Mann einen Reifenheber in der einen und einen Jutesack in der anderen Hand hielt, verstärkte ihren Verdacht, daß es sich nicht um einen gewöhnlichen Räuber handelte.

C.C. und der Räuber – so beschrieb sie ihn – sahen einander einige Sekunden sprachlos an. Dann schrie sie aus vollem Hals: »Daddy!«

»Dein Daddy wird dir nicht helfen«, sagte der Räuber mit breitem Grinsen.

Er kam die Verandatreppen herunter und schwang dabei lässig den Reifenheber. C.C. öffnete ihre Handtasche und nahm die vernickelte 22er Automatik heraus, die ihr Vater ihr zum 13. Geburtstag geschenkt hatte und mit der sie alle 14 Tage auf dem Schießplatz übte.

Der Räuber grinste noch breiter. »Ja schau mal einer an«, sagte er, »das Fräulein hat eine kleine Knallpistole. Kannst du überhaupt...«

C. C. zielte auf seine leuchtenden weißen Zähne und traf – wie sie bei 19 von 20 Schüssen auf dem Schießplatz traf. Das Geschoß prallte vom Oberkiefer des Eindringlings ab und drang ins Gehirn ein. Er war tot, bevor er zu Boden fiel. C.C. sah weg, als sie an ihm vorbeilief. Sie stürzte die Stufen zur Veranda hinauf und ins Haus, wo ihr Vater mit dem Gesicht nach unten an der Treppe lag. Er trug seinen Morgenmantel, und sein Haar war von dem Blut verklebt, das aus einer Wunde am Hinterkopf sickerte. Sie wollte gerade einen Rettungswagen rufen, als er stöhnte und sich auf den Rücken rollte.

Willard Hellicar saß am Küchentisch und hielt sich ein Geschirrtuch voller Eiswürfel auf die Wunde. Er nahm große Schlucke aus einem hohen Glas, das vier Finger hoch mit Bourbon und zum Rest mit Eis gefüllt war. Er erzählte seiner Tochter, daß er oben auf sie gewartet hatte und dann plötzlich noch Appetit bekam und an den Blaubeerkuchen denken mußte, den sie gemacht hatte. Sie unterbrach ihn, um ihm zu sagen, daß vor dem Haus ein Mann mit einem Loch im Kopf lag.

Willard setzte sein Glas ab. »Schatz, habe ich da eben richtig gehört?«

»Ich hab ihn erschossen, Daddy – den Räuber. Er kam vorn zur Tür raus, als ich gerade ins Haus wollte. Er wollte mit dem Reifenheber auf mich los, da habe ich auf ihn geschossen.«

»Allmächtiger Gott! Ist der Schweinehund tot?«

»Ich bin nicht ganz nah rangegangen, aber ich glaube schon.«

Sie gingen vors Haus. C.C. blieb auf der Veranda stehen, während Willard zu dem am Boden liegenden Mann marschierte. Er hockte sich hin und sah ihn sich an. »Das ist ein toter Nigger, gar kein Zweifel.«

»Bitte, Daddy«, sagte C.C. tadelnd, »nenn ihn nicht so.«

Willard Hellicar musterte seine Tochter mit unverhohlenem Erstaunen. »C.C., du hast eben diesem Taugenichts den Kopf weggeblasen, und jetzt schimpfst du mit mir, weil ich ihn einen Nigger nenne?«

»Es gibt keinen Grund, dieses Wort zu verwenden«, beharrte sie. »Seine Hautfarbe hat auch gar nichts damit zu tun – ich hätte ihn so oder so erschossen, egal ob Weißer oder Schwarzer.«

Willard lächelte spöttisch. »Das ist mein Mädchen. Aber jetzt sag mal, wo hast du gestanden, als du abgedrückt hast?«

C.C. kam die Verandatreppe herunter und zeigte es ihm. »Ich stand genau hier. Ich hab nach dir gerufen, und er hat gesagt, du würdest mir nicht helfen. Dann kam er die Treppe runter und schwenkte dabei den Reifenheber. Er wollte mich gerade fragen, ob ich überhaupt mit einer Pistole umgehen kann. Das hat er dann ja wohl gemerkt, oder?«

»Absolut richtig, das hat er. Du hast auf zehn Meter Entfernung im Dunkeln genau ins Schwarze getroffen.« Willard schüttelte den Kopf. »Ich wußte ja, daß du gut mit einer Pistole umgehen kannst, aber das hier haut mich wirklich um.«

C.C. runzelte die Stirn. »Was hätte ich denn sonst tun sollen, Daddy? Er hat angedeutet, daß er dich verletzt hat, also dachte ich mir, er wollte keine Zeugen haben.«

Willard schüttelte erneut mit dem Kopf. »Mein Gott, wenn du kein Eiswasser in den Adern hast, C.C. Vielleicht solltest du das College sausenlassen und lieber als Großwildjägerin nach Afrika gehen. Aber jetzt lauf mal schnell rein und hol ein altes Handtuch oder irgend etwas anderes, das wir dem Kerl hier aufs Gesicht tun können – wir müssen ihn wohl ins Haus schleppen. Ich erinnere mich, wie mir der Sheriff mal erzählt hat, sobald irgendeiner uneingeladen in dein Haus kommt, kannst du den Hund erschießen – und kein Gericht im ganzen County wird nach irgendwelchen Einzelheiten fragen, weil es in jedem Fall ganz klar Selbstverteidigung war. Und die Tatsache, daß er Afroamerikaner ist und wir nicht, wird auch keinen weiter stören.«

Es gab noch andere ungewöhnliche Dinge in C.C. Hellicars Leben: so beispielsweise, daß sie 18 Monate im Ausbildungscamp der Special Forces in Fort Bragg in North Carolina verbrachte, daß sie für eine Firma mit Sitz in Scottsdale, Arizona, arbeitete, die Sicherheitsberatung, Ausbildung und Schutz für Regierungsbehörden, Unternehmen und Privatpersonen in vielen Teilen der Welt anbot, daß die Firma, für die sie arbeitete, eigentlich dem CIA gehörte und von ihm finanziert wurde – im CIA-Jargon eine »Tochtergesellschaft« – und daß sie war, was Everton Sloan jun. als »Cleaner« bezeichnet hatte.

Kurz vor 7 Uhr 15, als die ersten Passagiere in die Ankunftshalle herauskamen, drängte die kleine Menschenansammlung auf die Sperre zu, schob Gepäckwagen und suchte nach bekannten Gesichtern. Tito Ihaka bahnte sich einen Weg durch die Menge nach vorn und schaute nach einem Gepäckaufkleber, um zu sehen, ob hier tatsächlich der Flug von United Airlines aus Los Angeles ankam. Resignierend seufzte er und hob ein Schild hoch, auf dem in Großbuchstaben »MISS HELLICAR« stand.

Ein paar Minuten später hatte sich die Menge zerstreut, und Ihaka lehnte an einer Wand, hielt das Schild vor der Brust, starrte an die Decke und pfiff vor sich hin, als eine weibliche Stimme sagte: »Vielleicht sollten Sie sich mit den Steroiden etwas zurückhalten, Miss Hellicar.«

Die Sprecherin hatte kurzes dunkelblondes Haar, hohe Wangenknochen und die hellblauesten Augen, die Ihaka je gesehen hatte. Sie stand ein paar Meter weg in einer Pose gewollter Ungezwungenheit – die langen Beine übereinandergeschlagen und die Hände in den Taschen ihrer weiten Bundfaltenhose. Die Hose stellte die untere Hälfte eines hellgrauen Anzugs aus Donegal-Tweed dar, unter dem sie eine bestickte Weste und ein weißes Hemd trug. Ihr kühler Blick, die athletische Erscheinung mit den zurückgezogenen Schultern und das schmale, markante Gesicht ließen sie kompetent und zielbewußt erscheinen. Ihr Akzent jedoch war der einer Südstaatenschönheit.

Sie streckte die Hand aus. »C.C. Hellicar.«

Mit einem Handschlag begrüßten sie einander. Sie hatte einen festeren Händedruck als viele Männer, denen Ihaka die Hand geschüttelt hatte – zum Beispiel der Innenminister.

»Detective Sergeant Tito Ihaka.«

Sie zog die Brauen hoch. »Tito? Wie der große tote Kommunist?«

»Genau der. Mein alter Herr war ein bißchen rot angehaucht.«

»Sie sagen ›war‹ – ist er vom Glauben abgefallen?«

»Nein – ›war‹ wie ›er ist nicht mehr‹. Er war gläubig bis zum letzten Atemzug.«

»Oh. Meine Mama war eine Demokratin, hat McGovern unterstützt, und in unserer Gegend ist es von da bis zum Kommunisten nur noch ein kleiner Schritt. Sie lebt auch nicht mehr.«

Ihaka nickte. »Tja, das hat man davon, wenn man sich Sorgen um die Zukunft der Menschheit macht.« Er deutete auf den Metallkoffer, der neben ihr auf dem Boden stand. »Ist das alles?«

»Ja, aber Sie müssen es mir nicht tragen.«

Er zuckte mit den Schultern. »Wir sind ein bißchen altmodisch hier.« Er hob den Koffer an – er war tonnenschwer, aber sie war ohne Gepäckwagen gekommen. *Worauf habe ich mich da eingelassen?* fragte er sich. *Schleppe hier freiwillig die Tasche von Miss Tarzan durch die Gegend.*

»Haben Sie da zwei Elefantenbüchsen drin?«

Sie lächelte. »Ich hab ein bißchen viel eingepackt. Ich wußte nicht, wie das Wetter hier sein würde. Meine Ausrüstung ist im Diplomatengepäck.«

»Ja, richtig, das geht klar. Es wird zum Polizeirevier in der Stadt gebracht.«

Ihaka führte sie zu dem nicht gekennzeichneten Wagen, der vor dem Haupteingang des Terminals im Parkverbot stand. Er legte das Gepäck in den Kofferraum, und sie stiegen ein. Als sie vom Flughafen weg den George Bolt Drive entlangfuhren, fragte sie: »Sind Sie Maori?«

»Aber sicher.«

»Ich befürchte, ich weiß nicht mehr über Maoris, als in dem Film *Willkommen in Neuseeland* zu sehen war, den sie im Flugzeug gezeigt haben.«

»Ich wette, er war voller Frauen, die kleine Bälle herumgewirbelt haben, und Männer, die die Zunge rausgestreckt haben.«

»Ja, das kam auch vor.«

»Wir sind recht zivilisiert. Ich beispielsweise habe seit meinem 21. Geburtstag keinen Menschen mehr gefressen.«

Das Gespräch schien eine ungewollte und möglicherweise etwas problematische Wendung zu nehmen, also lächelte C.C. höflich und schaute zum Fenster hinaus.

»Tut mir leid, ist nicht gerade die schönste Strecke«, sagte Ihaka.

Sie zuckte mit den Schultern. »Ist es ja nie. Flughäfen werden halt nicht in den netten Stadtteilen gebaut.«

»Ich nehme an, Sie sehen viele Flughäfen bei Ihrer Arbeit?«

»'n ganzen Haufen.«

»Sie kommen aus dem Süden, stimmt's?«

»Yes, Sir. Ich komme aus Versehen.«

Ihaka sah sie irritiert an.

»Aus der Stadt Versehen. Sie liegt im County De Kalb im Bundesstaat Georgia.«

»Ein Ort, der Versehen heißt? Wollen Sie mich auf den Arm nehmen?«

»Überhaupt nicht. Wir haben da noch eine Stadt, die heißt Mist.«

»Ohne Mist? Georgia – da gibt's jede Menge Rassisten, oder?«

Sie schien belustigt. »Der Süden hat sich seit dem Bürgerkrieg schon ein bißchen verändert. Sie fressen keine Menschen mehr, seit Sie 21 sind – und ich habe meinen letzten Sklaven freigelassen.«

Ikaha lachte. »Das waren noch Zeiten, was? So verbringen Sie also Ihr Leben – fliegen in der Welt herum und sortieren die schwarzen Schafe aus, wie Ihr Botschafter sie bezeichnet hat.«

Ihaka sah auf die Straße, so daß er den nachdenklichen Blick von C.C. Hellicar nicht wahrnahm.

»Meine Arbeit unterliegt der Geheimhaltung, ich kann also nicht einfach so über meinen Job und das alles reden. Übrigens sollten wir uns über Harold Funke unterhalten. Wissen Sie, wo er ist?«

»Noch nicht, aber wir haben ein paar Spuren«, sagte er – ohne recht daran zu glauben. »Scheint ein ziemlich gefährlicher Bursche zu sein.«

Sie schaute wieder aus dem Fenster. »Das ist er. Sie fragen sich, ob ich es schaffe, was?«

»Nein, ich bin nur neugierig – wir haben nicht oft solche James-Bond-Geschichten hier. Also es gibt bei uns eine spezielle

Einheit für solche Fälle – so etwas Ähnliches wie Ihre Sondereinsatzkommandos –, wo sie mit besonderen Waffen ausgebildet werden, schwarze Uniformen tragen und den ganzen Kram. Die fühlen sich auch wie ein Haufen Rambos. Seien Sie nicht böse, aber man fragt sich da natürlich erst mal, was Sie können, was eine Truppe von denen nicht auch könnte.«

»Ich bin nicht böse«, erwiderte sie nachsichtig. »In den Sondereinsatzkommandos gibt es Typen, die könnten einem Floh auf eine Meile Entfernung ein Bein wegschießen – wenn sie den ganzen Tag Zeit haben, sich zu konzentrieren. Die gleichen Typen würden aber nicht einmal einen Zeppelin auf fünf Meter treffen, wenn sie's so – sie schnippte mit den Fingern – machen müßten. Vor allem nicht, wenn sie wüßten, daß sie das Ziel beim ersten Mal treffen müssen – weil sie sonst selber dran sind. Wie viele von diesen Typen, die sich für Rambo halten, sind wohl schon in so einer Situation gewesen?«

»Keine Ahnung. Und Sie?«

»Allerdings«, antwortete sie. »Und wie Sie sehen, lebe ich noch.«

Einige Minuten lang herrschte Schweigen. Als sie an der Ampel in Hillsborough anhalten mußten, wandte sich Ihaka zu ihr um und fragte: »Und wofür steht eigentlich C.C.?«

»Candice Clara.«

»Sind Sie dann Candy genannt worden?«

»Zu Hause nicht. Manchmal wohl in der Schule – von ein paar Jungs.«

»Lassen Sie mich raten – die haben dann immer gesagt: ›Hey, Candy, du siehst ja richtig zum Vernaschen aus?‹ Stimmt's?«

C.C. Hellicar sah ihn mit großen Augen an. »Das ist ja wirklich umwerfend«, sagte sie in ehrfurchtsvollem Ton. »Wie sind Sie bloß darauf gekommen?«

Ihaka tat so, als ob er den Sarkasmus in ihrer Stimme nicht gehört hätte. »Es ist eine Gabe. Meine Großmutter war eine Vollblut-Maori. Sie bekam Sachen über Leute heraus, indem sie sie einfach nur angesehen hat. Das hat sich wohl irgendwie vererbt.«

»Das ist ja faszinierend.« Sie sah weg. »Was wissen Sie noch über mich?«

Er studierte für einen Augenblick ihr Profil und nickte dann. »Ich wette, daß von den Jungs, die sagten, Sie sähen zum Vernaschen aus, nie einer dazu kam.«

Hellicar drehte sich langsam um und heftete ihre eisblauen Augen auf Ihaka. Er war ein wenig verunsichert und hatte das Gefühl, daß er sie – obwohl er entschlossen gewesen war, es nicht zu tun – ziemlich unterschätzt hatte.

»Ich sage Ihnen das sehr ungern, Sergeant«, erwiderte sie in ihrem honigsüßen Südstaatenakzent, »aber Sie haben nicht das Format Ihrer Großmutter.«

Bis elf Uhr vormittags war die Temperatur an jenem Freitag auf acht Grad gestiegen – wo sie sich dann auf ihren Lorbeeren ausruhte. Je nachdem, ob man nun ein Einheimischer war oder ein Tourist, wehte eine steife Brise oder ein Sturm von der Cookstraße herüber. Schwarze Wolkenmassen schrammten an den Höhenzügen über der Stadt entlang, und Regengüsse wurden von dem Wind herangetrieben. In den Bürogebäuden und den kleinen Häuschen, die an den Hängen klebten und in den Tälern verstreut waren, zitterten die Menschen und rückten näher an die nächstgelegene Wärmequelle.

Der einzige Mensch in der Hauptstadt, der sich nicht über das Wetter beklagte, war wohl der Diplomat Jason Maltby. Unbeeindruckt von den Elementen stapfte er die 112 Stufen von der Straße zum Haus seines Bruders in Kelburn hinauf und dachte, daß sich diese Anstrengung in Wellington viel besser tragen ließ als in Bangkok. Nach einem solchen Morgen in Bangkok hätte man ihn auswringen können wie einen nassen Schwamm. Angekommen, wechselte Maltby das Hemd und setzte sich dann mit einer Tasse löslichen Kaffees an den Küchentisch, um die nächsten Schritte zu durchdenken. Schließlich kam er zu einem Entschluß. Er rief die Telefonauskunft an und ließ sich die Nummer von D. Ricketts in Mount Roskill in Auckland geben.

Es war ein stürmischer, bedeckter Tag in Auckland mit einem Westwind, der alles trockenblies. Duane Ricketts hängte gerade seine Wäsche nach draußen, als er das Telefon klingeln hörte. Er ging ins Haus und nahm den Hörer ab.

»Hier ist Jason Maltby von der Botschaft in Bangkok. Erinnern Sie sich an mich?«

»Jason, ich hoffe nicht, daß Sie anrufen, weil ein Termin für meinen Prozeß festgelegt worden ist? Das wäre Verschwendung von Steuergeldern.«

»Nein,nein, darum geht es nicht. Ich bin gerade in Wellington – habe zwei Wochen Urlaub. Ich rufe an, weil ich heute morgen zu einer Abteilungsbesprechung über diesen Mann von der Drogenfahndung in Bangkok, Harold Funke, bestellt wurde. Sagt Ihnen der Name irgend etwas?«

»Nein, überhaupt nichts. Was ist das für eine Drogenfahndung?«

»Die Drogenfahndungsbehörde der Vereinigten Staaten. Es ist eine riesige Anti-Drogen-Polizei, eine Art Geheimdienst mit Dienststellen in der ganzen Welt.«

»Sie wollen mir doch nicht sagen, daß die keine anderen Sorgen haben als mich und meine zwei lausigen Heroinzigaretten?«

Obwohl er besorgt war, mußte Maltby doch lächeln: ganz der alte Ricketts. »Ich bin mir sicher, daß die Drogenfahndung die eine oder andere dringendere Sache zu erledigen hat. Nein, es scheint so, als ob dieser Funke die Seiten gewechselt hat und in Neuseeland hinter einer Ladung Kokain her ist, die einst Eigentum unseres gemeinsamen Bekannten, Dale Varty, war.«

Wie bitte?

»Hallo, Duane? Sind Sie noch dran?«

»Ja, ich bin noch da. Ich versuche nur gerade dahinterzukommen, was das mit mir zu tun hat.«

»Eigentlich nicht viel. Also, im Grunde rufe ich an, um Sie um einen Gefallen zu bitten…«

Maltby hielt kurz inne, um Ricketts die Gelegenheit zu aufmunternden Äußerungen zu geben. Es waren jedoch keine Äußerungen zu hören – weder aufmunternde noch andere.

Schließlich unterbrach Maltby die Stille. »Ja also, wahrscheinlich haben Sie keinen besonderen Grund, mir einen Gefallen zu tun«, sagte er verlegen.

»Regel Nummer eins, Jason – versprich niemals, jemandem einen Gefallen zu tun, wenn du noch gar nicht weißt, worum es geht.«

»Gut, das ist einzusehen. Während Ihrer Zeit bei der Polizei oder danach, ist Ihnen da jemals ein Detective Sergeant namens Ihaka über den Weg gelaufen?«

Was soll denn das jetzt? fragte sich Ricketts. *'Das ist Ihr Leben' oder was?* »Ja, ich kenne den Fettsack. Was ist mit ihm?«

»Ihaka ist auf Funke angesetzt, der wohl, nach allem, was man so hört, ein ziemlich harter Brocken ist. Sie glauben, daß er drüben in Bangkok Brandi umgebracht hat, den Ladyboy, der mit Varty ... zu tun hatte.«

Gestern hat doch Ihaka was von einem Profikiller gefaselt, dachte Ricketts, *das muß der Typ sein. Aber wo ist die Verbindung zu mir?*

»Funke hat mich in Bangkok angerufen – kurz nachdem Sie abgeflogen waren«, fuhr Maltby fort. »Er hat mir ein Ammenmärchen aufgetischt, das ich ihm dummerweise auch noch abgekauft habe. Er hat behauptet, daß er einen Bericht über Varty schreiben müßte und verschiedene Angaben, unter anderem über die nächsten Angehörigen, bräuchte. Ich hab ihm den Namen und die Adresse von Vartys Exfrau gegeben. Und damit bin ich bei dem Gefallen: Könnten Sie Ihaka Bescheid geben, daß Funke den Namen und die Adresse dieser Frau hat? Ich möchte nicht gern schuld daran sein, wenn ihr etwas passieren sollte. Sie fragen sich sicher, warum ich es nicht selbst mache ... also, die Wahrheit ist die, daß ich zur Zeit ganz schön in Schwierigkeiten bin,und wenn herauskommen sollte, daß ich diese Informationen übers Telefon an den Vertreter einer fremden Behörde – noch dazu an einen korrupten – weitergegeben habe ... tja, dann wäre ich fällig, wie man so sagt.«

»Klar, Mann, das ist doch keine große Geschichte«, sagte Ricketts und dachte: *Mein Gott, der alte Maltby klingt so fertig, wie ich bin.* »Wie heißt sie denn?«

»Rayleen Crouch. Sie wohnt in Grey Lynn.«

»Kein Problem. Ich geb's weiter.«

»Danke, Duane, das ist wirklich nett. Es ist mir ziemlich peinlich – eigentlich hätte ich den Braten riechen sollen. Funke wollte sogar über Vartys Tochter Bescheid wissen, keine Ahnung warum. Glücklicherweise war ich so schlau, ihm...«

»Augenblick mal, Jason, lassen Sie mich kurz nachdenken, ja?« *Der Ladyboy? Ist es das? Er stand auf der Treppe, vielleicht hat er mitgehört, was Varty mir gesagt hat.* »Sie haben doch gesagt, daß die glauben, dieser Funke hätte den Ladyboy umgebracht?«

»Genau. Und das sagt nicht mal die thailändische Polizei – es kam von der amerikanischen Botschaft.«

Heilige Scheiße, dachte Ricketts, und legte auf.

- 19 -

Das Telefongespräch verlief ziemlich so, wie Duane Ricketts es erwartet hatte.

»Ricketts«, zischte Ihaka, so als ob er einen furchtbaren Fluch ausstöße. »Was willst du denn schon wieder?«

»Es war nicht gerade nett, daß du mir nichts von Funke erzählt hast.«

»Was willst du denn, Ricketts?« fragte Ihaka sarkastisch. »Merkst du denn gar nichts mehr, oder was? Ich dachte, ich hätte mich klar ausgedrückt – ich würde dir nicht mal aufs Gesicht pinkeln, wenn deine Augenbrauen brennen.«

»Du nimmst das ziemlich persönlich, was?«

»Das ist jetzt eine andere Geschichte: Als du dich entschlossen hast, den Stoff zu suchen, da hast du die Seiten gewechselt. Jetzt bist du einer von denen.«

»Wer sind ›die‹?«

»›Die‹ sind alle, die nicht auf unserer Seite sind.«

»Das ist doch Scheiße, Ihaka. Ich gehöre doch schon lange nicht mehr dazu.«

»Es gab Leute, die meinten, daß dir übel mitgespielt worden wäre, Leute, die noch ein bißchen Zeit für dich hatten. Aber jetzt ist damit Schluß.«

»Und du gehörst zu diesen Leuten?«

»Vor allem ich.«

Du aufgeblasener Scheißer, dachte Ricketts. »In diesem Fall bist du dann sicherlich nicht mehr an Unterstützung meinerseits interessiert?«

»Halt mal«, sagte Ihaka. »Wer hat dir was von Funke erzählt?«

»Das war's dann wohl mit den Höflichkeiten, was? Jetzt sag mir erst mal: Seid ihr dem Schwein schon auf der Spur?«

»Funke? Wir haben einige Anhaltspunkte.«

»Mit anderen Worten, ihr wißt gar nichts.«

Ihaka knurrte zustimmend. »Sagen wir mal so: Mr. Funkes Aktivitäten seit Dienstagabend – als er eine 38er Smith & Wesson und so viel Munition gekauft hat, daß man damit die ganze Rugby-Liga wegpusten könnte – und sein gegenwärtiger Aufenthaltsort sind geheimnisumwittert. Derzeit hoffen wir darauf, daß er hier in Auckland Central hereinspaziert und sich stellt.«

»Nun, es heißt ja, daß die einfachsten Pläne oft die besten sind. Aber um deine Frage zu beantworten: Die Person, die mir von Funke erzählt hat, war die gleiche Person, die mir erzählte, daß er den Namen und die Adresse von Vartys Exfrau bekommen hat.«

»Wie das?«

»Da muß ich passen.«

»Was weiß sie?«

»Nichts – das sagte jedenfalls Varty. Funke wird das natürlich nicht glauben, und er wird sie vielleicht so lange in die Mangel nehmen, bis sie vom Gegenteil überzeugt ist. Könnte ich mir zumindest vorstellen. Ihr Name ist Rayleen Crouch, sie wohnt in

Grey Lynn. Damit ihr nicht erst im Telefonbuch nachsehen müßt: Es gibt eine R. Crouch in Crimea Avenue 108.«

»Okay, wir fahren bei ihr vorbei. Du hast mir aber immer noch nicht gesagt, von wem du das hast – und eier nicht rum, ja? Das ist verdammt ernst, und wir brauchen jede Hilfe, die wir kriegen können.«

»Ihaka?«

»Ja?«

»Kennst du das Sprichwort ›Ein bellender Hund taugt nicht zur Jagd?‹«

An diesem Freitagnachmittag wurde ein wenig Licht in das geheimnisvolle Kommen und Gehen von Harold »Buddy« Funke gebracht.

Ihaka und Detective Constable Johan Van Roon fuhren zur Crimea Avenue 108, wo niemand auf ihr Klingeln reagierte. Die Nachbarn von nebenan wußten, daß Rayleen Crouch so eine Art Sozialarbeiterin war, und mit Hilfe des Sozialamtes fanden sie sie schließlich in einem Jugendheim in Mount Albert. Rayleen Crouch setzte sie darüber ins Bild, wie Funke aus heiterem Himmel mit seiner Dienstmarke und seiner Pistole bei ihr reingeschneit war, Leith Grills verscheucht und dank ihrer Tochter darauf gekommen war, wo ihr Exmann sein Kokain versteckt hatte.

Als Van Roon losfuhr, um die Polizei von Whitianga um Entsendung eines Aufklärungsteams nach Manacle Grange zu bitten, sagte Ihaka zu Rayleen Crouch, daß sie ja offensichtlich nicht besonders überrascht sei, daß sich Funke als Krimineller entpuppt habe.

Auch Ihakas neugieriges Nachhaken rief keine bemerkenswerte Reaktion hervor. »Sergeant, ich bin seit 15 Jahren Sozialarbeiterin«, sagte sie in einem etwas weltverdrossenen Ton. »Mich überrascht nur noch sehr wenig. Und außerdem muß doch heute jeder sehen, wo er bleibt, oder?«

15 Uhr 40 berichtete die Polizeieinheit von Whitianga, daß sie

direkte physische Beweise für ein Verbrechen und augenscheinliche Beweise für mehrere andere gefunden hatte. Am Abend zuvor war dem einzigen Gast des Hotels, einem englischen Journalisten, der Kiefer gebrochen worden, als er von einem unbekannten Individuum aus dem Hinterhalt überfallen wurde. Im Schlafzimmer fanden sich in den Bettsäulen und der Wand Schrotkörner und Blutspuren auf den Laken – was darauf hindeutete, daß jemand in der Schußlinie gestanden hatte, als ein Schrotgewehr abgefeuert wurde. Die Hoteldirektorin war verschwunden, ohne Kleidung, Toilettengegenstände oder ihr Auto mitzunehmen. Und drei Seidenhemden des Journalisten waren in Streifen gerissen worden. Obwohl die zerrissenen Hemden nicht ganz so unheilvolle Schlüsse zuließen wie die anderen Entdeckungen, machte der Journalist deswegen so viel Wirbel, wie ein Mann ihn eben machen kann, dessen Kiefer an drei Stellen gebrochen ist.

Ihaka vermutete, daß es für die Jungs aus Whitianga, auf sich allein gestellt, ziemlich schwierig sein würde, sich noch vor der Jahrtausendwende einen Reim auf das Ganze zu machen – also schickte er ihnen Van Roon zu Hilfe. In ungefähr zwei Stunden würde C.C. Hellicar, die eigentlich am Morgen den fehlenden Schlaf nachholen und am Nachmittag etwas Sport treiben wollte, zu einer ausführlichen Besprechung kommen. Aus verschiedenen – auch persönlichen – Gründen wollte Ihaka unbedingt Substantielles berichten können. So wie die Dinge liefen, sah es allerdings aus, als ob ihn wieder der beunruhigende prüfende Blick dieser unheimlichen frostigen hellblauen Augen treffen würde.

Nachdem er mit Ihaka Liebenswürdigkeiten ausgetauscht hatte, fuhr Ricketts nach Westmere hinüber, um mit Electra Crouch zu sprechen. Sie war nicht zu Hause. Er fuhr sein Auto etwas weiter die Straße hinunter und parkte auf der anderen Seite mit dem Heck bergauf. Von hier hatte er eine gute Sicht auf das Haus und konnte Electra oder jeden anderen kommen sehen, während sie ihn kaum wahrnehmen würden. Dann wartete er.

Datchet Terrace glich an jenem Nachmittag nicht gerade einem Bienenstock. In zwei Stunden zählte Ricketts 22 Autos, 13 Fußgänger und vier Kinder auf Fahrrädern, ohne daß etwas seine besondere Aufmerksamkeit verdient hätte – bis auf den Jungen, der ihm saftig auf die Heckscheibe spuckte und dann schadenfroh kichernd das Weite suchte. Um 14 Uhr 15 kam ein schwarzer Porsche die Straße herunter und hielt schließlich vor Electras Haus. Ein untersetzter Mann in mittleren Jahren stieg aus. Er trug ein gestreiftes langärmliges Trikot, Jeans, die von einem Gürtel mit großer Schnalle gehalten wurden, Cowboystiefel und eine Fliegerbrille. Sein Haar war voll, buschig und unnatürlich schwarz, stand wie ein Dach über seine Ohren vor, lockte sich im Nacken und bedeckte seine Stirn. Er machte insgesamt den Eindruck eines Mannes, der vor 20 Jahren Gefallen an seinem Aussehen gefunden und seitdem nichts daran geändert hatte. Er betrat Electras Haus, kam jedoch kurz darauf wieder heraus, stieg ins Auto und blieb sitzen. Ricketts fand sein Verhalten sowohl interessant als auch ein wenig beunruhigend.

Zum ersten Mal wünschte sich Ricketts ein Funktelefon. Obwohl es unwahrscheinlich war, daß Funke ein so protziges Fortbewegungsmittel wie einen Porsche wählen würde, wäre es doch beruhigend gewesen, die Kavallerie herbeirufen zu können. Wenn er jetzt losginge, um eine Telefonzelle zu suchen, dann könnte, so wie die Dinge standen, Electra inzwischen nach Hause kommen, und Funke – wenn er es denn war – hätte freie Hand. Um 14 Uhr 27 wurde er aus dem Dilemma erlöst, als Electra Crouch Datchet Terrace herunterkam und in Haus 13A eintrat. Der Mann im Porsche sah sie ausgiebig an, als sie vorbeiging, und lehnte dann seinen Kopf wieder an die Nackenstütze. Ricketts deutete nicht allzuviel in den Blick hinein, da Electra sicher jede Menge davon anzog.

Ricketts schrieb sich die Nummer des Porsche auf die Rückseite eines Kreditkartenbeleges. Er stieg aus dem Auto, ging über die Straße, betrat Haus Nummer 13A, erklomm die Stufen zum ersten Stock und klopfte an der Tür von Wohnung Nummer 3.

»Wer ist da?« fragte Electra.

»Duane Ricketts. Ich muß mit Ihnen sprechen – es ist wichtig.«

»So wichtig kann es gar nicht sein. Hauen Sie ab.«

»Electra, so hören Sie doch, da ist ein Amerikaner namens Harold Funke, der vielleicht versucht, Kontakt mit Ihnen aufzunehmen…«

»Wieder mal der erste mit den Neuigkeiten, Ricketts.«

»Was?«

»Sie kommen einen Tag zu spät, nichts weiter. Funke war gestern hier.«

»Um Himmels willen, was wollte er?«

»Das gleiche wie Sie. Mit einem kleinen Unterschied – er ist ein Bulle. Gehen Sie, Ricketts, und kommen Sie nicht wieder.«

»Augenblick mal. Ist er über Ihre Mutter mit Ihnen in Kontakt getreten?«

»Was spielt das für eine Rolle?«

»Electra, dieser Funke ist ein übler Bursche, ein Killer.«

»Ach, hören Sie doch auf, Ricketts, Sie Idiot. Ich habe seine Dienstmarke gesehen.«

»Ja, ich weiß, was er eigentlich ist, aber er hat die Seiten gewechselt – er ist hinter dem Kokain her. Wenn Sie mir nicht glauben, dann rufen Sie Detective Sergeant Ihaka im Revier Auckland Central an. Oder noch besser: Rufen Sie Ihre Mutter an, die Polizei wird inzwischen mit ihr geredet haben.«

Sie schwieg eine Weile, bevor sie sagte: »Tja, was immer er ist, er hat bekommen, was er wollte.«

»Sie haben ihm gesagt, wo es ist?« Als keine Antwort kam, fuhr Ricketts fort: »Ja Scheiße, woher konnten Sie das denn wissen? Noch etwas: Da draußen sitzt seit einer halben Stunde ein Typ in 'nem Porsche und wartet auf jemanden. Können Sie mal rausschauen, ob Sie ihn kennen? Vielleicht ist es ja Funke.«

Eine Minute später ging die Tür auf. Electras Aufzug – Jeans, übergroßes weißes Hemd und hochhackige Stiefel – war ein bißchen weniger uniformiert als am Tag zuvor. Ihr Gesichtsausdruck wirkte ein wenig weicher, wenn auch noch lange nicht sanft.

»Wie gehen die Geschäfte, Ricketts?« fragte sie voller Ironie. »Haben wir heute wieder ein paar Kids geschnappt?«

Ricketts ging nicht darauf ein. »Ist das Funke da draußen?«

Sie winkte Ricketts mit einer kurzen Geste herein und machte die Tür zu. »Kann ich von hier oben nicht sagen. Gestern hatte er jedenfalls keinen Porsche.«

»Vielleicht hat er den Koks verkauft und sich verbessert.«

Electra war sich nicht ganz sicher, ob die Bemerkung gegen sie gerichtet oder einfach nur geistlos war. Ehe sie zu einem Schluß kam, klopfte es laut an der Tür.

Electra zuckte zusammen. Ricketts winkte sie von der Tür weg. Ein kurzer schmaler Flur führte von der Eingangstür zum Wohnzimmer. Die Küche ging vom Flur nach links ab. Er trat in die Küche und griff sich ein Hackmesser, das auf der Arbeitsplatte lag.

Wieder klopfte es. Ricketts nickte und Electra fragte: »Wer ist da?«

»Ist Jake Latimer da drin?« Die Stimme klang nicht mehr jung, aber in jedem Fall verärgert.

»Jake ist nicht zu Hause.«

»Und wann wird er zu Hause sein, verdammt?«

»Ich weiß nicht.«

»Dann übermitteln Sie ihm eine Nachricht – er wird schon wissen, von wem sie ist. Sagen Sie ihm einfach, daß der kleine Wichser bis zum Hals in der Scheiße steckt. Sagen Sie ihm, ich habe nicht bekommen, wofür ich bezahlt habe, und ich will mein Geld zurück. Wenn ich es nicht kriege, dann kann er sich noch am Wochenende nach einem Rollstuhl umsehen.«

»Ich weiß nicht, wovon sie reden. Jake hat mir nichts davon erzählt...«

»Ach, im Ernst? Na, dann erzähl ich es Ihnen. Ich habe den Sack für eine Information bezahlt – darüber, wo ich etwas finde, das mir gehört. Der Typ, den ich geschickt habe, um es zu holen, ist nicht zurückgekommen; also entweder hat Latimer mich angeschmiert oder zweimal hingelangt – hat nicht genug kriegen können und das gleiche Geschäft noch mit jemand anderem gemacht. Wenn er das getan hat, dann braucht er keinen Rollstuhl mehr, sondern gleich einen Sarg. Sagen Sie ihm, er hat 24 Stunden.«

Damit war alles gesagt, und wütend stampfte er davon. Ricketts ließ das Messer sinken und beobachtete durch das Küchenfenster, wie der Mann aus dem Haus kam, in den Porsche stieg und davonfuhr. Er ging ins Wohnzimmer; Electra saß an einem kleinen Tisch, den Kopf in den Händen, und starrte auf die Tischplatte. Er setzte sich auf die Sofaecke, wohl wissend, daß das Vernünftigste jetzt war, erst dann etwas zu sagen, wenn er darum gebeten wurde. Electra saß eine Weile reglos da, sprang dann plötzlich auf und stürzte aus dem Zimmer. Ricketts hörte, wie sie in der Wohnung umherlief. Nach etwa zwei Minuten tauchte sie wieder auf und setzte sich an den Tisch, blaß und steif vor Anspannung. Dann sagte sie mit haßerfüllter Stimme: »Dieser miese stinkige kleine Schwätzer.«

Auch wenn sie nicht unbedingt auf eine Antwort wartete, beschloß Ricketts, es zu wagen. »Er hat sich dann wohl verdünnisiert«, sagte er – und es klang nicht wie eine Frage.

Ohne aufzusehen, antwortete sie mit einem kurzen, zornigen Nicken.

»Sie haben ihm gesagt, wo der Schnee ist, und er hat die Information an das Großmaul mit dem Porsche verkauft, der dachte, niemand sonst wüßte von dem Deal. Als Jake merkte, daß auch Funke auf dem laufenden war, wurde ihm klar, daß er sich mächtig reingeritten hatte – also machte er sich mit dem Geld auf und davon.«

Wieder ein kurzes Nicken.

»Tja, jetzt stellt sich eine Frage für Sie.«

Sie drehte langsam den Kopf.

»Laß ich ihn jetzt damit einfach so abziehen?«

Der Zorn in ihren Augen wurde zu Resignation. Sie ließ die Schultern sinken und starrte wieder auf die Tischplatte. Schließlich sagte sie mit brüchiger Stimme: »Das hat er ja wohl schon gemacht.«

»Nur, wenn Sie ihn lassen«, sagte Ricketts.

»Jetzt kann ich ja nicht mehr sehr viel machen«, erwiderte sie trotzig.

»Sie könnten es der Polizei erzählen. Was immer da läuft, es muß illegal sein, und Latimer hat sich eingeklinkt. Oder Sie könnten seinen Kumpel mit dem Porsche auf ihn hetzen – das würde ich machen.«

Höhnisch erwiderte Electra: »Erstens weiß ich nicht, wer der Typ in dem Porsche ist, zweitens weiß ich nicht, wo Jake ist. Aber abgesehen davon – großartige Idee.«

Ricketts zückte den Kreditkartenbeleg: »Erstens ist kein Problem: Ich habe die Nummer von dem Porsche und kann in fünf Minuten rauskriegen, wer der Besitzer ist. Und ich wette, Sie kommen drauf, wo Jake hin ist, wenn Sie nur drüber nachdenken.«

Electra kniff die Augen zusammen und richtete sich auf.

»Versetzen Sie sich doch mal in seine Lage: Er hat den großen Treffer gelandet, aber jetzt braucht er erst mal einen Platz, wo er sich verstecken kann. Wo würde er hingehen? Was würde er mit dem Kies machen? Ich meine, Sie haben mit dem Typen zusammengelebt, da muß Ihnen doch was einfallen.«

Electra kaute auf der Unterlippe, als sie nachdachte. Es schien zu helfen: »Er hat sich jede Woche ein Lotterielos gekauft – mein Gott, das war schon wie ein Ritual. Er hat mir glaube ich hundertmal gesagt, daß er sich, wenn er gewinnt – ich meine so richtig gewinnt –, eine Harley Davidson kaufen würde. Und wenn er die Harley hätte, dann müßte er damit unbedingt vor seinem besten Freund Lenny angeben. Der lebt oben in Whangarei.«

Ricketts fragte, ob er telefonieren dürfe. Er rief einen Bekannten bei der Telecom an und bat ihn zu prüfen, ob während der letzten Tage von Electras Telefon aus irgendwelche Ferngespräche geführt worden waren. Es gab eins – um 8 Uhr 55 an diesem Morgen nach Whangarei.

Ricketts gab Electra die Nummer. »Kennen Sie die?«

Sie nahm ihr Filofax aus dem Rucksack und sah nach. Es war Lennys Nummer. Vorsichtig, fast förmlich, nickten sie einander bestätigend zu.

Er sagte: »Gut, und jetzt finden wir noch raus, wer ihm da auf den Fersen ist.«

Ricketts rief einen weiteren Informanten an, diesmal im Verkehrsministerium. Aus seiner Reaktion war ersichtlich, daß die Antwort ins Bild paßte.

»Und?« fragte sie, als er den Hörer aufgelegt hatte.

Ricketts sah sie eindringlich an. »Der Porsche gehört Bryce Spurdle.«

Electra sah Ricketts mit ihren schwarzen Augen eine ganze Weile ausdruckslos an und fragte ihn dann, ob er eine Tasse Tee wolle. Auf dem Weg zur Küche drehte sie kurz den Kopf und fragte: »Das dürfen die aber eigentlich nicht, oder? Ich meine, Informationen einfach jedem zu geben, der anruft?«

»Ich bin nicht jeder – die kennen mich.«

»Wie das?«

»Gestern habe ich doch erzählt, daß ich mein Geld damit verdiene, Leute zu finden – erinnern Sie sich? Und es ist eben viel einfacher, wenn man Zugang zu solchen Informationen hat. Dazu muß man die richtigen Leute kennenlernen – und es muß sich für sie lohnen.«

Electra brachte zwei Tassen Tee ins Wohnzimmer und reichte ihm eine. »Machen's die Bullen genauso?«

Ricketts lächelte. »Die Bullen machen alles mögliche, aber das meiste davon haben die sowieso parat.«

»Was meinen Sie, ob die die Nummer von Funkes Wagen haben?«

Ricketts nippte an seinem Tee und erinnerte sich, was Ihaka ihm gesagt hatte. »Ich glaube kaum. Warum?«

»Ich hab sie mir aufgeschrieben.« Sie lächelte ein wenig unsicher. »Electra Crouch, die Jungdetektivin.«

»Warum haben Sie das gemacht?«

»Als ich noch zu Hause gewohnt habe, hat Rayleen – meine Mutter – immer, wenn ein Typ gekommen ist, um mich abzuholen, ohne daß er es merkte, die Nummer seines Wagens aufgeschrieben. Ich weiß nicht, wieso, wahrscheinlich für den Fall, daß wir zusammen abhauen oder so was – falls der Junge Jack the Ripper junior sein sollte, vielleicht. Gestern stand ich am Küchenfenster und dachte, jetzt sieh mal einer an, da steigt sie zu 'nem Fremden ins Auto usw....« Sie zuckte mit den Schultern. »Na ja, und da hab ich sie aufgeschrieben.«

Das erste, was die Bullen gemacht hätten, dachte Ricketts, *wäre eine Überprüfung der Mietwagenfirmen gewesen. Wenn Funke einen Wagen gemietet hätte, dann hätte er falsche Papiere verwendet, aber daran hätten sie gedacht*. Er ließ sich die Nummer des Wagens geben und rief seinen Bekannten im Verkehrsministerium ein zweites Mal an. Der Wagen war ein Fiat Tipo, eingetragen auf eine Mrs. Ada Merchant, Inhaberin der Pension »Crescent Lodge« in Eden Crescent. *Das ist seltsam*, dachte er. *Funke würde doch bei Gott nicht in einem gestohlenen Auto herumkutschieren und das Risiko eingehen, jedem Bullen auf der Straße aufzufallen. Es sei denn, er hat es nur einmal benutzt und dann stehenlassen.*

»Und?« fragte Electra.

Er erzählte es ihr. »Ist ein bißchen seltsam. Vielleicht seh ich mir diese Pension mal an.«

»Sie finden also Leute, stimmt's? Wie sind Sie dazu gekommen?«

»Ich war mal Bulle. Dann bin ich rausgeflogen, und das war halt das einzige, was ich gelernt hatte.«

Sie sah ihn ungläubig an. »Sie sind bei den Bullen rausgeflogen?«

Ricketts nickte.

»Weswegen?«

»Was halten Sie von Pferden?«

Sie runzelte die Stirn. »Pferde. Was soll damit sein? Hab ich nicht viel am Hut damit.«

Ricketts lächelte bitter. »Wenn alle diese Einstellung hätten, dann wäre ich wahrscheinlich noch Bulle.«

- 20 -

Jody Spurdle – in hautengen, wadenlangen Leggins und einem kaum ausreichenden rückenfreien Oberteil – machte nach einem Cindy-Crawford-Video Dehnungsübungen auf einer Gymnastikmatte im Fernsehzimmer, als ihr Mann nach Hause kam. Sie hatte ihn schon auf 400 Meter Entfernung vom Briefkasten her kommen hören, denn er jagte den Porsche im selben Tempo die Auffahrt entlang, in dem einige Weiße mit teuren Autos durch Teile von Auckland fuhren, in denen diese Kombination ungewohnt und daher provozierend wirkte. *O Gott,* dachte Jody, als der Porsche in einer Schotterwolke vor der Tür zum Stehen kam, *er hat wieder Dünnpfiff.*

Ungefähr alle zwei Wochen traf sich Bryce Spurdle mit ein paar Kumpanen zu einem langen Mittagessen. Meist spielten diese Freß- und Saufgelage seiner Verdauung übel mit. Wenn er nicht auf die Uhr schaute – beispielsweise bei einem abschließenden reinigenden Ale die Zeit vergaß –, dann lief er Gefahr, irgendwann auf der Heimfahrt zu erleben, wie das, was er »Düsendruck« nannte, schnell und beängstigend anstieg. Angesichts der Vorstellung, sich auf der Autobahn bei 100 Sachen und mehr am Lenkrad selbst zu besudeln – es war nicht nur ekelhaft und peinlich, sondern auch ausgesprochen gefährlich –, unternahm er übermenschliche physische und psychische Anstrengungen, zu denen zusammengekniffene Hinterbacken gehörten – und auch das, was Sportpsychologen »Visualisierung« nennen, das heißt das, was Überwindung von Schmerz und Streß beim Wettkampf durch die Vorstellung des Momentes des letztendlichen Triumphs, wobei dies in Spurdles Fall die selige Erleichterung war, die er eine Millisekunde empfinden würde, nachdem sein Hintern hart auf dem Toilettensitz gelandet war.

Jody kannte das Syndrom mittlerweile recht gut. Er brauste die Auffahrt entlang, fuhr mit quietschenden Reifen vor und sprang sofort aus dem Wagen. Als er an diesem Nachmittag die Tür so heftig hinter sich zuschlug, daß alle Fenster im Haus klirrten, da hatte sie den Eindruck, daß er vielleicht gar nicht dem Ruf der Natur folgte, denn normalerweise vergeudete er keine Zeit darauf, Türen zuzuschlagen oder hallo zu sagen oder irgend etwas anderes zu tun, was ihn auf dem Weg zu der speziell für ihn reservierten Toilette neben seinem Arbeits- und Billardzimmer aufhalten könnte.

Sie hielt das Video an und marschierte los, um nachzusehen. Sie fand ihren Ehemann im Arbeitszimmer. Er stand hinter der Bar, schüttete Rum in ein Glas, und sein Gesichtsausdruck war so finster wie der eines verwöhnten Görs am Weihnachtsmorgen. Er gab Eis und einen Schuß Coke in das Glas und nahm einen großen Schluck.

»Stimmt irgendwas nicht?«

Spurdle riß sich die Sonnenbrille vom Gesicht, ließ sie auf die Bar fallen und starrte seine Frau wütend an. »So ist es«, sagte er schroff und mit höhnischem Unterton. »Aber was interessiert dich das denn?«

»Was soll das bitte heißen?«

Er schüttelte abweisend den Kopf, kam hinter der Bar hervor und setzte sich mit dem Rücken zu Jody auf einen hochbeinigen Hocker. »Vergiß es«, murmelte er. »Geh du lieber wieder zu deiner Gymnastik, bevor dein Hintern weich wird.«

Sie ging zu ihm. »Jetzt hör mir mal zu, Bryce ...«

»Versteh doch, es geht nur um Geschäfte. Das interessiert dich doch sowieso nicht. Es hat dich noch nie interessiert – warum sollte es auf einmal anders sein?« Er sah weg und nahm noch einen Schluck aus seinem Glas.

»Aber jetzt interessiert es mich eben – besser spät als nie, oder?«

»Was ist denn los, Schatz?« fragte er spöttisch. »Hast du Angst, daß dein Goldesel lahm wird?«

Jody schnaufte wütend. »Mein Gott, Bryce, du kannst so ein Mistkerl sein, wenn dir danach ist.«

Spurdle schüttete den Rest seines Drinks hinunter und stand auf, um sich noch einen zu machen. Über die Bar sah er zu Jody hin. Sie spielte die Gekränkte: Die Lippen geschürzt, den Kopf zur Seite gelegt und die Hand auf der Hüfte. *Schau sie dir an,* dachte er bitter, *da steht sie nun wie ein Flittchen aus dem Fitneßstudio. »Hey, Jungs, guckt euch das mal an – flacher Bauch, Titten wie Bowlingkugeln und ein Arsch wie ein Pfadfinder.« Weil wir gerade dabei sind: Das letzte Mal – wann war es gleich, ach ja, Dienstagnacht –, als ich die Stirn hatte, etwas von ihr zu wollen, da hat sie mich so was von runtergeputzt und dann noch diese Scheiße, daß ich einen Schwanz hätte wie eine verschrumpelte Möhre.*

Während ihrer kurzen Verliebtheit und ihrer siebeneinhalbjährigen Ehe war Spurdle ständig besorgt gewesen, daß Jody etwas über seine dunkle Vergangenheit erfahren könnte, und er hatte sich alle Mühe gegeben, sie vor ihr zu verheimlichen. Aber die Erinnerung daran, wie sie ihn mit Berechnung in seiner Männlichkeit verletzt hatte, und an die ständigen, zermürbenden Zurückweisungen ließ etwas in seinem Inneren einschnappen. Ihn überkam ein übermächtiges Verlangen, seine strahlende junge Frau zu packen und sie von dem gepunkteten Tuch, das ihr platinblondes Haar zusammenhielt, bis zu ihren rosa Zehennägeln durchzuschütteln.

Er stellte die Rumflasche hin, legte die Handflächen auf die Bar, zog die Schultern hoch, und in einem seiner Vorstellung nach samtweichen, leicht drohenden Ton fragte er sie: »Du willst also wirklich wissen, was mich so auf die Palme bringt, ja?«

»Ich hab danach gefragt, oder nicht?«

Er zog die Augenbrauen noch einen Zentimeter höher. »Bist du dir auch ganz sicher?«

»Was soll das ganze Theater, Bryce?« fragte sie und fühlte sich langsam etwas unbehaglich. »Wenn du's mir erzählen willst, dann tu's, wenn nicht, dann…«

»Okay«, sagte er mit Ich-bin-doch-ein-vernünftiger-Mann-Stimme. »Ich erzähl's dir.« Was er dann auch tat.

Trotz seines plötzlichen, rücksichtslosen Verlangens, einen großen schmutzigen Brocken in den ruhigen Teich zu werfen, dem das behütete und selbstzufriedene Leben seiner Frau glich, hatte seine Aufrichtigkeit doch Grenzen. Er erzählte ihr, daß er Varty das Drogengeschäft finanziert hätte – wo er doch keinen Cent investiert hatte. Die zehn Kilo Kokain waren rein technisch Eigentum des zum Scheitern verurteilten Mister-Asia-Syndikats. Varty hatte sie sich lediglich angeeignet und auch die gecharterte Yacht bezahlt. Spurdle behauptete, daß Varty ihn übers Ohr gehauen hätte – wo es doch genau umgekehrt gewesen war – und daß Varty Al Grills ermordet hätte –, eine falsche Darstellung, die zu gleichen Teilen auf Unwissenheit und Erfindung beruhte. Die Erzählung endete damit, daß Jake Latimer die 12 500 Dollar eingesackt hatte und Leith Grills aus bisher ungeklärten Gründen nicht von seiner Mission zurückgekehrt war.

Jody hörte ihrem Ehemann mit gemischten Gefühlen zu, wobei sie jedoch entgegen seinen Erwartungen sein vergangenes und gegenwärtiges Leben als Drogenschmuggler nicht schockiert ablehnte. Nein, sie empfand vor allem Ärger, denn sie hatte sich nicht nur furchtbar geirrt, als sie glaubte, Bryce wolle sie beseitigen lassen, sondern obendrein noch die Polizei ins Spiel gebracht. Und das ausgerechnet jetzt, mit all diesen Geschichten! Sobald sie die Zeit fand, würde sie Sergeant Ihaka anrufen und ihm sagen, daß alles ein schrecklicher Irrtum gewesen sei.

Spurdle hatte seine Bombe abgeworfen und wartete nun auf die Folgen. Er hatte Verwirrung, Tränen, Angst, die sich zur Panik steigerte, und andere Manifestationen entrüsteter Bestürzung erwartet. Tatsächlich jedoch lehnte sich Jody über ihn und küßte ihn sanft auf die Wange.

»Du Ärmster, kein Wunder, daß du ganz durcheinander bist«, sagte sie zärtlich. »Mein Gott, ich nehme es dir wirklich nicht ein bißchen übel. Ich muß jetzt aber ganz schnell unter die Dusche. Am besten, du entspannst dich ein bißchen, legst die Füße hoch, nimmst noch einen Drink und überlegst dir, was du gerne zum Abendessen hättest.«

Spurdle war baff. Er sinnierte immer noch, als 20 Minuten später etwas passierte, was ihn zeitweilig unfähig machte, rational zu denken. Gurrende Laute drangen von oben aus dem Schlafzimmer herunter. Jody rief ihn mit neckender und anzüglicher Kleinmädchenstimme, einer Stimme, die er seit einigen Jahren nicht mehr gehört hatte – und kaum noch gehofft hatte, je wieder zu hören – und auf die er so prompt, eifrig und unterwürfig reagierte wie ein einfältiger Hund auf die Rufe seines Herrn. Sein Herz schlug heftig, seine Hände zitterten, Blut schoß ihm in den Unterleib – und er merkte, daß seine Jeans eigentlich etwas zu eng waren. Er stellte sein Glas ab und fiel mehr vom Barhocker, als daß er herunterstieg.

»Ja, Schatz«, krächzte er zaghaft und flehte, daß ihn seine Ohren nicht getäuscht hatten, oder noch schlimmer – daß das Biest entschieden hatte, daß bloße Ablehnung nicht mehr reichte, sondern die Zeit für eine raffiniertere Form der Folter reif war.

»Komm und sieh dir das mal an«, sagte sie schelmisch. »Ich brauche deinen Rat.«

Spurdle schlurfte die Treppe hinauf. Jody saß am Kopfende des Bettes. Sie trug einen durchsichtigen schwarzen Body, der an ihren Schenkeln endete, Strapse mit schwarzen Nahtstrümpfen und hellrote Pumps mit Pfennigabsätzen, deren Farbe zu ihrem Lippenstift paßte. Sie lehnte sich an, die Brust herausgedrückt, die Beine ausgestreckt und leicht geöffnet, so als ob sie jeden in Seide gehüllten und nur halbverborgenen Zentimeter ihres Körpers seiner geschätzten Prüfung darbieten wollte. Spurdle verdrehte die Augen, seine Knie wurden weich, und er fühlte unter seinem Gürtel etwas Feuchtes zucken wie eine geköpfte Schlange.

»Und«, fragte sie mit samtiger Stimme, »wie findest du es?«

Eine halbe Stunde später lag Bryce Spurdle auf dem Rücken in dem großen Bett. Er hatte die Augen geschlossen, sein Mund war offen, und er gab kleine schniefende Geräusche von sich, die ab und zu durch lautstarkes Grunzen unterbrochen wurden. Neben ihm lehnte Jody am Kopfende des Bettes, eine Hand unter dem Kopf, und ein schlanker brauner Arm lag über ihren jetzt unverhüllten Brüsten. *Gut gemacht, Mädel,* sagte sie zu sich selbst. Sie hatte zwei Fliegen mit einer Klappe geschlagen, indem sie ihn ins Bett gelotst hatte: Erstens hatte sie ihn aus dieser miesen Stimmung befreit und zweitens ihr schlechtes Gewissen ein wenig beruhigt. Noch ein paar solcher glänzenden Auftritte, und sie wären quitt... Jody fluchte leise, als ihr wieder einfiel, daß sie versprochen hatte, Bryce ein Abendessen seiner Wahl zu kochen. Aber in seinem gegenwärtigen Zustand würde er zu allem ja sagen, also konnte sie auch vorschlagen, statt dessen auszugehen. Andererseits sollte sie vielleicht Pluspunkte sammeln, solange die Sache gut lief. Sie war noch am Überlegen, als das Telefon auf dem Nachttisch klingelte. Sie nahm den Hörer ab, während Bryce schnarchte und sich auf die andere Seite rollte.

»Jody?«

»Ja, am Apparat.«

»Lang nicht mehr gequatscht, Kleines – hier ist Fleur Wolfgramm.«

»Fleur! Wo bist du?«

»Bin ein paar Tage in der Stadt. Können wir uns irgendwie sehen?«

»Aber sicher doch. Wann geht es denn bei dir?«

»Wie wär's mit heute abend?«

»Heute abend?« Jody sah auf ihren Ehemann, der sich die Decke über den Kopf zog. »Heute abend ist vielleicht nicht so gut. Bryce und ich hatten eigentlich schon was vor.«

»Na ja, ich treffe mich sowieso heute abend mit jemandem...«

»Immer noch die alte«, sagte Jody und kicherte. »Erzähl mal.«

Fleur hüstelte. »Nein, nicht so. Er ist ein Kunde. Aber ich hab ihm von Bryce erzählt, und er möchte ihn unbedingt kennenlernen – er meint, sie hätten eine Menge gemeinsam und könnten miteinander ins Geschäft kommen. Das Problem ist, er ist Amerikaner und muß wieder zurückfliegen.«

»Also, dann komm doch einfach mit deinem Freund heute zum Abendessen zu uns. Wir haben noch überlegt, ob wir ausgehen oder zu Hause bleiben, und wenn ich koche, dann macht es keinen Unterschied, ob für zwei oder für vier.«

»Das wäre ja toll. Und es ist wirklich kein Problem, wir stören euch nicht, oder?«

Jody sagte, nein, aber wenn sie ein paar Minuten eher angerufen hätte, dann...

Fleur sagte, sie wüßte gar nicht, daß die Nachmittagsnummer wieder in Mode wäre, und beide kicherten. Dann sagte Jody, daß sie ab 19 Uhr 30 kommen könnten, und Fleur sagte, daß die Spurdles es wohl nicht so lange aushalten würden, und sie kicherten wieder, verabschiedeten sich und legten auf. Erst unter der Dusche fiel Jody wieder ein, daß Fleur, als sie das letzte Mal von ihr gehört hatte, Chefin eines kleinen Nobelhotels auf Koromandel gewesen war – es konnte ja wohl kaum das sein, von dem auch Bryce erzählt hatte.

Duane Ricketts verließ die Wohnung von Electra Crouch in Westmere am Freitagnachmittag um 16 Uhr. Er fuhr die Jervois Road entlang, den College Hill hinunter und am Victoria Park vorbei in die City. Er stellte das Auto im Parkhaus in der Shortland Street ab, ging den Hügel hinauf und bog links nach Eden Crescent ein. »Crescent Lodge« war eine Pension, so weit, so gut. Aus reiner Neugier ging er die Straße noch einmal hinunter und sah sich die Autos und Nummernschilder an. Bald stieß er auf den Fiat Tipo, in dem Electra Crouch Funke gesehen hatte. Ricketts dachte gerade darüber nach, was das Ganze zu bedeuten hatte, als es plötzlich in seinem Hinterkopf heftig zu arbeiten begann. Er ging am Hyatt Kingsgate Hotel vorbei und setzte sich auf eine

Bank im Albert Park. Nach 20 Minuten angestrengten Nachdenkens hatte er einen Plan.

Er holte sein Auto aus dem Parkhaus und fuhr nach Datchet Terrace 13A zurück, wo er Electra seinen Plan erläuterte. Sie hörte gelassen zu, und als er fertig war, stellte sie ein paar beruhigend intelligente Fragen.

»Es ist ein Versuch«, sagte er, »schlicht und einfach. Vielleicht geht es völlig daneben, aber ich glaube, wir sollten es tun. Was glauben Sie?«

Sie nickte. »Auf jeden Fall.«

»Wie steht's mit Ihrem Part?«

»Ich bin dabei.«

»Ihnen ist klar, daß Sie das den Nasenring kostet und daß Sie ... normal aussehen müssen?«

Sie lächelte schief. »Der Nasenring ist kein Problem, den kann ich immer wieder reinmachen. Aber normal auszusehen, dazu gehört für ein Mädchen schon eine ganze Menge. Die Sachen sind das Problem – ich meine, was tragen weibliche Detektive?«

Um genau 18 Uhr an diesem Abend begann eine Beratung in einem kleinen Konferenzzimmer im achten Stock des Polizeireviers Auckland Central. Die Teilnehmer waren Detective Sergeant Tito Ihaka und Detective Inspector Finbar McGrail von seiten der Polizei von Auckland und C.C. Hellicar, deren Dienstgrad, Einheit und – so dachte Ihaka – Schuhgröße sowie bevorzugter Eiscremegeschmack vertraulich waren. Sie war ganz in Schwarz gekleidet: schwarze Levis, eine weite schwarze Jacke mit Reißverschluß über einem dünnen schwarzen Pulli und knöchelhohe schwarze Turnschuhe. Ihaka fragte sich, ob das ihre Arbeitskleidung war.

Ihaka gab gerade einen Bericht über die Ereignisse in Manacle Grange, als es an der Tür klopfte. Ein Beamter brachte einen Metallkoffer für Miss Hellicar und legte ihn auf den Tisch.

»Wie gesagt«, fuhr Ihaka fort, »der Koks muß unter den Dielen in dem Kleiderschrank versteckt gewesen sein. Er ist weg – genau wie die Direktorin. Woraus zu schließen ist, daß Funke beide mitgenommen hat.«

»Warum sollte er die Direktorin mitnehmen?« fragte McGrail.

»Wir glauben, daß sie das Hotel mit den Füßen zuerst verlassen hat. Zur Zeit gehen wir von der Theorie aus, daß er sie mit der Schrotflinte erschossen hat, aber die Leiche nicht zurücklassen wollte. Der englische Journalist hatte Glück – er hat Funke nicht gesehen.«

»Ich bin ein bißchen verwirrt, Sergeant«, warf C.C. Hellicar ein, »ich dachte, Funke hätte eine 38er Smith & Wesson?«

»Hatte er, aber das heißt ja nicht, daß er sich nicht auch eine Schrotflinte besorgen konnte. An die kommt man leichter ran.«

»Aber wozu brauchte er die?« fragte sie sanft. »Sie ist sperrig, läßt sich schwer verstecken, und er hatte doch eine wunderbare Pistole. Ich verstehe nicht, warum er sich mit einer Schrotflinte herumplagen sollte. Außerdem, wenn es nur darum ging, sie loszuwerden, dann würde Funke doch keine Schrotflinte verwenden, schon gar nicht nachts. Er kennt so viele Methoden, wie er sie mit seinen beiden Händen hätte umbringen können, daß er die Qual der Wahl hätte.«

Ihaka hatte eine Eigenschaft, die längst nicht alle höheren Beamten in Auckland Central auszeichnete: Er erkannte überzeugende Argumente auf Anhieb, auch wenn sie seiner eigenen Position zuwiderliefen. Und er verschwendete nie Zeit und Mühe darauf, eine nicht haltbare Position zu verteidigen. Dennoch empfand er ganz kurz eine irrationale, aber intensive Verärgerung, als er im Augenwinkel sah, wie McGrail zustimmend nickte.

»Ich muß sagen, das klingt ziemlich einleuchtend«, sagte McGrail und schenkte C.C. Hellicar ein warmes Lächeln. *Hallo*, dachte Ihaka, *McGrail hat wohl 'n Harten*.

Ihaka nickte C.C. Hellicar zu. »Ja, Sie haben wahrscheinlich recht. Funke würde keine Waffe benutzen, wenn er nicht müßte.

Vielleicht hat ja jemand anderer die Schrotflinte mit auf die Party gebracht.«

»Meine Rede«, sagte McGrail und wandte sich wieder an C.C. Hellicar: »Der Sergeant ist heute wie ein bewegliches Ziel.«

C.C. Hellicar grinste, so als ob sie das Geplänkel am Rande amüsierte. Ihaka lächelte nach wie vor freundlich, konnte jedoch das Verlangen, McGrail die Zunge herauszureißen und sie ihm in den Hals zu stopfen, nicht ganz verbergen.

»Wer denn zum Beispiel?«

Ihaka erzählte ihr, wie Leith Grills bei Rayleen Crouch eingedrungen war, von seiner Verbindung zu Bryce Spurdle und dem Verdacht, daß Spurdle in den Drogendeal verwickelt war. Er fügte hinzu: »Wir haben versucht, Grills heute nachmittag aufzutreiben, aber das Schwein war nicht zu finden. Seine Frau sagte, er wäre weggefahren und sie wüßte nicht, wann er zurückkäme.«

»Wie haben Spurdle und Grills denn von Manacle Grange erfahren?« fragte McGrail.

»Wahrscheinlich auf die gleiche Weise wie Funke«, sagte Ihaka. »Über die Tochter. Anscheinend ist sie die einzige, die wußte, daß der Stoff dort unten war. Wir sollten mal mit ihr reden.«

»Und was ist mit Ihrem Sparringspartner Ricketts?« fragte McGrail. »Was treibt der denn? Er weiß doch schon die ganze Zeit von den Drogen, und ich kann mir nicht vorstellen, daß er nur zuschaut.«

»Wer ist das?« fragte C. C. Hellicar.

Ihaka gab einen kurzen und wenig schmeichelhaften Bericht über Ricketts und seine Rolle. »Ich würde nicht drauf wetten«, sagte er, »aber ich glaube, ich habe ihn in die Schranken gewiesen. Ricketts ist aus Thailand zurückgekommen und wollte absahnen, da gibt es gar keinen Zweifel – aber nur, wenn er es mit links hätte machen können: Er kommt, schnappt sich den Stoff, geht wieder und stößt ihn ab – keine Polizei, keine Komplikationen. Mein Instinkt sagt mir, daß Ricketts auf Nummer Sicher gehen wollte. Wenn das Risiko zu hoch wäre, würde er die Sache abblasen.«

Ihaka informierte sie darüber, was getan wurde: landesweite Fahndung nach Funke, Überwachung aller Häfen, eine erneute, noch sorgfältigere Überprüfung von Hotels, Motels und Pensionen, Kontrolle der Informanten sowie Überwachung bekannter und möglicher großer Drogenhändler, einschließlich Spurdle, mit denen Funke vielleicht Kontakt aufnehmen würde.

»Jetzt heißt es warten«, schloß er. »Funke wird den Stoff nicht mit aus dem Land und durch den Zoll nehmen wollen. Er wird versuchen, ihn hier zu verkaufen, und das heißt, es muß bekannt werden, er muß herumfahren und mit Leuten zusammenkommen. Wir bekommen einen Tip, oder jemand sieht ihn – es ist nur eine Frage der Zeit.«

»Was ist mit diesem Ricketts?« fragte C. C. Hellicar. »Haben Sie jemanden auf ihn angesetzt?«

Ihaka schüttelte den Kopf. »Das wäre Verschwendung von Arbeitskräften. Wenn wir Ricketts überwachen würden, würde er es merken, wenn wir ihm einen Schatten hinterherschicken würden, er würde ihn abschütteln. Darin ist er gut – besser als die meisten unserer Jungs.«

McGrail lächelte C. C. Hellicar wieder gewinnend an. »Zumindest in dieser Hinsicht sind der Sergeant und ich einer Meinung.«

Kurz danach war die Beratung zu Ende. McGrail überhäufte C. C. Hellicar noch ein wenig mit seinem begrenzten Vorrat an Charme und verließ dann das Zimmer.

»Er ist wirklich ein netter Kerl«, sagte sie.

Ihaka torkelte zu dem großen Mülleimer aus Plastik in der Ecke, beugte sich so weit darüber, daß sein Kopf fast darin verschwand, und imitierte dann auf beunruhigend überzeugende Weise jemanden, der sich heftig und lautstark übergab.

Er drehte sich um und wischte sich den Mund mit dem Handrücken ab. »Netter als McGrail geht es wirklich nicht«, stimmte er zu. Er deutete mit dem Kopf auf den Koffer. »Sind das Ihre Gerätschaften?«

C. C. Hellicar wandte ihren starren Blick von Ihaka ab und schüttelte sich, um sich zu vergewissern, daß sie nicht phantasiert hatte. *Es liegt nicht an mir*, sagte sie zu sich selbst. *Ich habe im Flugzeug keine Schlaftablette genommen, ich habe keine Halluzinationen, er hat das wirklich gemacht.*

»Ja«, antwortete sie abwesend.

»Kann ich mal lugen?«

»Was wollen Sie?«

»Schauen. Kann ich mir mal Ihre Ausrüstung anschauen?«

»Ich zeig sie Ihnen, Sergeant, wenn es das ist, was Sie wollen«, sagte sie und sah ihn mißtrauisch an. »Bieten Sie mir bloß nicht an, daß Sie mir Ihren Gummiknüppel zeigen.«

Ihaka sah sie beleidigt an. »Der Gedanke wäre mir nie in den Kopf gekommen.«

»Da ist wohl auch kaum noch Platz – bei all den anderen Sachen, die Sie da drin haben.«

Während Ihaka noch über diese Bemerkung nachsann, drehte sie die Kombinationsschlösser und ließ den Koffer aufspringen. Er enthielt eine Automatikpistole mit einem geformten Griff, ein Ersatzmagazin, eine Schachtel Munition und einen Plastikschaft.

Ihaka stieß einen bewundernden Pfiff aus. »Das Teil sieht ja gefährlich aus. Was ist das für eine?«

Sie holte die Pistole heraus und nahm das leere Magazin aus dem Griff. »Eine Heckler und Koch VP 70, neun Millimeter, faßt 18 Schuß.«

Sie öffnete die Schachtel mit der Munition und begann das Magazin mit Patronen zu füllen.

»Was ist das da?« fragte Ihaka und tippte auf den Schaft.

»Eine Schulterstütze. Man kann sie an der Pistole befestigen und an die Schulter halten – wie einen Gewehrkolben – und sie in Feuerstößen von je drei Schuß abfeuern. Wenn man es sich wirklich nicht leisten kann, daneben zu schießen.«

»Ich dachte, das wäre immer so?«

Sie nickte. »Um ehrlich zu sein: Ich habe die Stütze immer nur auf dem Schießplatz verwendet.«

»Neuester Stand der Technik, der Ballermann«, sagte er in der Manier amerikanischer Werbefilme.

Sie zuckte mit den Schultern. »Eine gute Waffe, sicher, ich bin wirklich zufrieden damit – nettes Gewicht, faßt sich gut an. Der Griff – sehen Sie, wie er geformt ist – ist speziell an meine Hand angepaßt.« Sie steckte die letzte Patrone in das Magazin, schob es in den Griff und zielte quer durch das Zimmer. »Damit läßt sich arbeiten.«

- 21 -

Um 19 Uhr 05 an diesem Freitagabend fuhr Duane Ricketts seinen dunkelorangen Toyota Corolla Eden Crescent hinunter. Er trug ein blaues Button-down-Hemd, einen lustig gemusterten Schlips, ein dunkelgrünes kariertes Wolljackett und eine cremefarbene Baumwollhose. In diesem Aufzug überbrachte er gute Nachrichten; er trug die Sachen, wenn er einen Ausreißer zu Mama und Papa zurückbrachte oder ihnen zumindest eine Telefonnummer gab und ein Polaroidfoto zeigte, auf dem strahlende Augen, saubere Fingernägel und ein Haarschnitt zu sehen waren, der die Nachbarn nicht in Schrecken versetzen würde. Seine Kleidung für schlechte Nachrichten bestand aus einem weißen Hemd, einer ungemusterten Krawatte und einem dunklen Anzug. Er trug sie, wenn er den Eltern beibringen mußte, daß sie zwar noch ein Kind hatten, dies aber keinerlei Ähnlichkeit mehr mit dem hatte, das ihnen weggelaufen war, oder wenn er die Nachricht überbrachte, daß der lange verschwundene Bruder – der tüchtige, von dem alle glaubten, daß er eines Tages berühmt sein würde – den größten Teil seines Lebens auf einer Bank im Myers Park mit einem Kanister Müller-Thurgau verbrachte und seine

Unterhosen seit dem Fall der Berliner Mauer nicht mehr gewechselt hatte.

Auf dem Beifahrersitz saß eine verwandelte Electra Crouch. Sie hatte sich von ihrer Nachbarin aus dem Erdgeschoß einen knielangen Tweedmantel mit Fischgrätenmuster geliehen und trug ihn über einer schwarzen Lederhose und einem schwarzen Rollkragenpullover. Auf Nasenring, Ohrstecker, rote Tönung und Gel hatte sie verzichtet. Das Haar – jetzt glänzend schwarz – fiel natürlich, lockte sich auf ihrer Stirn und über ihren Ohren. Electra sah älter aus als 18, aber Ricketts hatte gemeint, daß sie mit einem bißchen Make-up vielleicht noch das eine oder andere Jahr zulegen könnte. Da sie keine halben Sachen mochte, hatte sie Lippenstift, Lidschatten, Puder und – dem verlockenden Duft nach – ein ziemlich teures Parfum aufgelegt.

Ricketts hatte ein Déjà-vu-Erlebnis, als die neue Electra Crouch aus ihrem Schlafzimmer kam und eine Laufstegpose einnahm. Sie trug andere Sachen, aber ansonsten ähnelte sie beklemmend seinem Traumbild. Was jedoch die wichtigere Frage anging, ob sie überzeugend wirken würde, hatte er gemischte Gefühle. *Gut, sie wird für 20 durchgehen*, dachte er, *aber ansonsten sieht sie einer Polizistin ungefähr so ähnlich wie Madonna.* Er hoffte, daß, wer auch immer »Crescent Lodge« führte, seine Vorstellungen von Polizistinnen aus amerikanischen Fernsehserien hatte.

Der Fiat Tipo stand noch da. Ricketts fuhr an der Pension vorbei, wendete und parkte mit dem Heck bergab in zweiter Reihe. Nach ein paar Minuten wurde ein Parkplatz dort frei, wo er ihn haben wollte: gegenüber von »Crescent Lodge« und etwas weiter oberhalb davon – so daß jeder, der aus der Pension zu dem Fiat wollte, von ihnen weg und nicht auf sie zulaufen würde. Es war fast dunkel, aber eine Straßenlampe vor dem »Crescent Lodge« beleuchtete den Eingang.

»Okay«, sagte Ricketts, »gehen wir das ganze noch mal durch.«

»Wozu?« fragte sie, »wir haben's schon bis zum Erbrechen durch.«

»Mir zuliebe.«

Electra legte das Kinn auf die Brust. »Gut«, seufzte sie. »Ich fasse nichts an, ich verwende keine Namen, ich überlasse das Reden Ihnen, ich sehe vertrauenerweckend und professionell aus, ich rauche nicht. Sobald wir reinkommen, frage ich, ob ich telefonieren kann. Ich rufe in der Wohnung an, tue so, als ob ich mit Ihaka sprechen würde, und beschäftige sie dann so lange, bis Sie fertig sind. Wenn ich Funke kommen sehe, verschwinde ich.«

»Und wenn Sie gefragt werden, was los ist?«

»Sage ich demjenigen, daß er sich um seinen eigenen Scheiß kümmern soll.« Sie blickte aus den Augenwinkeln zu Ricketts – dessen Humor offensichtlich zusammen mit dem Nasenring in ihrer Wohnung geblieben war. »Entschuldigung, das war ein Irrtum. Ich sage, daß ich den Auftrag habe, mit Ihnen herumzulatschen, aber eigentlich nicht genau weiß, was los ist. Wenn er's dann nicht kapiert, sag ich, daß er sich um seinen eigenen Scheiß kümmern soll.«

Diesmal seufzte Ricketts. »Das ist kein Spiel hier.«

»Ich weiß, ich weiß, ich weiß. Keine Sorge, ich schaff das schon. So was mache ich immer vor einem Konzert – rumblödeln, locker werden. Sollten Sie mal versuchen. Apropos Musik, haben Sie welche hier?«

»Im Handschuhfach sind ein paar Kassetten.«

Sie machte das Handschuhfach auf, holte ein halbes Dutzend Kassetten heraus und sah sie durch. »Ah, verstehe«, sagte sie. »Tu rein, was du willst – solange es Van Morrison ist, stimmt's?«

»Was gibt's an Van Morrison auszusetzen?« fragte Ricketts gereizt.

»Der ist für mich so was wie Mozart, Beethoven und solche Typen.«

»Das heißt, er ist ein Deutscher, der seit ein paar hundert Jahren tot ist?«

»Ich wollte nicht ...«

»Was Sie wollen, ist: Langweilige alte Ärsche hören Van Morrison, oder?«

Sie sagte: »Solange das Toupet gut sitzt«, und fing an zu lachen. »Was ich eigentlich meine, ist, daß Leute, die das hören, nicht wissen, was zur Zeit läuft.«

»Wie die ›Homo-Krüppel‹ zum Beispiel? Cooler Name – wo kommt der her?«

Sie zuckte mit den Schultern. »Haben wir uns so ausgedacht. Wir wollten einen Namen, über den sich die Leute aufregen.«

»Da muß ich Sie leider enttäuschen, aber ich rege mich nicht darüber auf – aber ich bin ja auch weder schwul noch ein Krüppel.«

»Ist meine Mutter auch nicht und auch die meisten anderen Leute nicht, die sich darüber beschwert haben.«

In diesem Moment trat ein Paar aus »Crescent Lodge« auf die Straße. Der Mann war mittleren Alters, untersetzt, hatte ein braungebranntes Gesicht und spärlichen Haarwuchs. Er trug eine dunkle Seemannsjacke und eine helle Hose und hatte eine Einkaufstasche in der Hand. Die Frau war jünger, schick angezogen und ziemlich auffallend und hatte langes dunkles Haar. Sie gingen über die Straße zu dem Fiat.

»Das ist er«, sagte Electra leise.

»Was ist mit der Frau – kennen Sie sie?«

Sie schüttelte den Kopf. »Nein, sieht aber 'n bißchen zu schick für ihn aus.«

»Ja, finden Sie auch?«

Das Paar stieg in den Fiat. Die Frau war ein neuer Faktor, aber Ricketts' Meinung nach änderte das nichts. Sobald der Fiat Eden Crescent verlassen hatte, stieg er aus und nahm ein kastenartiges schwarzes Plastikköfferchen aus dem Kofferraum.

»Also los«, sagte er.

Sie überquerten die Straße und betraten die Pension. »Crescent Lodge« war ein schmales, dreistöckiges Gebäude aus Holz, das schon bessere Tage gesehen hatte. Auch in seiner Blütezeit hätten Sonntagsfahrer keinen Umweg gemacht, um es zu bewundern. Das

Foyer war verlassen – bis auf drei Enten, die in geschlossener Formation über eine billige blaue Blümchentapete flogen. Unter den Enten stand ein Sofa, das so alt aussah, als ob noch Münzen aus der Zeit von Königin Viktoria in seinen Ritzen stecken könnten.

Das kleine Büro hinter der Rezeption war nicht besetzt, so daß Ricketts laut rief, ob jemand da sei. Eine Tür öffnete sich in dem Korridor, der vom Foyer abging. Eine Frau steckte ihren Kopf heraus, erblickte sie und kam den Korridor entlanggehastet. Sie schien in den 60ern zu sein, hielt sich gut, hatte eisgraues Haar und Augen, die hinter der Lesebrille funkelten.

Sie strahlte Electra an. »Ja so was«, sagte sie, »so etwas Nettes.« Sie warf einen unsicheren Blick auf Ricketts, der merkte, daß sie über sie beide das gleiche dachte wie vor ein paar Minuten über Funke und seine weibliche Begleitung. »Ja, Sie wollen dann wohl ein Zimmer? Wir haben da noch etwas frei für Sie.«

»Na ja, wir sind eigentlich von der Polizei, gnädige Frau«, sagte Ricketts und zückte seinen gefälschten Dienstausweis. Es war eine ausgesprochen überzeugende Fälschung – wie auch die anderen Dokumente in seiner Brieftasche, die ihn als Hygieneinspekteur, Techniker der Telecom und Beamten des Sozialamtes auswiesen. Die Fälschungen hatte ein holländischer Siebdrucker für ihn gemacht, der in Huapai wohnte und den Ricketts als ersten angerufen hatte, nachdem er bei der Polizei rausgeschmissen worden war. Mit dem Anruf hatte er dem Holländer mitgeteilt, daß die Polizei von den 20 oder 30 Marihuanapflanzen in seinem Garten wußte und in Kürze vor seiner Tür stehen würde, um ihn zu verhaften.

»Ich bin Detective Sergeant Wright«, sagte er, »und das ist Detective Constable Edgar. Sind Sie Mrs. Ada Merchant?«

Sie riß die Augen auf. »Meine Güte, ja, aber was ...?«

Er zog einen kleinen Notizblock aus seiner Jackentasche. »Mrs. Merchant, sind Sie Besitzerin eines Fiat Tipo?« Er klappte den Notizblock auf und las die Nummer.

»Ja«, antwortete sie und nickte nachdrücklich. »Ja, das ist mein Auto. Ich habe es jetzt seit drei Jahren. Alle haben gesagt, ich soll mir ein japanisches Auto kaufen. Nimm bloß keinen Fiat, haben sie gesagt, die sind unzuverlässig und rosten schnell. Aber was soll ich Ihnen sagen – ich habe nie ein Problem damit gehabt, nicht das kleinste Fleckchen Rost. Sie haben mich doch nicht etwa mit so einer versteckten Kamera erwischt, als ich bei Rot über die Kreuzung gefahren bin? Es würde mich sehr überraschen, wenn das der Fall wäre, Sergeant, denn normalerweise fahre ich sehr vor …«

»Mrs. Merchant, haben Sie Ihren Wagen irgend jemandem geliehen?«

Da endlich dämmerte es Mrs. Merchant, und die Einsicht spiegelte sich in ihrer Mimik wider, die sich auf eigenartig vorhersehbare Weise von Sekunde zu Sekunde änderte. »Ja, ja natürlich, ich habe es Hank geliehen – das ist Mr. Williams, mein amerikanischer Gast. Hat er eine rote Ampel überfahren? Dann wäre ich ein bißchen böse, denn er hat mir versprochen …«

»Mr. Williams ist Gast bei Ihnen?«

»So ist es. Sehen Sie, er war bei sich zu Hause – aus Oklahoma kommt er, glaube ich – in einen schrecklichen Verkehrsunfall verwickelt. Er ist unschuldig, hat er mir versichert, aber es wird ein Gerichtsverfahren geben, und solange ist sein Führerschein eingezogen worden – was bedeutet, daß der Ärmste keinen Wagen mieten konnte und damit sein Urlaub völlig vermasselt gewesen wäre. Also hat er mir vorgeschlagen, daß ich einen miete – egal, welche Marke, er würde es bezahlen – und er meinen Fiat nimmt.« Sie senkte die Stimme. »Und wissen Sie, was ich gemacht habe? Ich habe einen BMW gemietet.« Sie stieß einen kleinen Juchzer aus. »Sie sollten die Gesichter der Leute sehen, wenn ich drin sitze.« Plötzlich erschrak sie. »Mein Gott, ich habe doch nicht gegen das Gesetz verstoßen, oder?«

»Keine Sorge, Mrs. Merchant, das hat nichts mit Ihnen zu tun und auch nicht viel mit Ihrem Auto. Wir erkundigen uns nur danach, weil wir dadurch Ihrem Gast, Mr. Williams, auf die Spur gekommen sind. Um es kurz zu machen, wir nehmen an, daß er nicht derjenige ist, für den er sich ausgibt. Wir glauben, daß sein wirklicher Name Funke ist und er von den Behörden in Thailand gesucht wird. Ist er hier?«

»Nein, Sie haben ihn knapp verpaßt – er ist mit seiner Freundin zum Abendessen ausgegangen.«

»Mrs. Merchant, wir müssen so schnell wie möglich feststellen, ob er der Mann ist, den wir suchen. Dazu muß ich mir sein Zimmer ansehen. Sie haben doch sicherlich einen zweiten Schlüssel?«

Sie blickte zweifelnd. »Ja schon, aber brauchen Sie für so etwas nicht einen Durchsuchungsbefehl?«

»Nicht, wenn Sie uns reinlassen«, sagte er. »Immerhin ist es Ihr Zimmer, Sie können es betreten, wann Sie wollen.« In vertraulichem Ton fügte Ricketts hinzu: »Unter uns, Mrs. Merchant, es handelt sich hier um eine ziemlich ernste Angelegenheit mit allerhand internationalen Verwicklungen. Wir wollen nur seine Identität feststellen – es dauert nicht länger als zwei Sekunden.«

Sie nickte zustimmend, holte den Schlüssel aus dem Büro, führte sie nach oben und öffnete Zimmer Nr. 7. Es enthielt ein sauber gemachtes Bett, ein Handwaschbecken, einen kleinen Schreibtisch, einen Nachttisch mit einer Leselampe, eine Kommode und einen Kleiderschrank. Der Duft von Parfum hing in der Luft.

Mrs. Merchant rümpfte die Nase wie ein Meerschweinchen. »Die Freundin von Mr. Williams scheint sich ja mit Parfum zu überschütten.« Sie sah zu Electra. »Ihres ist viel hübscher, meine Liebe, viel dezenter.«

Electra belohnte sie mit einem strahlenden Lächeln. »Oh, vielen Dank, Mrs. Merchant. Um ehrlich zu sein, kenne ich mich mit Düften noch nicht so besonders aus. Ach ja, könnte ich vielleicht mal von hier aus telefonieren? Ich muß kurz mit dem Hauptquartier sprechen.«

Mrs. Merchant, die offensichtlich gegenüber Electra weniger Vorbehalte hatte als gegenüber Ricketts, sagte, daß sie natürlich telefonieren könne. Als sie nach unten gegangen waren, machte Ricketts die Tür zu und nahm ein Paar hautenge Plastikhandschuhe aus seinem Köfferchen. Er zog sie an und wollte den Kleiderschrank öffnen – der war abgeschlossen. Er nahm ein kleines Brecheisen aus dem Köfferchen und drückte die Kleiderschranktür auf. Darin fanden sich ein paar Hemden auf Bügeln, eine Einkaufstüte mit einer Bluse, BHs und Slips und ein großer Samsonite-Koffer mit einem Zahlenschloß. Er zog den Koffer aus dem Kleiderschrank und sah nach, ob er verschlossen war – dann öffnete er ihn mit dem Brecheisen. Er enthielt einige sorgfältig zusammengelegte Kleidungsstücke, amerikanische Pässe auf den Namen Harold Funke, Donald Surface und Lyle Gorse, ein Flugticket mit einem offenen Rückflug nach Los Angeles und 19 Plastikbeutel mit weißem Pulver – das heißt einer weniger, als Dale Varty gesagt hatte. Ricketts nahm die Beutel heraus und tauschte sie gegen 19 der 20 Beutel Puderzucker aus, die er dabei hatte. Er hatte den Puderzucker am Nachmittag in einem Supermarkt gekauft und ihn in neutrale Plastikbeutel umgefüllt.

Ricketts machte den Koffer wieder zu, legte ihn in den Kleiderschrank und packte die 19 Beutel – von denen er ziemlich sicher war, daß sie Kokain enthielten – in sein Köfferchen. Er verließ das Zimmer und verschloß die Tür hinter sich, zog die Handschuhe aus, steckte sie in die Jackentasche und ging hinunter ins Foyer, wo sich Electra und Mrs. Merchant gerade über Mrs. Rachel Hunter und ihren Gatten stritten. Electra hatte für beide nicht viel übrig, während Mrs. Merchant Rod Stewart wohl für einen ziemlichen Draufgänger hielt und meinte, daß es schlimmere Sachen im Leben gäbe, als reich und berühmt zu sein und für ein bißchen blöd gehalten zu werden – eine leicht heruntergekommene Pension zu betreiben, beispielsweise.

»Was meinen Sie, Sergeant?« fragte Electra mit einem maliziösen Schimmer in den Augen. »Ich wette, Sie sind ein großer Fan von Rach.«

Ricketts warf ihr ein affektiertes kleines Lächeln zu und sagte: »Ich glaube, sie ist eine wundervolle Botschafterin für Neuseeland.« Dann wandte er sich Mrs. Merchant zu. »Ihr Gast ist definitiv der Mann, den wir suchen. Sie sagten, er wäre in Begleitung?«

»Ja, eine Freundin – sie haben sich wohl im Ausland kennengelernt. Sie wohnt nicht in Auckland, und deshalb hat sie sich auf seinem Zimmer umgezogen.«

Das ist eine Theorie, dachte Ricketts.

Zehn Minuten später rief er von einer Telefonzelle in der Dominion Road das Polizeirevier Auckland Central an. Ohne seinen Namen zu nennen, informierte er den Beamten, mit dem er verbunden worden war, daß Harold Funke im Zimmer Nr. 7 der Pension »Crescent Lodge« wohnte, einen Fiat Tipo mit der von ihm angegebenen Nummer fuhr und in Gesellschaft einer recht attraktiven Brünetten war. Erst wollte er noch hinzufügen, daß die Brünette eine Komplizin oder eine Freundin oder auch beides sein könnte, möglicherweise sogar eine Art Geisel – aber dann ließ er es doch bleiben. Es war so schon alles kompliziert genug.

Um 19 Uhr 45 meldete sich das aus zwei Personen bestehende Überwachungsteam, das in einer kleinen Kieferngruppe auf der Weide gegenüber dem Eingang zum Grundstück von Spurdle stand, bei der Einsatzzentrale im Revier Auckland Central. Sie hatten die Nummer eines Wagens, der eben in die Einfahrt eingebogen war, konnten sich aber nicht ganz auf die Marke und das Modell einigen. Constable Beth Greendale, deren Bruder Automechaniker war und die sich ein wenig mit Autos auskannte, hatte durch ihr Nachtsichtfernglas genug gesehen und war sich ziemlich sicher, daß es ein Fiat Tipo war – während Constable Jarrad Renshaw, der keinen Bruder hatte, nicht viel von Autos verstand und sich Besseres vorstellen konnte, als im Dunkeln herumzustolpern und in Kuhfladen zu treten, das Auto als »irgend so einen japanischen Vollheckwagen« beschrieb. Des weiteren hatten sie zwei Insassen gesehen, einen männlichen und einen weiblichen. Darüber hinaus trafen ihre Beschreibungen auf jeden Mann und jede Frau mit heller Haut auf dem ganzen Planeten zu, die keine zwei Köpfe hatten.

Fünf Minuten, nachdem Ihaka diese Informationen zusammen mit den Daten des registrierten Eigentümers des Autos erhielt, wurde ihm eine Mitteilung mit dem anonymen Tip über Funke zugesteckt. Nach einer kurzen Beratung mit McGrail schickte Ihaka ein Team, zu dem mehrere Beamte der Sondereinheit gehörten, nach »Crescent Lodge«. Dann ging er zu dem Beratungszimmer, in dem C. C. Hellicar saß, Ansichtskarten schrieb und über Walkman John Hiatt hörte, der von »Lipstick Sunsets« sang.

Ihaka stand in der Tür und sah ungewöhnlich ernst aus. C. C. Hellicar legte ihren Kugelschreiber weg und nahm den Kopfhörer ab.

»Wie wär's mit einem kleinen Ausflug?« fragte er.

»Ein bestimmtes Ziel?«

Ihaka nickte. »Spurdles Haus. Er hat Besuch.«

C. C. Hellicars Augen verengten sich, und sie griff nach ihrem Koffer. »Ist er das?«

»Kann sein.« Er hielt inne. »Ich habe das Gefühl, er ist es.«

Mit einem matten Lächeln stand sie auf. »Ah ja, ihre Gabe. Dann werden sie ja wahrscheinlich auch schon wissen, wie die ganze Geschichte ausgeht?«

»Ja, klar – dieser Funke wird demnächst erlöschen.« Er trat beiseite, um sie durch die Tür zu lassen, und schloß dann wieder zu ihr auf. »Wie ist es, fliegen Sie danach eigentlich gleich wieder zurück oder können Sie noch übers Wochenende bleiben? Ich frage, weil meine Familie ein Strandhaus oben im Norden hat. Ich könnte Sie mitnehmen und Ihnen dabei ein bißchen vom Land zeigen.«

In C. C. Hellicars kühlem Blick war weder Belustigung noch Neugier zu sehen, als sie fragte: »Sie meinen, nur wir beide?«

Ihaka zuckte mit den Schultern. »Liegt ganz bei Ihnen. Wenn Sie sich wohler fühlen, können Sie ja Ihre beiden Kumpels mitnehmen – Heckler und Koch.«

- 22 -

Buddy Funke brachte den Fiat Tipo vor der Villa der Spurdles zum Halten und schaltete den Motor ab. Er taxierte Fleur Wolfgramm mit einem langen Blick und sagte: »Bis jetzt haben Sie ganz gut mitgespielt, Schätzchen, also machen Sie jetzt bloß keinen Quatsch.«

Ein Teil von Fleur Wolfgramm – der logische, zynische und daher pessimistische Teil – war gelinde überrascht, daß sie noch am Leben war. Der andere Teil – der optimistische, extrovertierte, leicht vom New Age beeinflußte, der auch für die meisten ziemlich dummen Dinge verantwortlich war, die sie in ihrem Leben getan hatte – hatte sich damit getröstet, daß Funke sich als Gentleman erwiesen hatte, wo er doch reichlich Gelegenheit gehabt hätte, ein Schwein zu sein. Von Anfang an hatte ihre Strategie darin bestanden, alles zu tun, um zu überleben, bis sie bei den Spurdles waren – in der Hoffnung, daß sich dort etwas ergab. Der erste Teil war ein Honigschlecken gewesen, denn sie mußte eigentlich nur wenig tun – aber die Drohung, die jetzt unmißverständlich hinter Funkes liebenswürdigem Verhalten stand, ließ vermuten, daß der nächste Teil erheblich schwieriger werden würde.

»Was meinen Sie?« fragte sie beunruhigt. »Warum sollte ich das tun?«

»Ich sehe keinen Grund«, erwiderte er mit dem abgeklärten Ton eines Stammtischphilosophen, »aber die Menschen haben die Angewohnheit, einer Versuchung nur deshalb nachzugeben, weil sie da ist. Ich werde heute abend mit Mr. Bryce Spurdle Geschäftliches besprechen, und ich glaube nicht, daß er das vor den Frauen machen möchte. Merken Sie sich: Nur weil ich nicht gerade ein Auge auf Sie werfe, ist das noch lange kein Grund, Mätzchen zu machen. Wir beide sind ganz gut miteinander ausgekommen, aber wenn irgend etwas danebengeht, dann sind Sie dafür verantwortlich.«

Fleur Wolfgramm nickte. »Habe verstanden«, murmelte sie. »Das muß man Ihnen schon lassen – Sie wissen, wie man eine Frau in Partystimmung bringt.«

Bryce Spurdle war von der Wiederauferstehung seiner Frau als Heimchen am Herd mit Höschen ohne Zwickel überwältigt und unendlich befriedigt. Nach dem ersten Überschwang wich jedoch die Befriedigung zwangsläufig dem Verdacht. Spurdle mochte sein, wie er wollte, aber er war Realist, und nachdem er sich ein paar Sekunden lang dem Wunschdenken hingegeben hatte, schloß er die Möglichkeit aus, daß es sich um eine echte und spontane Äußerung der wirklichen Gefühle seiner Frau gehandelt hatte. Aber ehe ihn diese Gedanken zu zermürben begannen, hatte er einen dieser seltenen Momente der Klarheit, in denen man begreift, daß das Einfache und Naheliegende auch das Vernünftigste ist. *Was zerbreche ich mir den Kopf darüber?*, sagte er sich. *Es soll mich doch einen feuchten Dreck interessieren, was sie vorhat! Steck die Schnauze in den Trog, Alter, und mach das Beste draus, solange es geht!*

Aufgemuntert durch diese realistischen Erwägungen und die sich daraus ergebenden Schlußfolgerungen, hatte sich Spurdle einen Wutanfall verkniffen, als er davon in Kenntnis gesetzt wurde, daß zwei Fremde zum Abendessen kommen würden. Während Jody sein Lieblingsessen zubereitete – Lammbraten auf italienische Art und Nußpudding –, stöberte er friedlich in dem winzigen Weinkeller unter der Treppe und genoß den Duft von geröstetem Knoblauch und Balsamico-Essig, der von der Küche durch den Flur zog. Er ließ sich gern Zeit bei der Auswahl des Weins – vor allem bei einer Gelegenheit wie dieser, wo seiner überschwenglichen Stimmung und dem Wunsch, Jodys kulinarischen Bemühungen Gerechtigkeit widerfahren zu lassen, die grundlegende Abneigung gegenüberstand, teuren Wein an andere Leute zu verschwenden.

Die Spurdles und ihre Gäste nahmen den Aperitif im Wohnzimmer. Bryce servierte: Champagner für die Damen, Scotch für

Funke und braunen Rum für ihn selbst. Jody und Fleur schnatterten schon wie Schulmädchen, während Funke allein dastand, entspannt, eine Hand in der Tasche und in der anderen eine Einkaufstüte. Spurdle musterte ihn verstohlen, während er den Champagner einschenkte, und fragte sich, was wohl in der Tüte war, bevor er sich der viel interessanteren Frage zuwandte, ob ihre Gäste miteinander schliefen. Da seine Vermutungen über das Liebesleben anderer mehr auf seiner eigenen schmutzigen Phantasie beruhten als auf empirischen Beweisen oder auch nur wahrscheinlichen Tatsachen, überraschte es nicht, daß er zu dem Schluß kam, sie schliefen miteinander.

Die Drinks wurden verteilt, und man tauschte Trinksprüche aus. Die Frauen nippten nur und wandten sich dann wieder ihrem Privatgespräch zu. Spurdle schaute auf den Drink in seinem Glas und überlegte, was er zu Funke sagen könnte, als dieser ihn erlöste.

»Sie wissen, daß ich Ihnen ein Geschäft vorschlagen möchte?« murmelte er.

Spurdle, der dieses Verhalten von Verlierern, Hochstaplern und Bürostuhlgaunern kannte, gab sich so desinteressiert, wie es die Umstände zuließen, und erwiderte: »Ja, Jody hat so etwas gesagt.«

»Wollen wir's nicht gleich angehen?« fragte Funke. »Gibt es vielleicht ein Eckchen, wo wir uns zurückziehen können, damit wir die Damen nicht langweilen?«

Spurdle warf einen Blick zu Fleur und Jody und dachte, was die Damen betrifft, da könnten sich er und der Ami ausziehen und einander am ganzen Körper rasieren – die würden es nicht merken. »Okay«, sagte er. »Tun wir das. Mädels, wir gehen nur mal schnell runter ins Arbeitszimmer. Der Champagner ist im Eiskübel – bedient euch.«

Sie gingen ins Arbeitszimmer. Spurdle kletterte auf einen Hocker, als Funke die Einkaufstüte vor ihn auf die Bar warf.

»Eine kleine Aufmerksamkeit.«

Spurdle schaute verwundert und ein wenig besorgt.

Funke grinste und deutete auf die Tüte. »Und«, fragte er, »wollen Sie nicht nachsehen?«

Spurdle zog die Tüte zu sich heran. Er schaute mißtrauisch hinein und bedachte Funke dann mit einem durchdringenden Blick. Der zwinkerte ihm zu. Spurdle griff in die Einkaufstüte und holte einen Plastikbeutel mit weißem Pulver heraus. Er sah ihn sich kurz an, legte ihn dann auf die Bar und schob ihn weg.

»Was ist das denn?« fragte er mit einer kurzen Kopfbewegung.

Funke drehte den Beutel um und zeigte ihm, daß er geöffnet und dann mit Heftpflaster verklebt worden war. »Das, mein Freund ist Kokain de Luxe – und ich muß es wissen, denn ich bin vom Fach.«

»Wie zur Hölle kommen Sie darauf, daß ich es haben will?« fragte Spurdle mit gespielter Empörung.

»Nun ja«, antwortete Funke mit einem dünnen Lächeln, »ich habe gehört, daß Sie ein Mann sind, der damit etwas anfangen kann. Ein Mann, der weiß, daß dieser Stoff so ungefähr die genialste Möglichkeit ist, Cash zu machen.« Er schob den Beutel wieder zu Spurdle. »Das ist ein Geschenk, nehmen Sie's als Ausdruck des guten Willens. Wo der herkommt, da sind noch 19 andere, alles in allem zehn Kilo vom allerfeinsten Pulverschnee.«

Spurdle starrte ihn an. »Wer sind Sie, Freundchen?«

»Verstehen Sie das jetzt nicht falsch, aber ich arbeite für die Drogenfahndungsbehörde der Vereinigten Staaten. Kennen Sie die?« Spurdle nickte mit weit aufgerissenen Augen. »Es gibt da so eine Redensart – den Bock zum Gärtner machen. Das ist mir passiert – nur andersherum.«

Spurdle sah ihn mißtrauisch an. »Vielleicht stellen Sie mir ja eine Falle.«

Funke zuckte mit den Schultern. »Könnte ich auch sagen«, wandte er ein. »Ich weiß nichts von Ihnen – vielleicht ist ja der Polizeipräsident Ihr Busenfreund? Aber jetzt lassen Sie mich erzählen, wie ich dazu gekommen bin. Ich bin an einem Ort namens Manacle ...«

Spurdle lief vor Zorn dunkelrot an und rutschte vom Barhocker.

»Sie haben es aus Manacle Grange?« fragte er fordernd. »Dann gehört dieser Koks verdammt noch mal mir. Ich habe zweimal dafür bezahlt und bin beide Male drum beschissen worden. Wie zum Teufel sind Sie da rangekommen?«

»Also, ich kann Ihnen sagen, es war nicht einfach«, erwiderte Funke, der offenbar zunehmend Gefallen an der Unterhaltung fand. »Aber jetzt zählt, daß er in meinem Besitz ist, und in diesem Geschäft bedeutet der Besitz alles – der Rest ist einen Dreck wert.«

»Immer schön langsam«, sagte Spurdle. »Jetzt weiß ich, wer Sie sind – Sie haben neulich nachts bei Rayleen Varty Leith Grills den Revolver unter die Nase gehalten.«

»Richtig, das war ich, ganz genau«, stimmte Funke zu. »Der Knabe hat für Sie gearbeitet, stimmt's?«

Spurdle hörte einen Unterton in Funkes Stimme. »Ja, hin und wieder. Ich habe eigentlich den ganzen Tag darauf gewartet, daß er sich meldet. Sie haben ihn nicht zufällig unten in Manacle Grange gesehen?«

»Doch, hab ich«, sagte Funke. »So wie er mit der Schrotflinte herumgefuchtelt hat, war er kaum zu übersehen.«

Spurdle stutzte. »Eine Schrotflinte? Um Himmels willen, was ist passiert?«

»Eine traurige Geschichte. Lassen Sie mich nur soviel sagen: Ich bin hier und er nicht. Ich habe das Kokain, und alles, was Ihr Mr. Grills hat, sind ein paar Löcher, die er vorher nicht hatte.«

Spurdle starrte Funke wie gebannt an. »Sie haben ihn erschossen?« fragte er mit heiserer Stimme.

»Ja, Sir, so ist es«, antwortete Funke munter. »Der Junge hat mir keine andere Wahl gelassen. Wie gesagt, er fuchtelte mit seiner Schrotflinte herum wie John Dillinger persönlich. Aber das nur nebenbei, verschwenden wir nicht unsere Zeit damit. Kommen wir beide nun ins Geschäft, oder muß ich meine Ware anderswo anbieten?«

Spurdle schüttelte verwirrt den Kopf und ging hinter die Bar, um neue Drinks zu machen. Er schob Funke seinen Scotch über die Bar, nahm abwesend einen Schluck von seinem Rum mit Cola und stand dann da – die Handflächen auf der Bar und den Kopf gesenkt. Zwei Minuten vergingen. Dann sah er Funke an, seufzte resignierend und fragte: »Wieviel?«

»Also gut«, sagte Funke. »Meiner Erfahrung nach – und die ist beachtlich – verkauft sich Ware dieser Qualität zu etwa 200 Riesen pro Kilo im Großhandel und zu ungefähr 500 Riesen im Einzelhandel. Ich rede hier von amerikanischem Geld. In Ihrer Währung sind das ungefähr 320 im Großhandel und 800 auf der Straße. Wenn wir von diesen Zahlen ausgehen, würden Sie als Großhändler ungefähr drei Millionen von Ihren Dollar aus 10 Kilo machen. Klingt das in etwa annehmbar für Sie?«

»Das klingt für mich nach sehr viel.«

»Aber sicher doch, denn Sie sind ja jetzt der Käufer. Ich mache Ihnen das Angebot Ihres Lebens, Amigo: für 750 Riesen gehört der Stoff Ihnen.«

»Neuseeländische oder amerikanische Dollar?« fragte Spurdle schnell.

»Neuseeländische. Das bedeutet, wenn Sie nur halbwegs vernünftig rangehen, dann machen Sie das Dreifache aus Ihrem Geld. Wenn Sie gut sind, dann vervierfachen Sie es, ohne einen Tropfen Schweiß zu vergießen.«

Spurdle wußte, daß das ein gutes Angebot war, und zwang sich, eine gleichgültige Miene zu bewahren. »Selbst wenn das Zeug so gut ist, wie Sie sagen, ist das immer noch verdammt happig...«

»Nein, nein«, sagte Funke und drohte mit dem Zeigefinger, »das ist keine Verhandlungsbasis, das ist der Preis. Er ist gut, und Sie wissen das.«

»Nun ja, aber...«

»Nein, ohne Wenn und Aber«, sagte Funke entschieden. »Mein Gott, wenn ich an die Scheiße denke, durch die ich mußte, um das Zeug zu kriegen... ach ja, es gibt eine Bedingung.«

»Tatsächlich? Und die wäre?«

»Wir wickeln das Geschäft morgen früh bei Sonnenaufgang ab.«

»Einen alten Dreck werden wir abwickeln«, empörte sich Spurdle. »Wo soll ich denn das Geld herbekommen? Falls Sie es noch nicht bemerkt haben: Es ist Freitagabend ...«

Funkes Blick trübte sich, und er kniff den Mund zusammen wie einen Schraubstock. »Wie wär's, wenn Sie mit dem Gesülze aufhören, mein Freund?« sagte er mit sanfter Stimme und beugte sich über die Bar. »Ich biete Ihnen den besten Deal, den Sie je gemacht haben, aber nicht etwa, weil ich Sie besonders gut leiden kann – denn ich muß sagen, wir kennen uns jetzt eine halbe Stunde, und Sie sind mir noch nicht ein bißchen sympathischer geworden. Es ist nur so, daß ich mein Glück wohl schon bis an die Grenze strapaziert habe – ich will also mit dem ersten Flugzeug morgen hier raus, und wegen der kurzen Frist gebe ich Ihnen einen Rabatt. Und da fragen Sie mich, wo Sie das Geld an einem Freitagabend herkriegen sollen – als ob ich ein Idiot wäre, der seinen eigenen Schwanz in einem Doppelbett nicht wiederfindet. Wenn ich ernsthaft gedacht hätte, daß Sie das Geld von der Bank holen, hätte ich zwei Gründe, kein Geschäft mit Ihnen zu machen: Erstens hieße das, Sie sind blöd – weil die Bank eine Abhebung in dieser Höhe genehmigen lassen muß –, und zweitens hieße es, Sie sind kein Spieler. Jeder, der Stoff kauft und verkauft, hat jederzeit Zugang zu einem Haufen Cash – entweder hat er selber einen Vorrat, oder er kennt Leute, deren Geschäft es ist, Geld zu verkaufen. Also, jetzt entscheiden Sie sich endlich – wollen Sie oder nicht?«

Spurdle antwortete nicht sofort, aber das machte Funke nichts aus, denn sein Blick sagte ihm schon, wie die Antwort ausfallen würde. Während er darauf wartete, daß Spurdle sich durchrang, nippte Funke an seinem Scotch und fragte sich nebenbei, wieviel der Hurensohn wohl in seinem Geheimsafe hatte.

Ungefähr einen halben Kilometer vor der Einfahrt zu Spurdles Grundstück fuhr Tito Ihaka an den Straßenrand, schaltete die Scheinwerfer aus und drehte sich zu C. C. Hellicar um.

»Ich habe eine Idee«, sagte er.

Sie sah weiter nach vorn. »Sergeant, das ist keine gute Zeit für Ideen«, erwiderte sie. »Machen wir die Sache doch nicht unnötig kompliziert. Fahren Sie mich einfach hin und bleiben mir dann aus dem Weg, okay?«

»Aber das ist eine ganz heiße Idee. Ich habe nämlich einen plausiblen polizeilichen Grund, um bei den Spurdles vorbeizuschauen. Wenn ich auftauche, wird Funke nur noch auf mich achten, und Sie können sich reinschleichen und das Schwein fertigmachen.«

C. C. Hellicar schien nachzudenken. »Klingt ganz vernünftig – aber einen kleinen Haken hat die Sache.«

»Und der wäre?«

C. C. Hellicar drehte sich auf dem Sitz um und sah ihm direkt in die Augen. »Funke schießt möglicherweise sofort auf Sie.«

Ihaka zog die Stirn in Falten. »Na, das ist ja Gott sei Dank kein großer Haken.« Er schüttelte den Kopf. »Ich glaube nicht, denn er hat ja keinen Grund zu glauben, daß wir hinter ihm her sind, und ich habe einen Grund zu kommen. Sicher, er wird mich nicht aus den Augen lassen, aber genau das wollen wir ja.«

»Tito«, sagte C. C. Hellicar freundlich. »Es ist wirklich nett und alles, aber die Sache schmeckt mir nicht. Daß Sie ein Polizist sind, interessiert Funke nicht die Bohne. Sie brauchen nur einen Fuß über die Schwelle zu setzen, und er wird Verdacht schöpfen. Er wird merken, daß sich irgend etwas zusammenbraut – und keine halbe Sekunde später haben Sie eine 38er im Gesicht.«

»Alles eine Frage des Timings«, sagte Ihaka unbekümmert. »Mein Gott, ich habe nicht vor, die Nacht mit dem Arsch zu verbringen. Ich warte, bis Sie bereit sind, bevor ich losgehe. Es geht doch nur um ein paar Minuten! Eine bewährte und zuverlässige Taktik: Lenk die Hunde ab und schnapp sie dir, wenn sie wegsehen.«

C. C. Hellicar seufzte und schaute nach oben. »Ich verstehe es nicht – Sie sind doch kein bescheuerter Macho oder ein blödes Kind, das denkt, alles ist wie im Kino, und die Guten überleben. Es ist doch noch nicht mal Ihr Job.«

In einer weinerlichen Country & Western-Stimme sang Ihaka: »Tito, Amigo, sei doch kein Held.«

C. C. Hellicar schlug die Hände über dem Kopf zusammen und rief: »Gottverdammt!«

»Sie haben ganz recht – ich bin weder ein Macho noch naiv«, sagte Ihaka, »aber der Rest stimmt nicht ganz. Gut, Funke ist einer von Ihnen, aber das hier« – er deutete in die Dunkelheit hinaus –, »ist mein Revier. Und außerdem: Wenn Funke an Ihnen vorbeikommt, dann muß ich es zusammen mit den anderen Jungs versuchen – und das könnte haarig werden. Schließlich sind noch drei andere Leute im Haus. Als Polizist glaube ich, daß es die beste Möglichkeit ist, die Sache zu erledigen, ohne daß wir die Kontrolle verlieren.« Er hielt inne und lehnte sich auf seinem Sitz zurück. »Außerdem hasse ich es, wenn ich am Freitagabend nicht ausgehen kann.«

C. C. Hellicar nickte ernst. »Ja, mein Gott, warum haben Sie das denn nicht gleich gesagt.«

Ihaka ließ den Wagen an. »Die Jungs von der Überwachung sagen, daß es von der Straße bis zum Haus ungefähr 400 Meter sind. Ich setze Sie direkt vor dem Tor ab und gebe Ihnen eine Viertelstunde oder so für den Weg. Wie spät ist es jetzt?«

»25 Minuten nach neun.«

»Gut. Ich klopfe um dreiviertel zehn an die Tür. Die Sicherungsleute stehen in der Weide auf der anderen Straßenseite, sie riegeln die Einfahrt ab. Wie lange sollen sie warten?«

»Funke und ich haben nicht sehr viel zu besprechen – egal, wie es läuft, es wird wohl ziemlich schnell vorbei sein.«

Um 21 Uhr 44 fuhr Ihaka am Haus der Spurdles vor, parkte hinter dem Fiat Tipo und klingelte. Kurz darauf öffnete ihm ein Bryce Spurdle in euphorischer Stimmung. Ihaka stellte sich vor und fragte nach Mrs. Spurdle.

Spurdle sah sich gern als Mann, der Herr seines Schicksals war. Nach den Ereignissen der letzten Stunden allerdings fühlte er sich wie ein Surfer, der von einer dieser plötzlichen Riesenwellen gepackt wird, die erst ganz harmlos anfangen, dann ungefähr 20 bis 30 Meter vor dem Strand innehalten, sich aufbäumen und danach mit der Gewalt eines Dammbruchs auf den Strand stürzen. Ihm war, als ob er von einer unwiderstehlichen Kraft ergriffen und wegkatapultiert worden wäre – durchgeschüttelt, hochgeworfen, mitgezerrt, weggeschleudert und schließlich auf den Strand fallen gelassen, atemlos, ohne Orientierung und bebend vor Erregung. Es fehlte nur der Sand in der Poritze. Und dann hatte er innerhalb weniger Stunden sechs doppelte Rum mit Coke, einige Bier und zwei Drittel einer Flasche Wein getrunken. So befand er sich schließlich in einem Zustand benommener Gleichgültigkeit – und obwohl es eigenartig war, daß ein Polizist aus heiterem Himmel auftauchte und mit seiner Frau sprechen wollte, ließ es ihn doch letztendlich völlig kalt.

Also zuckte er mit den Schultern und sagte: »Dann treten Sie mal ein. Auch wenn es nicht sehr gelegen kommt, wir haben nämlich Gäste zum Abendessen.«

»Es dauert nur eine Sekunde.«

Spurdle führte Ihaka zum Speisezimmer, wo die anderen an dem langen polierten Holztisch saßen und mit dem Nachtisch höflich auf ihn warteten. Spurdle blieb in der Tür stehen, wartete, bis alle zu ihm schauten, und sagte dann laut: »Liebling, hier ist ein Polizist, der mit dir reden will«, und fügte – so als ob er vergessen hatte, daß Ihaka direkt hinter ihm stand – hinzu: »Und was für ein Bulle!«

Nach dieser dramatischen Ankündigung setzte sich Spurdle mit dem Rücken zu Ihaka ans Kopfende des Tisches und begann sein Dessert gründlich zu untersuchen. Ihaka betrat das Speisezimmer, das zwischen dem Wohnzimmer und der Küche lag. Das Wohnzimmer lag rechts hinter der offenen Doppeltür, und die Tür zur Küche war zu seiner Linken. Eine gepeinigte Jody Spurdle saß kerzengerade am anderen Ende des Tisches und starrte ihn an, und eine Frau auf der rechten Seite, die er nicht kannte, sah mit unsicherem Blick zu dem Mann mittleren Alters ihr gegenüber und schüttelte den Kopf. Er fühlte sich ganz offensichtlich nicht wohl, aber irgend etwas mit seinen Augen stimmte nicht – es war schwer festzustellen, ob sich sein Unmut auf die Frau, Ihaka oder Spurdle richtete, der versuchte, seinen Nußpudding vollständig mit Sahne zu bedecken.

»Abend«, sagte Ihaka und nickte kurz. »Tut mir leid, daß ich so reinplatze, aber könnte ich vielleicht ganz kurz mit Ihnen sprechen, Mrs. Spurdle?«

»Worüber denn?« stammelte sie.

»Also ...«, antwortete Ihaka zögernd. »Es geht um die Sache, die wir neulich besprochen haben.«

Jody war leichenblaß geworden. »Ich weiß nicht, was Sie meinen«, sagte sie unsicher. »Bitte gehen Sie.«

Funke stand auf, kam um den Tisch herum, stellte sich vor Ihaka hin und fragte in schleppendem Ton: »Was ist hier los, verdammt noch mal?«

Ihaka musterte ihn mit einem Blick kaum verhohlener Geringschätzung, mit dem Polizeibeamte so häufig auf unverschämte Angehörige der allgemeinen Öffentlichkeit herabschauen. »Ich sprach mit Mrs. Spurdle. Ich verfolge eine Angelegenheit, auf die sie uns aufmerksam gemacht hat ...«

»Sie sagt aber, daß es nicht so ist.«

Ihaka zuckte ungerührt mit den Schultern. »Das kann ich verstehen. Es ist ein bißchen peinlich.«

Funke ließ nicht locker. »Es muß ziemlich wichtig sein, wenn Sie um diese Zeit extra herkommen.«

Ihaka ignorierte ihn. »Mrs. Spurdle, wir haben heute abend mit Leith Grills gesprochen ...«

»Du redest wohl nicht mit jedem!?« fuhr Funke ihn an. Er griff unter seine Jacke nach dem Revolver, den er sich hinten in den Gürtel gesteckt hatte, zog ihn heraus und hielt ihn Ihaka unters Kinn.

»Weißt du, wer ich bin?« fragte er.

»Der kleine Bruder von Clint Eastwood?«

Irgend etwas ist hier faul, dachte Funke. *Dieses Arschloch sollte sich eigentlich in die Hose machen – statt dessen steht er absolut cool da und sieht mich an, als ob ich ihm den Buckel runterrutschen könnte.*

Da sah Funke aus dem Augenwinkel eine schwarze Gestalt in der Küchentür ein paar Meter rechts von ihm.

»Waffe runter«, sagte C. C. Hellicar bestimmt.

Funke zog die 38er ein paar Zentimeter von Ihakas Kinn weg und drehte leicht den Kopf. Eine junge Frau stand an dem Türpfosten und verbarg sich dahinter, so gut es ging. Sie hatte eine Automatik auf ihn gerichtet und hielt sie sehr sicher in beiden Händen. Funke erinnerte sich an jenen heißen Nachmittag des Jahres 1962, den Laden an dem Feldweg in der Nähe von Sierra Blanca und den versoffenen Ladenbesitzer, der Lyle Gorse abgeknallt hatte. *Sie hält ihre Kanone genauso wie der Mann in dem Laden damals*, dachte er, *so ruhig wie der Tod selbst. Und irgendwie habe ich das Gefühl, daß das Mädel da nicht lange fackelt.*

»Ja, wo kommst du denn her, Schätzchen?« fragte Funke so lakonisch er konnte.

»Aus Langley.«

»Sieh mal an, aus Langley. Na, die haben dich ja bestimmt nicht geschickt, um eine Gesprächstherapie mit mir zu machen.« Funkes Augen richteten sich wieder auf Ihaka. »Nun, dann sitzen wir ja wohl in einer Sack ...«

C. C. Hellicar traf Funke genau mitten in die rechte Wange. Das Geschoß trat zusammen mit einer feinen Wolke aus Zahnsplittern und Zahnfleischfetzen durch die linke Wange wieder aus, flog durch die offene Doppeltür und zerschmetterte das wertvollste Stück in Spurdles Bierkrugsammlung, bevor es sich in die antike Anrichte am gegenüberliegenden Ende des Wohnzimmers bohrte. Funke drehte sich und stürzte zu Boden, wobei er die 38er fallen ließ. Er lag auf dem Bauch und tastete blind und zitternd nach der Pistole. C. C. Hellicar hielt die Automatik zur Decke gerichtet und ging mit festen Schritten zu Funke hinüber. Sie stellte sich breitbeinig über ihn, streckte die Arme aus, zielte sorgfältig und schoß ihm zweimal in den Hinterkopf.

In der Stille danach begann Jody hysterisch zu schreien, Fleur Wolfgramm hielt sich mit beiden Händen am Tisch fest und starrte mit leerem Blick auf ihren unberührten Nußpudding, während Bryce Spurdle in trunkener Ungläubigkeit auf Funkes Leiche starrte und mit zitternder Hand nach seinem Weinglas griff. Nachdem C. C. Hellicar sich überzeugt hatte, daß keiner von ihnen eine Gefahr darstellte, wandte sie sich Ihaka zu, der bis auf seine Augen völlig erstarrt war, seitdem Funke die Pistole gezückt hatte.

»Alles okay?«

Ihaka nickte und holte tief Luft.

»Er hatte die 38er nicht gespannt, müssen Sie wissen. Dadurch war der Schuß nicht ganz so gefährlich.«

Ihaka zwang sich zu einem Lächeln. »Schön, das zu wissen – ich fühle mich gleich viel besser.«

Nach ungefähr einer halben Minute wich die angespannte Konzentration aus C. C. Hellicars hellblauen Augen, und ihr Mund verzog sich zu einem schiefen, freudlosen Lächeln.

Sie wog die Automatik in der Hand. »Steht die Einladung ins Strandhaus für uns beide noch?«

- 23 -

Die Vereinigten Staaten von Amerika beendeten ihr mitunter schwieriges 27jähriges Verhältnis zu Harold »Buddy« Funke genau um 21 Uhr 53.

Um 22 Uhr hatte das Sicherungsteam das Grundstück der Spurdles vollständig gesichert und abgeriegelt. Um 22 Uhr 17 passierten vier nicht gekennzeichnete Fahrzeuge die Straßensperre der Polizei und brausten die Auffahrt entlang; ein paar Minuten später kamen zwei von ihnen wieder zurück und fuhren

Richtung Stadt. Der erste, ein schwarzer Toyota Landcruiser mit Allradantrieb, der als Rettungswagen ausgestattet war, wurde von einem bewaffneten Beamten gefahren; sein Fahrgast war ein Polizeipathologe, und die Fracht bestand aus einem Sack, der den vormaligen Sonderagenten Funke enthielt. Und obwohl der zweite Wagen für das ungeschulte Auge aussah wie ein gewöhnlicher alter Commodore, war er doch ein Sondermodell aus der Holden-Spezialfahrzeugfertigung in Notting Hill in Victoria: Er hatte einen V-8-Motor mit einem Hubraum von 5,7 Litern, eine Höchstgeschwindigkeit von 243 km/h, kam in 6,6 Sekunden von 0 auf 100 und war das mit Abstand begehrteste Fahrzeug im Wagenpark des Polizeireviers von Auckland Central. Diesmal wurde er eingesetzt, um einen ungewohnt gedämpften Detective Sergeant Tito Ihaka zu seinem Haus in Sandringham und eine wie gewohnt verschlossene C. C. Hellicar in ihr Hotel in der City zu befördern.

Das verbleibende Polizeikontingent wurde von Detective Inspector Finbar McGrail geleitet, dessen wichtigste Aufgabe darin bestand, die Spurdles und Fleur Wolfgramm davon zu überzeugen, daß es wirklich nicht ihre Sorge sein sollte, wenn sich Amerikaner gegenseitig in ihrem Eßzimmer über den Haufen schossen. Dies erwies sich als ziemlich zeitraubend, da die drei Schocksymptome in verschiedenen Stadien aufwiesen und medizinischer Fürsorge sowie rücksichtsvoller Behandlung bedurften. Und so wurde es Mitternacht, ehe Fleur Wolfgramm auf das Auto am Flughafen zu sprechen kam, in dessen Kofferraum zwei Tote lagen. Als der Streifenwagen des Polizeireviers Otahuhu dort ankam, war es bereits zu spät.

Fünf Minuten vor Mitternacht hatte Derril Shine, 23 Jahre alt, seinen hellgrünen Toyota Starlet ganz langsam und ohne Licht auf den Parkplatz des Flughafens gefahren. Auf dem Beifahrersitz saß Apollo Laulau, ein 21jähriger Fiji-Samoaner, dessen Lebensinhalt im Sammeln von Baseballkappen bestand. Beide waren arbeitslos, und obwohl sie beide mit der Idee, ihren Lebensunterhalt auf ehrliche Weise zu verdienen, zumindest vage vertraut waren, hatte es keiner von ihnen je ernsthaft versucht.

Die beiden hatten in einer Kneipe an der Mangere Bridge getrunken. Während einer Runde Billard hatte ein Bekannter Shine – der permanent damit warb, daß er für alle kriminellen Unternehmungen zur Verfügung stand, für die kein Eigenkapital und keine rohe Gewalt erforderlich waren – erzählt, daß man gutes Geld machen könne, wenn man einem Gebrauchtwagenhändler mit angeschlossenem »Ersatzteilverkauf« in Te Atatu gestohlene Wagen lieferte. Shine hatte kurz darüber nachgedacht, die Bar verlassen und war mit seinem Starlet zum Flughafen gefahren. Nachdem er sich auf der Ankunftsanzeigetafel informiert hatte, wann der letzte Flug in der Nacht ankam, war er zur Kneipe zurückgefahren, um die Einzelheiten des Auftrags, bevorzugte Modelle und die Liefermodalitäten, mit seinem Bekannten zu besprechen und Laulau als Fahrer zu gewinnen.

Es standen weniger als drei Dutzend Wagen auf dem Parkplatz. Nachdem die mit Alarmanlagen und Lenkradschlössern und Modelle, die nicht gefragt waren, ausgeschlossen worden waren, entschied sich Shine für den Holden Berlina, der ganz alleine in der Mitte des Parkplatzes stand. Er holte einen Wagenheber aus seinem Kofferraum, schlug die Scheibe der Beifahrertür ein, öffnete die Kühlerhaube und schloß den Motor kurz. Laulau mit dem Starlet im Gefolge, fuhr Shine den Berlina zu dem Hause in Glen Innes, in dem er jetzt allein wohnte – da seine Mitmieter im Gefängnis von Mount Eden residierten. Shine war nicht sicher, wie lange er in dem Haus für 200 Dollar die Woche noch wohnen konnte, wobei dies vor allem davon abhing, wann der Vermieter endlich kapierte, daß er weder geneigt noch in der Lage war, die Miete zu bezahlen.

Shine parkte den Berlina hinter dem Haus und ging mit Laulau auf einen letzten Drink hinein. Was mit einem Drambuie zur Feier des Tages und einem Bier zum Nachspülen begann, wurde bald zu einem Wettsaufen, das damit endete, daß Laulau ganz plötzlich das

Bewußtsein verlor. Shine ging ins Badezimmer, übergab sich ausgiebig, indem er sich zwei nikotingelbe Finger in den Hals steckte, und fiel dann in sein Bett.

Am nächsten Morgen erwachte er um 10 Uhr 25. Er fühlte sich nicht erfrischt, wach oder besonders wohl – abgesehen von dem miesen Geschmack in seinem Mund war es also ein Morgen wie jeder andere. Es war eine gute Idee gewesen, sich zu übergeben, das nächste Mal mußte er nur daran denken, sich die Zähne zu putzen. Laulau hing noch zusammengesackt auf der Couch, also machte sich Shine eine Tasse Tee und ging hinaus, um sich sein neues Auto näher anzusehen.

Während er hinter dem Lenkrad saß und seinen Tee trank, fiel ihm ein, daß ja vielleicht in dem Kofferraum noch etwas war, was zu stehlen sich lohnte. Er zog an dem Kofferraumhebel und stieg aus. Da bemerkte er den Geruch. *Meine Fresse, das stinkt vielleicht*, dachte er. *Wahrscheinlich hat sich die Kokosnuß eingeschissen*. Als Shine die Kofferraumklappe anhob, wurde der Geruch, ein traniges, fauliges und atemberaubendes Gemisch aus verdorbenem Fett und Abflußgerüchen, fast unerträglich. Würgend schauderte er vor dem Gestank und dem noch erschreckenderen Anblick zurück, schlug den Kofferraum zu und wankte davon.

Zitternd vor Ekel und Angst setzte sich Shine auf die Hintertreppe und überlegte, was er tun konnte. Er könnte einfach den Wagen und seinen Inhalt wie vereinbart liefern und so den Ärger mit den Leichen im Kofferraum jemand anderem aufhalsen. Wenn er das tat, dann würde ihn dieser Jemand sicherlich aufspüren und mit einem Baseballschläger halb totschlagen. Oder er konnte die Leichen aus dem Kofferraum an eine andere Stelle überführen und dann den Wagen abliefern – in weniger als fünf Sekunden war ihm klar, daß er sich lieber mit dem Baseballschläger verprügeln lassen würde. Oder er könnte die Sache einfach abblasen und das Scheißding irgendwo stehenlassen.

Die Entscheidung war nicht schwer. Als er sich schließlich entschlossen hatte, ging er ins Haus und rüttelte Laulau wach. Der

Fiji-Samoaner, dessen Haut einen ungesunden und eher unpolynesischen grauen Ton angenommen hatte, stöhnte, setzte sich auf und rieb sich die trüben Augen.

»Los Alter!« schrie Shine. »Beweg deinen Arsch, Mann. Ich geh schnell duschen. Und du mach einmal in deinem Leben was Nützliches, und check den Kofferraum von der Karre da draußen.«

Shine wartete, bis sein Kumpan nach draußen geschlurft war, und bezog dann am Küchenfenster Stellung. Shine war nicht so sehr von der Menge oder dem hohen Bogen, in dem Laulau sich erbrach, beeindruckt – eher von der Tatsache, daß sich der gelbgrüne Schwall auch dann noch weiter ergoß, als er in eine tiefe Ohnmacht gefallen war.

Eine Stunde später stellten sie den Berlina hinter dem Golfplatz von Remuera in Abott's Way ab, und dann fuhr Shine Laulau zum Haus seiner Tante in Mount Wellington. Laulau sagte seiner Tante, daß er eine Lebensmittelvergiftung habe, und legte sich sofort ins Bett.

Das Wochenenddomizil der Familie Ihaka war ein einfaches Holzhaus bei Tauranga Bay an der Südspitze von Whangaroa Harbour, ungefähr zwei Fahrstunden von Cape Reinga entfernt. Es hatte drei Zimmer und eine kleine Küche mit einer abgenutzten Arbeitsplatte aus Kunststoff und einem museumsreifen Kühlschrank, der spuckte und ratterte wie eine alte Dampfmaschine, als Ihaka ihn einschaltete. Es gab einen großen Gemeinschaftsraum mit nacktem Holzfußboden und einer Ansammlung verschlissener und nicht zusammenpassender Möbel – ausrangiert aus den Wohnungen verschiedener Mitglieder des Clans –, und Glasschiebetüren öffneten sich auf eine riesige Terrasse, die nur einen Hauch über der Hochwassermarke lag.

Es war ein stiller warmer Tag. Das Wetter war schön, und C. C. Hellicar stand auf der Terrasse und blickte auf den leeren Sandstrand, der sich über ungefähr eine halbe Meile erstreckte. In den anderen Strandhäusern waren die Vorhänge zugezogen, und das einzige Geräusch war das ruhige Glucksen der steigenden Flut.

»Ist es immer so?« rief sie zu Ihaka hinein, der Lebensmittel im Kühlschrank verstaute. »Kein Mensch weit und breit?«

Er kam auf die Terrasse hinaus und sog die Seeluft tief in die Lungen. »Ja, eigentlich schon, bis auf ein paar Wochen um Weihnachten herum. Sagen wir so, ich hab noch nie einen Japaner mit einer Kamera hier gesehen.«

»Haben Sie etwas gegen Japaner?«

Ihaka schüttelte den Kopf. »Ich möchte nur nicht, daß ganze Busladungen von ihnen meinen Strand verstopfen. Das gleiche gilt für deutsche Rucksacktouristen, Australier in Wohnmobilen und auch für die Idioten aus Auckland mit ihren Wohnwagen und den spastischen Kindern.«

»Ist das nicht ein bißchen egoistisch?« Sie streckte einen Arm aus. »Ich meine, hier mangelt es ja nicht gerade an Platz.«

Er blinzelte in die Sonne. »Alles eine Frage des Standpunktes«, sagte er. »Manche brauchen eben mehr als andere.«

Ihaka holte das über drei Meter lange Aluminiumboot mit Zweitaktaußenbordmotor aus dem Fertigteilschuppen hinter dem Haus, und gemeinsam trugen sie es zum Wasser. Sie verbrachten den Nachmittag damit, am Ufer entlangzutuckern, in kleine Buchten hinein, in denen Ihaka tauchte und nach Schalentieren wühlte. C. C. Hellicar saß im Bug und sonnte ihre langen Beine – und fragte sich, wieviel von Ihakas Fang wohl für normale Menschen eßbar war.

Die Sonne verlor langsam an Wärme, und Ihaka wollte gerade Schluß machen, als C. C. Hellicar plötzlich ihre Shorts und ihr T-Shirt auszog und sich in BH und Slip ins Wasser gleiten ließ. 20 Minuten lang schwamm sie parallel zum Ufer jeweils 100 Meter hin und her und zog sich danach mühelos wieder ins Boot.

Sie hatte einen Körper wie aus einer Illustrierten, und Ihaka ließ sich Zeit, als er ihr ein Handtuch reichte. Sie schnappte es ihm aus der Hand und machte dabei seinen stieren Blick nach.

»Sie sehen ziemlich fit aus«, sagte er hastig. »Müssen Sie wohl auch sein, oder?«

Sie lächelte kurz und boshaft und wickelte das Handtuch um den Körper. Dann lehnte sie sich zurück und musterte Ihaka, der im Heck ausgestreckt dalag, Angelrute in einer Hand, Bierdose in der anderen – und nur mit einer Fußballhose bekleidet.

Sie fragte: »Und was ist mit Ihnen – treiben Sie Sport?«

Ihaka leerte die Dose, quetschte sie zusammen, widerstand – im letzten Augenblick – dem Drang zu rülpsen, und sagte: »Ach Quatsch.«

»Sollten Sie aber.«

Ihaka nahm zwei Dosen aus dem Kühlbehälter und warf ihr eine zu. »Wozu? Ich bin schon dick zur Welt gekommen, mein Vater war dick, meine Onkels waren dick, mein Großvater war dick. Ist eine Stammestradition. Ihr Weißen versteht so was nicht.«

C. C. Hellicar nickte ernsthaft, so als ob sie diese Weisheit respektierte, die tiefer war als die ihre. »Ich habe nicht gesagt, daß Sie dick sind. Noch sind Sie einfach ein großer Mann, aber wenn Sie nicht aufpassen, dann wird es ganz langsam kommen. Wenn der Brustkorb mal nicht mehr so straff ist« – sie schnalzte mit der Zunge –, »dann stoßen Sie mit den Leuten zusammen, bevor Sie sie überhaupt sehen können. Woran ist Ihr Vater gestorben?«

»Herzversagen.«

»Wie alt war er?«

»51.«

»Sagt Ihnen das gar nichts?«

»Doch, das sagt mir, daß nur Klugscheißer glauben, daß harte Arbeit noch keinen umgebracht hat. Wenn Sie meine Meinung wissen wollen – ich glaube, ein Fitneßstudio ist ein Ort, wo sie für das Privileg bezahlen, den Körpergeruch von anderen Leuten einzuatmen.«

C. C. Hellicar zog die Brauen hoch. »Was ist mit Joggen?«

»Das letzte Mal, als ich gelaufen bin, hat mich ein Hund gebissen.«

Sie zwinkerte und unterdrückte ein Kichern. »Ehrlich? Wo?«

»Ich kam gerade die Sandringham Road hoch…«

»Ich meine, in welchen Körperteil?«

»Hinten, wenn Sie es unbedingt wissen wollen.« Da sie keine Miene verzog, setzte er hinzu: »Es war überhaupt nicht lustig – es war schlimmer als Arschficken. Und drei Wochen lang konnte ich nicht richtig kacken.«

Wider bessere Einsicht wechselte C. C. Hellicar das Thema nicht, sondern fragte: »Wieso das?«

»Der verdammte Köter hatte mir ein mächtig großes Stück aus der rechten Backe gebissen. Ich konnte nicht auf der Klobrille sitzen, also mußte ich in den Garten und mich dort hinhocken.«

Vor ihrem inneren Auge sah C. C. Hellicar Ihaka wie einen Sumo-Ringer in die Hocke gehen. Sie biß sich auf die Unterlippe und sagte: »Vergessen wir das Thema. Sie sind zufrieden, so wie Sie aussehen, in Ordnung. Mir kann es ja wirklich egal sein.«

Ihaka schwieg einen Moment und fragte dann: »Die Typen, auf die Sie stehen, gehören doch nicht etwa zu den Weight Watchers?«

Sie runzelte die Stirn. »Wir scheinen aneinander vorbeizureden: Ich hab davon geredet, daß Sie auf Ihre Gesundheit achten sollten.«

Er nickte. »Das Gespräch hat Fortschritte gemacht, und ich frage jetzt: Was ist Ihr Typ?«

»Ich bevorzuge keinen speziellen Typ«, erwiderte sie bestimmt. »Verstehen Sie, es ist nicht so, wie wenn man eine Sorte Zahnpasta bevorzugt.«

Ihaka verzog keine Miene, aber seine Augen funkelten. »Okay, sagen wir so: Wie sieht der Mann in Ihrem Leben zur Zeit aus?«

»Der unsichtbare Mann«, sagte sie mit einer Endgültigkeit, die bedeutete, daß das Thema abgeschlossen war. »Und jetzt drehen Sie sich um.«

»Warum?«

»Weil ich meine nassen Sachen ausziehen und meine trockenen anziehen möchte.«

»Wir haben ein bißchen wenig Platz an dem Ende hier. Wie wär's, wenn ich einfach meine Augen zumache?«

»Wie wär's, wenn ich Ihnen den Eimer hier über den Kopf stülpe?«

Sie gingen ins Haus, duschten und zogen sich um. Ihaka bereitete den Fang zu, dämpfte die Muscheln und klopfte die schwarzen gummiartigen Pauas weich, bevor er sie mit Speck briet. Zu C. C. Hellicars Überraschung war es fast wohlschmeckend. Er grillte zwei Steaks, die sie draußen auf der Terrasse mit einem Salat und einer Flasche Rotwein aßen.

Ein wenig später brachte C. C. Hellicar den Ghettoblaster heraus, den sie in einem der Zimmer gefunden hatte, und legte eine Kassette ein.

Sie stand da, die Hände in die Hüften gestemmt. »Wollen wir tanzen?«

Ihaka stand auf. »Leider ein bißchen zu fett fürs Ballett.«

C. C. Hellicar zuckte mit den Schultern. »Na ja, dann werden wir wohl die Steakmesser nicht überzeugen.«

Das Lied war eine langsame Countryballade. Zunächst hielt Ihaka respektvoll Abstand, aber der Zwischenraum wurde immer kleiner, und schließlich waren sie so nahe beieinander, daß ihr warmer Atem ihn am Hals kitzelte. Sie legte ihren Kopf an seine Brust und fing an, das Lied ganz leise mitzusummen. Genau in dem Augenblick, als Ihaka merkte, daß er unbewußt den Bauch eingezogen hatte, klingelte sein Handy.

Sie blieben stehen und sahen einander an.

Sie sagte: »Vielleicht verwählt?«

Ihaka versuchte zu lächeln, aber es gelang ihm nicht einmal andeutungsweise. Er ging hinein, griff nach dem Telefon und knurrte undeutlich. Fast schroff und auf jeden Fall ohne den geringsten Anklang von Entschuldigung sagte Finbar McGrail mit seinem irischen Akzent: »Was Sie auch gerade tun, Sergeant, hören Sie auf damit und kommen Sie sofort her.«

Ihaka hielt das Telefon vom Ohr weg und sah auf die Terrasse, wo C. C. Hellicar mit verschränkten Armen und leicht geneigtem Kopf stand und ihn beobachtete. Er zog einen Finger über den Hals und fragte dann McGrail: »Was ist denn passiert?«

»Wir haben eben Leith McGrills im Kofferraum seines Autos gefunden, mit zwei Schüssen aus nächster Nähe im Brustkorb. Neben ihm lag eine weitere Leiche – weiß, männlich, noch nicht identifiziert, ungefähr 1,80 groß, um die 40, mit einer Schrotflinte erschossen. Beide Male Funkes Arbeit. Das wäre das erste. Zweitens hat sich das Kokain, das wir in dieser Pension sichergestellt haben, als Puderzucker erwiesen. Unmittelbar, bevor wir dort hinkamen, tauchten ein Mann und eine Frau auf, die sich als Polizisten ausgaben, nach Funke suchten und sich Zugang zu seinem Zimmer verschafften.«

»Ricketts«, sagte Ihaka mit ausdrucksloser Stimme.

»Der Beschreibung nach könnte er es sein – es würde auf jeden Fall zu ihm passen.«

Ihaka lachte bitter. »Das muß man dem Hund lassen – Ausdauer hat er. Waren Sie schon bei ihm zu Hause?«

»Wir sind gerade auf dem Weg dahin.«

»Sie werden nicht mal 'ne Aspirin finden. Und ihn schon gar nicht.«

»Das glaube ich auch, Sergeant – deswegen brauchen wir Sie.«

»Okay. Es wird aber ein paar Stunden dauern – ich bin im Norden oben.«

Ihaka beendete das Gespräch und murmelte leise: »Ihr Arschlöcher.« Er ging auf die Terrasse hinaus und sagte zu C. C. Hellicar: »Wir werden unseren Tanz ein andermal beenden müssen.«

Sie wandte sich ab, sah auf die See hinaus und sagte: »Es geht doch nichts über die Zukunft.«

Ihaka lag richtig, wenn er dachte, daß Duane Ricketts zu klug war, um zu Hause zu warten, bis die Polizei vor seiner Tür stand. Was Ricketts tat – so der letzte Stand der Dinge –, war, bei seinem

Nachbarn, dem 69 Jahre alten Rentner Clarrie Scudamore, anzurufen.

Das letzte Mal hatten sie vor fast einem Jahr miteinander gesprochen – an jenem Abend, als Ricketts an der Tür seines Nachbarn geklopft und gefragt hatte, ob er eine Zitrone von dem üppig tragenden Baum in Scudamores Garten haben könnte.

Scudamore hatte ihn mißtrauisch angesehen und gefragt: »Wofür denn?«

»Ich mache gerade einen Gin Tonic für meinen Besuch und hab einfach keine Zitronen mehr.«

Wenn Ricketts gewußt hätte, daß Scudamore Adventist des Siebenten Tages und ein nahezu fanatischer Antialkoholiker war, hätte er etwas anderes gesagt. Und hätte er gewußt, daß Scudamore der wahrscheinlich größte Geizkragen in Mount Roskill war – einem Vorort, wo die Nächstenliebe an der eigenen Tür anfängt und endet –, dann hätte er sicher gar nicht erst gefragt, sondern wäre über den Zaun gesprungen und hätte sich eine Zitrone von dem Baum gepflückt.

Ohne seine Befriedigung auch nur im geringsten zu verbergen, hatte Scudamore geantwortet: »Pflanzen Sie sich doch Ihren eigenen Baum«, und die Tür zugemacht.

Als Ricketts an diesem Samstagabend gegen zehn Uhr anrief, fragte Scudamore mit einer unsicher zwischen Neugier und Entrüstung schwankenden Stimme, was denn zum Teufel da drüben los wäre. Am anderen Ende der Leitung lächelte Ricketts in sich hinein.

»Was meinen Sie denn?«

»Sie wissen ganz genau, was ich meine. Überall ist Polizei, sie haben sogar Hunde dabei. Ich denke, Sie schulden mir eine Erklärung.«

Ricketts hatte nicht das Gefühl, daß er Scudamore irgend etwas schuldete – und schon gar keine Erklärung –, legte einfach auf und wählte die Nummer von Bryce Spurdle.

Spurdle hatte die Füße hochgelegt und sah fern. Er starrte haßerfüllt auf das Telefon auf dem Couchtisch, als es klingelte. Dann kam er zu dem Schluß, daß eigentlich schon alles schiefgegangen war, was schiefgehen konnte – also gab es keinen Grund mehr, nicht ranzugehen. Er nahm den Hörer ab und meldete sich vorsichtig.

»Ist dort Bryce Spurdle?«

»Ja.«

»Hier spricht Duane Ricketts. Sagt Ihnen der Name irgendwas?«

»Nein.«

»Ich war der letzte Mensch, mit dem Dale Varty gesprochen hat.«

»Das freut mich für Sie.«

»Na, dann sind wir ja schon zwei, er hat mir nämlich gesagt, wo er das Kokain versteckt hat. Ich habe den Fehler gemacht, es Jake Latimer zu erzählen. Sagt der Name Ihnen vielleicht was?«

Spurdle setzte sich auf. »Und ob. Diese miese Ratte...«

»Ja, auf den kommen wir gleich noch. Ich rufe an, weil ich wissen wollte, ob Sie noch an dem Koks interessiert sind. Wenn es so ist – ich kann ihn liefern.«

»Sie erzählen Scheiße, Freundchen«, erwiderte Spurdle scharf.

»Wieso?«

»Sie haben den Stoff gar nicht, die Bullen haben ihn.«

»Alles, was die Bullen haben, ist ein Vorrat an Puderzucker, der fürs ganze Leben reicht. Sie wußten, wo der Koks war, stimmt's? Ein Amerikaner namens Funke hat ihn sich geschnappt und wieder hergebracht. Er wohnte in einer Pension in der Stadt, und als er weg war, bin ich in sein Zimmer und habe ein kleines Tauschgeschäft gemacht.«

»Wann soll das gewesen sein?« fragte Spurdle, und vorsichtiges Interesse schwang in seiner Stimme mit.

»Gestern abend.«

»Welche Zeit gestern abend?«

»Ziemlich früh, gegen acht.«

»Wieviel Koks war da?«

»Neuneinhalb Kilo in 19 Beuteln. Funke muß einen bei sich gehabt haben.«

Langes Schweigen folgte.

»Und?« fragte Ricketts schließlich.

Spurdle brummte reserviert.

»Nur interessehalber: Wieso glaubten Sie, daß die Bullen den Stoff haben?« fragte Ricketts.

»Weil Funke gestern abend hier war und mir das gleiche Angebot gemacht hat. Dann kamen die Bullen und haben ihn weggeblasen, vor unseren Augen. Toll, was? Meine Frau hat einen Nervenzusammenbruch.«

Ricketts war es vollkommen egal, ob Funke sich in einer Grube befand oder hinter Gittern – solange er nur aus dem Verkehr gezogen war. »Also, wie sieht es aus, sind Sie interessiert?«

»Hängt ganz vom Preis ab, oder?« antwortete Spurdle. »Und der sinkt jede Stunde – die Sache ist heiß.«

Ricketts schlug eine runde Million vor, Spurdle sagte, das könne er vergessen, und er würde auf gar keinen Fall über 100 Riesen gehen. Ricketts dankte und verabschiedete sich, Spurdle machte einen Rückzieher und meinte, er solle doch warten oder ob er etwa auch ein Flugzeug erwischen müßte? Schließlich einigten sie sich prinzipiell auf 450 000 Dollar, wobei Spurdle sagte, daß er darüber schlafen und sich überlegen müßte, ob er den Deal wirklich machen wollte.

Mich abchecken, meinst du, dachte Ricketts. Nachdem sie vereinbart hatten, am nächsten Morgen miteinander zu sprechen, wickelte Ricketts noch sein Bonbon aus: Er sagte Spurdle, wo er Latimer finden konnte.

Ricketts legte auf und ging durch das Wohnzimmer des Hauses in Huapai, das dem holländischen Siebdrucker gehörte – der mit gekreuzten Beinen am Boden saß und sich einen Joint drehte.

Ricketts sah ihm ein paar Sekunden lang zu. »Machst du dir eigentlich mal Gedanken darüber, was das Zeug mit dir anstellt?«

Der Holländer strich über seinen gewaltigen Bart und überlegte. »Nicht sehr lange«, sagte er schließlich, »weil mir nie einfällt, worüber ich mir eigentlich Gedanken machen soll.«

- 24 -

Jake Latimers Freund Lenny führte auf Kosten der Steuerzahler ein ziemlich sinnloses Leben auf einem zwei Hektar großen Grundstück außerhalb von Whangarei, seit er sich eines Tages gebückt hatte, um einen Kugelschreiber aufzuheben – mit dem er geistlose, kaum leserliche Kommentare zu einer Mitteilung der Geschäftsleitung am Schwarzen Brett für die Belegschaft gemacht hatte –, und sich dabei eine Luxation der Wirbelsäule zugezogen hatte. Die daraus resultierenden Beschwerden – ein ausreichend undefinierbares Leiden – waren seine Eintrittskarte ins Traumland der Unfallentschädigung, wo die Zeit so langsam dahinschlich wie eine Brotschlange in Moskau und es mit jedem Monat schwerer wurde, einen Grund zu finden, um am Morgen aufzustehen.

Kurz nach neun Uhr am Sonntagmorgen fuhr Latimer mit seiner gebrauchten Harley Davidson 1200 Sportster den Weg von Lennys Holzbungalow zur Hauptstraße hinunter. Er hielt an, setzte den Helm auf und ließ die Maschine ein paar Mal völlig überflüssig – aber erregend – aufheulen. Dann schwenkte er nach links ein und donnerte auf dem Highway Nr. 14 in Richtung Maungatapere. Den weißen Toyota-Lieferwagen, der auf dem Grünstreifen ein Stück zurück parkte, bemerkte er nicht. Selbst wenn Latimer ihn bemerkt hätte, hätte er ihn keines weiteren Blickes gewürdigt, denn was ihn betraf, ging es ja, wenn man eine Harley fuhr, darum, daß die Leute – und vor allem die Wichser, die Toyota-Lieferwagen fuhren – einen anguckten und nicht umgekehrt.

Der Mann, der hinter dem Lenkrad des Toyota-Lieferwagens saß, hieß Rowan Mayweed, und niemand hatte ihm je gesagt, daß er ein Wichser sei – zumindest nicht ins Gesicht, das rot und unförmig war und in dem böse blickende Augen und eine Nase saßen, mit der man Büsche hätte ausästen können. Er überlegte kurz, ob er Latimer hinterherfahren sollte, dachte sich dann aber, daß das Arschloch schon halb in Dargaville sein würde, bevor er überhaupt loskam. Der kommt zurück, dachte Mayweed, zündete sich die zehnte Zigarette an diesem Morgen an und lehnte sich abwartend zurück.

Mayweed war 47 Jahre alt und wog 125 Kilo. Er war Besitzer eines Imbißstandes in Whangarei, wo es ganz vernünftige Burger und ausgezeichnete Fish & Chips gab. Der Fisch kam frisch aus dem Meer, das vor der Haustür lag, und die Chips wurden vor Ort aus gartenfrischen Kartoffeln gemacht – von einer aus Osttimor geflohenen Frau, die fand, daß sie das Schälen und Schneiden der Kartoffeln sehr gut von anderen Dingen ablenkte, an die sie lieber nicht mehr denken wollte. Was Mayweed anging, so hätten sie am Kiosk auch frittierten Pinguin verkaufen können. Er überließ es der Belegschaft, wie sie den Betrieb führte, denn gekauft hatte er das Unternehmen ja sowieso nur aus einem Grund – um Geld zu waschen, das er mit seiner Marihuanaplantage im Wald von Tangihua machte.

Mayweed verbrachte den Sonntagvormittag in seinem Lieferwagen an der Straße nach Dargaville, weil sein alter Bekannter Bryce Spurdle ihn dafür bezahlte. Sie kannten sich seit den frühen 70ern, als Mayweed Rausschmeißer in einem Klub in Auckland gewesen war, in dem Spurdle Rockkonzerte veranstaltet hatte. Das Gesetz von Angebot und Nachfrage hatte sie zusammengebracht: Spurdle vermied es, wenn möglich, seine eigene schmutzige Arbeit zu machen, Mayweed hingegen tat liebend gern seine eigene und – für den richtigen Preis – auch die anderer.

Noch bevor er ihn sehen konnte, hörte Mayweed Latimer von seiner 50minütigen Spritztour zurückkommen. Er ließ den Lieferwagen an und fuhr vom Grünstreifen auf die Straße, als die Harley Davidson in 100 Meter Entfernung über den Hügel rauschte und abbremste, um in die Einfahrt zu Lennys Grundstück einzubiegen.

Mayweed blinkte, da er ebenfalls in die Einfahrt hineinwollte, und ließ Latimer die Vorfahrt, denn der war der Rechtsabbieger.

Als Latimer eingebogen war, drückte Mayweed den Fuß auf das Gaspedal. Der Lieferwagen schoß los und rammte das Motorrad von hinten. Wie eine menschliche Kanonenkugel flog Latimer über den Lenker, machte einen unbeholfenen Salto, landete genau auf der rechten Schulter und rutschte auf dem Bauch über den Schotterweg. Auf die Seite gefallen, schoß die Harley in einem Funkenschauer dahin, überschlug sich und krachte an einen Baum, wobei der Tank barst. Nach einer dumpf verpuffenden Explosion schoß eine helle orange Flamme mehrere Meter hoch in die Luft, bevor sie sich in mehrere kleine Feuerherde auflöste, die an dem verkohlten und verbogenen Metall züngelten.

Mayweed stieg aus und kam auf Latimer zu geschlendert, der sich gerade taumelnd erhob. Sein rechter Arm hing nutzlos herab, und rote Schrammen schimmerten durch seine zerfetzte Ledermontur hindurch. Mayweed wartete, bis Latimer seinen Helm abgesetzt hatte, und sagte dann: »Schönen Gruß von Bryce Spurdle« – und versetzte ihm einen heftigen Schlag auf den Mund. Latimer fiel um, und Mayweed, der mit schweren Arbeitsstiefeln gekommen war, trat Latimer überall da, wo er sich mit seinem noch funktionstüchtigen Arm nicht schützen konnte. Nach ungefähr einem Dutzend gezielter und wirkungsvoller Tritte merkte Mayweed, daß zweierlei passieren konnte, wenn er noch lange so weitermachte: Entweder er würde Latimer töten – wofür er ja nun wirklich nicht bezahlt wurde –, oder er selbst würde einen Herzanfall bekommen. Er hörte auf zu treten, stützte sich mit den Händen auf die Knie und schnappte nach Luft.

Als Mayweed wieder zu Atem gekommen war, hockte er sich hin und sagte: »Okay, Arschloch, wo ist das Geld?«

Latimers Lippen zitterten, aber außer ein paar kleinen Blutbläschen brachte er nichts heraus.

»Das Geld, um das du Spurdle betrogen hast«, half Mayweed nach. »Hast du es bei dir, oder ist es da im Haus?«

Latimer stöhnte mitleiderregend. Unglücklicherweise war Mayweed der einzige, der ihn hören konnte – und der hatte seit seinem Stimmbruch mit niemandem Mitleid gehabt außer mit sich selbst.

Latimers Stöhnen wurde zu einem kaum hörbaren Flüstern. Mayweed hockte sich hin und spitzte die Ohren. »Wie bitte?«

»Ausgegeben«, krächzte Latimer. »Für das Motorrad.«

Mayweed sah sich nach dem schwelenden Wrack um und sagte: »Ach du Scheiße.«

Duane Ricketts schlief lange und ging dann joggen. Wie so oft machte die Kombination aus frischer Luft und körperlicher Betätigung den Kopf klar und förderte das Denkvermögen. Als er wieder am Haus des holländischen Siebdruckers ankam, hatte er über vier Meilen auf meist flacher Strecke in 37 Minuten zurückgelegt und wußte, was er zu tun hatte.

Er duschte, zog sich an und briet ein paar Eier für sich und seinen Gastgeber. Mittags rief er wie vereinbart bei einer Tankstelle in Albany an. Spurdle ging ans Telefon.

»Und, wie sieht meine Akte aus?« fragte Ricketts.

»Wie?«

»Na, das haben Sie doch gemacht, oder – mich gecheckt?«

»Ich habe ein paar Leute angerufen«, gestand Spurdle ein. »Hab gehört, daß Ihr Name unten in Auckland Central ziemlich rumgeht. Die Bullen scheinen sich wirklich für Sie zu interessieren.«

»Ja, hab ich auch schon gehört«, sagte Ricketts lässig. »Noch ein Grund, sich schnell zu entscheiden. Wir kommen also ins Geschäft?«

»Sieht so aus. Wie haben Sie sich die Sache vorgestellt?«

»Was mich angeht, je eher, desto besser – heute abend zum Beispiel?«

»Soll mir recht sein. Wo?«

Jetzt woll'n wir doch mal sehen, dachte Ricketts. »Wie wär's mit Cornwall Park?«

»Auf gar keinen Fall«, erwiderte Spurdle. »Zu groß und zu dunkel – genau das Richtige für eine Falle. Und außerdem wollen Sie doch wohl kaum mitten in der Nacht dort rumlaufen, oder? Alles voller Perverser – Schafficker und was nicht alles, und das dicht bei dicht.«

»Haben Sie eine bessere Idee?«

»Wie wär's mit einem Kino?«

»Ach so, Sie wollen Zuschauer?« sagte Ricketts sarkastisch. »Ich dachte immer, Drogendeals sollten geheim bleiben. Wenn Sie's im Kino machen, sieht Sie jemand, wenn Sie eine Karte kaufen, die Leute merken, wenn Sie mitten im Film aufstehen und rausgehen. Damit bringen Sie sich unnötig in Schwierigkeiten.«

Sie tauschten noch eine Weile Ideen aus. Spurdles wurden nicht besser, und die von Ricketts sollten ja abgelehnt werden. Als er merkte, daß Spurdle die Vorschläge und die Geduld ausgingen, sagte er: »Und wie wär's denn mit der Marina in Westhaven? Sonntagabend – wenn wir's spät genug machen, ist niemand da, aber wir sind auch nicht auf dem Acker draußen. Sie kommen ohne weiteres rein, und in ein paar Minuten kann alles erledigt sein.«

Spurdle stieg darauf ein.

»An welche Zeit haben Sie gedacht?« fragte Ricketts. »Mitternacht, ein Uhr, später?«

»Ein Uhr ist okay. Wie erkenne ich Sie?«

»Wenn die Theorie stimmt, dann sind wir die einzigen dort, okay? Und noch eins, damit wir uns richtig verstehen: Zu der Party kommen nur eingeladene Gäste, und die einzigen mit einer Einladung sind Sie und ich, ist das klar?«

»Ist mir recht.«

»Ich fahre einen orangefarbenen Toyota Corolla.«

»Ich komme mit meinem Mercedes – ein 360er, dunkelgrün.«

»Warum nicht? Zeigen Sie's der Welt – Verbrechen lohnen sich doch.«

Als nächstes rief Ricketts einen alten Freund aus Krickettagen an, der mit dem Schreiben von umwerfend dämlichen Werbespots reich geworden war, die sich wie Würmer ins Unterbewußtsein gruben. Zu den Früchten, die ihm sein seltsames Talent eingetragen hatte, gehörte auch ein zwei Millionen Dollar teures, dreistöckiges Haus in der Shelley Beach Road in Herne Bay mit Blick auf die Marina von Westhaven.

Als der Werbetexter ans Telefon ging, bot Ricketts ihm und seiner Frau eine Nacht im Hotel du Vin an – alles inklusive.

»Ich weiß nicht, Ricketts. Du würdest doch kein solches Angebot machen, wenn es nicht einen ganz großen Haken hätte.«

»Es hat keinen Haken«, sagte Ricketts treuherzig. »Es müßte eben nur heute nacht sein.«

»Ach tatsächlich? Irgendwie glaube ich dir nicht – du willst mich doch garantiert kaufen. Jetzt erzähl mir doch einfach, was du vorhast, dann kann ich mich einen Augenblick über deine unglaubliche Unverfrorenheit wundern und dir dann sagen, daß du dir dein Hotel du Vin an den Hut stecken kannst.«

»Vertrau mir, ich war mal Polizist. Du könntest mir natürlich den Schlüssel dalassen – für alle Fälle.«

Während der nächsten zehn Minuten zog Ricketts alle Register – nur die Wahrheit sagte er nicht –, um den Werbemann zu überreden. Am Ende gab der trotz seiner Zweifel nach, sagte aber, daß er bei Ricketts bleiben wollte – auch wenn er selbst nicht genau wußte, warum.

Als Ricketts aufgelegt hatte, ging er in die Küche, wo der Holländer das Frühstücksgeschirr abwusch.

»Halt dich mit dem Gras heute 'n bißchen zurück, okay?«

Der Holländer sah Ricketts durch seine Omabrille verständnislos an und wartete auf eine Erklärung.

»Es kann sein, daß ich dich heute nacht noch brauche. Nichts allzu Anspruchsvolles – aber ich möchte nicht, daß du mir dabei einschläfst.«

»Sicher, aber da bleibt ja noch der ganze Nachmittag.«

Ricketts verzog den Mund zu einem Grinsen, das der Holländer schon kannte – und dem er zutiefst mißtraute. »Hab ich schon gesagt, daß wir Besuch bekommen? Ich möchte heute nachmittag einen Polizisten zum Tee einladen.«

Im Augenblick stand der betreffende Polizist, Detective Sergeant Tito Ihaka, das zweite Mal innerhalb von drei Tagen am internationalen Terminal des Flughafens von Auckland herum und wartete auf C. C. Hellicar.

Als sie den Check-in für ihren Flug nach Los Angeles hinter sich hatte, kam sie zu ihm. Sie holte ein Blatt Papier aus ihrer Handtasche und gab es ihm.

»Da sind Adresse und Telefonnummer meines Vaters in Decatur in Georgia«, sagte sie. »Wenn Sie je in die Staaten kommen sollten, egal wohin, melden Sie sich bei ihm, okay? Er wird mich dann benachrichtigen. Ich schätze, die Wahrscheinlichkeit, daß ich noch mal hier runtergeschickt werde, ist gleich Null, aber« – sie zog die Schultern hoch – »mir steht noch eine ganze Menge Urlaub zu, und irgendwann müssen sie mich den nehmen lassen.« Sie neigte den Kopf und sah ihn an; ihre blauen Augen strahlten. »Wie ist es, Tito, du kannst doch in die Zukunft sehen – werden wir unseren Tanz irgendwann zu Ende tanzen?«

Ihaka schloß einen Moment wie in Trance die Augen und nickte dann: »Ja – und außerdem werden wir auch die Steakmesser überzeugen.«

Sie lächelten einander an, und in diesem Lächeln lagen Zuneigung, Wissen, Witz und vielleicht auch ein wenig Erleichterung.

»Na dann«, sagte sie energisch. »Wir müssen beide los. Jetzt krieg ich noch so einen richtigen Maori-Kuß, und dann ab mit dir.«

Es war ein unbeholfener, angedeuteter Kuß, halb auf die Wange, halb auf die Lippen. Es war der Kuß zweier Menschen, zwischen denen etwas geschehen war, die einen Moment erlebt hatten, in dem alles möglich schien, aber die auch erkannt hatten, daß der Moment vorbei war – und es keinen Sinn hatte, sich etwas anderes vorzumachen.

Sie drückte seine Hand. »Und paß auf dich auf, ja?«

»Du auch, Candice Clara.«

Ihaka drehte sich um und ging aus der Flughafenhalle – in der Gewißheit, daß er C. C. Hellicar nie wieder zu Gesicht bekommen würde.

- 25 -

Schlechte Nachrichten zu überbringen, ist eine undankbare Aufgabe – ganz egal, wie man dabei vorgeht.

Es gibt die »Kurz-und-schmerzlos«-Fraktion, die gleich zur Sache kommt und eine Feuerbestattung empfiehlt, bevor die Angehörigen überhaupt Platz genommen haben. Andere bevorzugen die schonende Methode und tasten sich über das Wetter, Fernsehserien und Andre Agassis neuen Haarschnitt an die schlechte Nachricht heran.

Rowan Mayweed versuchte einen Mittelweg zu gehen, als er Bryce Spurdle am Sonntagnachmittag anrief, nämlich die alte Methode: »Ich habe eine gute und eine schlechte Nachricht.« Es half ihm nicht viel.

»Was ist das für eine Scheiße?!« bellte Spurdle ihn an. »Rowan, ich will diesen Mist nicht hören. Ich komm mir vor wie Rose Kennedy – ich hab in letzter Zeit genug schlechte Nachrichten gehört, mir steht's bis hier. Ich wollte von dir nur hören, daß du die Sache erledigt hast. Statt dessen kommst du mir mit diesem Scheiß von wegen guter und schlechter Nachricht.« Er hielt inne und stieß einen langen, wütenden Seufzer aus. »Okay, raus damit«, sagte er mit leidender Stimme, die Worte dehnend. »Zuerst die schlechte Nachricht.«

Mayweed, der im Zwischengeschoß seines Ziegelhauses in Whangarei Heads in einem Sessel saß, wand sich und dachte: *Der Arsch wird ein Mordstheater machen.*

»Ich erzähl's dir der Reihe nach«, sagte er und rechnete sich eine kleine Chance aus, daß Spurdle die Sache verstehen und sich besänftigen lassen würde, wenn er die Ereignisse chronologisch ordnete. »Latimer hat heute morgen 'ne Spritztour mit seinem Motorrad gemacht. Als er wiederkam, bin ich ihm in die Einfahrt hinterher und voll hintendrauf gefahren. Er geht ab wie 'ne Rakete, das Motorrad knallt an einen Baum und... peng!... fackelt ab.«

Grimmig lachte Spurdle auf, ein tiefes zufriedenes Geräusch stieg aus seinem Hals empor. Das machte Mayweed Mut.

»Da sah er schon nicht mehr so toll aus, dein kleiner Kumpel. Ein Arm war auf jeden Fall kaputt, und ich schätze, die werden eine Woche lang Schotter aus ihm rausschaufeln. Ehe er wußte, wo oben und wo unten war, hab ich ihn wieder auf die Matte gelegt und ihn so lange getreten, bis er erledigt war. Ich sag dir was, Alter, da hast du was gekriegt für dein Geld. Ich wette, der Hund kommt von oben bis unten in Gips.«

»Na ja, Rowan, das klingt ja alles ganz passabel«, sagte Spurdle mit offensichtlich gespielter guter Laune. »Schade nur, daß du's verderben mußt. Was ist denn nun die schlechte Nachricht?«

»Die schlechte Nachricht ist: Er hat dein Geld schon ausgegeben.«

»Ausgegeben?« schrie Spurdle auf. »Wie um alles in der Welt kann ein Scheißer wie der zwölfeinhalb Riesen in ein paar Tagen ausgeben?«

»Er hat sich das Motorrad gekauft«, antwortete Mayweed zögerlich.

»Er hat sich das Motorrad gekauft«, wiederholte Spurdle mit erstaunter Stimme. »Und das ist wohl zufällig das gleiche Motorrad, das du in einen Baum geknallt und abgefackelt hast?«

»Ja, genau das Scheißmotorrad. Ich hab den Hund zum Haus gezerrt und mir die Papiere zeigen lassen. Er hat es letzten Freitag in einem Laden an der New North Road gekauft, der auf gebrauchte Harleys spezialisiert ist. Hat ihn 13 Riesen gekostet.«

Danach ging es rapide bergab. Spurdle sagte, daß Mayweed ja

völlig bescheuert sein müßte, mein Gott, so ein Wichser wie Latimer mit einer Harley Davidson, das wäre doch klar, was er mit dem Geld gemacht hätte. Mayweed erwiderte, daß man hinterher leicht klugscheißen könne, und wenn das der Dank dafür wäre, daß er sich den Arsch aufreißt, um einem Kumpel einen Gefallen zu tun, dann würde er das nächste Mal keinen Finger krumm machen. Spurdle entgegnete, von wegen Gefallen, es wäre ein Geschäft gewesen, und Mayweed hätte die Vereinbarung nicht eingehalten, und wenn er denke, er würde ihn zahlen, dann solle er sich das gleich aus dem Kopf schlagen und außerdem … Ungefähr da sagte Mayweed, er könne ihn am Arsch lecken, und legte auf.

Nachdem er den Hörer aufgelegt hatte, sah sich Spurdle in dem Spiegel hinter der Bar an und sagte: »Arschloch.«

Daß das Motorrad in Flammen aufgegangen war, war ja nicht so schlimm. Er kannte jemanden in der Versicherungsbranche, der ihm für ein paar 100 Dollar einen fingierten Schadensfall arrangieren würde. Er mußte nur einen Abschleppwagen in Whangarei organisieren und das, was von dem Motorrad übriggeblieben war, abholen lassen und dann den Typen aus dem Motorradladen überreden, ihm eine Kopie der Rechnung zu überlassen. Es war sinnlos gewesen, Mayweed zur Sau zu machen, aber manchmal konnte man eben nicht anders. Es hatte auch keinen Sinn, ihn jetzt noch mal anzurufen – wenn Rowan eingeschnappt war, dann war er es zwei Wochen lang.

Und zwei Wochen waren zu lang für Spurdle, er brauchte Mayweed noch an diesem Abend.

Eine halbe Stunde später saß Spurdle immer noch an der Bar, verfluchte sein hitziges Temperament und zerbrach sich den Kopf, wer für Mayweed einspringen könnte, als plötzlich seine Frau hereinkam.

Spurdle hatte Jody auch vorher schon abgespannt gesehen – erschöpft oder krank oder verkatert oder bei einigen ganz seltenen Gelegenheiten auch alles zusammen –, aber noch nie in so einem

Zustand. Ihr Gesicht war abgeschlafft und fleckig, und ihr ungewaschenes Haar hing in fettigen Strähnen an ihr herunter. Sie ging gebeugt, ihre Hände hingen im Gürtel ihres weißen Frotteemantels, und ihre rot umrandeten Augen irrten wie aufgescheuchte Vögel umher.

»Hallo«, sagte sie mit matter Stimme. »Ich hab dich vor einer Weile am Telefon schreien hören. Stimmt irgendwas nicht?«

»Mist, hab ich dich etwa geweckt?«

Sie schüttelte den Kopf und ließ sich auf das Sofa plumpsen. »Ich bin schon ewig wach.« Unsicher gähnte sie, holte dann tief Luft und raffte sich auf: »Ich bin dir eine Erklärung schuldig. Du hast dich sicher gefragt, was das mit dem Polizisten neulich abends sollte.«

Spurdle zuckte mit den Schultern. »Na ja…«

»Ich habe einen Fehler gemacht, einen schrecklichen Fehler«, sagte Jody mit zitternder Stimme, den Tränen nah.

Er setzte sich zu ihr aufs Sofa. »Liebes, das hat doch Zeit. Erzähl's mir, wenn's dir wieder besser geht.«

Ihre Unterlippe zitterte, und sie atmete stoßweise. »Ich muß es loswerden.« Sie sah zur Seite und schnaufte. »Was er meinte, Ihaka, war, daß ich zur Polizei gegangen bin, weil ich dachte, daß du Leith Grills angeheuert hättest, um mich umzubringen.«

Guter Gott, dachte Spurdle, *das ist alles zuviel für die Kleine. Gleich werden die Männer in den weißen Kitteln kommen. Sieh sie dir doch bloß an, wie sie den Mund auf und zu macht wie ein Goldfisch und mich anstarrt, als wären mir Stoßzähne gewachsen.*

»Hast du gehört, was ich gesagt habe, Bryce?«

Er tätschelte ihre Hand. »Ich habe gehört, daß du etwas gesagt hast, Schatz…«

»Ich hab mal den Hörer abgenommen, als du mit Grills gesprochen hast. Der Typ hat mir sowieso eine Heidenangst gemacht, und als du gesagt hast, daß du es dir anders überlegt hättest und ihn auf die Frau ansetzen wolltest… da habe ich gedacht, daß du mich meinst.«

»Da fehlt mir aber ein Stück«, sagte er mißtrauisch. »Kann ja sein, daß dir Grills angst gemacht hat und du etwas gehört hast, das ich zu ihm gesagt habe, aber wie bist du dann auf die Idee gekommen, daß… ich so etwas vorhabe? Hast du dich denn nie gefragt, wieso überhaupt? Wieso ich das tun sollte?«

Sie schluchzte und vergrub das Gesicht in den Händen. »Ich dachte, du hättest herausbekommen, daß ich eine Affäre hatte.«

Mißbilligend sah er auf seine von Weinkrämpfen geschüttelte Frau. »Eine Affäre? Mit wem?«

»Er heißt Troy Goatley«, sagte sie mit erstickter Stimme.

Spurdle ging zur Bar, machte sich ein Bier auf und goß einen Schluck Kognak in ein Likörglas. »Was macht er?«

»Ich habe ihn im Fitneßstudio in Takapuna kennengelernt – er ist dort bei den Gewichten.«

»Wie lange seid ihr…«

»Seit Ende letzten Jahres. Es ist vorbei, ich habe Schluß gemacht.«

Spurdle trank sein Bier und fragte sich ganz nebenbei, wie Jody wohl reagieren würde, wenn er ihr erzählen würde, daß der Privatdetektiv, der immer mal wieder ein Auge auf sie hatte – und das bereits, bevor sie verheiratet waren –, ihm schon vor einigen Monaten von der Affäre berichtet hatte. Oder daß in dem Safe unter den Dielen im Weinkeller ein großer Umschlag mit Beweisen ihrer Untreue auf Tonbändern und Fotos lag. Oder daß er an manchen Abenden, wenn sie zeitig ins Bett gegangen war, den Umschlag herausgeholt hatte und… Ja, sagte er zu sich selbst, ich glaube, man kann davon ausgehen, daß sie negativ reagieren würde, und zwar sehr, sehr negativ – so negativ, daß er womöglich, wenn er morgen früh in die Küche kam, sehen würde, wie die Katze seinen Schwanz zum Frühstück verspeiste.

Er ging wieder zum Sofa, gab ihr den Kognak und legte schützend einen Arm um ihre Schulter. »Schatz, wir haben ganz schön was durchgemacht in den letzten Tagen. Was mich angeht: Was passiert ist, ist passiert – es ist erledigt. Ich denke, wir sollten wieder anfangen zu leben, reinen Tisch machen und von vorn anfangen. Was meinst du?«

Sie legte ihr Gesicht an seine Brust und weinte ein paar Tränen auf sein Hemd. Sein Kinn lag auf ihrem Kopf, er klopfte ihr zärtlich auf den Rücken und machte besänftigende Geräusche. So blieben sie sitzen, bis Jody sich ausgeweint hatte – was einige Minuten dauerte. Noch bevor die Tränen getrocknet waren, weiteten sich die Augen ihres Ehemannes und verengten sich dann wieder zu einem nachdenklichen Blinzeln. Ihm kam eine Idee.

Um neun Uhr an diesem Abend saßen Jody, die jetzt wieder die alte war, und Bryce auf dem Sofa im Fernsehzimmer und sahen sich einen Film an. Auf dem niedrigen Tischchen vor sich hatten sie die Überreste einer Pizza, die sie sich hatten kommen lassen, und eine fast leere Flasche Wein. Als die Werbung anfing, löste Spurdle seinen Arm von Jody, sah auf die Uhr und sagte, daß er später noch einmal kurz los müßte.

Jodys Kopf fuhr herum. »Weswegen?«

Er zwinkerte ihr zu. »Um einen Hund zu kaufen.«

»Ach komm, Bryce«, sagte sie, ehe sie seinen verschlagenen, vorsichtigen Gesichtsausdruck wahrnahm. »Es ist wieder wegen dieser Drogen, stimmt's?«

Er nickte.

»Warum läßt du's nicht einfach sausen? Ich meine, ist es wirklich diesen ganzen Terror wert?«

Spurdle neigte sich zu ihr, sein Gesicht war unbewegt und ernst. »Ich habe mehr als zehn Jahre darauf gewartet, an dieses Zeug zu kommen. Ich hab dir doch erzählt, wie Varty es von Australien rübergebracht und mich dann angeschmiert hat. Seitdem ist mir die Sache nie aus dem Kopf gegangen, hat mir keine Ruhe gelassen. Aber ich konnte einfach nichts machen, denn Varty wußte als einziger, wo das Zeug war – und der saß in Thailand im Knast.« Seine Stimme wurde hart. »Und jetzt ist der Stoff da, ich brauche nur zuzugreifen. Jedesmal, wenn ich ihn fast habe, geht in letzter Minute irgendwas schief. Und jedes Mal, wenn das passiert, denke ich: Wenn irgend jemand am Ende das Zeug bekommt, dann bin ich das.«

»Okay, okay«, sagte sie, betroffen von seiner Heftigkeit. »Ich wußte nicht, daß es dir soviel bedeutet. Wer ist der Typ, mit dem du dich triffst?«

»Er heißt Ricketts und war mit Varty in Thailand im Gefängnis.«

»Kannst du ihm vertrauen?«

Er kicherte. »Liebling, das ist Dope – da kann man niemandem vertrauen.«

»Ist es gefährlich?«

Spurdle zuckte mit den Schultern. »Eigentlich gibt es keinen Grund. Ich habe den Burschen gecheckt, und er ist offensichtlich kein harter Typ. Eigentlich ein kleines Licht, eher ein Amateur. Aber man weiß nie: Wie schon gesagt, hier geht's um Drogen … und, äh, mir wäre wohler, wenn ich jemanden dabei hätte, am besten so einen richtigen Kleiderschrank. Leith fällt ja nun leider aus.«

Jody schluckte. »Es muß doch außer ihm jemanden geben.«

»Ich hatte an einen Typen in Whangarei gedacht – der, mit dem ich heute nachmittag telefoniert habe.« Er lächelte schwach. »Aber die Verhandlungen sind fehlgeschlagen.«

»Bryce, entschuldige, aber ich glaube, es wäre total verrückt, wenn du allein gehst …«

»Da hast du sicher recht, aber es gibt nun mal nicht viele Leute, die so was mitmachen. Und es sollte jemand sein, der die Rolle gut spielt und sich im Griff hat.« Dann setzte er vorsichtig hinzu: »Mir fällt nur noch eine Möglichkeit ein, aber die ist nicht gerade die naheliegendste.«

»Und wer wäre das?«

»Goatley.«

Jody starrte ihn mit offenem Mund an.

»Du hast doch gesagt, daß er diese Gewichthebergeschichten macht. Dann ist er doch sicher ziemlich gut gebaut, oder?«

Sie nickte zögernd. »Stimmt schon, er ist ziemlich groß, und er nimmt die Sache wirklich ernst.«

»Was meinst du – könntest du ihn überreden?«

Zum ersten Mal an diesem Tag hielt Jody Spurdle dem Blick ihres Mannes stand. »Ich glaube schon.«

Montagnacht um 0.15 Uhr fuhr Spurdle in seinem dunkelgrünen Mercedes 360 die Curran Street entlang, unter der Hafenbrücke hindurch und in die Marina von Westhaven hinein. Er fuhr im Schrittempo an den Gebäuden des Yachtclubs vorbei auf den Parkplatz am Ende der Kaimauer. Von links hörte man die auf- und abschwellenden Geräusche von Waitemata Harbour, die an einen ruhelosen Schläfer erinnerten, der sich unter einer großen dunklen Decke hin und her wälzte. Rechts lagen die Segelyachten und Motorboote in langen Reihen hintereinander an ihren Liegeplätzen, und die Leinen schlugen und quietschten in der Brise. Es waren keine Autos zu sehen, und in keinem der Gebäude schien Licht. Der Parkplatz war noch naß vom Regen, der vor kurzem gefallen war, und der niedrige, sternenlose Himmel ließ befürchten, daß es bald erneut regnen würde. Spurdle wendete und kehrte wieder zur Hafenbrücke zurück. Zufrieden mit dem, was er während seiner langsamen Fahrt gesehen – und nicht gesehen – hatte, fuhr er wieder zum anderen Ende der Kaimauer und stellte den Motor ab.

Ein paar Minuten vergingen. Troy Goatley, der eingezwängt und zusammengekrümmt auf dem Rücksitz lag, unterbrach schüchtern das Schweigen. »Jody … äh, Mrs. Spurdle, hat mir nicht so ganz genau gesagt, was ich eigentlich tun soll.«

»Einfach böse aussehen«, sagte Spurdle, ohne sich umzudrehen. »Und wenn ich sage, daß Sie etwas tun sollen, dann stellen Sie keine Fragen, sondern tun es einfach, klar?« Scheinwerferstrahlen leuchteten vom Rand des Hafens an den Yachtclubs entlang. »Da ist er. Rühren Sie sich nicht vom Fleck – erst wenn ich Bescheid sage.«

Spurdle stieg aus und ließ die Wagentür offen. Er zog den Reißverschluß seiner braunen Lederjacke bis oben hin zu und schlug den Kragen hoch, um sich vor der Kälte zu schützen. Der Toyota hielt in ein paar Meter Entfernung an. Die Scheinwerfer und der Motor wurden abgeschaltet. Ricketts, der eine Windjacke und Jeans trug, stieg aus dem Wagen.

Er sagte: »Joohoo, und der Beutel voll Schnee...«

Spurdle, der meinte, daß es weder der Ort noch die Zeit für Scherze war, antwortete kurz angebunden: »Dann lassen Sie mal sehen.«

Ricketts griff in sein Auto und holte eine Sporttasche heraus. Er stellte sie auf den Boden, zog den Reißverschluß auf und hielt Spurdle einen Plastikbeutel zur Begutachtung hin.

»Und was haben Sie?« fragte Ricketts.

Spurdle lächelte unfreundlich und rief über die Schulter: »Troy, bringst du bitte den Koffer heraus?«

Die hintere Tür des Mercedes ging auf, und Goatley wand sich heraus. Er war einen Kopf größer als Ricketts. Brustmuskeln wie Radkappen quollen aus der tief ausgeschnittenen Weste, die er unter einer aufgeknöpften Jeansjacke trug, und seine Jeans saßen enganliegend auf säulenartigen Oberschenkeln. Er bewegte sich mit dem typischen Gang eines Bodybuilders – zusammengekniffene Hinterbacken –, marschierte zu Spurdle hinüber und baute sich mit finsterem Blick neben ihm auf.

»Das ist Troy«, sagte Spurdle. »Er schafft 170 Kilo beim Bankdrücken.«

Ricketts zog die Augenbrauen hoch. »Was soll der denn hier? Das ist nicht in Ordnung, Spurdle. Es hieß, nur Sie und ich, erinnern Sie sich?«

Spurdles unfreundliches Lächeln wurde noch breiter. »Ich bin nicht gern allein im Dunkeln. Troy, durchsuch ihn und den Wagen.«

Goatley ging zu Ricketts und sah finster auf ihn hinunter. Der zuckte mit den Schultern und hob dann die Arme. Goatley tastete ihn ab und durchsuchte danach das Auto samt Kofferraum. Er schob sich rückwärts aus dem Auto heraus und hielt ein Fernglas in der Hand.

»Eigentlich nichts außer dem hier, Mr. Spurdle.«

»Okay, bring mir die Tasche.«

Goatley warf das Fernglas auf den Fahrersitz und brachte Spurdle die Sporttasche. Der zog ein Schweizer Offiziersmesser aus der Tasche seiner Lederjacke, schlitzte einen der Plastikbeutel auf und nahm eine Prise von dem weißen Pulver auf die Zunge.

Er zwinkerte Goatley zu. »Die reine Natur, wie es so schön heißt.«

Er zog den Reißverschluß der Tasche zu und verstaute sie in seinem Auto. »Wissen Sie, Ricketts«, sagte er dann nachdenklich, »irgendwie habe ich das Gefühl, an der ganzen Sache stimmt irgend etwas nicht. Ich müßte doch schon ein ziemlicher Idiot sein, wenn ich 450 Riesen für etwas bezahle, das eigentlich mir gehört, finden Sie nicht?«

Ricketts schüttelte den Kopf. »Vergessen Sie's, Spurdle. Die ganze Geschichte interessiert mich einen Scheiß. Ich verkaufe, Sie kaufen, wir haben uns auf einen Preis geeinigt. Und damit Schluß.«

Spurdles Grinsen ließ nach. »Ja, Schluß damit, stimmt.« Er kniete sich hin, ließ den Koffer aufspringen, nahm ziegelsteingroße Banknotenbündel heraus und warf die eins nach dem anderen Ricketts zu. »Wieviel sind das jetzt – sechs? Das sind mehr als 20 Riesen – nehmen Sie's und seien Sie dankbar. Und dann verpissen Sie sich, bevor ich's mir anders überlege und Troy Sie ohne einen Cent ins Wasser schmeißt.«

Ricketts warf das Geld auf den Fahrersitz seines Wagens und nahm das Fernglas hoch. Er sagte: »Fangen«, und warf es Spurdle zu.

»Sehen Sie die Wohnung da oben, wo alle Lichter an sind?« Er zeigte über die Reihe von Booten hinweg auf die Steilufer mit Blick über die Auffahrt zur Hafenbrücke und die Marina. »Schauen Sie ganz genau hin.«

Spurdle war sofort alarmiert, und sein Blick flog von Ricketts zu dem beleuchteten Gebäude und wieder zu Ricketts. Dann nahm er das Fernglas. Das Gebäude war ein dreistöckiges Haus, das vor dem dunklen Hintergrund hell strahlte. Eine wilde Piratengestalt stand auf dem Balkon vor der großen Glastür. Der Mann hatte einen buschigen Bart, der ihm bis auf die Brust reichte, und trug eine John-Lennon-Brille, eine Tarnjacke und ein rotes Tuch um den Kopf. Auf Spurdle wirkte er wie einer dieser Waffennarren, die *Soldier of Fortune* abonniert haben und entweder in die Fremdenlegion eintreten oder ins örtliche Einkaufszentrum gehen und alles niederschießen, was rote Haare und Sommersprossen hat. Die Tatsache, daß er Spurdle durch ein Zielfernrohr anvisierte, das an einem Gewehr angebracht war, verstärkte diesen Eindruck noch.

Spurdle ließ das Fernglas sinken und bemerkte, daß er und Goatley von Ricketts Scheinwerfern angestrahlt wurden, die dieser eingeschaltet hatte.

»Da oben steht ein Typ mit einem Gewehr«, sagte er – so, als wäre er noch unsicher, ob er seinen eigenen Augen trauen konnte.

Ricketts nickte. »Ja, ein Freund von mir. Er ist professioneller Jäger«, fügte er erläuternd hinzu. »Er hat ein Nachtsichtvisier, und falls Sie die Reichweite des Gewehrs interessiert – er hat mir gesagt, daß er damit von da oben einen Windsurfer wegputzen könnte, der um North Head herumkommt. Er könnte Sie und Ihren zu groß geratenen Mongo wie Vogelscheuchen wegpusten.«

Er hielt inne, um die Drohung wirken zu lassen. »Sie werden mit der Knete rausrücken, Spurdle, und zwar bis auf den letzten Dollar. Entweder Sie geben es mir, oder ich muß eben über Ihre Leiche treten und es mir selbst holen. Liegt ganz bei Ihnen.«

Goatley nahm das Fernglas von Spurdle und sah selbst hindurch. Er sagte: »Mr. Spurdle, vielleicht sollten wir …«

»Halt den Mund und steig ein«, fuhr Spurdle ihn an.

Goatley legte das Fernglas auf den Boden und stieg in den Wagen. Ricketts sagte Spurdle, daß er den Koffer zu ihm herüberschieben solle. Schnell prüfte er den Inhalt, nickte Spurdle dann höflich zu und sagte: »Das können wir mal wieder machen.«

Spurdle stieg in den Mercedes und ließ den Motor an. Als er losfuhr, ließ er das Fenster herunter. »Du glaubst wohl, du bist ein ganz Schlauer, was?« sagte er, und sein Mund zuckte vor Ärger. »Aber merk dir eins, kleiner Mann – es ist erst vorbei, wenn ich es sage.«

Er trat aufs Gas, und der Mercedes schoß mit einem zischenden Geräusch über den nassen Asphalt. Ricketts sah ihm nach und sagte leise: »Schöne Grüße von Al Varty.«

Als er Westhaven verließ und den Berg hinauf in die Shelley Beach Road einbiegen wollte, versperrten drei Polizeiautos, die in U-Form auf der Straße standen, Spurdle den Weg. Bevor er den Rückwärtsgang einlegen konnte, kam ein viertes Auto vom Straßenrand und stellte sich unmittelbar hinter ihn. Detective Sergeant Tito Ihaka stieg aus, während sich von beiden Straßenseiten Polizisten dem Mercedes näherten.

Ihaka schaute zum Fenster auf der Fahrerseite hinein und sagte heiter: »Was machen Sie denn zu dieser nachtschlafenden Zeit hier draußen, Mr. Spurdle? Sie sollten doch zu Hause sein und mit Ihrer schnuckeligen kleinen Frau im Bett liegen.«

Als die Polizisten das Kokain fanden und Ihaka Spurdle und Goatley sagten, daß sie mit nach Auckland Central kommen und dort ein kleines Frage-und-Antwort-Spiel mit ihm machen müßten, explodierte Spurdle und erwiderte wütend, daß das eine Falle wäre, der Koks nicht ihm gehörte, sondern Ricketts, diesem Schwein, das noch unten im Yachthafen sein müßte, und daß der derjenige wäre, den sie suchten. Ihaka lächelte geheimnisvoll, bugsierte ihn in das Polizeiauto und setzte sich neben ihn.

Als das Auto losfuhr, wandte sich Ihaka zu Spurdle und lächelte ihn mit unverhohlener Bosheit an. »Darf ich Ihnen ein kleines Geheimnis verraten, Sie Penner?« sagte er. »Ricketts ist einer von uns.«

- 26 -

Die Fingerabdrücke, die von dem unbekannten Toten genommen wurden, der zusammen mit dem ebenfalls toten Leith Grills in den Kofferraum des Autos gestopft worden war, das letzterem gehörte, stimmten mit denen von Clive Anthony Nigel Balfour überein, der im August 1976 wegen bewaffneten Raubüberfalls verurteilt worden war. Die kriminelle Spritztour des damals 22jährigen hatte an einem Sonntagabend an einem Imbißwagen in Newmarket begonnen, ihn zu einer Reihe von Tankstellen, einem Kiosk und einem Supermarkt geführt und ihren krönenden Abschluß am folgenden Donnerstag in der Zweigstelle der Auckland Savings Bank in Royal Oak gefunden.

Balfour arbeitete stets mit einer Strumpfmaske, ein paar neckischen Bemerkungen, die zwar keinen Tiefgang hatten, von seinen Opfern aber dennoch dankbar aufgenommen wurden, weil sie sie als Zeichen nahmen, daß er sie eigentlich nicht erschießen wollte – und dies auch nicht tun würde, wenn es nicht unbedingt sein mußte – und einer Imitation eines 45er Colt Peacemaker, die ihm sein Großvater zum elften Geburtstag geschenkt hatte. Clive Balfour sen., ein erfolgreicher Autohändler, hatte sie in einem Kaufhaus in Dallas gekauft, und sie war so realistisch, wie Spielzeugpistolen eben sein können: 700 Gramm Stahl-Zink-Legierung in Druckguß. Sie war jedoch nicht realistisch genug, um einen Schußwaffenexperten wie Roy Codd zu täuschen, der zufällig in der Bank war, als Balfour mit seiner Strumpfmaske über dem Kopf hereinkam, mit seiner Spielzeugpistole wedelte und den Bankangestellten sagte, daß er, wenn sie nicht eine große Menge Geld rausrückten, nächste Woche wiederkommen müsse.

Codd verließ die Schlange und stellte sich vor Balfour hin. »Das ist keine echte Pistole«, sagte er mit sehr lauter Stimme.

Balfour schaute verwundert und drehte die Spielzeugwaffe in seiner Hand hin und her. »Sind Sie sicher?« fragte er zweifelnd.

»Ich sammle seit 20 Jahren Waffen«, erwiderte Codd höhnisch. »Ich erkenne eine Imitation auf den ersten Blick.«

Balfour zuckte mit den Schultern. »Also gut, dann wollen wir doch mal sehen.«

Er setzte die Mündung auf den ausgeprägten Spalt in Codds Kinn und spannte den Hahn. So sicher sich Codd auch war, er zuckte doch zusammen und kniff die Augen zu. Balfour warf die Pistole hoch, fing sie mit dem Lauf auf und schlug mit dem Griff auf Codds schon zurückweichenden Haaransatz. Unter dem Schlag klappte Codd zusammen wie ein Taschenmesser, kleine Blutrinnsale liefen aus seiner aufgerissenen Kopfhaut und bildeten verworrene Muster auf seinem Gesicht. Balfour sah sich um und erkundigte sich kurz, ob sich noch jemand über seine Waffe lustig machen wolle.

An jenem Morgen hatte Balfour einen Laden in Remuera überfallen. Obwohl er die Strumpfmaske getragen hatte, hatte ihn der Inhaber des Ladens erkannt – was nicht weiter überraschend war, da Balfours Elternhaus gleich um die Ecke lag und Clive als Junge zehn Jahre lang mindestens einmal die Woche in den Laden gekommen war, um im Sommer Getränke und Eis und im Winter Hamburger und das ganze Jahr über Magazine mit nackten Mädchen zu klauen. Die kleinen Diebstähle waren dem Ladenbesitzer schon lange aufgefallen, aber er hatte ein Auge zugedrückt. Er hatte es einesteils getan, weil die Balfours reiche und wichtige Leute sowie gute Kunden waren, und auch, weil der junge Balfour irgendwie anders war: eigenartig, gestört, wie man es auch nennen wollte – irgend etwas stimmte mit dem Burschen jedenfalls nicht. Wenn man den Geschichten glauben durfte, gehörten jedenfalls die dunklen Seiten des Clive Balfour zu den gefährlicheren Dingen in der Stadt. Dann war es dem Inhaber doch lieber, wenn ein paar Hefte von *Men Only* oder *Playboy* Beine bekamen, als wenn ein Molotowcocktail in den Laden flog oder er beim Nachhausekommen Maxie, den Scotchterrier, an die Haustür genagelt fand.

Die beunruhigenden Geschichten, die über Clive Balfour im

Umlauf waren, gingen auf seinen Rausschmiß aus dem Prince Albert College, der vornehmen Privatschule für Jungen in Meadowbank, vor ein paar Jahren zurück. Er hatte die Baracke angezündet, in der ein Biologielehrer sein Büro hatte, der in dem Ruf stand, sehr schnell zum Rohrstock zu greifen und dann außerordentlich methodisch damit umzugehen. Der Lehrer war zu der Zeit nicht in seinem Büro – allerdings befanden sich dort ungefähr ein Dutzend Schachteln, welche die Früchte von zwei Jahren Forschungsarbeit für seine Promotion enthielten. Wegen der Brandstiftung wurde Balfour nur zeitweilig von der Schule verwiesen, weil der Direktor ihm seine Ausrede abnahm, daß es sich eigentlich um einen Streich gehandelt hatte, der außer Kontrolle geraten war – auch wenn die Tatsachen für eine weniger nachsichtige Auslegung sprachen. Zyniker meinten, daß die großzügige Spende von Balfours Großvater für den Baufonds des Colleges nur zufällig zeitlich damit zusammenfiel.

Zu dem Vorfall, der schließlich zu seiner Relegation führte, kam es ein paar Wochen später während des alljährlichen einwöchigen Kadettentrainings am College, als die Jungen in schwere schwarze Stiefel und Uniformen aus grobem Khakistoff gesteckt wurden, die wie Sandpapier scheuerten, und in den heißesten drei Wochen des Jahres drei bis vier Stunden täglich auf dem Appellplatz gedrillt wurden. Während einer Pause beim Exerzieren wurden Corporal Balfour und sein Zug zum Schießplatz geschickt, um Munition zu verballern – und von einem Schießinstrukteur aus dem Militärcamp von Papakura angebellt zu werden.

Schließlich hatte Balfour genug von der Schikane. Er richtete sein geladenes 22er Gewehr auf den Instrukteur und sagte, daß er ihn erschießen würde, wenn er nicht die Klappe hielte. Als der Instrukteur die Klappe hielt, sagte Balfour, daß er ihn erschießen würde, wenn er sich nicht bei dem gesamten Zug entschuldigen würde. Als sich der Instrukteur entschuldigt hatte, sagte Balfour, daß er ihn erschießen würde, wenn er sich nicht nackt ausziehen und dann die Einfahrt entlang bis zum Schultor und weiter bis nach Papakura robben würde. Der Instrukteur zog sich aus und fing an zu robben. Es ließ sich nie zweifelsfrei nachweisen, ob Balfour berücksichtigt hatte, daß der Instrukteur auf dem Weg zum Schultor an den Wohnungen von zwei Wirtschafterinnen, der Schulkapelle, dem Lehrerzimmer und dem Sportplatz vorbeikommen würde, auf dem 600 Jungen für den letzten Krieg trainierten.

Da bewaffneter Raubüberfall doch etwas ernster war als Ladendiebstahl, rief der Besitzer des Ladens die Polizei an, die Balfour erwartete, als er nach dem Banküberfall zu seinem Elternhaus zurückkehrte. Er wurde vor Gericht gestellt und überführt. Vor dem Urteilsspruch ließ der Richter ein psychiatrisches Gutachten erstellen, in dem Clive Balfour für schizophren befunden wurde. Daraufhin wurde er in die Klinik von Kingseat gesteckt und weitgehend vergessen.

Am Sonntagnachmittag hatte man die Eltern von Balfour in ihrem Ruhesitz in Algies Bay ausfindig gemacht. Am gleichen Abend fuhren sie nach Auckland, um die Leiche zu identifizieren. Aber eigentlich gab es keine großen Zweifel mehr – vor allem nicht, nachdem Balfours Honda Civic hinter der Kirche, zwei Blocks von Manacle Grange entfernt, gefunden worden war.

Detective Inspector Finbar McGrail war erpicht darauf, Balfours Spur von Kingseat bis in den Kofferraum von Grills' Holden Berlina zu rekonstruieren. Balfours Eltern hatten ihm erzählt, daß Clive auf die Behandlung angesprochen hatte und, nachdem er Mitte 1979 aus der Klinik entlassen worden war, ein paar Jahre auf einer Bergfarm auf der Südinsel gearbeitet hatte. Dann hatte er eine Art Rückfall erlitten und mußte nach Auckland zurück. Ende 1983 war er ins Ausland gegangen und hatte zunächst auf einer Rinderfarm im Norden Australiens und dann auf Ranches in Simbabwe und Kenia gearbeitet. 1992 war er nach Auckland zurückgekehrt und hatte sich von dem Geld, das ihm sein Großvater vermacht hatte, ein Häuschen in Parnell und eine kleine Farm in Clevedon gekauft. Seitdem war er – wie es in den Hochglanzmagazinen immer heißt – zwischen seinen beiden Besitzungen gependelt.

Seine Eltern mußten zugeben, daß sie ihn, da sie oben in Algies Bay lebten, nicht oft gesehen hatten und fast nichts darüber wußten, mit wem er Umgang gehabt hatte. Balfour war offensichtlich immer ein Einzelgänger gewesen, und das Leben auf großen, abgelegenen Farmen hatte ihn noch mehr zu einem Eigenbrötler gemacht. Soweit sie wußten, war er seit 1976 nicht mehr mit dem Gesetz in Konflikt geraten, nahm keine Drogen und hatte keinerlei Verbindung zu Manacle Grange.

McGrail zweifelte keinen Moment daran, daß Mr. und Mrs. Balfour ihrem Verständnis nach ihrem einzigen Sohn gute Eltern gewesen waren. Er vermutete auch, daß sie tief in ihrem Inneren immer befürchtet hatten, daß es ein trauriges oder böses Ende mit ihm nehmen würde. Wenn das der Fall war, dann hatte Clive Balfour, so dachte er bekümmert, die Erwartungen seiner Eltern nicht enttäuscht.

Fleur Wolfgramm hatte ausgesagt, daß Balfour hinter Vartys Kokain hergewesen sei. Die Frage war nun: Woher hatte er gewußt, wo er suchen mußte? McGrail hoffte, die Antwort in Balfours Haus in Parnell zu finden.

Die Suchmannschaft der Polizei traf am Montagnachmittag um 14 Uhr 15 an dem Haus in der Bath Street ein. Es war spärlich möbliert, fast mönchisch und makellos sauber.

»Das ist eigenartig«, sagte McGrail nachdenklich zu Sergeant a. D. Ted Worsp, einem ehemaligen Polizisten, der zu der Untersuchung hinzugezogen worden war, weil er Balfour 1976 verhaftet hatte, und daher als derjenige galt, der den Toten ein wenig kannte – bisher hatte er jedoch mit seinen Kenntnissen hinter dem Berg gehalten. »Das hier könnte genausogut ein Motel sein, es sagt absolut nichts über den Mann aus. Menschen, die allein leben, verfallen doch normalerweise gerade ins andere Extrem, um ihrem Zuhause ihren Stempel aufzudrücken.«

Ein paar Minuten später war Worsp im Gästeschlafzimmer, das ein Bett und eine Matratze, einen leeren Kleiderschrank, eine leere Kommode und den billigen Teppich enthielt, auf dem er stand.

»Reine Zeitverschwendung«, murrte er zu Constable Johan Van Roon. »Sieht so aus, als ob er nicht mal hier gewohnt hat. Was ist mit dem Haus in Clevedon?«

Van Roon schüttelte den Kopf. »Ist offensichtlich nur eine Hütte. Sie haben absolut nichts gefunden.«

Als Worsp sich umdrehte, um aus dem Zimmer zu gehen, krachten die Dielen unter ihm. Angesichts seines nicht unerheblichen Gewichts war das an sich nichts Ungewöhnliches, aber das Krachen war so heftig, daß er nach hinten umfiel. Dabei bemerkte er, wie der Boden unter ihm erschreckend nachgab.

»Verdammt gefährlich, dieser Fußboden«, sagte Worsp. »Jetzt sieh dir das an.«

Worsp zog die Knie an und stemmte seine Massen ein paar Zentimeter vom Boden hoch. Als er sich wieder heruntersinken ließ, war ein scharfes, splitterndes Knacken zu hören, und der Fußboden gab nach. Worsp fiel weiter nach unten, stürzte durch die Dielen hindurch und verschwand. Es stellte sich heraus, daß er sich für seine kleine Demonstration die Falltür zu einem Keller ausgesucht hatte, der Balfour für das tägliche Leben offensichtlich geeigneter erschienen war als die oben gelegenen Räume des Häuschens. In dem Keller standen ein Feldbett aus Metall, auf dem ein Schlafsack lag, ein alter Sessel, ein kleiner Tisch und ein Stuhl, ein Mini-Kühlschrank, der mit Fanta-Flaschen und Frühstücksfleisch in Dosen gefüllt war, Stapel von Zeitungen und Zeitschriften, die von den bildenden bis zu denen für die Jugend reichten, und ein Bücherschrank. Zu den Autoren, die sich darin fanden, gehörten L. Ron Hubbard, Erich von Däniken, Janet Frame, William S. Burroughs, James Ellroy, Roald Dahl, Aleister Crowley, Laurens van der Post und Barry Crump.

Auf dem Tisch lagen eine Sammelmappe mit Zeitungsausschnitten über den Tod von Al Grills und Bart Clegg und zwölf

A4-Notizbücher mit jeweils 94 Seiten, die mit einer spinnenartigen unleserlichen Schrift vollgekritzelt waren. Auf dem Bücherschrank stand ein Sektglas, das selbst für das ungeübte Auge des Abstinenzlers McGrail sehr demjenigen ähnelte, aus dem Clegg getrunken hatte – unmittelbar, bevor ihn jemand unter den Sitz in seinem Whirlpool gesteckt hatte und ihn köcheln ließ.

Zwei Tage später, am Mittwoch, den 27. April, kehrte Rayleen Crouch nach einem harten Tag Sozialarbeit in ihr Haus nach Grey Lynn zurück, wo McGrail und Detective Sergeant Ihaka auf sie warteten. McGrail stellte sich vor und fragte, ob sie vielleicht ein paar Minuten Zeit habe, weil noch ein paar offene Fragen zu klären seien. Sie erwiderte, daß das das Beste wäre, was man mit offenen Fragen tun könne, und lud sie auf eine Tasse Tee ein.

Während sie den Tee machte, lehnte Ihaka mit gelassen neugieriger Miene an der Wand. McGrail saß an dem Tisch in der Küche, die auch als Eßzimmer diente, und stellte die Fragen.

»Miss Crouch, kennen Sie einen Mann namens Clive Balfour?«

Sie verzog das Gesicht. »Kommt mir irgendwie bekannt vor…«

»Balfour war psychisch gestört; er wurde Ende der 70er in Kingseat behandelt und war nach seiner Entlassung noch in Therapie. Ich habe Ihren Namen auf einem Dokument gesehen und hatte den Eindruck, daß er… ich weiß nicht, wie man das auf Ihrem Gebiet nennt… ein Patient von Ihnen war.«

»Ein Klient – wir nennen sie Klienten. Ja, jetzt erinnere ich mich an ihn. Mein Gott, es kommt mir wie eine Ewigkeit vor. Ja, ja, so ist das mit der Sozialarbeit – die Zeit vergeht wie im Flug, wenn man sich gut amüsiert. Die Diagnose lautete Schizophrenie, nicht wahr? Ich glaube, ich erinnere mich, daß es ihm gar nicht so schlecht ging – für so einen Fall. Klar, er hatte seine Momente, aber er war recht rational und kam die meiste Zeit auch draußen zurecht. Was ist mit ihm?«

»Tja, er ist leider tot. Dieser Amerikaner, Funke, hat ihn erschossen.«

»Was?« stieß Rayleen Crouch hervor. »Was soll das? Zuletzt hieß es doch, daß Funke erschossen worden sei.«

McGrail zog die Brauen zusammen. »Von wem haben Sie denn das gehört, wenn man fragen darf?«

»Von meiner Tochter«, sagte sie abwehrend.

»Natürlich – und die hat es sicher von Ricketts. Ich hatte vergessen, daß sie Verbündete sind.«

»Wo um Gottes willen ist Balfour an Funke geraten?« fragte Rayleen Crouch.

»Ihre Wege kreuzten sich am Dienstag letzter Woche nachts in Manacle Grange – und genau deswegen sind wir hier. Es ist so, Miss Crouch, daß wir jetzt das fehlende Bindeglied zwischen Balfour und dem Schatz Ihres Exmannes gefunden haben – denn genau deswegen war er ja in Manacle Grange. Und dieses Bindeglied« – McGrails Lippen formten ein zaghaftes, fast schuldbewußtes Lächeln – »sind keine Geringere als Sie selbst.«

»Entschuldigen Sie«, sagte sie stirnrunzelnd, »aber ich verstehe nicht ganz, was Sie meinen.«

»Aber das ist doch ganz einfach: Eine Handvoll Leute – zu denen Sie gehörten – wußte vor Dienstagnacht letzter Woche schon, wo das Kokain war. Soweit wir informiert sind, sind Sie die einzige dieser Auserwählten – wenn nicht überhaupt die einzige von allen, die in diese Angelegenheit verwickelt waren –, die Balfour kannte.« McGrail lächelte wieder zurückhaltend, aber diesmal ohne eine Spur Schuldbewußtsein. »Da fragten wir uns natürlich, ob Sie ihn nach Manacle Grange geschickt haben.«

Sie war gerade dabei, kochendes Wasser in eine Teekanne zu gießen, hielt inne, sah McGrail an und goß dann weiter Wasser auf. »Das ist doch ziemlich daneben, Inspector«, sagte sie scheinbar beiläufig. »Ich habe seit mindestens zehn Jahren nichts mehr mit Balfour zu tun. Und warum sollte ich so was überhaupt tun? Wie möchten Sie übrigens Ihren Tee?«

»Schwarz für mich, danke, Milch und ein Stück Zucker für den Sergeant.«

Ihaka machte das erste Mal den Mund auf. »Zwei Stück Zucker bitte.«

Ihakas Bitte schien Rayleen Crouch zu erschrecken, denn sie ließ den Teelöffel mit einem klappernden Geräusch fallen. Sie stellte drei Tassen, die Teekanne, Milch und Zucker auf ein Tablett, legte Teelöffel dazu und trug das Ganze zum Eßtisch. Als sie den Tee eingeschenkt hatte, nahm sie ihre Tasse und zog sich auf einen Barhocker zurück, der an der Küchenzeile stand.

»Also, da stehen wir ja vor einem echten Rätsel«, sagte McGrail in philosophischem Tonfall. »Wer oder was hat Balfour nach Manacle Grange geführt? Vielleicht erfahren wir es nie.« Er schlürfte seinen Tee. »Da ist noch eine Kleinigkeit, die Sie vielleicht ebenfalls interessiert. Balfour hatte ein 22er Gewehr, das von einem Mann namens Al Grills stammt. Sagt Ihnen der Name etwas?«

Rayleen Crouch sah McGrail aufmerksam, ja scharf an. Sie nickte.

»Da haben wir also ein weiteres Rätsel. Wie kam Balfour zu einem Gewehr, das zuletzt im Besitz eines Mannes war, den Ihr früherer Ehemann wahrscheinlich bei einem Streit um das Kokain getötet hat? Wenn man genau darüber nachdenkt« – McGrail zog die Augenbrauen hoch, so als wäre er erstaunt darüber, wohin seine Gedanken führten –, »bestand also schon 1983 eine Verbindung zwischen Ihnen, Balfour und den Drogen – so wie sie heute auch besteht.«

Rayleen Crouch schien ernsthaft darüber nachzudenken und erwiderte nichts.

»Im Oktober 1983, um genau zu sein«, sagte McGrail. »Zu dieser Zeit hatten Sie in Ihrer Eigenschaft als Therapeutin Kontakt mit Balfour, stimmt das?«

»In welcher Eigenschaft denn sonst, Inspector?« sagte sie mit einem eigenartigen, fast gezierten Lächeln. »Ich müßte nachsehen, aber ich glaube, es stimmt. Es muß um diese Zeit gewesen sein.«

McGrail musterte sie einen Augenblick nachdenklich. »Kannten Sie Bart Clegg, Miss Crouch?«

Der plötzliche Kurswechsel überraschte sie. »Äh, ja«, stotterte sie. »Oberflächlich. Nur über Dale – er war Dales Anwalt. Ich kannte ihn nicht gut.«

»Hat Clegg Sie im Oktober 1983 gewarnt, daß Ihr damaliger Ehemann in einen Hinterhalt gelockt werden sollte?«

Rayleen Crouch wirkte verwirrt. »Äh, wie bitte ...? Nein.«

»Wir haben Beweise dafür, daß Clegg wußte, daß Bryce Spurdle und sein Mann fürs Grobe, Grills, vorhatten, Varty fertigzumachen, sobald das Kokain an Land war«, sagte McGrail bedächtig. »Hat Clegg Ihnen diese Information zukommen lassen?«

Rayleen Crouch saß wie versteinert da und starrte McGrail an. »Ich hab's Ihnen doch gesagt«, antwortete sie mit gesenkter Stimme, »nein.«

McGrail fuhr fort, so als hätte er sie nicht gehört. »Ich denke, es ist folgendermaßen gewesen: Clegg hat Ihnen gesagt, daß Varty fällig wäre, sobald der Stoff an Land war. Da war Varty aber mitten in der Tasmansee, und Sie konnten ihm nicht Bescheid geben. Also haben Sie Balfour überredet, nach Otama hinunterzufahren. Ich denke, er hat sich das Ganze als großes Abenteuer vorgestellt – er schien eine Ader für so etwas zu haben. Unglücklicherweise schlug er etwas härter zu als notwendig, und Grills starb. War es so?«

»Ich kenne mich mit den Gesetzen nicht so aus«, sagte sie zögernd, »aber das klingt so, als ob ich hier Anstiftung zum Totschlag gestehen soll.«

»Ja, könnte sein«, sagte McGrail, so als ob sie ihn erst auf den Gedanken gebracht hätte. »Aber selbst wenn wir Anklage erheben sollten, dann müßten Sie Ihre Verteidigung schon einem außerordentlich unfähigen Anwalt übergeben, um Gefahr zu laufen, verurteilt zu werden.«

»Ich glaube nicht, daß das so schwer ist, wie Sie mir weismachen wollen, Inspector. Jedenfalls möchte ich mich gar nicht erst in diese Gefahr begeben.«

McGrail lächelte gütig. »Ihr gutes Recht. Eines möchte ich Sie noch fragen, Miss Crouch: Wie war das, als Sie bemerkten, daß Balfour von Otama nicht Kokain, sondern Puderzucker mitgebracht hatte?«

Rayleen Crouchs Gesicht erstarrte. Sie brachte ihre Tasse zur Spüle und wusch sie aus. Ohne McGrail anzusehen, sagte sie: »Wenn Sie solche Fragen stellen, dann sollte wohl besser ein Anwalt dabeisein – und sei es ein außerordentlich unfähiger.«

McGrail trank seinen Tee aus und stand auf. »Das nächste Mal vielleicht. Der Sergeant und ich müssen weiter. Haben Sie übrigens Ricketts schon getroffen? Sollten Sie unbedingt – er hat eine interessante Geschichte zu erzählen. Das heißt, eigentlich erzählt er sie nach, denn es ist die Geschichte, die ihm ihr Exmann kurz vor seinem Tod erzählt hat. Varty hat Ricketts nämlich erzählt, daß der Typ – nennen wir ihn Balfour –, der plötzlich aus dem Nichts auftauchte und Grills umlegte, keinen Hehl daraus machte, daß er wegen des Kokains gekommen war.«

McGrail hielt inne. »Oder anders gesagt: daß er Anweisung hatte, auch den Mord an Varty zuzulassen.«

Das feindselige Leuchten in Rayleen Crouchs Augen erlosch allmählich und wich einem gleichgültigen Blick unter schweren Augenlidern, den McGrail zwar bewunderte, den er ihr aber nicht abnahm. Sie holte eine Flasche Chivas Regal aus dem Schrank über der Spüle und goß sich etwas in ein Glas. »Balfour – wenn er es denn war – war verrückt«, sagte sie teilnahmslos. »Er könnte alles mögliche erzählen – und tat es auch. Das meiste davon war sinnloser, versponnener Quatsch.«

»Wahrscheinlich haben Sie recht.« McGrails sprach in unverfänglichem Konversationston, so als ob sie Tips für die Gartenarbeit austauschten. »Aber es fällt einem schon schwer, ihn zu bedauern – nach dem, was er dem armen alten Clegg angetan hat. Nachdem er Clegg in seinem Blubberbad ertränkt hatte, hat er nämlich ein Sektglas mitgenommen, offensichtlich, weil Fingerabdrücke darauf waren. Aus irgendeiner bizarren Laune heraus –

der Mann war nicht ganz da, wie Sie eben selbst sagten – behielt er das Glas. Wir haben es in dem Keller unter seinem Haus gefunden. Und jetzt laufen wir herum und nehmen den Leuten Fingerabdrücke ab. Ich denke, wir sollten auch Ihre nehmen.«

Trotz des Scotchs war Rayleen Crouch auf einmal ziemlich blaß. »Wieso?«

»Also ich habe nicht einen Augenblick geglaubt, daß Balfour es auf sich nahm, Clegg zu töten. Warum sollte er auch? Ich meine, wenn es um Raub gegangen wäre, dann würde wohl selbst ein Verrückter – nachdem er schon den Hausherrn umgebracht hat – mehr mitnehmen als ein Glas. Nein, ich glaube, daß Clegg das Bad und eine Flasche Champagner gern mit seinen Freundinnen teilte – aber diese spezielle Freundin hatte Balfour dazu gebracht, daß er in die Party platzte und diese schreckliche Tat vollbrachte.«

»Das ist total irrsinnig«, fauchte sie. »Warum sollte ich Clegg umbringen wollen?«

»Eine sehr gute Frage – eine, auf die ich lange keine Antwort finden konnte, wenn ich Ihnen das verraten darf«, sagte McGrail unerschütterlich. »Und dann, gestern, als ich mir die Akte ansah, da habe ich mir die Zeitungsausschnitte nebeneinander gelegt – und da plötzlich kam mir die Erleuchtung: Clegg wurde in der Nacht von Freitag, dem 15., ermordet. Um diese Zeit war Ihr Exmann schon tot. Nur daß alle meinten, er sei am Leben und auf dem Weg nach Hause, denn das stand ja am Freitagmorgen in der Zeitung. Die Nachfolgestory, wo dann zu lesen war: ›Kommando zurück, er ist tot‹, stand in der Zeitung vom Samstag.«

McGrail schob die Hände in die Taschen und begann auf und ab zu gehen. »Ich kann jetzt nur spekulieren, was Ihnen durch den Kopf ging, als Sie lasen, daß Varty zurückkommen würde. Vielleicht hatten Sie ja an eine Art Versöhnung gedacht – Sie beide und Ihre Tochter glücklich bis an Ihr Ende –, vielleicht auch nicht. Wie auch immer, alles drehte sich um das Kokain. Aber immer der Reihe nach. Sie mußten sich jetzt ganz schnell um Clegg kümmern, denn wenn er und Varty zusammenkommen würden, um sich zu beraten, mußte Clegg erzählen, wie er von diesem Hinterhalt erfuhr und Sie warnte. Und in diesem Moment würde Varty merken, daß Sie die Information nicht benutzt hatten, um ihn zu retten, sondern um das Kokain für sich zu bekommen – und er Ihnen egal war. Und damit wäre die Chance für eine Versöhnung dahin – auch wenn ich glaube, die wäre sowieso nur taktischer Art gewesen. Und dahin wäre die Chance, an die Drogen zu kommen oder am Erlös beteiligt zu werden. Also wurde Clive Balfour, der treue Infanterist, wieder zu den Waffen gerufen.«

McGrail blieb stehen; in seinen Augen funkelte boshafter Humor. »Da müssen Ihnen ja wirklich und wahrhaftig die Cornflakes hochgekommen sein, als Sie am nächsten Morgen lasen, daß Varty nun doch tot war.«

Schweißperlen standen auf Rayleen Crouchs Stirn und ihrer Oberlippe, auch wenn ihr Gesicht blaß und müde aussah. Sie drehte sich um, ging steifbeinig durch den Korridor und hielt die Tür auf. Als die beiden Polizisten zur Tür gingen, fragte Ihaka: »Was ist mit den Notizbüchern aus Balfours Keller, Sir? Haben Sie schon mal reingesehen?«

»Nur ganz oberflächlich«, antwortete McGrail. »Scheinen mir Tagebücher zu sein. Es wird eine Weile dauern, bis sie entziffert sind, vergessen Sie das nicht – seine Handschrift ist kaum zu lesen. Aber das schaffen wir schon, dafür haben wir ja die Graphologen.« Er blieb an der Tür stehen und sah ungerührt auf Rayleen Crouch hinunter. »Bis zum nächsten Mal dann«, sagte er leise. »Wir schicken jemanden wegen der Fingerabdrücke.«

Ihaka fuhr. Als sie die Ponsonby Road überquerten, sagte er: »Freut mich zu sehen, daß jemand seinen Kopf gebraucht hat, während ich da draußen Leib und Leben riskiert habe.«

McGrail nickte und versuchte sich zu erinnern, wann Ihaka das letzte Mal irgend jemandem ein Kompliment gemacht hatte. Es gelang ihm nicht.

»Wir bleiben doch dran, bis wir das Miststück festgenagelt haben, oder?«

McGrail sah mit starrem Blick zum Fenster hinaus. »Wir haben nicht genug, um sie unter Anklage zu stellen«, sagte er. »Das ist ein ziemlich ernüchternder Gedanke, denn die Frau hat es wirklich faustdick hinter den Ohren. Ich war heute morgen beim Staatsanwalt. Kurz gefaßt, hat er mir folgendes gesagt: Wir bräuchten Balfour lebendig und bei Verstand, um Anklage erheben zu können. Was auch in den Notizbüchern steht, Tatsache ist – wie Miss Crouch so unverblümt bemerkte –, er war verrückt. Und Verrückte, die töten, berufen sich ja bekanntlich häufig darauf, daß es ihnen der Teufel eingeflüstert hat. Bleibt zu hoffen, daß sie ein bißchen Bammel kriegt und vielleicht eine Dummheit macht. Aber sehr optimistisch bin ich da nicht, muß ich sagen. Sorgen Sie für die Überwachung?«

»Sicher. Was ist, wenn ihre Fingerabdrücke auf dem Glas sind?«

»Wenn wir einen zurechnungsfähigen und kooperativen Balfour hätten, wäre es ein erstklassiger Indizienbeweis. Aber in Wahrheit sind gar keine Fingerabdrücke drauf. Ich habe geblufft, denn ich wollte sicher sein, daß ich mit Clegg richtig lag. Und ich lag richtig – ein paar Sekunden lang stand es ihr im Gesicht geschrieben.« McGrail seufzte bedauernd. »Bruder Balfour war zu reinlich. Alles, was der Labortechniker auf dem Glas finden konnte, war eine winzige Spur des Spülmittels. Um es mit seinen Worten zu sagen« – der Nordire brachte einen passablen Kiwi-Akzent zustande –: »Ich sag Ihnen was, Sir, ich würd mir wünschen, meine Missis würde unsre Gläser so zum Funkeln bringen.«

Beide schwiegen, bis sie in Auckland Central im Lift standen.

»Eine Sache versteh ich nicht«, sagte Ihaka.

»Und das wäre?«

»Warum hat Balfour nicht gewartet, bis Grills Varty umgelegt hat – so wie sie's ihm gesagt hatte?«

»Ja, das hab ich mich auch gefragt«, sagte McGrail. »Ich glaube, als es hart auf hart kam, konnte Balfour nicht einfach dabeistehen und zusehen. Er war kein Killer, zumindest kein kaltblütiger. Jetzt werden Sie sagen: ›Und was war mit Clegg?‹ Ich glaube, Clegg wurde im Affekt umgebracht. Ich bin mir sicher, daß die Crouch und Balfour eine Beziehung hatten – so konnte sie ihn manipulieren. Ich denke, sie wußte, daß er ausrastet, wenn er sie mit Clegg im Whirlpool sieht. Der hatte nämlich keine Badesachen an – und ich vermute, sie auch nicht.«

Ihaka nickte bedächtig. »Sozialarbeiterin – nein, diese Frau hat den falschen Beruf«, sagte er.

Epilog

Anderthalb Wochen später verließ Rayleen Crouch das Land. In Begleitung ihrer Tochter Electra flog sie mit einem Einfachticket mit einer Boeing 747 der Air New Zealand nach London. Sie hatte ihren Arbeitgeber, das Sozialamt, ein paar Tage vorher informiert – die meisten ihrer Freunde und Bekannten überhaupt nicht. Sie hatte eine Haushaltsauflösung gemacht, verschenkt, was sich nicht verkaufen ließ, ihr Haus einem Immobilienmakler anvertraut, ein paar Koffer gepackt und war dann geflogen. Alles war ohne großes Aufsehen, aber keineswegs klammheimlich abgelaufen, und die Polizei wußte bald, was sie vorhatte. Sie wurde bis zur Flugzeugtür überwacht, aber nicht aufgehalten.

Am Montag, dem 4. Juli, begann die mündliche Beweisaufnahme in der Strafsache Bryce Spurdle am Bezirksgericht Auckland. Spurdle hatte zuvor bereits Einspruch gegen die Anklage wegen Besitzes von Kokain zum Zweck des Verkaufs erhoben und war ohne Kaution in der Untersuchungshaft belassen worden. Der Hauptbelastungszeuge war Duane Ricketts, der als verdeckter Ermittler bezeichnet wurde. Ricketts machte seine Aussage hinter einer undurchsichtigen Abschirmung und beschrieb dem Gericht eine ausgeklügelte Operation, die dazu dienen sollte, eine große Kokainlieferung abzufangen, bevor sie auf den Markt kam. Dazu gehörte unter anderem, daß er nach Thailand ging und sich wegen eines geringfügigen Rauschgiftvergehens in das Bombat Drug Rehabilitation Centre stecken ließ. Als er im Gefängnis war, hatte er sich darangemacht, das Vertrauen von Dale Varty zu gewinnen – einem ehemaligen Mitglied des Mister-Asia-Syndikats, dessen Gefängnisstrafe fast abgelaufen war. Die Polizei ging davon aus, daß Varty direkt nach Neuseeland zurückkehren und die zehn Kilo Kokain, die er 1983 aus Australien ins Land geschmuggelt hatte, in Umlauf bringen würde. Als Varty kurz vor seiner Entlassung getötet wurde, kehrte Ricketts nach Neuseeland zurück, um das Kokain zu finden, wobei er sich auf Informationen stützte, die er von Varty erhalten hatte. Dann wurde eine fingierte Transaktion mit Spurdle, Vartys ursprünglichem Komplizen, in die Wege geleitet, auf deren Höhepunkt er verhaftet wurde, nachdem er die Drogen für 100 000 Dollar verkauft hatte.

Als Ricketts diese Zahl nannte, stieß der Angeklagte Spurdle laute, unartikulierte Schreie aus und schlug sich auf die Brust, so daß der Richter eine 15minütige Pause anordnete, damit er sich beruhigen konnte. Eine Reporterin, die versuchte, die intensive Auseinandersetzung zwischen dem Angeklagten und seinem Anwalt zu belauschen, meinte zu hören, wie der Rechtsanwalt fragte: »Und was ist mit dem Finanzamt?« Einen Augenblick fragte sie sich, was das Finanzamt mit der ganzen Sache zu tun hatte, aber dann merkte sie, wie sich Spurdle bei der Frage sofort beruhigte, und kam zu dem Schluß, daß sie sich wohl verhört hatte.

Die Medien erwarteten Spurdles Prozeß mit Spannung, und zwar vor allem, weil seine Anwälte hinter vorgehaltener Hand ständig Gerüchte ausstreuten, daß sie Beweise vorlegen könnten, die sehr peinlich sein würden – und zwar nicht nur für die Polizei, sondern auch für die Regierung. Als dann am Beginn des zweiten Tages der Anhörung verkündet wurde, daß sich Spurdle nun doch schuldig bekannte, war dies sowohl ein Schock als auch eine große Enttäuschung. Zehn Tage später erschien Spurdle vor dem Obersten Gericht zur Urteilsverkündung und erhielt eine Gefängnisstrafe von acht Jahren. Der Richter erklärte, daß das Strafmaß die Hälfte dessen betrage, was er normalerweise für ein so schweres Verbrechen verhängen würde. Er habe bei der Urteilsfindung die Bereitschaft Spurdles zur Zusammenarbeit mit den Behörden berücksichtigt – eine Zusammenarbeit, die eine erhebliche Unterstützung bei der Bekämpfung der Bedrohung durch Rauschgift bedeutete.

An diesem Abend trat Jody Spurdle in der »Sherlock Holmes Show« auf. Sie versicherte, daß sie zu ihrem Mann stehen und für ihn dasein würde, wenn er aus dem Gefängnis käme. Bei guter Führung würde das wahrscheinlich in vier oder fünf Jahren sein. Sie wandte sich gegen Behauptungen, daß Dinge vertuscht wurden oder ihr Mann von einflußreichen Leuten gezwungen worden war, sich schuldig zu bekennen. Die meisten, die das Interview sahen, fanden sie nicht überzeugend – vor allem nicht, was ihre Pläne für die Zeit anging, wenn sich die Gefängnistore für ihren Mann öffnen würden, der dann über 60 wäre.

Am Freitag, dem 7. September, einem milden Spätwintertag, parkte Duane Ricketts seinen Toyota Corolla um 17 Uhr 35 vor seinem neuen Haus in Grey Lynn. Detective Sergeant Tito Ihaka, der auf der Treppe saß, die zur Veranda und zur Haustür führte, sagte: »Das wird ja auch Zeit«, und stand auf. Sie gingen hinein. Ricketts gab Ihaka ein Bier und führte ihn durch das Haus.

»Sehr hübsch«, sagte Ihaka, als sie danach im Wohnzimmer saßen. »Wieviel?«

»Dreihundertzehn.«

Ihaka stieß einen Pfiff aus. »So hübsch nun auch wieder nicht, aber was soll's? Ist ja nicht so, daß es dein Geld wäre.« Er hob seine Flasche. »Auf Bryce Spurdle, ohne dessen Großzügigkeit du immer noch in dem Loch in Mount Roskill sitzen würdest.«

Ricketts stieß mit ihm an. »Auf Bryce, einen echten Philanthropen.«

»Was treibst du so?« fragte Ihaka.

»Immer noch das gleiche. Ich war gerade bei Trubshaw Trimble und hab mit einem der Partner gesprochen, dem Typen, bei dem mich McGrail empfohlen hat. Er meint, daß sie jeden Monat ein paar Jobs für mich haben. Hat sogar was von einem Pauschalhonorar gesagt.«

»McGrail bereut es vielleicht noch. Er hat mich neulich gefragt, ob du vielleicht Lust hättest, wieder zurückzukommen.«

»Hab ich ihm mit meiner Geschichte etwa Flausen in den Kopf gesetzt?«

»Scheint so. Ich hab ihm gesagt, daß du nicht dafür geeignet bist, weil du dir ja alles erst mit der Zeit ausgesponnen hast – du kannst dir vorstellen, wie er darauf reagiert hat. Ach, das hier hätte ich fast vergessen.« Ihaka zog eine Postkarte aus der Tasche. »Deine Post. Ist von deiner kleinen Komplizin.«

Ricketts verdrehte die Augen. »Erzähl mir doch einfach das Wichtigste, dann brauch ich's nicht selber zu lesen.«

Ihaka warf ihm die Karte zu. »Ich mußte mir ja irgendwie die Zeit vertreiben. Das Wichtigste? Ich glaube, daß sich Mutter Crouch einen reichen alten Daddy geangelt hat.« Er schüttelte den Kopf. »Was für ein Luder. Hab ich dir erzählt, daß McGrail meint, sie hat mit Balfour gebumst?«

»Mit dem Kaputten? Glaubst du das?«

»So was Prüdes wie McGrail ist mir noch nie über den Weg gelaufen – aber er riecht den Schmutz auf eine Meile gegen den Wind. Wenn er sagt, daß sie's getrieben haben, dann glaube ich es auch.«

»Erwähnt er sie in seinen Notizbüchern?«

»Keine Ahnung. Es war Gesülze hoch drei. Der Graphologe hat gesagt, es war eine Mischung aus einer Zeitschrift für Rosenzüchter und einer für Viehzüchter. Er hat irgendwann aufgegeben.«

Als Ihaka in die Küche ging, um noch Bier zu holen, las Ricketts die Postkarte, die von seiner früheren Adresse nachgeschickt worden war. Da stand:

Ricketts,

na, da bist Du von den Socken, oder? Du hast Dich wahrscheinlich über den schnellen Abgang gewundert, was? Als ich Mum von dem Anteil an Du-weißt-schon-was (Du kannst nie wissen, wer Deine Postkarten noch so liest) erzählt habe, hat sie gesagt, nichts wie weg von hier, jetzt sehen wir uns die Welt an. Alles zu Geld gemacht und keinen Grund mehr zu bleiben, so war's. Jedenfalls hat alles prima geklappt –

wir sind schon schön rumgekommen, und London ist klasse. Ich bin jetzt in 'ner echt coolen Band – als ich ihnen von den »Homo-Krüppeln« erzählt habe, haben sie den Namen übernommen. Rayleen ist eine neue Frau – wohl auch, weil sie einen neuen Mann hat. Er ist ein bißchen (!) älter und steinreich – langsam find ich es auch ganz anziehend. Kurz und gut (so sagt er immer) – wir werden wohl nicht so schnell zurückkommen. Ich hoffe, es ist alles okay, und du hast deinen Anteil auch gut angelegt.

XX

PS: Langsam gefällt mir Van M! Wie wär's – treffen wir uns eines Tages am »River of Time«?

Ihaka kam mit dem Bier zurück. »Was soll der Scheiß mit ›River of Time‹ eigentlich?«

»Ist 'n Lied von Van Morrison.«

»Und was bedeutet es?«

»Es bedeutet gar nichts.«

»Quatsch. Sie hat dir 'ne Postkarte geschickt – das bedeutet ja schon mal was.«

»Es bedeutet, daß sie in London ist und ich in Auckland bin. Wir sind sozusagen nicht zu trennen.«

Nach kurzem Schweigen sagte Ihaka: »Vielleicht sollten wir ihr die Sache von ihrer alten Dame erzählen.«

»Wer ist ›wir‹, mein brauner Bruder? Wenn du den lieben Gott spielen willst, bitte – aber ohne mich. Aber weil wir gerade bei Freunden in der Ferne sind – was ist eigentlich mit der Pistolenbraut, wie hieß sie gleich noch?«

»C. C. Hellicar?« Ihaka dachte kurz nach. »Sagen wir so, ich werde sie nicht so schnell vergessen.«

Ricketts setzte sich auf. »Echt? Was genau habt ihr bösen Kinder denn getrieben?«

»Wir sind zum Strandhaus gefahren und fischen gegangen. Und dann haben wir auf der Veranda getanzt.«

»Leg los, alter Eintänzer!« rief Ricketts ausgelassen und fuhr dann in gedämpftem, dramatischen Ton fort: »Ich nehme an, eins führte zum anderen, Süßholz wurde im Mondlicht geraspelt, bevor…«

»Halt bloß die Klappe, Ricketts«, sagte Ihaka fast ungehalten. »Eins führte zu überhaupt nichts. Wir hatten gerade angefangen zu tanzen, als McGrail anrief und sagte, daß sie die Toten gefunden hatten, ein paar falsche Bullen den Koks geklaut hatten und ich doch bitte meinen schwarzen Arsch nach Auckland bewegen sollte.« Er sah Ricketts mit getrübtem Blick an. »Ich glaube, ich habe mich noch gar nicht dafür bedankt.«

Lange schwiegen sie. Ein geknickter Ricketts sagte schließlich: »Dann habe ich dir wahrscheinlich den Abend deines Lebens versaut?«

Ihaka zuckte mit den Schultern. »Wer weiß? Ist ja auch egal. Ich habe mit C. C. Hellicar getanzt, ich habe ihren Blick gesehen, als das Telefon klingelte. Das reicht mir.«

Wieder langes Schweigen. »Ist das dein Ernst?« fragte Ricketts überrascht, aber respektvoll.

Ihaka warf ihm einen bedauernden Blick zu. »Natürlich nicht«, sagte er. »Wofür hältst du mich denn?« Sein Gesicht nahm wieder den bekannten Ausdruck an: ein verschmitztes, anmaßendes, kühles Grinsen. »Okay, genug jetzt davon. Was gibt's zu essen?«

Kurz bevor das Grinsen verschwand, glaubte Ricketts zu sehen, wie ein Schatten das arrogante Funkeln in Ihakas Augen überzog. *Vielleicht war es doch sein Ernst*, dachte Ricketts. *Aber vielleicht ist er auch nur hungrig*.

MANHATTAN

»SPIEL DES JAHRES 1994«

Wer behält im Großstadtdschungel von Manhattan
einen kühlen Kopf, wenn es darum geht, die Skyline
von sechs Metropolen neu zu gestalten?
Eine imposante Kulisse aufzubauen ist allerdings nur die eine Seite
Denn wichtig ist es auch, dick im Geschäft zu sein
und die punkteträchtigsten Wolkenkratzer zu erobern.

HANS IM GLÜCK VERLAG, MÜNCHEN